THOMAS SCHRAGE

Theatertod

IM LABYRINTH DER THEATERWELT Der junge Regieassistent Michael arbeitet im Schatten des Rampenlichts und geht seiner eher unspektakulären Arbeit nach, immer bemüht, mit dem despotischen Schauspieldirektor klarzukommen. Doch dann wird eine Leiche im Kölner Schauspielhaus gefunden. Ein Kollege ist aus Höhe des Schnürbodens in den Tod gestürzt. Schnell steht fest, es war Suizid. Theaterleitung, Schauspieler und selbst die Kriminalpolizei glauben nur allzu gern an die für alle Beteiligten bequemste Erklärung. Nur Michael ist von tiefem Misstrauen erfüllt. Innerhalb der hermetischen Abgeschlossenheit der städtischen Bühnen und ihrem immer offenkundiger werdendem Verfall muss weit mehr vor sich gegangen sein, als selbst Michael für möglich gehalten hätte. Hartnäckig forscht er hinter den Theaterkulissen nach, kratzt an kleinen und großen Egos und entdeckt nicht nur erschreckende Machenschaften, sondern ringt auch zunehmend um die eigenen Lebensideale.

Thomas Schrage wurde 1969 vor den Toren Kölns geboren und gab sich bald nach dem Abitur der Theaterarbeit hin. Nach Stationen in Düsseldorf, Paris, Trier, Mainz und Frankfurt lebt er heute im Kölner Süden, ist als Schauspieler und Regisseur in der freien Theaterszene tätig. Er hat das Dasein als Regieassistent über Jahre an mehreren städtischen Bühnen in Deutschland selbst erlebt – und dabei auch manche Abgründe kennengelernt. Schreiben ist durch das Verfassen von Stückkonzepten und Bühnentexten schon lange ein wichtiger Teil seines Lebens. »Theatertod« ist sein Debüt im Gmeiner-Verlag.

THOMAS SCHRAGE
Theatertod
Kriminalroman

GMEINER *Original*

Besuchen Sie uns im Internet:
www.gmeiner-verlag.de

Im Ehnried 5, 88605 Meßkirch
Telefon 07575/2095-0
info@gmeiner-verlag.de

1. Auflage 2013

Lektorat: René Stein
Herstellung: Mirjam Hecht
Umschlaggestaltung: U.O.R.G. Lutz Eberle, Stuttgart
unter Verwendung eines Fotos von: © bilderbuch-koeln.de,
abracus GmbH
Druck: GGP Media GmbH, Pößneck
Printed in Germany
ISBN 978-3-8392-1439-8

Personen und Handlung sind frei erfunden.
Ähnlichkeiten mit lebenden oder toten Personen
sind rein zufällig und nicht beabsichtigt.

PROSPERO
Jetzt fehlt es mir
an Kraft zu führen, Kunst zu zaubern,
und mein Ende ist Verzweiflung,
bis ich befreit bin durch Bemühung,
die so durchdringend ist, dass sie
das Mitleid selbst erweicht und fortweht alle Fehler.
So wie ein jeder von Verbrechen will entlastet sein,
muss Nachsichtigkeit nun mich befreien.

William Shakespeare
Der Sturm
Epilog

1

Vorstellung

»Guten Abend. Schön, dass Sie hier sind.«

Große Güte, ich kann das nicht.

Vor ihm lauerte ein großes, schwarzes Tier.

Michael stand allein auf der Bühne des Kölner Schauspielhauses, und obwohl nur einige wenige Scheinwerfer angeschaltet waren, wurde er geblendet, sah in vollständige Dunkelheit hinab, spürte aber deutlich, dass ihn 800 Augenpaare anstarrten. Und hinter ihm öffnete sich die Bühne weit, dunkel und leer. Michael fühlte sich ungeschützt und sehr klein.

»Also, wie immer, wenn jemand vor der Aufführung vor das Publikum tritt, gibt es etwas nicht so Gutes zu sagen …«

»Können Sie etwas lauter sprechen!«

Michael zuckte zusammen. Das lauernde Tier knurrte ihn an.

»ICH SAGTE, ES GIBT ETWAS NICHT SO GUTES ZU SAGEN!«, röhrte er verkrampft.

Ich kann das wirklich nicht!

»Also, eine unserer Schauspielerinnen hat sich vorgestern den Arm gebrochen. Hanna Seemeyer. Da hat sie jetzt einen Gips. Sie hat sich aber bereit erklärt, trotzdem für Sie zu spielen. Und wir finden das also sehr toll.«

Was für ein Gestammel!

»Also, der Gipsarm, der ist also nicht etwa der Clou der Inszenierung. Also, nicht dass sie jetzt denken, das wäre Absicht.«

Alles total konfus. Und viel zu lang.

»Jedenfalls danken wir Hanna Seemeyer und Sie vielleicht ja auch. Und, ja, wir wünschen Ihnen noch eine gute Vorstellung.«

Michael nickte als Zeichen, dass er fertig war, die Zuschauer applaudierten artig, und er konnte endlich von der Bühne, rettete sich begierig vom Hellen ins Dunkle. Schatten war der Bereich, in den er als junger Regieassistent auch eigentlich hingehörte.

Verspannt stellte er sich an die Seite des Inspizientenpults, das sich rechts neben der Bühne befand. Es war sein üblicher Platz, weil er dort mitbekam, wenn er gebraucht wurde – und ihn hier jeder fand, der ihn suchte. Ein strategischer Ort. Vom eigentlichen Pult aus steuerte der Inspizient den Ablauf der Vorstellung. An diesem Abend war das Hektor Schmitz, der vor der Schalttafel mit den vielen Knöpfchen für Technikkommandos und Hausdurchrufe saß. Er drückte die beiden Signaltasten für Ton- und Lichttechnik, murmelte halblaut einige Kommandos in sein kleines Pultmikrofon und gab schließlich das Startzeichen.

Schlagartig erscholl laute, rhythmische Musik und die Bühne wurde in grelles Licht getaucht: Die Vorstellung von Shakespeares ›Der Sturm‹ begann.

Michael hatte eigentlich das Bedürfnis, endlich nach Hause zu gehen. Er hatte heute eine Vormittagsprobe mitgemacht, war danach pausenlos durch die langen und düsteren Gänge des Theaters gelaufen, hatte Pläne geschrieben, Szenen vorbereitet und in der Fensterlosigkeit des Hauses kaum die Sonne gesehen. Er mochte seinen Beruf eigentlich. Es war spannend, die Entstehung von Theaterinszenierungen zu erleben und zu beobachten, wie Schauspieler allabendlich die Herausforderung bewältigten, ihre Rollen zu verkörpern. Siebenunddreißig Mal hatte er den ›Sturm‹ schon gesehen. Diese Aufgabe gehörte zu seinen Tätigkeiten als Regieassistent und Abendspielleiter. Jedoch zum Publikum zu sprechen, zu fast 800 Personen, die ihn fixierten und zum Stammeln brachten – das gehörte nicht dazu.

Etwas ballte sich in ihm zusammen.

Er war gezwungen worden, diese Ansage zu machen. Nach einer Bitte hatte es jedenfalls nicht geklungen. Dabei hasste er es, angeschaut zu werden. Diese Ansage hatte ihn erledigt, hatte es geschafft, dass alle Anstrengungen des Tages ihre volle Wirkung zeigten.

Alles nur, weil diese blöde Ziege vom Abenddienst lieber den Intendanten irgendwohin begleitet – und weil irgendwer schließlich vorher was sagen ›muss‹.

Es war üblich, erkrankte Kollegen, die trotzdem auftraten, zu entschuldigen. Es schützte Schauspieler und auch Regisseure vor falschen Beurteilungen.

Auf der Bühne war die laute Musik mittlerweile abgebrochen und eine leise Mädchenstimme wisperte melancholisch aus der Tiefe des Raumes. Im Seitenbühnenbereich bemühten sich alle, die sich hier aufhalten mussten, kein Geräusch mehr zu machen.

Ich will jetzt gehen. Ich bin müde.

Aber Michael konnte nicht gehen, musste hier bleiben und die Aufführung gemeinsam mit den Schauspielern durchstehen. Wenigstens war es eine eindrucksvolle Inszenierung, der er da beiwohnte. Sie vereinte warme Menschlichkeit, kluge Verweise auf die heutige Welt, poetische Bilder und ansteckenden Humor. Der Regisseur – ein Gast, der längst wieder abgereist war – hatte sein Handwerk verstanden. Wenn Michael dagegen an die Inszenierung dachte, an der er momentan mitarbeitete, konnte sich seine Laune nur weiter senken. Sie wurde vom Chef der Schauspielabteilung geleitet und war pure Diktatur.

Nachdem die Vorstellung einige Zeit lief, beschloss Michael, seinen Posten neben dem Inspizienten zu verlassen und in den Aufenthaltsraum zu gehen. Möglichst leise öffnete er die schwere Eisentür, die von der abgedunkelten Seite in den hellen Korridor führte, der ein in Schalbeton gegossener Stollen war, dessen Wände man vor erkennbar langer Zeit mal weiß gestrichen hatte. Ungemütliche Versorgungsrohre liefen durch ihn hindurch und ein dunkler Steinboden unterstrich die drückende Atmosphäre. So sah es hier überall aus. Michael schob sich an drei ihm entgegenkommenden Matrosen vorbei und bog dann rechts in ein Zimmer ab, das aus alter Theatertradition heraus ›Konversationsraum‹ genannt wurde. Hier hielt man sich kurz vor den Auftritten auf.

In dem fensterlosen Kellerraum hockten ein paar kostümierte Schauspieler an zwei schwarzen Tischen, die von irgendeinem Bühnenbild übrig waren. Auch die drei roten Polsterbänke und das blaue Sofa waren Reste einer Inszenierung.

Die Schauspieler rauchten, redeten oder guckten mäßig interessiert zum Monitor, auf dem das Bühnengeschehen übertragen wurde. Hanna Seemeyer hielt sich mit verkniffenem Mund den gegipsten Arm. Michael betrachtete sie von der Tür aus. Er wusste, dass sie starke Schmerzmittel genommen hatte, um die Vorstellung durchstehen zu können.

Ganz schön bedenklich, eigentlich.

Aber das Theaterethos verlangte zu spielen, so lange man noch stehen konnte.

Hektors tiefe Stimme ertönte aus einem Lautsprecher.

»Die Hofgesellschaft und die Matrosen bitte zum Auftritt, die Hofgesellschaft und die Matrosen bitte.«

Alle Anwesende erhoben sich.

»Auf geht's!«, sagte Michael schwungvoll, obwohl er so müde war.

*

Um genau 23.11 Uhr war die Vorstellung beendet. Das hatte Hektor Schmitz so in den Vorstellungsbericht geschrieben, in dem jeden Abend Uhrzeiten und besondere Vorkommnisse festgehalten wurden.

»Was schreiben wir in die Rubrik ›Schlussapplaus‹?«, fragte er Michael.

»Schreib ›stark‹.«

»Also, wie immer.«

Michael unterschrieb den Bericht und behielt ihn gleich in der Hand. »Ich nehme ihn mit nach vorn.«

Endlich konnte er sich auf den Weg nach Hause machen. Der kürzeste Weg zum Ausgang führte über die Bühne. Michael ging im hinteren Bereich durch eine Tür und folgte einem hässlichen, vollgerümpelten Gang, der in einem der vielen Treppenhäuser endete. Dort stieg er eine Etage auf Erdgeschossniveau hinauf und erreichte den kleinen Eingangsbereich bei der Pförtnerloge.

Wie im ganzen Haus strahlte hier alles die funktionale Charmelosigkeit der frühen Sechziger aus. Die Wände waren kahl, aber wuchtig, die Fenster klein und die Treppe hinauf zu den Leitungsbüros wirkte streng. Die Türanlage war stets verschlossen und nur durch einen Summer zu öffnen, den der Pförtner betätigen musste, der links in dem Glaskasten saß.

»So«, sagte Michael zu ihm, »ein Blättchen für das Betriebsbüro.« Er übergab den Vorstellungsbericht. Ein Nicken, ein Gruß, dann war Michael zur Tür hinaus und die drei Stufen zur Straße hinunter.

Es war eigentlich noch sehr früh im Jahr, aber die Nacht war ungewöhnlich warm, man brauchte keine Jacke. Michael schloss die Augen und atmete tief durch.

Endlich frei.

Zumindest für knapp zehn Stunden. Bis die Probe zu Heinrich von Kleists ›Amphitryon‹ anstand. Aber daran wollte er jetzt nicht denken. Stattdessen trottete er in Richtung U-Bahnhaltestelle Appellhofplatz. Leise summte er vor sich hin. Kurz wanderte sein Blick nach links in die Gasse, wo er die ›Kleine Glocke‹ wusste. Das war von der Bühnenpforte aus die erste Kneipe, in die man hineinfiel. Aber Michael wollte heute auf keinen Fall mehr irgendwelchen Theaternasen begegnen. Also lief er lieber weiter zur Haltestelle und wurde belohnt: Eine U-Bahn fuhr fast augenblicklich ein.

In ihr feierte sich ein angetrunkener Damen-Kegelklub. Ihr kreischendes Gelächter und vor allem ihr Gesang nervten Michael. Er musste aber auch unwillkürlich Grinsen, als sie laut und schief anstimmten: »Mir jonn nit heim. Mir jonn nit ha-a-eim …« Zum Glück war wenigstens er auf dem Weg nach Hause und konnte die krakeelerfüllte Bahn am Ebertplatz schon wieder verlassen.

Während er die paar Schritte zu seiner Wohnung im Agnesviertel ging, glaubte er wieder so etwas wie einen Hauch der ersten lauen Frühlingsluft zu spüren.

Ich sollte wieder mal mit dem Fahrrad fahren.

Zu Hause würde er noch etwas essen, was lesen oder irgendeinen Quatsch machen, nachdem ihm gerade der

Sinn stand – ihm allein und sonst niemandem auf der Welt. Er freute sich darauf, während er seinen Haustürschlüssel herausholte. Doch es wurde nichts daraus.

»Hallo, Michael.«

Aus der Eckkneipe gegenüber seiner Wohnung war Peter herausgetreten, ein junger Schauspieler aus dem Ensemble. Er gehörte ebenfalls zu dem Team, das gerade an Amphitryon probte.

Peter versuchte unbeschwert zu wirken, aber das gelang ihm nicht. »Ich sitz schon eine ganze Zeit hier. Ich wusste, dass du Vorstellung hast, aber irgendwann musstest du ja auch mal nach Hause kommen.« Er war nicht mehr nüchtern. Zwar stand er noch gerade, aber seine Zunge arbeitete bereits unter erschwerten Bedingungen, sein Blick war unkoordiniert und sein dunkelroter Rucksack hing unordentlich an ihm herunter. Peter war nur wenig älter als Michael, eher klein von Statur und strahlte immer etwas Zerknittertes, Verletzliches aus. Jetzt wirkte er geradezu verängstigt.

»Können wir reden?«, fragte er. »Ich weiß nicht, vielleicht stört es dich, aber ich müsste mit jemandem reden.«

Michael stöhnte innerlich auf. »Kein Problem, komm rein.«

Beide waren sich erst bei Amphitryon begegnet, obwohl sie schon einige Zeit gemeinsam am Schauspielhaus arbeiteten. In den letzten Wochen hatten sie sich dann besser kennengelernt. Zu Hause besucht hatten sie sich allerdings bisher noch nicht.

»Ein paar von den anderen«, japste Peter, während er hinter Michael die Treppe hinaufstolperte, »sind nach der Probe noch ins ›Moderne Zeiten‹. Da wollen die aber doch bloß hin, weil da die Chefs hingehen. Und deshalb bin ich nicht mit. Ist mir auch zu schnieke da.«

Michael antwortete nicht.

Sie erreichten die oberste Etage und standen kurz darauf in der Diele von Michaels kleiner Zwei-Zimmer-Altbauwohnung, die bescheiden aber behaglich eingerichtet war. Die einfachen Möbel aus hellem Holz waren in Zweit- oder sogar Drittbenutzung, an den Wänden hingen sinnliche Schauspielplakate, die Regale quollen über vor Theaterliteratur, Geschichtsbüchern und allerhand merkwürdigem Krimskrams, der von verschiedenen Reisen stammte. Nur zum Aufräumen kam Michael nie.

»Angekommen«, keuchte Peter und klatschte seinen Rucksack in der Diele auf den Boden.

»Setz dich!«, kommandierte Michael. »Noch ein Bier?« Er stand schon in der kleinen Küche und kramte im Kühlschrank. »Und vielleicht ein Mettwürstchen?«

»Nein, danke. Ich bin doch Vegetarier«, nuschelte Peter und hing seine Jeansjacke an das buntbemalte Garderobenbrett aus Michaels Kindertagen.

»Ach, stimmt. Vergesse ich immer wieder. Dann also kein Mettwürstchen.«

Peter folgte dem kauenden Michael in den ersten der beiden Räume, wo sie sich in zwei unerhört alte, aber sehr gemütliche Sesselchen setzten. »Also?«

Peter seufzte. »Der Fleischer hat mich schon wieder fertiggemacht!« Er begann von den Drangsalierungen zu reden, denen er bei den Proben ausgesetzt war. Regisseur Theo Fleischer, der auch Schauspieldirektor am Haus war, demütigte ihn konsequent. Nicht nur, dass er nörgelte und rumkeifte, wie es immer seine Art war. Nein, bei Peter hatte er sich darauf verlegt, ihn als Schauspieler grundsätzlich anzuzweifeln. Ständig kamen Sprüche wie ›Du bist vollkommen unbegabt.‹ oder ›Das hast du auf der Schauspielschule also auch nicht gelernt.‹. Peter war noch nicht lange mit der Ausbildung fertig und ohnehin mächtig nervös – die Rolle in Amphitryon war seine erste große Chance. Die Arbeit des Regisseurs führte bei ihm allerdings nur zu Verkrampfungen und zu immer geringeren Leistungen.

»Ich bin aber doch kein schlechter Schauspieler, oder?«, gab er bebend von sich.

Michael wusste nicht, was er sagen sollte. Er konnte Peter sehr gut verstehen, Theo Fleischer war unerträglich. Aber er konnte daran nichts ändern. Er war ja nur Regieassistent.

»Nein, du bist kein schlechter Schauspieler.« Etwas Besseres fiel ihm nicht ein. Außerdem war er müde, wollte endlich Ruhe und das bisschen Feierabend für sich haben.

Peter schien einen Augenblick zu warten, doch als von Michael sonst nichts kam, redete er weiter. Hilflosigkeit sprach aus ihm. Und der Druck unter dem er stand, ließ die Worte zunehmend unkontrollierter aus ihm herausbrachen. »Ich halte das nicht mehr lange aus.«

Unbewegt hörte Michael zu. Sie hatten bereits mehrfach über dieses Thema gesprochen. Die übrigen Kollegen schwiegen sich Peter gegenüber aus. Einigen fehlte das Verständnis, andere hatten mit Theo Fleischer ihre eigenen Sorgen. Nur Michael nahm sich ab und an die Zeit, wirklich zuzuhören – aber heute konnte er das nicht.

Du musst jetzt einfach gehen.

»Es ist ja nur«, seufzte Peter, »irgendwas muss doch dran sein, an dem was der sagt. Es gibt doch wirklich schlechte Leute am Theater. Wenn ich auch so einer bin? Ich meine – ich kann doch nichts anderes. Und am Theater wollte ich immer sein – aber jetzt will ich hier gar nicht mehr sein.« Er kniff die Lippen zusammen und versuchte zu verhindern, dass die Tränen losliefen.

Michael blieb gefasst, sagte nichts.

Unangenehme Stille stand eine Weile im Raum.

»Vielleicht ist es ja wirklich das Falsche für mich?«

Meine Güte, Fleischer hat es weit gebracht, wenn Peter schon derart an sich zweifelt. Und dann bohrt der auch immer noch weiter drin rum.

Im Grunde kam Peters Leid nicht überraschend. Theo Fleischer war ein Mann von zweifelhaftem Genie, weil er eigentlich gar keins besaß. Seine Inszenierungen bestanden aus vielen grellen Einzelideen, die aber kein Ganzes ergaben und deshalb seelenlos blieben. Dagegen war sein Ruf geradezu kosmisch, im Umgang mit Schauspielern miserabel zu sein – eigentlich mit allen Mitarbeitern. Seinetwegen waren schon gestandene Kollegen heulend von Proben gelaufen. Aber trotz dieser offenkundigen Unzulänglichkeiten war er Schauspieldirektor und damit erster Regisseur am Haus – und saß auf diesem Posten unverrückbar. Alle mussten irgendwann mal mit ihm zusammenarbeiten. Peter hatte es jetzt zum ersten Mal getroffen – aber dafür gleich besonders heftig.

»Ich glaube, langsam bin ich wirklich am Ende.« Peter liefen nun doch ein paar Tränen das Gesicht herab. Augenblicklich wischte er sie weg. »Scheiße Mann, das ist vielleicht alles schwierig.« Tapfer versuchte er zu lächeln.

Reglos beobachtete es Michael in einer Mischung aus Unvermögen und Ungeduld. »Ach, Peter, ich weiß doch auch nicht.«

Dann drohte schon wieder Schweigen im Raum stehen zu bleiben.

»Meine Güte«, durchbrach es Peter, »ganz schönes Gejaule, was? Gib's ruhig zu: Du hast einen langen Tag gehabt und ich überfalle dich mitten in der Nacht mit meinem Mist. Beschissen von mir, was?«

»Nein. Wirklich nicht«, erwiderte Michael leichthin. »Ich bin ein bisschen müde, ja. Aber wenn ich dir helfen kann …«

»Mir ist nicht zu helfen.« Peter war wieder ganz gefasst und liebenswürdig. »Wenn man irgendwas ändern könnte, wäre es ja gut, aber so. Ich glaube, ich lass dich jetzt einfach mal in Ruhe.«

Michael seufzte innerlich auf. Das ging schneller, als er gehofft hatte.

Unterwegs im Flur fügte Peter noch etwas hinzu. »Soll schließlich nicht *dein* Nachteil sein, wenn ich so fertiggemacht werde …«

»Ach, Peter«, sagte Michael so einfühlend er konnte. »Die Arbeitsweise von Fleischer ist für alle eine Katastrophe.«

»Genau«, antwortete Peter und griff sich seine Jacke vom Haken.

Mit einem Ruck kam ihm das ganze Garderobenbrett entgegen. Alle Jacken und Mäntel fielen klatschend zu Boden.

»Oh, Scheiße. Nein! Das hab ich nicht gewollt – das hab ich nicht gewollt. Alles mach ich kaputt!«

»Ach, Quatsch. Das alte Ding kommt regelmäßig runter.« Michael störte weniger die abgerissene Garderobe als vielmehr die Tatsache, dass sie Peter weiter in seiner Wohnung festhielt. »Ich wollte immer was dran machen. Jetzt lass mal meine Sachen da liegen, du schaffst nämlich nicht wirklich Ordnung!« Mit sanfter Gewalt bugsierte er Peter zur Tür. »Pass auf: Wir schlafen uns jetzt beide aus und morgen sehen wir weiter. Wenn es gar nicht anders geht, kannst du auch zum Intendanten gehen.«

Peter war schon fast aus der Tür, da hielt er noch einmal inne.

»Ich hab Höhenangst!«, sprach er mit dunkler Stimme.

»Was?«

»Ich hab Höhenangst. Weißt du, was der Fleischer mir vor ein paar Tagen im Aufzug gesagt hat? Dass ich auf der Bühne vielleicht eine lange Leiter raufklettern soll. Das macht der nur, weil ich Höhenangst habe.«

»Er weiß das doch gar nicht.« Michael hatte es bis grade eben ja auch nicht gewusst. Und langsam ging ihm die Geduld endgültig aus. Peter beinahe aus der Wohnung zu haben und die Aussicht, doch noch ein wenig Ruhe zu bekommen, ließen ihn immer ungehaltener werden. Peter schien das zu realisieren, schickte aber doch eine unsichere Erklärung hinterher.

»Fleischer könnte es wissen …«

»So. Und jetzt willst du, dass Fleischer dich da nicht raufschickt.« Michael klang abweisender, als er wollte.

»Ich bemühe mich ja schon.«

»Du bemühst dich?«

»Vielleicht kann man ja wenigstens *das* überwinden.«

»Höhenangst?«

»Höhenangst.«

Peter wandte sich abrupt ab und verließ grußlos die Wohnung. Mit seiner Jacke über der Schulter polterte er hastig die Treppe hinab.

Michael schaute ihm nach. Was sollte das jetzt mit der Höhenangst? Falls Theo Fleischer jedoch wirklich von ihr wusste, würde er kaum zurückschrecken, dieses Wissen zu missbrauchen.

Michael schloss die Tür.

Endlich allein!

Die Krise, in der Peter steckte, war unverkennbar sehr schwer. Aber Michael brauchte Zeit für sich, sonst würde für solche Gespräche bald gar keine Kraft mehr da sein.

Er ließ den Garderobenhaufen unaufgeräumt am Boden liegen, schaffte sich noch einmal in die Küche und schnitt sich Käse und Tomaten zum Mitternachtssnack.

Später machte er es sich im Bett gemütlich und blätterte ein wenig in der neuesten ›Geo Epoche‹. Bald aber fielen ihm die Augen zu.

SOSIAS
Mir fängt der Kopf zu schwirren an,
Ich sehe jetzt, mein Seel, wie sich's verhält,
Wenn ich's auch gleich noch völlig nicht begreife.
Jedoch – die Sache muss ein Ende nehmen.

Heinrich von Kleist
Amphitryon
I. Akt, 2. Szene

2

Morgen

Der Wecker rumorte und riss Michael aus angenehmer Bettgemütlichkeit. Schlaftrunken schwiemelte er sich in den Tag. Das Frühstück ließ er wie üblich ausfallen und trank nur einen Becher reine Buttermilch.

Während er an seinem kleinen Küchentisch zwischen Papierstapeln, altem Geschirr und Krümeln saß, stieg in ihm wieder der gestrige Besuch von Peter auf. Dessen Zustand war wirklich besorgniserregend. Und Michael hatte ihn vor die Tür gesetzt. Ihn mit seinem Wunsch auf ein Gespräch regelrecht verhungern lassen. Dabei stand Peter kurz davor durchzudrehen. Das musste verhindert werden – Michael musste Peter beistehen! Ein bisschen Sozialarbeiter zu spielen war doch Teil seiner Regieassistententätigkeit.

Aber reglos saß Michael am Tisch und wusste nicht, was er tun sollte. In seinem Kopf war alles noch so zäh. Sollte er Peter anrufen? Oder würde ihn das beschämen? Lieber warten, bis man sich im Theater traf? Aber das dauerte noch. Schließlich nahm Michael sein Handy und schickte eine SMS.

`Morgen. Alles in Ordnung?`

Das war nichtssagend. Michael kam sich blöd vor. Eine Textnachricht war nicht geeignet, um auf einen Menschen einzugehen, der kurz davor stand, abzustürzen. Jetzt war es allerdings zu spät.

Während er auf Antwort wartete, entschied er, Peter im Theater sofort aufzusuchen. In ihm lag eine Gefährdung, die jeden Augenblick unkontrollierbar explodieren konnte. Das musste unbedingt verhindert werden.

Per SMS kam eine Antwort von Peter. Sie bestand nur aus einem einzigen Wort.

`Ja.`

Michaels schlechtes Gewissen wurde durch die Knappheit nicht gerade beruhigt. Er spürte Unheil kommen.

Als es Zeit wurde aufzubrechen, klingelte Michaels Handy. Inbrünstig hoffte er, dass es Peter war. Doch er wurde enttäuscht. Es war der Bühnen- und Kostümbildner von Amphitryon. Er gab Michael bekannt, dass er ab heute wieder auf Reisen sein würde und vorher noch ein paar Angelegenheiten klären wolle. Eilig brach Michael danach auf.

Draußen schien goldenes Morgenlicht mit beinahe frühlingshafter Wärme. Und das trotz der frühen Jahreszeit. Michael versuchte, so viel Sonne zu tanken wie möglich. Für die nächsten Stunden würde er ja nur Kunstlicht sehen.

Ich sollte wirklich wieder mit dem Fahrrad zur Arbeit fahren.

Doch er fuhr U-Bahn und hatte an diesem Morgen einen Fahrer erwischt, der mit der automatischen Stationsansage Probleme hatte. Am Breslauer Platz wurde Ebertplatz ausgerufen, am Dom/Hauptbahnhof war es Breslauer Platz.

»Näh«, meldete sich der Fahrer über die Lautsprecher zu Wort, »das war die Vergangenheit, jetzt kommt die Zukunft.« Aber die Automatik rief erneut Breslauer Platz aus.

In der Bahn wurde allgemein gegrinst.

Was Lustiges im tristen Berufsverkehr.

Am Appellhofplatz musste sich der Fahrer erneut einmischen. Inzwischen mit leichter Hektik in der Stimme. »Wieder falsch. An der nächsten Station kommt es richtig.«

Überflüssigerweise genehmigte sich Michael eine zusätzliche Station zu fahren, um zu hören, wie das Spielchen weiterging.

Am Neumarkt wurde Bahnhof Mülheim angesagt.

Fahrradfahren hat trotzdem Vorteile …

Aus dem Untergrund ans Tageslicht zurückgekehrt, ging er zunächst in die Schildergasse hinein, um nach wenigen Metern links in die Krebsgasse abzubiegen. Kurz darauf erreichte er die Rückseite des Opernhauses mit seinem hufeisenförmigen, zur Straße hin offenen Gebäudekomplex. Über den parkenden Autos und Lagercontainern im Hof ragte groß und mächtig, der Bühnenturm des Opernhauses auf, an den sich schräg die beiden Gebäudeteile lehnten, in denen Büros und früher alle Werkstätten untergebracht waren.

Im Näherkommen befiel Michael wieder einmal der Eindruck, dass der Bau mit seiner kahlen Massivität etwas Abweisendes und verschlossenes hatte. Er wirkte wie eine Festung, in der irgendetwas Wichtiges vor der Welt ferngehalten wurde.

Da sollte er nun eindringen.

Jetzt erst fiel ihm Peter wieder ein. Schon wieder hatte er ihm nicht genug Beachtung geschenkt! Gerade auch noch Zeit verbummelt! Er musste endlich zu ihm. Mit einem Mal hatte er es eilig.

Rechts neben dem Hofkomplex hatte man 1962, fünf Jahr nach der Eröffnung der Oper, das Schauspielhaus angebaut. Hier lag der Zugang zu den städtischen Bühnen. Nachdem die Pförtnerin ihm die Glasschleuse des

Eingangs aufgedrückt hatte, griff sich Michael im Vorbeigehen eine Kopie des ausliegenden Tagesplans, wurde aber, während er ihn rasch überflog, aufgehalten.

»Bist du Michael?«

Er schaute irritiert auf. Spätestens wenn er im Haus war, hatte er quasi ständig Dienst und wurde überall angesprochen, beiseitegezogen und mit Aufträgen bedacht. Aber das Gesicht, in das er sah, kannte er nicht. Vor ihm stand eine junge Frau, ein Mädchen fast noch, schmal, mit dunkelblonder, wuscheliger Haarmähne, die zum Pferdeschwanz gebunden war. Ihr Blick war wach und weich – und aus irgendeinem Grund ungewöhnlich, Michael kam aber nicht darauf, weshalb.

»Hallo, ich bin Sonja. Sonja Löw.« Sie streckte ihm die Hand entgegen.

Er nahm die Hand verdutzt und schaute in das hübsche Gesicht. Dann fiel der Groschen.

»Du bist unsere neue Hospitantin, die wegen ihres Studiums erst jetzt zu uns stößt.«

»Allerdings. Und wir sind seit 20 Minuten verabredet«, kam es mit vorwitzigem Tadel und keckem Lächeln.

Michael war bestürzt. Durch das Telefonat mit dem Bühnenbildner hatte er einen Termin vergessen, was ihm sonst nie passierte und sich für einen Regieassistenten nicht gehörte. Und dann verspätete er sich auch noch.

»Verzeihung«, stammelte er. »Die Bahn ist eine andere Strecke gefahren.« Bevor Sonja nachfragen konnte, redete er schnell weiter. »Lass uns rauf zum Proberaum!«

Er stürmte in einen langen, fensterlosen Gang mit unfreundlich wirkenden Glaskästen für Aushänge und Besetzungslisten. Es passte ihm gar nicht, diese Sonja im Schlepptau zu haben. Auch wenn sie nichts dafür konnte. Er musste sich endlich um Peter kümmern.

»Du bist aufgeklärt über die Arbeitszeiten?«, begann er rasch sein übliches Einführungspensum abzuarbeiten, das er Hospitantinnen vortrug. »Proben sind zweimal täglich: von 10 bis 14 Uhr und von 19 bis 22 Uhr. Samstags nur die Vormittagsprobe. Meistens werden die Zeiten allerdings überzogen. Zudem heißt es für die Regieassistenten – und damit auch für dich – früher da zu sein und später zu gehen. Darüber hinaus gibt es zwischen den Proben fast immer noch was zu erledigen. Du wirst wenig Zeit für anderes und für dich selbst haben.«

Sie waren durch eine schwere Stahltür in ein finsteres Treppenhaus getreten und stiegen zur ersten Etage hinauf.

»Ja«, sagte Sonja, »das deckt sich mit dem, was ich schon gehört habe.«

»Und das kollidiert nicht mit irgendwelchen wichtigen Studiumsaktivitäten?«

»Nein«, erwiderte sie leichthin, »sonst wäre ich nicht hier.«

»Okay.«

Ihre Unbekümmertheit gefiel Michael. Sie milderte ein wenig seine Ungeduld, mit ihr fertig zu werden. Noch einmal stellte er allerdings fest, dass irgendetwas an ihrem Blick ungewöhnlich war.

Sie bogen im ersten Stock in einen schier endlos langen Flur ein. Links konnte man durch kleine quadratische Fenster auf den Hof und die Krebsgasse hinabsehen.

»Wir werden jetzt die Probe einrichten«, fuhr Michael fort und hoffte, dass Peter schon dort oben sein würde und es Gelegenheit gab, sich ihm zuzuwenden. »Du kannst mir dabei helfen. Ich glaube du bist eine, auf die man sich verlassen kann.«

»So?«, kam es von Sonja beinahe verlegen.

»Du solltest einen Aufgabenbereich übernehmen, um

den du dich alleinverantwortlich kümmerst. Ich drück den Hospitantinnen meistens die Probenkostüme aufs Auge.«

»Gerne«, stotterte Sonja immer noch.

Michael warf ihr einen erstaunten Blick zu. Kurz sahen sie sich an: Sie verwirrt, er schon wieder gefangen in ihrem rätselhaften Blick.

»Was?«, fragte er konfus.

Und da sie beide so unerhört blöde Gesichter machten, mussten sie auf einmal gleichzeitig lachen.

Sie erreichten eine Aufzugstür und mussten warten.

»Hast du denn das Stück gelesen?«, fragte Michael.

»Ja, hab ich. Aber du hattest mir in deiner E-Mail geschrieben, dass es da zusätzlich eingebaute Texte gäbe?«

»Richtig. Der Regisseur und die Dramaturgin haben eine Figur hinzugefügt, die quasi den Geist der Verwirrung verkörpert.«

Peter.

»Er ist der Spielführer in diesem Stück, hat eine ganze Reihe längerer Monologe, geistert ständig auf der Bühne herum und hat, wenn du so willst, das Schicksal in seiner Hand. Und diese neue Rolle besteht aus Text, der bei Kleist nicht im Stück steht.«

»Der kann sich ja auch nicht mehr wehren.«

»Falls der Regisseur es gut macht, braucht er das ja auch gar nicht.« Finster dachte Michael an all die Dinge, die Theo Fleischer jedoch *nicht* gut machte.

Der Fahrstuhl kam endlich und sie stiegen durch die schwere, dunkle Metalltür ein. Es war ein uraltes Gefährt – vermutlich in den Fünfzigern mit der Hauseinweihung in Betrieb genommen und seitdem nur noch totrepariert worden. Er war größer als normale Aufzüge da er auch Transportzwecken dienen sollte und hatte zwei gegenüberliegende Zugänge. Mit wenig vertrauenerweckendem Rumpeln ging es langsam aufwärts. Sehr langsam.

Eine letzte Frage hatte Michael noch. »Du brauchst diese Hospitanz für dein Studium?« Beweggründe waren ihm wichtig. Sie entschieden, mit welcher Ernsthaftigkeit jemand bei der Sache war, ob jemand Hilfe oder Hindernis werden würde.

»Auch. Aber da ich mich für die Arbeit am Theater interessiere dachte ich, dass es gut ist, wenn ich das mal von innen kennenlerne.«

Während Michael sie beobachtete, wurde ihm ganz plötzlich klar, weshalb ihn ihre Augen so verwirrten: Sie waren unterschiedlich in der Farbe. Eins war graublau, das andere grünlich. Es fiel kaum auf, gab ihrem Blick aber etwas Leuchtendes und zugleich Tiefes.

»Einblick zu bekommen ist in diesem Metier allerdings nötig«, bestätigte er fasziniert. »In dem Zusammenhang muss ich dich gleich warnen: Der Regisseur, der auch Schauspieldirektor hier am Haus ist, hat so sein eigenes Kaliber. Wenn er dich nicht mag, wirst du es schwer haben.«

So wie Peter.

»Das ist nicht schlimm«, entgegnete Sonja ungerührt, »mit so was kann ich umgehen.«

Michael hoffte inständig, dass sie sich da nicht täuschte. Ihre unerschrockene Art gefiel ihm aber.

»Warum bist du denn Regieassistent geworden?«, wollte sie wissen.

»Öh, na ja«, entgegnete er beinahe überrumpelt. »Meist macht man diesen Job, um Erfahrungen in der Regiearbeit zu kriegen, dann irgendwann seine eigene Inszenierung übertragen zu bekommen und so Regisseur zu werden.«

Sonja beobachtete ihn genau, doch bevor sie nachfragen konnte, waren sie im vierten Stockwerk angekommen und standen in einem kleinen Flur. Sie waren jetzt beinahe beim Probensaal, wo Michael endlich Peter treffen würde. Rasch zeigte er Sonja links noch eine kleine Stehküche, die im Durchgang zu einer Kammer lag. Dann betraten sie dem Fahrstuhl gegenüber einen kurzen, breiten Gang. Er war voll gestellt mit irgendwelchen Dekorationsteilen, die hier gelagert wurden. Genauso wie der sogenannte Montageraum, der rechts abging. Alles wirkte ungemütlich chaotisch. Wenigstens fiel nicht auf, wenn hier die Schauspieler verbotenerweise rauchten. Die ganze Zeit hielt Michael Ausschau nach Peter. Doch da war Fehlanzeige.

Sie erreichten eine große Doppeltür, die in den eigentlichen Probenraum führte. Der war einmal ein Malersaal gewesen, in dem die Kulissen gestrichen worden waren. Heute waren die Bühnenbildwerkstätten jedoch ausgelagert und die Räume wurden anderweitig genutzt. Seine industrielle Vergangenheit konnte der Malersaal jedoch mit seinen nackten, weißgetünchten Betonwänden und der unangenehm drückenden Decke nicht verbergen.

Auch hier war Peter nicht zu entdecken. Langsam verzweifelte Michael. Der einzige, auf den sie trafen, war Arnd Hagenreuther.

»Hi«, sagte Michael, »das ist Sonja, unsere neue Hospitantin. Das ist Arnd, der andere Regieassistent.«

»Es gibt einen zweiten Regieassistenten?«, staunte Sonja.

»Ja«, antwortete Michael. »Alle größeren und vor allem natürlich alle Chefproduktionen haben zwei Regieassistenten. Meist ist einer bei den Abendproben nämlich nicht verfügbar, weil er Vorstellung hat.«

Arnd war herübergekommen und baute sich vor Sonja auf. Er war etwas älter als Michael, lang, straff und – weil er viel Zeit im Fitnessstudio verbrachte – recht sportlich gebaut. Sein mittellanges blondes Haar war an der Stirnpartie schon mächtig gelichtet. Seine Augen strahlten etwas Wachsames und Strenges aus.

»Eine Hospitantin, die in der dritten Probenwoche zu uns stößt«, knurrte er recht uncharmant. »So was geht ja eigentlich gar nicht. Na, wollen wir mal sehen.« Dann wandte er sich an Michael. »Hör mal, zweiter Regieassistent. Was bist du so spät dran heute! Wir wollen nachher den zweiten Akt beginnen und da muss alles bereit sein.«

»Weiß ich«, erwiderte Michael beherrscht.

»Ja, dann los. Nicht rumstehen, lass uns die Requisiten durchgehen.«

Michael runzelte die Stirn. Er wollte Peter suchen. »Zeig lieber Sonja alles hier. Wir reden doch heute morgen nur.«

»Was notwendig ist, entscheidet immer noch der Regisseur; und der Regisseur möchte die Requisiten haben! Tu mir bitte den Gefallen und stell dich nicht quer, weil du was besser weißt. Der Chef muss nicht gleich am Morgen deinetwegen schlechte Laune haben.«

Der Fleischer hat immer schlechte Laune. Aber bestimmt nicht meinetwegen!

Michael starrte Arnd an. Nur widerstrebend schickte er sich drein, Peter vor der Probe nicht suchen zu können.

Möglichst beherrscht wandte er sich an Sonja. »Tut mir leid, ich hatte mir das anders vorgestellt.« Etwas verlegen fragte er sie noch, ob sie einverstanden sei, eine Kanne Kaffee aufzusetzen. Sie lachte, sagte, sie trinke selbst zwar nur Tee, würde das aber wohl machen können.

»Gewöhn dich dran«, rief Arnd hinter ihr her, als sie schon auf dem Weg zurück in die Stehküche war. »In Zukunft solltest du das jeden Tag erledigen.«

Die beiden Regieassistenten gingen gemeinsam ihre Listen durch und legten alle Requisiten bereit.

Michael war sauer.

Der führt sich wieder auf wie Kaiser Wilhelm.

Arnd war dienstältester Regieassistent am Haus und – im Gegensatz zu Michael – kurz vor seiner ersten eigenen Inszenierung. Gerne umgab er sich mit der Aura besonderer Wichtigkeit. Er konnte aber auch ganz nett sein.

Sonja kam bald mit einer vollen Thermoskanne zurück und versuchte den beiden so gut sie konnte zu helfen. Michael schielte ständig zur Tür. Doch Peter ließ sich immer noch nicht blicken. Michael fragte sich, ob das etwas zu bedeuten hatte. Stattdessen war es Helga, die sich hereintrollte. Michael machte auch sie gleich mit Sonja bekannt.

»Helga ist unsere Souffleuse«, erklärte er. »Sie sitzt an dem beleuchteten Pult hier an der Seite.«

»Und den Text«, fragte Sonja, »den flüstern Sie dann rein?«

»Och, nein«, winkte Helga ab, »den Text muss man richtig laut sagen. Und, Kindchen, lass doch das Sie. Wir sagen hier alle du.«

Helga war eine kleine, freundlich-rundliche Muttergestalt, hatte aber etwas Verhuschtes, Waidwundes an sich. Außerdem wischte sie dauernd an ihrer Nase herum, die ihr fast ständig lief.

»Eine Souffleuse macht immer alles falsch, musst du wissen«, mischte sich Arnd ein. »Wenn sie souffliert, schreit der Schauspieler, dass er seinen Text kann – und wenn sie nicht souffliert, schreit der Schauspieler, dass sie nicht schlafen soll.«

»So isses, so isses.« Beim Sprechen konnte Helga ihre ostdeutsche Herkunft kaum verleugnen. »Manchmal möcht man schon gar nicht mehr kommen.« Sprach's und wischte sich die Nase.

In diesem Moment kam endlich Peter herein. Sofort spannte sich Michael an.

Peter war bereits in seinem Probenkostüm, hatte sonst aber nichts dabei. Ohne irgendwen anzuschauen, ohne auf Michaels ›Hallo‹ zu reagieren, ging er durch den Raum und verschwand hinter der Probendekoration. Die Angst vor der Begegnung mit Theo Fleischer stand ihm ins Gesicht geschrieben. Michael sah ihm nach und wusste nicht, ob er ihm folgen sollte.

Im Vorraum hörte man halblautes Gemurmel. Die übrigen Schauspieler schienen einzutrudeln und sich draußen noch verbotenerweise eine Zigarette zu genehmigen. Irgendjemand rief, ob es denn nirgendwo Kaffee gäbe. Arnd rief hinaus, er käme schon und schnappte sich die Thermoskanne, nicht ohne Sonja einen tadelnden Blick zuzuwerfen.

Kaum war er draußen, kam Theo Fleischer herein. Er war nicht wirklich groß, aber einer, der unverkennbar Selbstüberzeugung ausstrahlte. Seine dunklen Haare trug er kurzrasiert, was ihm eine gewisse jugendliche Pfiffigkeit verlieh. Eine bunte Hornbrille, eine abgewetzte Jacke und blaue Jeans vervollständigten die Erscheinung des intelligenten Kunststudenten, den er aber ehrlicherweise mit seinen Spätvierzigern nicht mehr überzeugend abgeben konnte.

Er warf einen kontrollierenden Blick in die Runde und sah Sonja.

»Guten Tag«, sagte sie und ging auf ihn zu, bevor Michael dazwischenkam. »Ich bin die neue Hospitantin. Sonja Löw.«

»Ah«, machte Theo Fleischer. »Richtig, du solltest ja dazustoßen. Willkommen bei uns.« Herzlich drückte er ihr die Hand, ein offenes Lächeln im Gesicht. »Die Jungs haben dich schon mit dem Wichtigsten vertraut gemacht? Vorsicht: Die sind manchmal ganz schön rau.« Er zog in gespielter Qual die Stirn in Falten. »Ich hoffe, du bist auch nicht allzu verschreckt von dieser Rumpelbude hier? Ich finde sie jedenfalls erschreckend. Ist nur der Probenraum. Heute Abend sind wir auf der richtigen Bühne, da wird es dann feierlich. Aber wir merken sowieso nicht, wo wir sind, bei der ganzen Arbeit, die wir haben.«

Sonja schien von den vielen gut gelaunten Worten etwas irritiert zu sein. Trotzdem antwortete sie. »Ja, zweiter Akt, hab ich schon gehört.«

»Nein, ich habe das Programm geändert. Michael, kannst du gleich bekannt geben: Zweiter Akt ist erst später dran. Am Anfang mach ich noch mal Peters ersten großen Monolog. Ich hab ihm schon Bescheid gesagt.«

In Michaels Kopf überschlugen sich die Gedanken. Er fragte sich, was Peter von dieser Entscheidung halten mochte. Vermutlich machte sie ihm Angst.

Theo Fleischer gab noch weitere Anweisungen. »Sag den Schauspielern Bescheid und sorg dafür, dass von denen keiner reinplatzt. Ich will mich mit dem Peter hier in Ruhe befassen können.«

Widerstrebend musste Michael den Raum verlassen, um für Klärung zu sorgen. Unruhig sah er sich noch einmal nach Peter um, aber der blieb unsichtbar. Draußen lief er glücklicherweise jedoch gleich Arnd in die Arme. Sie teilten sich auf: Arnd sollte sich um die Schauspieler kümmern, Michael die Probe betreuen. Er hoffte, Peter wenigstens dadurch Beistand leisten zu können.

Er ging wieder zurück und schloss die Tür hinter sich. Theo Fleischer hatte sich inzwischen mit Sonja an den langen Tisch gesetzt, an dem das Regieteam seinen Platz hatte.

»Und was für einen Eindruck macht das Bühnenbild auf dich?«, fragte er gerade.

Die Szenerie von Amphitryon bestand aus einer grünen Fläche über die Breite der ganzen Bühne, die sehr steil anstieg. Links oben standen Holzrahmen mit Plexiglas die ein Häuschen darstellten. Für die Probebühne war alles jedoch nur kostengünstig angedeutet. Michael musste noch die Szene einrichten, kraxelte die Schräge hinauf und verteilte rasch einige Requisiten.

»Tja«, hörte er Sonja auf Theo Fleischers Frage antworten, »viel kann ich nicht sagen. Gut laufen kann man auf dieser steilen Rampe sicher nicht.«

»Nein, das kann man nicht.« Theo Fleischer blickte verschmitzt, aber sehr aufmerksam in Sonjas Gesicht. »Dass das beschwerlich für die Schauspieler ist, ist durchaus gewollt. Man muss denen oft ein Hindernis in den Weg legen, damit ganz eigentümliche, nie erwartete Momente entstehen können. Man muss den Darsteller aufbrechen, weißt du.«

Michael stand inzwischen ganz oben auf der Schräge und sah hinab in den kleinen Bereich, der zwischen dem Bühnenaufbau und der Saalrückwand frei geblieben war. Dort stand Peter völlig bewegungslos und mit hängenden Armen zur Wand gekehrt. So nah, dass Nase und Stirn fast den Putz berührten. Seine Lippen bewegten sich stumm. Michael empfand den Anblick als recht befremdlich.

Inzwischen hatte Theo Fleischer fertiggeplaudert. »Ist Peter denn da?«, rief er in den Raum hinein.

»Ja, er steht hier, hinter der Bühne«, rief Michael zurück.

Peter hatte seinen Namen gehört, erwachte aus seiner Starre und bewegte sich mechanisch auf die Spielfläche zu, während Michael gleichzeitig den Regietisch ansteuerte. Er richtete es so ein, dass er mit Peter kurz zusammentraf und klapste ihm als Aufmunterung unauffällig auf den Rücken. Dabei nahm er eine deutliche Schnapsfahne wahr. Mit einer Sorgenfalte auf der Stirn ließ er Peter zurück und ging weiter bis an seinen Platz.

»Na«, rief Theo Fleischer, »dann kann es ja losgehen.«

Vormittagsprobe

Seit einer halben Stunde versuchte Peter seinen Anfangsmonolog zu halten. Doch der Regisseur erklärte unentwegt, wie die Figur, die er selbst dem Stück hinzuerfunden hatte, gespielt werden sollte.

Theo Fleischer saß neben dem Regietisch, die anderen dahinter. Michaels Platz war an der Seite des Regisseurs, dann kam Sonja, die reglos zuschaute. Helga hatte etwas abseits im Raum an ihrem Souffleusenpult Platz genommen. Normalerweise waren noch mehr Leute auf einer Probe. Aber der Bühnenbildner war ja nebst Ausstattungsassistentin verreist und die Dramaturgin mit einer Risikoschwangerschaft zu Hause.

Peter stand in der Mitte der steilen Spielfläche und hörte beklommen Theo Fleischers Vortrag zu.

»Gut«, schloss der Regisseur, »dann versuch es doch einmal.«

Peter nickte, sammelte sich zum wiederholten Mal an diesem Morgen und begann, mit fester Stimme zu sprechen. »Schauerlich ins Rad des Weltgeschickes / Greifst du am Entscheidungstage ein / Und dein Volk lauscht, angsterfüllten Blickes / Welch ein Los ihm wird gefallen sein.«

»Ja, ja. Fang gleich noch mal an.« Peter erstarrte und rührte sich nicht. Theo Fleischer fühlte sich animiert, einen Satz hinterherzuschieben. »Hast selbst gemerkt, dass das nichts war, oder?«

Peter nickte ein wenig zu eifrig, sammelte sich erneut und wollte zu sprechen beginnen.

»Nein, nein«, unterbrach Theo Fleischer vor dem ersten Wort. »Ich sehe schon im Ansatz, dass das nichts wird. Du hast gar keine Haltung zu dem, was du da sprichst. Dir fehlt eine Situation.«

Hilflos schaute ihn Peter an. Dann kraxelte er beflissen die Schräge hinauf, kam wie zu einem Auftritt wieder hinab und begann erneut. »Schauerlich ins Rad des Weltgeschick…«

»Aber Peter, das ist doch keine Haltung.« Theo Fleischer versuchte es nun mit milder Strenge. »Wir haben doch gerade darüber geredet, worum es geht. Warum sehe ich denn davon nichts?«

Verunsichert wollte Peter wieder hoch steigen.

»Ich bin noch nicht fertig!« Peter kam wieder herab. »Spiel das mit einer großen Kraft. Aber leicht. Leicht muss es sein. Jetzt darfst du weggehen.«

Doch Peter rührte sich nicht. Starrte nur hinab zu Theo Fleischer. Dann senkte er den Blick, kletterte die Schräge höher, probierte einen stolzen Blick aufzusetzen und im Herabsteigen ein weiteres Mal mit seinem Text zu beginnen. Theo Fleischer unterbrach ihn wieder vor dem ersten Wort.

»Nein.« Seine Missbilligung war nun nicht zu überhören. »Zurück, noch mal.«

Peter schluckte schwer, versuchte es aber erneut. »Schauerlich ins Rad des Weltgeschickes / Greifst du am Entscheidungstage ein.«

»Der hat eine Haltung!«, donnerte Theo Fleischer. Und dann wieder leise. »Noch mal.«

»Ja, aber wie denn?«

»Weiß ich nicht, du bist doch Schauspieler!«

In Michael stieg, angesichts von so viel Unverstand, Zorn auf. Nicht nur dass Theo Fleischer die grundsätzliche Fähigkeit eines Regisseurs fehlte, Schauspielern Inspiration zu geben, ihre Fantasie zu wecken. Nein, er erklärte das auch noch zum Normalfall und verbreitete es in anmaßendem Befehlston.

Natürlich sagte Michael nichts. Manchmal konnte man als Regieassistent behutsam Einfluss nehmen, indem man Hinweise gab. Aber Theo Fleischer war vollkommen beratungsresistent und gehörte zu den Regisseuren, die von ihrem Assistenten erwarteten, dass sie aufopfernd alle Unannehmlichkeiten auf sich nahmen und ansonsten den Mund hielten.

»Los. Noch mal, noch mal.« Theo Fleischer machte eine wedelnde Geste in Richtung Bühne.

Peter stand wie erstarrt. In seinem Gesicht stand ein Tumult zwischen Beflissenheit und Auflehnung.

»Ja«, sprach der Regisseur, »du brauchst mich gar nicht so böse anzuschauen. Ich weiß, dass du mich jetzt ungerecht findest. Ich werde immer für ungerecht gehalten, aber das bin ich nicht. Ich will nur rausfinden, was das Beste ist.«

Das wäre dann ein anderer Regisseur.

Peter schien etwas erwidern zu wollen, tat es dann aber doch nicht, begann stattdessen einen neuen Versuch. »Schauerlich ins Rad …«

»Nein. Sag mal. Nein! Nein!« Theo Fleischer schrie

plötzlich völlig ungehemmt in einer Lautstärke, die allen Anwesenden in den Magen fuhr. »Du kannst es nicht. Du kannst es einfach nicht! Das ist doch kein Postbote, der die Milchrechnung bringt.«

Was ist denn eine Milchrechnung?

»Das ist ein Irrlicht, ein Poltergeist, ein Untoter, ein Harfenklang!« Der Regisseur war aufgesprungen und spie knapp vor der Spielfläche Peter seine Worte entgegen.

»Aber«, versuchte der sich tapfer zu verteidigen, »Irrlicht, Poltergeist, Untoter, Harfenklang – das sind für mich alles grundverschiedene Dinge.«

»Weil du es nicht verstehst!«, schrie ihn Theo Fleischer an. »Weil du kein Gespür für eine Bühnensituation hast!« Er rückte seine bunte Hornbrille zurecht. »Ich habe dir eine enorm schöne Figur gebaut. Und du versaust das einfach!«

Helga schnäuzte sich an ihrem Pult verhalten die Nase, was Theo Fleischer sofort zu ihr herumfahren lies.

»Wenn du Schnupfen hast, geh raus!«

Helga sah verdutzt auf. »Ich hab doch nischt gemacht.«

Theo Fleischer schoss zu ihr hinüber. »So was will ich nicht hören! Wer sich auf meinen Proben nicht zu benehmen weiß, fliegt raus. Und ich meine nicht nur aus dem Probenraum! Und jetzt wieder zu dir, Peter. Wenn du dich schon darauf versteifst, nur Text abzusondern, dann mach wenigstens das anständig.«

»Ich versteife mich nicht darauf, nur Text abzusondern!«

»Das sieht aber genau so aus! Hast du nicht wenigstens Sprechen beigebracht bekommen? ›Schauerlich ins Rad des Weltgeschickes …‹ Wie geht das weiter? Helga!«

»Greifst du am Entscheidungstage ein«, beeilte sich Helga vorzulesen.

»Genau. Und die Betonung liegt immer auf dem Zeilenanfang!«

»Meinst du?«

»Natürlich mein ich das, sonst würde ich es wohl kaum sagen!«

»Ich hab bald keine Lust mehr.« Das kam unerwartet. Peter versuchte die Kontrolle zu behalten, aber die Überspannung war deutlich zu spüren.

»Ja, ich hab auch keine Lust mehr. Mit dir macht es echt keinen Spaß!« Theo Fleischer setzte sich wieder auf seinen Platz neben dem Tisch und blätterte in seinem Textbuch. Bis auf das Knattern der Seiten war im Probenraum nichts zu hören. Dann blickte er auf. Als er sprach, war er völlig gefasst. »Ich wollte mit diesem Monolog sowieso etwas ausprobieren, wie du weißt. Lass uns also mal versuchen, wie es ist, wenn du auf einer Leiter stehst.«

Peters Augen weiteten sich. Er brachte aber keinen Ton heraus.

»Haben wir denn eine Leiter hier?« Theo Fleischer sah sich nach Michael um.

»Ähm, ja«, räusperte der sich, »allerdings nur eine große Arbeitsleiter von der Bühnentechnik.«

»Macht nichts, macht nichts. Stellt die doch mal unten vor die Schräge.«

Michael zögerte.

»Was ist?«, wunderte sich Theo Fleischer.

Michael zögerte immer noch. Aber ihm fiel keine Ausrede ein. Unsicher stand er auf und winkte Sonja, ihm zu helfen. Gemeinsam wuchteten sie eine drei Meter lange Leiter in die Raummitte.

Als sie stand, schaute Michael zu Peter hinüber, doch der hatte sich weggedreht. Michael guckte zur Leiter, dann zu Theo Fleischer. »Ich glaube, ich muss erst jemanden von der Technik holen. Die muss bestimmt am Boden befestigt werden, damit sie nicht umfallen kann.«

»Die fällt nicht um, das ist eine Sicherheitsleiter, die muss auch für schwere Bauarbeiten herhalten. Kommt mal wieder weg da.«

Michael und Sonja setzten sich.

»Danke auch«, ergänzte Theo Fleischer und nickte vor allem Sonja freundlich zu. Dann richtete er sich wieder an Peter. »So. Jetzt geh da doch mal rauf.«

Peter hatte bisher immer noch abgewendet im Raum gestanden. Nun drehte er sich wieder nach vorne und starrte die Leiter an. Nach einem kurzen Zögern gab er sich einen Ruck, schritt auf sie zu und sah von unten an ihr hoch. Mehr tat er nicht.

»Wird's bald?«, insistierte Theo Fleischer durchaus geduldig.

Nichts regte sich.

Nach einer endlosen Pause sagte Peter schließlich doch etwas. »Ich kann da oben nicht spielen.«

»Was heißt das? Ein Schauspieler muss doch alles versuchen, sich allen Herausforderungen stellen.«

Michael wollte zu Hilfe kommen. »Es geht darum …« Er wurde gleich mit einer bestimmenden Geste von Theo Fleischer aufgehalten. Michael hielt nur kurz inne. »Er kann da wirklich nicht …«

»Mann!«, fauchte Theo Fleischer ihn an. »Jetzt konzentrier dich mal! Du weißt aber auch gar nicht, wie sich ein Regieassistent zu benehmen hat!«

Michael war einen Moment sprachlos.

Und Theo Fleischer rief schon wieder in Richtung Leiter. »Peter, wir warten ungern.« Als nach etlichen Sekunden jedoch nichts geschah, erhob sich Theo Fleischer bedächtig von seinem Stuhl. Mehr tat er nicht. Er sprach ganz ruhig. »Du bist Schauspieler, oder?«

Peter atmete ein.

Und langsam, ganz langsam legte er die Hand auf den Leiterholmen, setzte den Fuß auf die unterste Sprosse und schluckte.

Tu es nicht.

Doch Sprosse für Sprosse quälte sich Peter die Leiter hinauf. Zwang sich von einem Schritt zum nächsten. Den Blick starr nach oben gerichtet.

»Siehst du, das geht doch.«

Schließlich erreichte Peters Kopf die Höhe der Leiterspitze. Weiter stieg er nicht. Er bewegte sich gar nicht mehr.

»So, und jetzt sprich mal deinen Text.«

»Schauerlich ins Rade des Geschickes … greifst du angsterfüllten Blickes … Und dein Geschicke lauscht … welch ein Los wird fallen … welcher Fall … ihm wird gefallen.«

»Ja, ja«, griff Theo Fleischer ungerührt ein. »Aber schau dabei zu uns.« Und dann wandte er sich an Sonja. »Siehst du, das meinte ich vorhin: Jetzt befindet sich Peter in einer besonderen Situation. Da wird die Szene gleich viel spannender.« Und er zwinkerte ihr zu.

Sonja lächelte verständnislos und schaute, als sich Theo Fleischer wieder nach vorne drehte, Hilfe suchend zu Michael. Aber der gab einen kurzen verzweifelten Blick zurück und hatte ab da nur noch Augen für das Geschehen auf der Bühne.

Peter hatte ihnen tatsächlich den Kopf leicht zugewandt, starrte aus drei Metern Höhe auf den Boden. Sein Gesicht war erschreckend blutleer, aber zugleich schweißüberströmt. Seine Augen hatten sich zu einer Größe geweitet, die fast nicht möglich schien.

»Sprich noch mal deinen Text.«

Peter öffnete den Mund. Aber außer ächzenden Atemgeräuschen brachte er nichts heraus.

Michael war auf das Äußerste alarmiert. Am liebsten wäre er zu dieser verfluchten Leiter gelaufen und hätte Peter runtergeholt. Kurz sah er zu Theo Fleischer herüber, der Peter beinahe zufrieden anschaute.

Peters Blick flog mittlerweile ruckartig über den Boden.

»Deinen Kopf«, kommentierte Theo Fleischer unerbittlich, »musst du aber ein bisschen anheben, wenn wir das sehen sollen.«

Wirr sah Peter tatsächlich in Richtung Regietisch.

Er schwankte.

»Das geht nicht«, raunte Michael Theo Fleischer zu. »Der hat Höhenangst. Der fällt gleich.«

»Höhenangst!«, trompetete Theo Fleischer. »Peter, hast du Höhenangst? Dann komm doch da runter.«

Peter hatte von sich aus bereits begonnen, mit den Füßen nach den Sprossen zu tasten. Michael sprang auf und eilte ihm zur Hilfe. Auch Theo Fleischer kam heran. Peter erreichte den Boden und ging dort auf alle viere nieder. Michael hockte sich zu ihm.

Theo Fleischer beugte sich erstaunt herab.

»Höhenangst? Das wusste ich ja gar nicht. So was musst du doch sagen.«

Michael war sich nicht sicher, ob diese Unkenntnis echt oder gespielt war.

»Ach Gott, der Arme.« Helga hatte Tränen in die Augen.

»Na, komm«, sagte Theo Fleischer und rückte seine Brille zurecht. »Jetzt geh erst mal eine rauchen und dann sehen wir weiter. Wir machen eine kurze Pause. Für alle.«

Michael half Peter auf die Beine und brachte ihn nach draußen in den vollgestellten Vorraum, wo er ihn auf einen Stuhl verfrachtete. Helga kam und nötigte Peter ein Glas Wasser auf. Sonja stand stumm dabei.

Dann kam Arnd vom Fahrstuhl hergeschlendert. »Was ist denn hier los?«, fragte er verdutzt.

»Mensch, stell dir vor«, berichtete Helga sofort, »der Peter musste eine Leiter hoch und dabei hat der doch Höhenangst.«

»Aha«, machte Arnd. »Höhenangst?«

Peter hob den Kopf und schaute hilflos, fast ein wenig zornig. Sagte jedoch nichts.

Theo Fleischer war zu ihnen getreten. »Mensch, Peter. Das ist jetzt aber ein Problem, wenn du Höhenangst hast. Dass du auf der Leiter stehst, ist mir schon besonders wichtig. Bis zur Premiere musst du das hinkriegen.« Er hatte dabei einen kompromisslosen Ausdruck im Gesicht.

Peter blickte ihn ungläubig an. Dann vergrub er das Gesicht in den Händen.

»Na, das wird ja noch was dauern hier«, stellte Theo Fleischer fest. »Ich gehe mal einen Moment runter ins Büro. In zehn Minuten machen wir weiter.« Damit verschwand er.

»Wie wäre es«, fragte Michael in die Runde, »wenn wir Peter ein bisschen allein lassen, damit er wieder zur Ruhe kommt?«

Sonja verzog sich augenblicklich in den Saal. Helga strich Peter über den Rücken und ging ebenfalls hinein.

Arnd blieb noch kurz stehen. »Ich denke«, meinte er bedächtig, »was du jetzt machen solltest, ist, den Kopf frei bekommen und auf Abstand gehen.« Da von Peter keine Reaktion kam, ging auch er.

Michael wusste nicht, was tun. Eine Weile saß er allein mit Peter da. Plötzlich richtete der sich auf und schaute Michael mit festem Blick an. Entschlossenheit lag darin. Dann änderte sich sein Ausdruck. Seine Mundwinkel verzogen sich. Sie zuckten. Er prustete. Und mit einem Mal fing er an zu lachen. Er lachte laut und anhaltend. So sehr lachte er, so entwaffnend und losgelöst, Michael musste mitlachen. Aber irgendwie beunruhigte es ihn auch.

*

Theo Fleischer kam bald zurück und ließ den beiden keine Möglichkeit, richtig miteinander zu reden. Er wollte aber nicht diese schwierige Probe fortsetzen, sondern wie ursprünglich vorgesehen den zweiten Akt von Amphitryon durchgehen. Dazu ließ er zunächst die ganz Mannschaft zusammenrufen. Im Falle von Amphitryon waren das sechs weitere Schauspielerinnen und Schauspieler. Die Nachricht von Peters Zusammenbruch hatte sich unter den Kollegen offenbar schon verbreitet denn alle warfen ihm beim Eintreffen, je nach Auffassung der Lage, einen verständnisvollen, einen belustigten oder einen tadelnden Blick zu.

Da es im Hausensemble kaum einen Zusammenhalt gab, musste jeder Schauspieler allein sehen, wie er mit den Methoden eines Theo Fleischer fertig wurde. Paul-Georg Hammich war mit starkem Ego ausgestattet und konnte seinen Ansichten auch stets lautstark Gehör verschaffen. Er hatte etwas Massives an sich, das er mal väterlich zugetan, mal selbstbezogen einbrachte, war in den Fünfzigern, von breiter, aufrechter Gestalt, hatte noch volles Haar, das ehemals blond, jetzt aber faszinierend weiß war und wasserblaue Augen, die wachsam und überlegen strahlten.

Als er nun die Geschichte von Peter auf der Leiter hörte, schüttelte er düster den Kopf und murmelte was von ›Mimose‹. Kurz darauf sah ihn Michael mit belehrender Miene und erhobenem Zeigefinger auf Peter einreden. Sonja hatte bisher geschwiegen, nutzte aber den Moment, während sie mit Michael abseits ein paar Kostümteile zusammensuchte. »Ist das normal für einen Regisseur, wie sich Theo Fleischer benommen hat?«, fragte sie leise und konnte ihre Fassungslosigkeit kaum verbergen. »Warum lässt Peter sich das gefallen?«

»Am Theater sind alle gewohnt, Anforderungen zu erfüllen, niemand will ein Verhinderer sein – das wäre ja unkünstlerisch. Außerdem ...« Er zögerte, weil er ein unangenehmes Thema berührte. »Fleischer ist Schauspieldirektor und nach dem Intendanten hier der höchste Chef. Alle sind abhängig von ihm. Du musst wissen, dass der Vertrag eines Theaterschauspielers immer nur für ein Jahr gilt und dann verlängert werden muss. Und es ist halt in erster Linie Fleischer, der entscheidet, ob einer bleibt oder nicht.«

»Aber ist er nicht auch irgendwem untergeordnet? Kann man nicht irgendwo an höherer Stelle eine Beschwerde einreichen?«

»Hat der Personalrat schon gemacht. Aber da Fleischer immer vom Intendanten gedeckt wird, perlt so was an dem ab.«

»Mh!«, machte Sonja entrüstet und versank in brütendes Schweigen.

In diesem Moment rief Arnd die Beteiligten zur Fortsetzung der Probe zusammen.

Paul-Georg Hammich beendete seinen Redeschwall, den er bis dahin auf Peter niedergelassen hatte, und strich sich das weißblonde Haar zurecht. »Nur nicht hängen lassen«, gebot er vernehmlich als Abschluss. Peter schien es unübersehbar eine Qual zu sein, dass alle von seinem Zusammenbruch Notiz genommen hatten. Michaels Sorge um Peters Zustand wollte nicht abnehmen.

Doch fürs Erste ging nun die Probe weiter. Theo Fleischer setzte sich mit den Schauspielern um den Regietisch und ließ sie den zweiten Akt lesen. Peter saß etwas abseits von den anderen. Pflichtbewusst warf er seine Texte ein. Ansonsten blieb er verschlossen.

*

Endlich, kurz nach 14 Uhr, beendete der Regisseur die Probe und verschwand ziemlich rasch. Während sich die Schauspieler langsam entspannten und ihre privaten Sachen zusammensuchten, sammelten Arnd und Michael, unterstützt von Sonja, die Requisiten ein. Da die Abendprobe auf der eigentlichen Bühne stattfand, musste alles Bewegliche dorthin befördert werden. Schon wieder wurde Michael daran gehindert, sich um Peter zu kümmern.

Ein paar von den Schauspielern waren noch im Raum. Neben Paul-Georg Hammich auch Svetlana Beer und Thomas Kister, der jetzt wie beiläufig in Peters Richtung sprach.

»Was ist denn vorhin los gewesen?«

Thomas Kister gehörte schon länger zum Kölner Ensemble, war Mitte vierzig, schlank, sportlich und sah recht gut aus. Dessen war er sich auch bewusst. Außerdem liebte er es, lässig und souverän zu wirken und in jeder Hinsicht unabhängig zu bleiben. »Bist du wirklich von der Leiter gefallen?«

»Ach, Quatsch. Schlecht geworden ist ihm«, antwortete Paul-Georg Hammich mit dröhnender Stimme an Peters Stelle.

»Ach, ja. Höhenangst«, kam es leichthin von Thomas Kister. »Verstehe.« Man hatte nicht den Eindruck, dass er es tat. Er spielte im Amphitryon die Titelrolle, die durch ihn etwas Blasiertes hatte, erstaunlicherweise aber auch etwas gequält Zerbrochenes. »Tja«, fügte er mit elegantem

Lächeln hinzu, »bei Höhenangst kann man wohl nichts machen.«

Peter schaute zu Boden und nickte nur knapp. Innerlich schien er aber zu beben.

»Doch«, widersprach Paul-Georg Hammich, »du musst dich dagegen wehren. Wenn der Fleischer Sachen von dir verlangt, die du nicht machen willst, musst du stark sein.«

Auch im Stück spielte Paul-Georg Hammich seinen Gott Jupiter mit Durchsetzungsvermögen und einer gewissen Gnadenlosigkeit.

»Ja, aber anders stark«, warf Svetlana Beer gefasst ein. »Es war richtig, dass du versucht hast, den Anforderungen der Regie gerecht zu werden. Jetzt musst du aufstehen und weiterkämpfen.«

Svetlana Beer war eine beherrschte Frau mittleren Alters, der sich ihre straffe Disziplin in die schmalen Gesichtszüge eingegraben hatte.

»Hast du gehört?«, warf Thomas Kister bissig ein und sah fragend zu Peter hinüber. »Aufstehen!«

Der nickte eilig.

»Ich meine es ernst«, unterbrach Svetlana Beer entschieden. »Er darf nicht locker lassen, wenn er bei den Proben nicht den Anschluss verlieren will. Er ist doch bereits jetzt das fünfte Rad am Wagen.« Peter sah erschrocken von einem zum anderen. Svetlana wandte sich ihm wieder zu. »Du musst dich dem Problem stellen. Nur wenn man als Schauspieler bis zum Ende geht, ist das Ergebnis auch gut.« Sie genoss am Haus durch ihre eindringlichen Darstellungen, die bis zur Selbstaufopferung gingen, höchste Anerkennung. Mit der für sie typischen brüchigen Kraft spielte sie in Amphitryon die hintergangene Gattin Alkmene.

»Ach«, entgegnete Thomas Kister lakonisch, »soll er doch Höhenangst haben, wenn er will.«

Svetlana funkelte ihn mit festem Blick an. »Wir müssen aber hier Hochwertiges leisten. Und das geht nicht, wenn einer da ist, der nicht mitkommt.«

»Um all das geht es doch gar nicht«, schnaufte Paul-Georg Hammich. »Man darf sich nicht alles von Fleischer gefallen lassen, das ist es. So ein Triumph über Peter bekräftigt den doch, uns anderen auf der Nase rumzutanzen. So eine Entgleisung macht jahrelange Arbeit vom Personalrat kaputt.«

In Peters Gesicht zuckte etwas.

Thomas Kister hatte Paul-Georg Hammich aufmerksam zugehört. »Wen willst du eigentlich schützen?«, schnarrte er mit feinem Lächeln.

»Uns alle natürlich.«

Thomas Kister grinste, entgegnete aber nichts weiter.

»Ich muss mich vor gar nichts schützen«, stellte Svetlana Beer mit Ruhe fest, während sie sich einen Schal um den Hals schlang.

»Ja, ja«, entfuhr es Thomas Kister boshaft, »du bist die Streberin, die uns immer alle erziehen will.«

Und damit driftete das Gespräch plötzlich in eine andere Richtung. Peter nutzte die Gelegenheit und lief zum Ausgang. Michael versuchte mit ihm hinauszugehen. Doch Peter schüttelte den Kopf, legte beide Hände an eine Wange und deutete damit an, dass er sich ein wenig hinlegen wollte. Die Geste hatte etwas Flehendes. Michael blieb unverrichtet stehen, sah Peter sorgenvoll nach und fragte sich, in was für einer Verfassung er ihn wiedersehen würde.

Auch die anderen Schauspieler gingen. Still versuchten die drei Verbliebenen ihre Packarbeit zu beenden.

»Ach«, seufzte Michael beinahe schwermütig. Dann sah er, dass ihn Sonja fragend anschaute. »Da hast du ja gleich mal einen famosen Einstieg gehabt.« Er belud grade eine Art niedrigen Kellerschrank auf Rädern, in denen die Requisiten transportiert wurden.

»Was ich nicht verstehe«, sagte Sonja, »warum sich alles um Peter dreht. Es war doch Theo Fleischer, der einen Fehler gemacht hat.«

Michael hielt erstaunt inne und sah sie von der Seite an. Sonja begann gerade einige Probenkostüme auf eine fahrbare Garderobenstange zu hängen. Sie selbst hatte eine Jeans und darüber ein lose herabfallendes, leicht tailliertes Kleidchen an.

Hübsch.

»Tja, warum dreht sich alles um Peter. Wie gesagt, Fleischer ist der Faktor, der hier unverrückbar feststeht und mit dem alle irgendwie zurechtkommen müssen.«

Überraschend mischte sich Arnd ein. »Weißt du: Ein Regisseur muss vor allem Spannung aufbauen, damit in seiner Produktion etwas zustande kommt. Und das muss nicht immer freundlich ablaufen. Er muss es auch mal krachen lassen.«

»Und dabei die Mitarbeiter herabwürdigen?«

Arnd hielt irritiert inne und sah Sonja an, als hätte sie etwas Unanständiges gesagt.

»Na ja, komm, Arnd«, entgegnete Michael. »Obwohl sich Peter nach Kräften bemüht, es Fleischer recht zu machen, tut der schon wirklich alles, um ihn an den Rand seiner Kräfte zu bringen.«

»Was sollte das für einen Sinn haben?«, fragte Arnd ernst.

»Das ist genau die Frage. Irgendein merkwürdiges Machtgebaren.«

Über Arnds Gesicht floss ein mildes Lächeln. »Ohne klare Ziele durchzusetzen kommt man jedenfalls nicht weit. Das kannst du dir für die Zeit, in der du auch mal Regisseur sein wirst, ruhig aufschreiben.«

Damit packte er die Transportkiste und rollte sie hinaus. Michael sah finster hinter ihm her. Zögernd wandte er sich dann wieder Sonja zu.

»Ich wollte eigentlich heute Nachmittag mit dir durchs Haus gehen und dir die einzelnen Abteilungen zeigen …«

»Gerne. Ich habe Zeit.«

Michael sah unwillkürlich auf seine Uhr und dachte wieder an Peter. »Ich muss aber auch dringend was erledigen …« Mit gerunzelter Stirn überlegte er, wann er Ruhe für einen Anruf finden würde. Nach Hause würde er vor der Abendprobe ja wohl mal wieder nicht kommen. »Na, wir können erst mal in die Kantine gehen. Würde mich schon freuen, wenn wir noch was zusammen hinkriegen würden.«

»Fein«, antwortete Sonja und lächelte ihn an. »Mich auch.«

Nachmittag

Die Kantine der Städtischen Bühnen war um diese Uhrzeit immer stark gefüllt. Der Raum war lang und schlauchartig, die eine Längsseite mit Spiegeln verkleidet, was ihn wohl größer wirken lassen sollte. Die gegenüberliegende Seite war eine Fensterfront mit Zugang zu dem kleinen Hof, der sich zwischen Hauptgebäude und Schauspielhaus erstreckte. Dort hatten ein paar Tatkräftige einen ersten Biertisch aufgestellt und konnten in der Sonne sitzen, obwohl es doch so früh im Jahr war. Die übrigen drängten sich drinnen an nüchternen Tischen oder an der Theke, wo sie für ein Essen anstanden, das, wie in allen Kantinen, meist Anlass zu Gesprächen bot.

Michael und Sonja bekamen ihre Teller gereicht und versuchten einen Platz zu finden. Im hinteren Teil des Raums ging gerade ein ganzer Trupp Beleuchter, damit hatten sie einen Tisch für sich allein.

»Schmeckt's?«, fragte Sonja. Da Michael aber schon kaute, kam er um eine Antwort herum.

Peter weiß schon, warum er Vegetarier ist…

Zwei Kollegen der Requisitenabteilung erschienen und gesellten sich zu ihnen. Fränks Erscheinung entsprach der des Motorradfreaks in Leder und Jeans, Simon kam mit gepflegtem Sweatshirt und Hornbrille. Fränk strahlte gut gelaunte Derbheit aus, Simon empfindsame Schöngeistigkeit.

»Mahlzeit«, grüßte Fränk, während er sein Essen abstellte, »schönen Vormittag gehabt?«

»Geht so«, antwortete Michael, »Theo Fleischer hat mal wieder prächtig zugeschlagen.«

»Ach, die olle Trampelsau«, unterbrach Simon. »Der soll mal seine Arbeit richtig machen und andere in Ruhe lassen.«

»Trampelsau?«, fragte Sonja verblüfft.

»Meinetwegen auch Riesenelefant«, setzte Simon trocken nach.

»Oder Schreisack«, ergänzte Fränk.

»Oder Panzerfahrer.«

»Schön auch«, wandte sich Fränk an Michael, »wie die den bei unserem Gastspiel in Wien genannt haben: ›Brillen-Hitler vom Rhein‹.«

»Ist wahr«, bestätigte Simon. »Für den sollte man mal sammeln.«

»Sammeln?« Sonja kam langsam nicht mehr mit.

»Ja, ja, sammeln. Es gibt Sanatorien, da werden so Leute in drei, vier Wochen wieder formatiert.«

»Nein«, widersprach Fränk entschieden, »wenn, soll der mindestens zwölf Wochen wegbleiben.«

»Eine deutliche Meinung«, bemerkte Sonja.

»Ach, der Fleischer«, ging Fränk gleich drauf ein, »der muss nicht immer hier sein.«

»Eigentlich«, ergänzte Simon, »muss der hier nicht mal fehlen. Was hat er denn überhaupt wieder angestellt?«

Fränk war schon informiert. »Den Peter hat er auf 'ne Leiter gejagt und da ist der zusammengebrochen.« Als er Michaels verblüfftes Gesicht sah, schob er eine Erklärung hinterher. »Hat schon längst die Runde gemacht.«

»Eigentlich«, übernahm wieder Simon, »sollte man den Fleischer auch mal auf so was raufjagen.«

»Oder gleich in den Schnürboden hochziehen und warten bis er kotzt.«

»Oder bis er stinkt.«

»Und Peter ist also wirklich von der Leiter gefallen?«, erkundigte sich Fränk.

»Ach, Quatsch. Schlecht geworden ist ihm.« Michael wurde ärgerlich. »Diese Buschtrommelinformiertheit! Alles im Stille-Post-Prinzip durchs Haus. Und jeder erzählt es aufgepeppt weiter, aber was man dem Eigentlichen damit antut, interessiert keinen.«

Fränk und Simon schwiegen.

Als die anderen zur Probe stießen, wussten sie auch schon Bescheid.

»Peter steht jetzt da wie eine Witzfigur. Dabei hat der keine Schuld.«

Eine Stimme dröhnte aus nächster Nähe.

»Der soll sich ein bisschen zusammenreißen!« Paul-

Georg Hammich saß am Nebentisch und hatte offenbar mitgehört. Gerade stand er auf und stellte seinen massiven Körper vor den Tisch der anderen. »Es soll wirklich Leute geben, die Probleme haben, auf einer Leiter zu stehen. Meinetwegen. Aber wenn Fleischer für seine Machtspielchen Auftrieb bekommt, kriegen wir anderen das zu spüren. Peter belastet das ganze Ensemble.« Er hob wieder einmal seinen Zeigefinger. »Es kann nicht sein, dass er sich in einem fort gängeln lässt und Herrn Schauspieldirektor zu seinem perfiden Verhalten provoziert. Vielleicht muss Peter zum Psychologen. Vielleicht muss er auf die Leiter raufgezwungen werden. Aber so kann das nicht weitergehen! – Aber jetzt muss ich nach Hause, mich auf die Abendprobe vorbereiten.«

Verdutzt blieben die anderen sitzen.

Simon fand als erster wieder Worte. »Das war ja mal ein geölter Monolog.«

Michael zeigte der Vorfall vor allem, wie sehr Peter Unterstützung brauchte. Wie bedrohlich er überall in Bedrängnis geraten war. Der Anruf bei ihm würde nicht einfach werden.

Er sah zu Sonja hinüber. »Du hast übrigens recht. Niemand erwähnt mit einem einzigen Wort, dass Fleischer das eigentliche Problem ist.«

Sonja blickte Michael ernst an. »Wieso steht dieser Theo Fleischer denn auf so unerschütterlichem Boden?« Ihr war das offenbar unbegreiflich.

»Fleischer und der Intendant können bestens miteinander«, antwortete Simon. »Alles was er von Theaterarbeit weiß, hat er beim Intendanten gelernt. Ist quasi dessen beruflicher Ziehsohn. Keine Ahnung, wieso der. Als der Intendant nach Köln kam, hat er jedenfalls Fleischer nachgeholt und zum Schauspieldirektor machen lassen.«

»Erstaunlich«, kommentierte Fränk, »wo doch Fleischers Arbeit so mies ist.«

Sonja schüttelte verwirrt den Kopf. »Ich blick da einfach nicht durch. Intendant, Schauspieldirektor. Was bedeutet das denn alles?«

»Tja«, machte Michael. Er wusste, dass es jetzt kompliziert wurde. »Ein Theater ist immer hierarchisch strukturiert. Die Abteilung Schauspiel beispielsweise hat einen Oberchef – das ist der Schauspieldirektor. In unserm Fall Theo Fleischer. Der engagiert Schauspieler und Gastregisseure, er ist für die Stücke verantwortlich, die auf den Spielplan kommen, und hat das Sagen in allen Belangen, die das Schauspiel betreffen. Und die Oper hat ihren Operndirektor. Über diesen Sparten steht der Intendant. Der ist für das Gesamtbild verantwortlich, das nach außen abgegeben wird. Er trifft in allen Belangen die letzte Entscheidung. Gemeinsam sind sie die Künstlerische Leitung. Daneben gibt es eine Kaufmännische Leitung, die den Etat einzuhalten hat und der Verwaltung vorsteht. Und schließlich noch die Technische Leitung, unter der alle Werkstätten und handwerklichen Abteilungen stehen.«

»Wir zum Beispiel«, warf Fränk ein und meinte die Requisite.

»Diese Struktur«, ergänzte Simon mit Unschuldsgesicht, »ist allerdings nur die Norm. Manchmal werden diese Leitungssysteme auch geändert.«

Fränk rollte mit den Augen. »Da gibt's dann Dinger. Wenn alte Verträge übersehen werden und man auf einmal zwei Direktoren gleichzeitig hat, oder so.«

»Jedenfalls«, versuchte Michael das Gespräch wieder einzufangen, »unterstehen wir alle dem Fleischer und der zwar dem Intendanten, aber das heißt eben gar nichts, da er offenbar machen darf, was er will. Auch mit einem Peter.«

»Der Intendant und Fleischer sind in der Chefetage eine uneinnehmbare Bastion«, ergänzte Fränk. »Fleischer steht wie ein Riff im Wasser.«

»Ach«, unterbrach Simon, »vom Charme her ist der mehr eine Ölbohrinsel.«

»Und jetzt?«, fragte Sonja lebhaft, als die beiden Requisiteure wieder an ihre Arbeit gegangen waren.

Michaels Sorgen hatten inzwischen überhandgenommen. »Sei mir nicht böse, aber ich muss dringend was erledigen.«

Er ließ Sonja in der Kantine zurück und ging rasch hinaus in den Hof. Ein Kontaktversuch mit Peter brannte ihm derart auf den Nägeln, dass er sich nicht mal Zeit nahm, einen ruhigeren Ort zu suchen. Noch im Gehen wählte er. Beim siebten Klingeln begann er sich zu wundern, dass keiner ranging – dann legte er plötzlich schnell wieder auf. Peter hatte sich hingelegt und schlief vielleicht immer noch! Michael hoffte inständig, dass er ihn nicht geweckt hatte, und schalt sich einen Idioten. Mit verkniffenem Gesicht ging er in die Kantine zurück.

Hier saß immer noch Sonja. »Schon fertig?«

»Ja. – Nein. – Hat nicht geklappt.« Pflichtbewusst teilte er ihr mit, dass er jetzt Zeit habe, sie durch das Haus zu führen, obwohl er mit seinen Gedanken eigentlich ganz woanders war. Sonja war allerdings erfreut und zog unternehmungslustig mit ihm los.

Zunächst führte er sie zum Aufenthaltsraum der Bühnentechniker, dann ein paar Schritte weiter zur Kammer der Tontechnik, deren Eingang mitten in einem Treppenhaus lag.

In dem kleinen, fensterlosen Raum trafen sie den Leiter der Abteilung, der zwar eigentlich Dieter Hammer hieß, aber von allen immer nur Pappi genannt wurde. Und eigentlich wirkte er mit seiner leichten Fülle, der Halbglatze und dem Bart, dem runden Gesicht und der Lesebrille eher wie der Prototyp des Weihnachtsmanns. Aber weil er schon ewig zum Personalrat des Hauses gehörte und sich im Rahmen dessen um alle Mitarbeiter sehr zu kümmern versuchte, hatte er sich seinen Spitznamen absolut verdient.

»Herzlich willkommen bei uns«, sagte Pappi freudig und schüttelte Sonja die Hand. Er war heute der Erste, der sie so zuvorkommend begrüßte – von Theo Fleischer einmal abgesehen. »Ich hoffe, du wirst eine nicht zu harte Zeit hier haben und das Theaterleben hinterher noch zu schätzen wissen.«

Sonja lächelte zurück. »Na, mal sehen«, sagte sie munter. Allerdings glaubte Michael eine minimale Irritation wahrzunehmen. Offenbar hatte ihr Schwung seit dem Morgen an Unerschrockenheit verloren.

Pappi fasste sie väterlich am Arm. »Lass dich nur nicht unterkriegen. Hier im Haus braucht man vor allem ein dickes Fell. Wenn irgendwas schief läuft, halt dich an den da, das ist einer von den Guten«, und er deutete auf Michael, der verlegen wurde. »Oder du kommst zu mir.«

Michael mochte Pappi. Er war ein herzlicher Mensch. Und er nahm seine Personalratsverpflichtung, für die Mitarbeiter da zu sein, sehr ernst.

Michael drängte jedoch weiter. Immer noch bewegte ihn eine dumpfe Unruhe. Er führte Sonja etliche Treppen hinauf und Gänge entlang.

»Mensch, bei den vielen Fluren und Türen hier werde ich mich wohl nie zurechtfinden«, stöhnte sie.

»Ach, wenn du erst mal die Verkehrsknotenpunkte kennst, verstehst du auch den Schlamassel drumherum. Das Verwirrende sind die zwei aneinandergesetzten Gebäude. Erst wurde 1957 die Oper gebaut, fünf Jahre später das Schauspielhaus.« Er schüttelte missbilligend den Kopf. »Aber was viel schlimmer ist, selbst wenn man sich zurechtfindet: der Bau ist ein völliges Desaster. Die Bühnenausstattung ist total veraltet, überall fehlt Lagerfläche, die Arbeitsräume sind zu klein und zu dunkel. Und die Bausubstanz bröselt und bröckelt an allen Enden.«

Und mit Peter wird auch noch andere Substanz angegriffen.

In seine Gedanken verbissen führte er Sonja zur Requisitenkammer, in der sie erneut Fränk und Simon trafen. Der Raum war klein und mit Regalen, Schränken und einer Werkbank völlig zugestellt. Es gab zwar Fenster, die aber nur zu einem Lichtschacht führten, der senkrecht in die Höhe ging und auf Straßenniveau in einem Gitterrost endete. Immer, wenn oben jemand darüber lief, wurde es unten dunkler. Fränk bastelte gerade an einer Trick-Schachtel für Amphitryon, in die ein paar Spezialeffekte eingebaut wurden. Michael beriet sich kurz mit ihm über die Handhabung.

Das brachte Simon darauf, sich nach der Requisitenbesprechung für Amphitryon zu erkundigen. »Kommst du übermorgen wieder mit so einer riesigen Liste?«

Michael nickte leidvoll.

»Sag dem Fleischer«, meinte Fränk, »dass viel Kram nicht zwangsläufig eine gute Inszenierung ergibt. – Die Rumpelbude in seinem Kopf muss der ja nicht jedes Mal auf die Bühne kippen.«

Als nächstes erreichten Michael und Sonja wieder ein Treppenhaus. Diesmal ein geradezu großzügiges. Hier befand sich der Zugang zur Abendmaske und in den drei

Stockwerken, die sie erstiegen, lagen die Künstlergarderoben sowie die Kammern der Ankleider.

»Meine Güte«, staunte Sonja. »Wie viele Menschen an so einer Aufführung arbeiten. Man sieht ja immer nur die Schauspieler.«

»Alles in allem hat der Laden über 600 Mitarbeiter. Und die sind nur dafür da, um am Abend recht wenige Menschen auf die Bühne zu bringen.«

»Mmh«, nickte Sonja, »ganz schön eindrucksvolles Haus.« Es klang fast wie ein Seufzer. »Glaub aber nicht, dass ich mir alles merken kann.«

»Nein, bestimmt nicht«, wiegelte Michael ab. Und weil er sich tatsächlich vorstellen konnte, wie überfordert Sonja sein musste, versuchte er sie so warm er konnte anzulächeln. Bedauerlich war, dass sie ihn gar nicht ansah.

Zum Schluss wurde Sonja von Michael zurück zur Kantine geführt. Er nahm einen ihr völlig unbekannten Weg.

»Das ist wirklich das reinste Labyrinth hier«, verzweifelte sie. »Steht auch irgendwo der Minotauros rum?«

»Der was?«

»Kennst du nicht die griechische Sage vom Labyrinth des Daidalos? Nicht nur, dass jeder darin unweigerlich die Richtung verlor – hinter jeder Ecke konnte auch der gefährliche Minotauros lauern und einen fressen.«

»Ach so, doch, kenne ich. – Und passt.«

Man verliert hier im Haus nicht nur in den Gängen die Richtung. Und Gefährliches kann auch lauern.

Die Kantine war um die Nachmittagszeit erholsam leer, nur Arnd saß da und hantierte an seinem Handy herum. Er schaute kaum auf, als sich die beiden zu ihm setzten. Ihr Gespräch war offenbar zu bedeutungslos für ihn: Michael hatte Sonja auf einen Kaffee einladen wollen und wie sich herausstellte, trank sie lieber Tee, während er ja ohnehin nie Kaffee trank.

Sie saßen noch nicht lange, als die Tür aufging und überraschenderweise Theo Fleischer hereinkam. Normalerweise war es unter seiner Würde, die Kantine zu betreten.

»Dachte ich doch, dass ich euch hier finde. Ich möchte, dass ihr dem Peter für heute Abend absagt. Er braucht nicht zu kommen.«

Alle schwiegen verblüfft.

»Ja, aber …«, konnte Michael schließlich stammeln, »ist die Probe wieder geändert?«

»Nein«, entgegnete Theo Fleischer, »ich brauch den einfach nicht.«

Peter wird bei einem Durchlauf durch den ersten Akt auf jeden Fall gebraucht. Noch dazu bei einer der seltenen Bühnenproben. Was passiert hier gerade?

»Einer von euch muss ihm sagen, dass er zu Hause bleiben kann«, fuhr Theo Fleischer ungerührt fort. »Es ist schon recht knapp vor der Probe, also seht zu, wie ihr das hinkriegt.«

»Ich schreibe ihm eine SMS«, ließ Arnd vernehmen, der von seinem Handy ohnehin kaum aufgeschaut hatte.

Das ist ja nun mal wirklich nicht die richtige Art und Weise!

»Aber, Moment«, japste Michael dann hinter Theo Fleischer her, der schon gehen wollte. »Was heißt das denn jetzt?«

Theo Fleischer zögerte, kam dann jedoch an ihren Tisch zurück. »Das heißt, dass ich nach dem, was ich heute Morgen erlebt habe, erst einmal nachdenken werde, wie das mit dem weitergehen wird.«

Er nimmt Peter die Rolle ab!

Michael war wie betäubt. Dass Arnd die ganze Zeit in sein Handy tippte, machte ihn zusätzlich verrückt. Offenbar schrieb er bereits die SMS an Peter.

»Ich hab wirklich alles mit dem probiert«, ergänzte Theo Fleischer schroff, »Geduld, Mahnung, Strenge und Durchgreifen. Da er aber nichts Hochwertiges leistet, muss er endlich spüren, wo er sich eigentlich befindet.« Damit verließ er die Kantine.

Das kann nicht sein. Das darf nicht sein!

»Fertig«, verkündete Arnd und legte endlich sein Handy weg.

»Toll«, antwortete Michael unerfreut. »Sag mal, hast du das auch so verstanden: Peter ist raus aus Amphitryon?«

»Tja«, antwortete Arnd unbestimmt und trank an seiner Cola Zero. »Peter muss es jedenfalls akzeptieren. Aber zerbrich dir nicht unnötig deinen Kopf. Ob Peter umbesetzt wird oder sich nur einen Abend lang erholen soll und dann morgen ...«

»Wieder fertiggemacht wird«, ergänzte Michael mechanisch.

»Oder noch mal eine Chance bekommt: Das sind Dinge, die ein einfacher Regieassistent nicht verstehen muss, und an deren Entscheidung er sowieso keinen Anteil hat.« Arnd nickte unterstreichend. »Und jetzt wird es langsam Zeit, auf die Bühne zu kommen. Ich gehe schon mal vor. Vielleicht kommst du bald nach?« Dann sah er knapp zu Sonja hinüber. »Du auch.«

Ohne weiteren Gruß verließ er die Kantine durch die Hoftür.

Michael überlegte fieberhaft, was er tun sollte. Peter würde diese Nachricht endgültig ausklinken lassen. Seit gestern Nacht stand er doch kurz davor – und Michael hatte ihn auch noch abgewiesen!

Ich muss ihn endlich erreichen!

»Ist das sehr schlimm für Peter?«, unterbrach Sonja seine Gedanken mit einer Ahnung in der Stimme.

»Wenn Peter diese Rolle wirklich abgenommen bekommt, verliert er seine Chance, sich in einer großen Produktion zu präsentieren. Große Rollen werden ihm dann auch sicher nicht mehr angeboten, und möglicherweise sein Vertrag auch nicht verlängert.«

Sonja nickte verständig. »Das muss alles unglaublich beschämend für ihn sein.«

Michael gruselte sich. Aber Sonja bestätigte ihm, dass er handeln musste.

»Ich gehe Peter anrufen«, entschied er und stand auf. »Ich hole dich hier wieder ab.« Damit eilte er aus der Kantine. Diesmal wollte er für das Gespräch ungestört sein. Auf keinen Fall konnte er wieder in den Kantinenhof. Eines der Büros schied aber auch aus. In seiner Hektik fiel ihm nur ein, zur Bühnenpforte hinauszugehen und sich auf die Straße zu stellen. Die Wärme war fast ein Schock nach den letzten Stunden im abgeschotteten Gebäude.

Peters Handy war besetzt. Michael fragte sich, mit wem er wohl telefonierte. Er versuchte es auf der Festnetznummer. Dort meldete sich der Anrufbeantworter. Michael bat um Rückruf und versuchte es ein weiteres Mal auf Peters Mobiltelefon. Doch zu seiner Verwunderung war es jetzt abgeschaltet.

Ratlos sah Michaels die Straße hinab. Unerwartet vibrierte das Handy in seiner Hand: Eine SMS. Sie kam von Peter, der offenbar vor dem Abschalten seines Telefons noch eine Nachricht abgeschickt hatte.

Schon gehört? Soll heute nicht zur
abendprobe kommen. Bin entzückt. Glaube
ich besauf mich.
Lg peter
ps: Ich krieg noch was von dir

Das klang gar nicht gut. Zudem verstand Michael den letzten Satz nicht.

›Ich krieg noch was von dir‹. Was will er denn haben? Eine Auskunft? Endlich eine Möglichkeit, sich auszuquatschen?

Wieder in der Kantine, berichtete er Sonja, dass er Peter nicht erreicht hatte. Unschlüssig saßen sie noch kurz beieinander. Dann mussten sie aufbrechen und zur Bühne, um die Probe vorzubereiten.

Es half ja nichts.

Abendprobe

Beide betraten den Zuschauerraum des Schauspielhauses durch einen der Publikumseingänge. Vor einer Vorstellung bot sich einem hier ein erhabenes, eindrucksvolles Bild: Ein feierlich wirkender Saal in grau und schwarz, Sitze in leuchtendem Kölnrot und auf der Bühne eine Erwartungen schürende Dekoration, meist bereits atmosphärisch beleuchtet.

Jetzt sah das alles ganz anders aus. Auf der Bühne wuselten eine Menge Arbeiter der unterschiedlichsten Abteilungen herum, der Raum glich einem Ameisenhaufen, und viel geschimpft wurde auch. Michael und Sonja legten zunächst ihre Sachen im hinteren Teil des Zuschauerraums auf dem zwischen den Sitzreihen installierten Regietisch ab. Routiniert prüfte Michael, ob die Tischlämpchen funktionierten. Als nächstes stiegen beide über eine kleine Treppe, die für Proben extra angebracht wurde, auf die Bühne.

»Ganz schön groß alles«, bemerkte Sonja beeindruckt. Erst von hier oben aus war zu erkennen, dass die Bühne sogar noch erheblich weitläufiger war, als es vom Saal aus den Anschein hatte.

Doch dann war es mit der Ruhe vorbei. Ein Beleuchter fragte, ob das Probenlicht wohl Theo Fleischer zufrieden stellen würde. Michael bat Sonja nach den Probenkostümen Ausschau zu halten, klärte die Lichtangelegenheit und fragte seinerseits, ob das Souffleusenpult vorbereitet sei (was den Beleuchter aufschrecken ließ). Zwei Requisiteure der Spätschicht brauchten Hilfe beim Einrichten. Und gemeinsam mit Arnd gab es mit dem Bühnenmeister Fragen zu klären.

Rechts an die Hauptbühne schloss sich eine beinahe ebenso große Seitenbühne an, die inzwischen aber nur noch als dringend benötigte Lagerfläche genutzt wurde. Hier trafen Sonja und Michael auf Hektor Schmitz. Auch bei Amphitryon war er der Inspizient.

»Oh, Michael, du musst mir helfen! Ich blick bei meinem Inspizientenbuch nicht mehr durch. Du musst mir noch mal sagen, was wir neulich alles geändert haben.«

Michael versuchte abzuschätzen, wie viel Zeit er dafür erübrigen konnte. »Gut, aber schnell.« Vorher stellte er rasch Sonja vor.

»Ah!«, machte Hektor und ein freudig-verschmitztes Lächeln glomm auf seinem Gesicht auf. Er strich sich eitel über sein Haupthaar. »Eine Frau im Team. Das ist gut. Das ist gut.« Eine von Hektors Eigenheiten war, Sätze zu wiederholen – vor allem, wenn er emotional wurde. »Mit einer Sonja haben wir wieder Sonne im Haus.«

Michael verkniff sich ein Grinsen.

Hektor Schmitz war Mitte fünfzig, etwas beleibt, und ein Unikum. Das Eindrucksvollste war seine Naivität, die unter Beweis zu stellen ihm auch immer wieder gelang. Er war erfüllt von einem unerschütterlichen Glauben, noch zur Jugend zu gehören und hielt sich für einen begnadeten Showansager. Manchmal erforderte er etwas Geduld, war unterm Strich aber durch und durch harmlos.

»Freut mich wirklich, freut mich wirklich«, fuhr Hektor fort. »Siehst du, dass ein schönes Ereignis kommt, stand doch heute auch in meinem Horoskop. Aber das darf ich beim Frühstück ja nicht mehr vorlesen, schon gar nicht meinem Sohn. Oh, dann schimpft meine Frau immer. Die wird richtig böse dann.«

Michael schaffte es, Hektor an das Inspizientenpult zu bugsieren und mit ihm den Text durchzugehen.

Auf der Bühne kamen die Aufbauarbeiten allmählich zum Abschluss. Helga war eingetroffen, beäugte ihr Souffleusenpult, war über das vorbereitete Licht begeistert und lobte den Beleuchter. Der Bühnenmeister erkundigte sich bei Arnd, ob es noch etwas zu beanstanden gäbe und als der verneinte, ging er mit seinen Mannen.

Es kehrte so etwas wie Ruhe ein.

Als Michael auf die Bühne zurückkehrte, sah er Sonja in einiger Entfernung stehen, den Kopf in den Nacken gelegt und senkrecht nach oben gegen das blendende Licht blinzelnd. Unwillkürlich tat er ihr es gleich: Hoch oben im Bühnenturm befand sich ein Gewirr von technischen Einrichtungen, an den Wänden Galeriegänge in mehreren Ebenen übereinander, dazwischen Hunderte von Scheinwerfern aller Größen und anderes, was sich kaum identifizieren ließ, da alles schwarz gestrichen war.

»Was machst du denn da?«, hörte Michael Helga fragen, die sich neben Sonja gestellt hatte.

»Ich schaue, wie weit das da rauf geht.«

»Tja, das sind satte 22 Meter«, sagte Arnd, der plötzlich ebenfalls bei ihnen stand.

»22 Meter«, wiederholte Sonja.

»Etwa acht Stockwerke.«

Neugierig war Hektor zu ihnen getreten. »Es gibt eine ganze Menge Scheinwerfer da oben. Einzelne und so Reihen von vielen Kleinen.«

Die Gruppe bildete eine recht eigenwillige Ansammlung von Hans-Guck-in-die-Lufts. Da wollte Michael sich nicht bitten lassen und ging ebenfalls hinüber.

»Na, seht ihr euch den Schnürboden an?«

Sonja nickte.

»Ganz schöne Höhe«, bemerkte Hektor.

»Da dürfte man Peter auf keinen Fall raufschicken«, gruselte sich Helga.

Mit einem Mal waren alle unangenehm berührt und schwiegen. Nur Hektor begriff nichts.

Michael hatte überhaupt nicht mehr an Peter denken können. Bitterkeit ergriff ihn wieder. Dass er ihn aber auch nicht erreichen konnte! Inständig hoffte er, dass Peter jetzt in irgendeiner schönen Kneipe saß.

Jedenfalls nicht im ›Moderne Zeiten‹: da wo die Chefs hingehen muss er heute wirklich nicht sein.

In diesem Moment kam als erster Schauspieler der leicht dickliche Lars Langenich auf die Bühne.

»Sagt mal, hab ich das richtig gehört? Der Peter wurde für heute Abend abbestellt?«

Lars Langenich war Anfang dreißig und wirkte immer

etwas überfordert. Er war frischer Familienvater und ließ das auch jeden wissen. Frau und Kind waren ihm so wichtig, dass er sich aus allem heraushielt und jede Sekunde zu Hause verbrachte. Vieles, was im Ensemble geschah, bekam er nicht mit, was ihn ein wenig zum Außenseiter zu machen drohte. Deshalb versuchte er immer alles noch irgendwie zu erfahren, behauptete in Gesprächen aber auch schon mal einfach irgendetwas. Im Stück spielte er den leicht tumben Diener von Amphitryon recht überzeugend.

Lars schien auf eine Antwort zu bestehen.

»Ja, Peter wurde abbestellt«, bemühte sich Michael so neutral wie möglich zu sagen.

»Und was heißt das? Ist die Rolle jetzt umbesetzt?«

»Mehr weiß ich nicht.«

Typisch, dass ich die Unruhe, die ich bei mir selbst verspüre, bei anderen niederzukämpfen versuche.

Hingegen wunderte es ihn nicht, dass die Nachricht schon wieder die Runde gemacht hatte.

»So, ruft bitte alle zusammen!«, ertönte es in diesem Augenblick aus dem Zuschauerraum. Theo Fleischer war eingetroffen.

Erstaunlich schnell fanden sich die Schauspieler auf der Spielfläche ein. Neben Lars Langenich waren das Svetlana Beer und Paul-Georg Hammich sowie Stella Kammer und Tim F. Engels. Nur Thomas Kister war im ersten Akt nicht dran und deshalb auch nicht hier.

Theo Fleischer kam zu ihnen hoch, stellte sich vor die versammelte Mannschaft und gab eine kurze Erklärung ab. Er lächelte gönnerhaft.

»Heute Abend werden wir den ersten Akt durchmachen. Wir werden das ohne Peter tun. Der hat nach seinem Zusammenbruch von heute nicht mehr die Kraft zu proben und ist zu Hause geblieben.«

Michael zuckte innerlich zusammen.

Das klingt, als ob es Peters Wille gewesen wäre, nicht zu kommen.

Unwillkürlich formte sich in ihm das Bedürfnis, den Regisseur zu korrigieren. »Wir müssen besprechen, wie wir mit Peters Solopassagen umgehen, wenn er nicht mitproben darf.«

Theo Fleischers Grinsen fror ein wenig ein.

»Wir springen die Stellen«, sagte er knapp. Und damit war für ihn die Zeit der Erläuterungen offenbar beendet, denn rasch schritt er von der Bühne hinab in den Saal.

Die Schauspieler blieben stehen und wechselten erstaunte Blicke.

»Was ist denn passiert? Ich hab gar nichts mitbekommen«, warf Hektor wissbegierig ein. Aber niemand beachtete ihn.

Theo Fleischers Stimme tönte aus dem Saal, in dem er von der Bühne aus nur schemenhaft zu erkennen war. »So, können wir dann bitte anfangen?«

An Lars Langenich schien die Verschlossenheit des Regisseurs vorbeigegangen zu sein. Er hielt seine patschige Hand gegen das blendende Licht und fragte mit geradezu ignoranter Ruhe. »Heißt denn das jetzt, dass Peter nicht mehr zur Produktion gehört?«

»Ach weißt du«, entgegnete Theo Fleischer mit gebremstem Spott, »darüber kann ich dir gerade gar nichts sagen.«

Völlig unerwartet platzte es in diesem Moment aus Stella Kammer heraus. »Also, ich weiß wirklich nicht, was du die ganze Zeit gegen Peter hast. Er spielt eigentlich nicht schlecht. Er ist nur völlig gehemmt durch dich.«

Stella Kammer war eine kleine, dralle Person, Anfang dreißig, mit kurzen blonden Haaren. Schnell konnte sie sich für ein Thema ereifern, trug ihr Herz auf der Zunge und gab ihre Ansichten äußerst ungestüm von sich. Für Amphitryon war sie mit der Rolle der Charis, der hitzigen Gattin des trägen Sosias, bedacht worden.

»Peter ist doch höchstens mittelmäßig«, erwiderte Theo Fleischer lakonisch. »So einer hat an einem Haus von unserem Format überhaupt nichts verloren.«

»Aber wenn er nach Hause geschickt wird, kann er erst recht nichts leisten.«

»Idiotisch, dass du dich für ausgerechnet den so vor wagst. – Ich will bitteschön mit der Arbeit beginnen. So viele Proben haben wir hier unten auf der Bühne nicht. Und bis zur Premiere sind es nur noch ein paar Wochen. Also geh jetzt auf Seite, Stella.«

Aber Stella hatte die Arme in die Hüfte gestemmt und bewegte sich nicht. »Ich finde total scheiße, was du abziehst. Deine Art, dich über Peter zu erheben, hat was Menschenverachtendes. Da mache ich nicht mit. Und wenn du hundert Mal der Chef bist.« Dann drehte sie sich zu ihren Kollegen um. »Ihr seht das doch genauso, oder?«

Svetlana Beer machte nur eine ernste Miene. In Paul-Georg Hammich schien etwas zu arbeiten – was, war nicht ersichtlich.

»Endlich fertig?«, fragte Theo Fleischer mit zunehmender Gereiztheit aus der Finsternis des Saals. »Dann beginnen wir jetzt bitte mit der Probe!«

»Kommt Leute«, gab Stella nicht auf, »man lässt einen Kollegen doch nicht allein im Regen stehen. Lars, sag was.«

Auf dem Gesicht von Lars Langenich erschien ein beinahe ertappter Ausdruck. »Ich misch mich da nicht ein!«

»Solltest du aber.«

»Also, ich möchte mal so sagen«, schickte Paul-Georg Hammich nun doch mit lauter Stimme in den Saal hinab.

»Was du auch immer mit Peter planst, es darf nichts sein, was die Kräfte der anderen Kollegen belastet. Das will ich dich nur wissen lassen.«

»Leute, das könnt ihr wann anders auskaspern«, rief der Regisseur ungehalten. »Wir müssen bis zur Premiere fertig werden!«

Stella ließ nicht locker. »Ich möchte ja nur begreifen, was du gegen Peter hast. Ihn derart hart ranzunehmen ist einfach …«

Weiter kam sie nicht, weil Theo Fleischer mit einem Mal schrie wie ein Feldmarschall im Krieg. »So, jetzt pass auf, du blöde Kuh. Ich werde mir meine Arbeit nicht kaputt machen lassen. Weder von dir, noch von Peter, noch von irgendwem anders! Was hier auf die Bühne kommt, muss allererste Güte haben. Und ihr habt überhaupt nicht den Überblick. Ihr spielt nur! Überlasst es mir, wie hier vorgegangen wird und weigert euch nicht, eine der seltenen Bühnenproben zu nutzen!«

Alle standen mit verkrampften Schultern da. Erst nach einer kurzen Weile gelang es Stella, etwas nachzusetzen. »Ich finde nur leider, dass es mich in der Arbeit hemmt, wenn du so eine Stimmung verbreitest.«

»Dann bist du im falschen Beruf!«

Dazu fiel Stella nichts mehr ein.

Paul-Georg Hammich meldete sich noch einmal durchdringend zu Wort. »Ich möchte feststellen, dass sich hier niemand weigert, seiner Arbeit nachzugehen.«

»Dann hört auf zu reden und lasst uns endlich mit der Probe beginnen!«

Und erstaunlicherweise wirkte diese Ansage. Die kleine Gruppe löste sich auf und jeder ging dorthin, wo er zu Beginn des ersten Aktes zu sein hatte.

Michael versuchte seine Gedanken zu sortieren. Hatten Stella Kammer und Paul-Georg Hammich wirklich Peter helfen wollen? Oder nur versucht, ihre Richtung im Labyrinth nicht zu verlieren, dem gefährlichen Minotauros nicht in die Arme zu laufen? Gut jedenfalls, dass Peter all das nicht mitbekam.

Michael hätte sich nun neben Theo Fleischer an den Regietisch setzen müssen. Aber er konnte sich nicht dazu überwinden. Nicht nach dem, was der Schauspieldirektor gerade alles über Peter gesagt hatte. Völlig gegen seine Gewohnheiten entschied sich Michael, seine Pflichten etwas zu dehnen.

Arnd wird das unten schon erledigen.

Außerdem kam es durchaus öfters vor, dass einer der beiden Assistenten hinter der Bühne blieb, um dort Dinge zu koordinieren. Michael bezog also neben dem Inspizientenpult seine übliche Stellung und atmete erst mal tief durch.

Hektor erreichte ebenfalls sein Pult, drückte einige Knöpfe und sprach in das Mikrofon der Durchrufanlage. »Die Probe auf der Bühne Kleines Haus hat begonnen.« Dann blickte er zu Michael. »Höhenangst hat der Peter also? Das ist schlimm.« Obwohl Michael darauf nicht einging, fügte er noch etwas hinzu. »Da muss man was machen, da muss man was machen.«

Aus dem Saal rief Theo Fleischer unverständliche Anweisungen. Das Mikrofon, mit dem er seine Kommandos noch lauter und übermächtiger auf die Bühne peitschen konnte, fand er meist nicht ohne Hilfe.

Zum Glück.

Svetlana Beer, die zu Anfang nicht auf der Bühne sein musste, hatte sich ebenfalls am Inspizientenpult eingefunden. Ihr verhärmtes Gesicht spiegelte wie üblich keine Gefühlsregung wieder. Auch Tim F. Engels hatte sich in das Halbdunkel der Seitenbühne begeben. Er spielte im

Stück den zynischen Götterboten Merkur. Es war schwer zu glauben, dass dieser so matt wirkende Mensch in der Lage war, amüsant zu sein. Tim F. Engels, ein hagerer Mittfünfziger mit ständig dunklen Ringen unter den Augen, war der Inbegriff eines Eigenbrötlers. Wortkarg und verschlossen, pflegte er praktisch keine Anbindung an die übrigen Kollegen. Was er dachte oder fühlte, wusste man nie. Es war auch unbekannt, wofür das F. in seinem Namen stand. Er machte aus allem ein Geheimnis. Vermutet wurde, dass es sich um einen erfundenen Zusatz handelte, eine Art Künstlernamen. Fränk von der Requisite hatte mal behauptet, F. würde für ›freudlos‹ stehen. Sobald Tim allerdings zu spielen anfing, war er wie ausgewechselt: Energiegeladen, lebendig – und auch komisch, falls nötig. Die Ereignisse der letzten Minuten hatte er mit unbewegter Miene zur Kenntnis genommen.

Auf der Bühne hatten sich inzwischen alle positioniert. Die Probe begann. Theo Fleischer leitete über die Momente hinweg, in denen Peter seinen Einsatz gehabt hätte.

Svetlana stand noch immer neben Michael. Als die Probe bereits einige Zeit im Gang war, sprach sie plötzlich halblaut vor sich hin. »Entweder wird das heute Peters Niedergang oder sein Triumph.«

Michael verstand nicht, was sie meinte. Er verstand aber etwas anderes: Die Probe lief – und zwar ohne Peter! Seine Abwesenheit störte kaum, denn seine Figur war dem Stück ja nur hinzuerfunden. Es war überdeutlich.

Peter wird es schwer haben, sich hier am Haus noch einmal behaupten zu können.

Nacht

Die Probe war erstaunlich unspektakulär abgelaufen. Der erste Akt von Amphitryon war zunächst durchgespielt worden, Theo Fleischer hatte dann einige Anweisungen gegeben und sie hatten den Akt wiederholt. Michael hatte die ganze Probe hinter der Bühne verbracht. Heimlich hatte er versucht, Peter anzurufen, aber dessen Handy war immer abgeschaltet gewesen.

Theo Fleischer hatte natürlich keine Pause gemacht, sondern durchprobiert und erwartet, dass das jeder akzeptiert. Als er schließlich doch noch ein Ende gefunden hatte, war Michael zu seiner Überraschung zum Regietisch beordert worden. Wie hatte er gestaunt (und innerlich auch gestöhnt), als ihm der Regisseur eine unglaublich lange Liste mit Geräuschen gab, die er von der Tontechnik besorgt haben wollte – und zwar gleich für den nächsten Vormittag. Das bedeutete also noch Arbeit um diese späte Uhrzeit. Michael hätte gerne etwas dazu gefragt, Theo Fleischer hatte sich aber eilig verabschiedet, weil er dringend irgendwo hatte hinmüssen. Michael war verwirrt und allein am Regietisch zurückgeblieben.

Die Bühne war inzwischen von einem Heer von Mitarbeitern gestürmt worden, die das, was vor wenigen Stunden mühsam aufgebaut worden war, wieder abzuräumen begonnen hatten. Insbesondere die Schräge war auseinandergerissen worden, um Platz für den eisernen Vorhang zu schaffen, eine auf- und abfahrbare Blechwand, die den Bühnenraum und den Zuschauersaal in zwei getrennte Feuerzonen teilen konnte. Irgendwo in dem Gewimmel war vermutlich auch Arnd gewesen. Es hatte Michael geärgert, dass sein Kollege immer weg war, wenn man ihn gut gebrauchen konnte und deshalb dieser Ton-Job an ihm hängen geblieben war. Auch Sonja hatte er aus den Augen verloren gehabt.

Verdrießlich hatte er dann also einige Zeit mit dem diensthabenden Kollegen der Tonabteilung verbracht, um mit ihm diese wirklich absonderliche Liste durchzugehen. Es war deutlich nach Mitternacht, als er endlich das Haus verlassen konnte.

Jetzt hatte Michael es wirklich eilig. Er wollte heim. Also nahm er den kürzesten Weg zum Ausgang: über die Bühne.

Als er die Tür, die auf die Hauptbühne führte, hinter sich zugleiten ließ, umfing ihn ein beinahe vollständiges Dunkel. Da die technischen Abteilungen inzwischen Feierabend gemacht hatten, waren alle Lichter aus. Nur die Notbeleuchtung brannte. Der eiserne Vorhang war, wie immer zur Nacht, herabgelassen und ließ alles noch düsterer wirken. Aber Michael kannte sich blind aus und sparte es sich, die Arbeitsbeleuchtung wieder einzuschalten.

Den Weg hier raus finde ich noch scheintot.

Zügig wollte er am weitläufigen Bereich der Hauptbühne vorbei, die sich nach links öffnete und in dumpfer Schummerigkeit lag. Ein paar Gerätschaften und Dekorationselemente standen dort herum. Man konnte ihre unförmigen Schemen ausmachen. Ein Durcheinander, das die Bühnentechniker von der Spätschicht für die Frühschicht übrig gelassen hatte. Michael steuerte die Tür hinten rechts an, über der ein grünes Notausgangsschild glimmte. Es kam ihm wie eine Richtmarkierung vor. Irgendetwas im Augenwinkel zwang ihn jedoch auf die Hauptbühne zu schauen. Dort gab es vor allem harte, kantige Schatten, die von technischem Material stammten. Und dazwischen war irgendeine merkwürdig weiche Form. Sie lag flach in der Mitte der Hauptbühne, nur wenige Meter vom eisernen Vorhang entfernt. Es war ein großes Knäuel, vielleicht ein Seesack, ein Bündel Probenkostüme, ein … Michael ging die Fantasie aus. Das alles war es nicht. Nur eines begriff er: Dieses Ding gehörte da nicht hin!

Einen kurzen Moment wollte Michael einfach weiter. Aber dann siegte sein Pflichtgefühl. Er wusste zu gut, dass es letztendlich immer er war, der für Fehler schlampiger Mitarbeiter zur Rechenschaft gezogen wurde. Von diesem Ding da vorne (Vorhangbündel, Wäschestapel?) konnte noch Unglück ausgehen. Seufzend beschloss er, es sich anzusehen.

Vorsichtig setzte er Schritt um Schritt auf das Etwas zu. Da einem im Dunkeln auf unaufgeräumten Bühnen manches begegnen konnte, was es an andern Arbeitsplätzen nicht gab – Baustellen vielleicht ausgenommen –, musste er aufpassen. Mit vorgestreckten Händen und tastenden Schritten näherte er sich dem Ding, bis es schließlich nur noch wenige Meter vor ihm lag. So wie es aussah, waren es doch Kleidungsstücke.

Dann nahm er einen irritierenden Duft wahr. Auf der Bühne roch es in der Regel nach Staub und Holz, nach Schmierfett und Glühlampenwärme – aber das jetzt war ein anderer, ein fremder Geruch, den er trotzdem kannte, nur nicht von hier – er war nicht technisch genug. Er gehörte in einen anderen Zusammenhang.

Er kniff die Augen zusammen, um besser sehen zu können, und ging ein paar Schritte weiter. Und plötzlich wurde ihm klar, was das für ein organischer Geruch war: So ähnlich roch es in einer Metzgerei! Nur fehlte hier das konservierte, gekühlte – es roch nach rohem Fleisch!

Er war jetzt dicht neben dem Bündel und mit einem Mal überkam ihn eine Gewissheit, die ihn jede Bewegung abbrechen, nicht einmal mehr atmen ließ – er wusste, was da lag: Ein Mensch!

Ein Mensch, der sich nicht bewegte und aus dem Blut floss. Ein Mensch, der in merkwürdig verzerrter Haltung lag, alle Glieder unter dem Rumpf begraben.

Tot.

Michael starrte hinab auf die Person.

Und dachte nichts.

Schließlich beugte er sich leicht vor, suchte Gewissheit und wusste nicht wie. Seine Augen tasteten die Gestalt ab, bemüht, etwas zu finden, an das man irgendeine Art von Handlung anknüpfen konnte. Und dann stand er so, dass das bisschen Licht auf das fiel, was wohl der Kopf war. Und Michael verkrampfte sich noch mehr.

Vor ihm lag der tote Peter.

*

Die Geschehnisse, die sich anschlossen, nahm Michael hellwach und doch wie weit entfernt wahr.

Seinen Gang zum Pförtner. Die Verständigung von Polizei und Notarzt. Deren Eintreffen und das Begleiten zum Ort. Seine Aussage irgendeinem Uniformierten gegenüber. Immer wieder der unwirkliche Anblick des Körpers auf den schmutzigen Bühnenbrettern. Und dann etliche, wie plötzlich hergezauberte, bestürzte Mitarbeiter.

Da kann man mal sehen, wie viele Personen selbst nachts noch im Haus sind.

Michaels Gedanken kreisten um unsinniges Zeug.

Der Arzt sprach Worte, die sinngemäß ›aus großer Höhe zu Tode gestürzt‹ lauteten. Ein Mann in Zivil stellte sich als Diensthabender der Kriminalwache vor. Verschiedene Menschen in Berufskleidung schrieben Dinge auf Papiere. Schließlich wurde Michael von der grausigen Bühne weggeführt und in irgendein Büro gesetzt.

Irgendwann waren auch Intendant und Geschäftsführer des Hauses da. Sie klopften ihm auf die Schulter, sprachen beruhigende Worte, die er gleich wieder vergaß.

Peter war tot!

Peter, der noch vor 24 Stunden bei ihm zu Hause auf dem Sessel gesessen hatte, lag tot … lag mit gebrochenen Gliedern … lag …

zermatscht – man muss das doch mal klar sagen

… auf der Bühne des Kölner Schauspielhauses und würde nie wieder ein Wort sagen, einen Gedanken denken, eine Figur spielen können.

Was hat der denn hier gesucht, ich denke, der ist in einer Kneipe und besäuft sich?

Michael hatte keine Ahnung, wie lange sich das ganze hinzog. Kurz? Ewig?

Dann kam der Moment, an dem alles gesprochen, alles ausgesagt, alles aufgeschrieben war. Man erklärte Michael, dass er gehen könne. Beim Pförtner sah er mit an, wie der Leichnam in einem verschlossenen, graublauen Sack auf einer Bahre abtransportiert wurde. Der Intendant wollte ihn irgendwohin auf Bier und Schnaps einladen. Michael sagte, dass er nach Hause wolle. Der Intendant bestand darauf, dass Michael ein Taxi nahm, lies es vom Pförtner holen und bezahlte es im Voraus. Zu Hause schaffte sich Michael die schier endlosen Stufen hinauf zu seiner Wohnung, ignorierte das abgefallene Garderobenbrett und erwog kurz, sich nun doch noch Bier und Schnaps zu gönnen, entschied aber, dass man derartige Schläge anders verarbeiten können müsse, warf sich vor den Fernseher, schaute bis zum frühen Morgen irgendwelche Dokumentationen auf Phoenix.

Schlief irgendwann ein.

SOSIAS
Von Todesschrecken fühl ich mich ergriffen,
Die mir den Atem stocken machen.

Heinrich von Kleist
Amphitryon
I. Akt, 2. Szene

3

Morgen

Scheiße scheiße was ist passiert amphitryon theo scheiße scheiß auf den ganzen kram hinab in die tiefe sonja sonja ich krieg noch was von dir schauerlich ins rad des weltgeschickes aus dem wird nie was verweigern nie mehr wieder greifst du am entscheidungstage ein ich kann nicht mehr aua aua aufrichtiger einsatz fehlt hinab in die tiefe tiefe tiefe kein kleiderbündel gefallen tot aua tot ich werde verrückt warum ist es so düster

Michael erwachte aus einem traumwirren, unerquickenden Schlaf. Sein Wecker zeigte 6:48 Uhr. Erstarrt glotzte er von seinem Bett aus zur Decke. Lange lag er so. An Schlaf war nicht mehr zu denken. Mit dumpfem Kopf erhob er sich irgendwann, wanderte ziellos durch die Wohnung.

Hatte er das gestern alles wirklich erlebt? War das wirklich Peter gewesen?

Michael wollte irgendwie den Tag beginnen, doch das Bild von Peters zerstörtem Körper verschaffte sich beharrlich Raum in seinem Kopf. Er durchkreuzte das Badezimmerritual und er schob sich vor die Frühstücksbuttermilch. Zudem wusste Michael nicht einmal recht, wie dieser Tag weitergehen würde. Wurde normal gearbeitet? Gab es irgendeine Sonderplanung? Oder konnte er zu Hause bleiben?

Sein Telefon klingelte und riss ihn in etwas Ähnliches wie die Realität.

»Hier ist Kriminalhauptkommissar Degenhardt. Ich bearbeite den Fall des zu Tode gekommenen Peter Zurnfelde und würde gerne mit Ihnen darüber sprechen. Könnten Sie jetzt gleich zum Polizeipräsidium nach Kalk ins Kommissariat 11 kommen?«

Michael bejahte verwirrt und ließ sich den Weg erklären. Dann war das Gespräch auch schon wieder vorbei.

Wenigstens wusste er jetzt, was er heute früh tun würde.

Vielleicht war es gut, mit der Polizei zu sprechen. Irgendwer musste ihm schließlich erklären, was eigentlich passiert war. Vor allem verstand er nicht, wie Peter auf die Bühne gekommen war – er hatte da doch gar nichts zu tun gehabt. Und immer wieder war da das Bild des zerstörten Körpers. Ein verrenkter Leib, alle vier Gliedmaßen merkwürdig unter dem Rumpf begraben. Und Blut.

Michaels Handy meldete, dass ihn eine SMS erreicht hatte. Das Betriebsbüro des Theaters ließ wissen, dass es um 10:30 Uhr eine Ensemblevollversammlung im Erfrischungsraum geben würde.

Merkwürdige Art, mir das mitzuteilen.

Aber die Frage, ob laut Plan gearbeitet würde, war damit wenigstens geklärt.

Während der gesamten Fahrt mit der KVB nach Kalk wurde Michael von Gedanken beherrscht.

War Peters Tod ein Unfall gewesen? Aber was hat er dann oben im Bühnenturm gemacht?

Er war begierig, die Erklärung gleich zu bekommen.

Das neue Polizeipräsidium hatte er noch nie betreten – bis jetzt hatte er nicht einmal gewusst, wo es sich befand. Er musste im Eingangsbereich warten, bis er abgeholt wurde. Ein sportlich gebauter Mittvierziger stellte sich dann als Hauptkommissar Degenhardt vor und lächelte. Er hatte akkurat geschnittene Haare, strahlte eine gekonnte

Freundlichkeit und gleichzeitig etwas militärisch Markiges aus.

Michael wurde von ihm durch eine Sicherheitsschleuse geleitet, dann in den vierten Stock und dort in ein Büro. Die Räumlichkeiten waren hell und modern. Sie glichen in keinster Weise Michaels klischeehaften Vorstellungen. Schon allein, weil nirgendwo Fahndungsplakate hingen. In jeder Behörde hätte es genauso aussehen können.

Nur eng war es. In Hauptkommissar Degenhardts Zimmer standen sich zwei große Schreibtische gegenüber, die kaum Platz ließen. Einige Regale aus hellem Holz passten noch rein. Sie waren voller mit neutralen Kürzeln beschrifteter Akten.

»Nehmen Sie doch Platz«, sagte der Kripobeamte und wies Michael ein Stühlchen in der Zimmerecke an. Er selbst setzte sich freundlich lächelnd hinter seinen Schreibtisch. »Zunächst muss ich Sie darauf hinweisen, dass Sie hier als Zeuge vorgeladen sind. Sie müssen jetzt die Wahrheit sagen, niemanden falsch beschuldigen und auch niemanden auslassen. Sie können jedoch die Aussage verweigern, wenn es Verwandte betrifft. Sie müssen auch sich selbst nicht belasten.«

Michael ahnte, dass es sich um eine Floskel handelte, die zu sagen der Polizist verpflichtet war. Trotzdem verwirrten ihn die Worte. Sie rückten ihn selbst unangenehm ins Zentrum. Ihm sollte doch nur mitgeteilt werden, wieso dieser schreckliche Tod geschehen war.

»Haben Sie das alles verstanden?«

Michael nickte eilig und wartete, was als Nächstes kommen würde.

»Nun, was wir wissen, ist, dass Herr Zurnfelde gestorben ist, weil er offenbar aus der Höhe des – Schnürboden heißt das glaube ich bei Ihnen – also, aus dem Schnürboden auf die Bühne gestürzt ist.« Der Polizist sah ihn ernst an. »Nun berichten Sie doch bitte, was Sie in diesem Zusammenhang wissen.«

Michael räusperte sich und beschrieb so gut er konnte, wie er gestern auf den toten Peter gestoßen war. Er musste sich zwingen, das Bild des zerstörten Körpers beiseitezudrängen.

»Gut«, schloss Degenhardt sachlich. »Das deckt sich mit dem, was Sie gestern Nacht dem diensthabenden Kollegen der Kriminalwache gesagt haben.«

Unwillkürlich fragte sich Michael, ob der Kommissar wohl etwas anderes erwartet hatte.

Dann brachte Degenhardt wieder ein freundliches Lächeln in sein Gesicht. »Wieso sind Sie eigentlich zum Nachhausegehen auf die Bühne?«

»Weil das der kürzeste Weg aus dem Haus ist.«

»Ah, so. Egal, von wo man kommt?«

In Michael begann sich etwas zu regen. Schwang in diesen Fragen Misstrauen mit? »Nein, aber von da, wo ich herkam.«

Degenhardts Blick war unablässig bei Michael. Er lächelte immer noch. »Sind Sie jemandem begegnet, bevor Sie den Toten fanden?«

»Niemandem.«

»Nichts Ungewöhnliches gesehen oder gehört?«

Erklär mir doch endlich, was passiert ist!

»Nichts!«

»Gut«, sagte Degenhardt wieder wie als Abschluss.

»Sagen Sie«, fragte Michael so selbstsicher er konnte, »um was geht es hier eigentlich?«

»Sie brauchen keine Angst zu haben. Das sind alles nur notwendige Routinefragen.«

Michael hatte keine Angst, er hatte sich nichts vorzuwerfen. Aber was hier geschah, lief doch nicht in eine sinnvolle Richtung. Inzwischen war Degenhardt dabei, etwas in seinen Computer zu tippen. Das dauerte einige Zeit, in der Michael ihm nur zusehen konnte.

»Gut«, sagte der Beamte erneut und schaute wieder zu Michael. »Wie war Ihr Verhältnis zu Peter Zurnfelde?«

»Wir waren Kollegen und hatten uns gerade besser kennengelernt. Er hat sich manchmal bei mir ausgequatscht.«

»Hatte er Probleme?«

Michael versuchte in kurzen Worten zu beschreiben, wie die Situation für Peter gewesen war.

»Aha«, sagte Degenhardt kurz und machte sich eine Notiz. »So etwas Ähnliches haben wir auch schon gehört.«

Warum will der immer wieder Dinge wissen, die er sowieso schon weiß?

»Hatten Sie den Eindruck«, fuhr Degenhardt fort, »dass Herr Zurnfelde dadurch sehr in Mitleidenschaft gezogen war?«

»Wie meinen Sie das?«

»So wie ich es sage.«

Michael kratzte sich am Kopf. Was sollten diese komischen Fragen? »Er war sehr schlecht dran. Das ist am Arbeitsplatz keine Situation, wie man sie sich wünscht.«

»Verstehe. Würden Sie sagen, er war psychisch labil?«

»Ich weiß nicht, worauf Sie hinauswollen.«

»Ob er so verzweifelt war, dass er der Situation um jeden Preis entkommen wollte?«

Michael brauchte, bis der Sinn dieser Worte in ihm aufdämmerte. »Meinen Sie, ob er sich umgebracht hat?«, rief er mit geweiteten Augen. Das war ein Gedanke, auf den er bisher nicht gekommen war, der ihn aber ganz und gar erschreckte.

Degenhardt schien völlig unbeeindruckt. »Halten Sie das für möglich?«

Halte ich das für möglich?

Eine Lawine halb fertiger Gedanken stürzte durch Michael. Peter und Selbstmord. Das konnte nicht sein. Das durfte nicht sein.

Ich hab ihn doch vor die Tür gesetzt, als er jemanden brauchte!

Der Polizist wartete immer noch auf eine Antwort.

»Ich weiß nicht, was ich dazu sagen soll …«, stammelte Michael. »Wenn er sich wirklich umgebracht hat, hätte er dann nicht einen Abschiedsbrief oder so was geschrieben?«

Degenhardt kniff die Augen zusammen und fixierte ihn streng. »Richtig bemerkt. Und? Hat er einen hinterlassen?«

»Das weiß ich doch nicht.«

»Gut.« Degenhardt lächelte wieder.

Michael schloss die Augen, weil sie schmerzten. Der Tumult in ihm war schwindelerregend. Peter war verzweifelt gewesen. Und einsam. Aber wirklich derart schlimm? Immerhin schien er an etwas Wichtiges gerührt zu haben.

Es gibt keinen Abschiedsbrief. Dann ist Peter doch eindeutig nicht absichtlich runtergestürzt!

Eruptiv wollte der Gedanke nach draußen. »Ich glaube nicht, dass Peter Selbstmord begangen hat!«

»Dann müssten Sie mir verraten, was der Tote kurz vor seinem Sturz dort oben im Schnürboden gesucht hat.«

Michael stutze einen Augenblick lang. »Aber *Sie* müssen *mir* doch sagen, was da geschehen ist«, begehrte er dann auf. »*Sie* müssen das doch herausfinden.«

»Das versuche ich gerade«, lächelte sein Gegenüber unerschütterlich.

»Ich weiß es aber nicht.« Michael fühlte sich völlig hilflos.

»Gut.«

Langsam bekam Michael das Gefühl, dass es sich bei diesem Wort um eine stehende Floskel des Herrn Degenhardt handelte. Der fuhr unbeeindruckt fort.

»Also, ich fasse zusammen: Sie haben keine Ahnung, was Herr Zurnfelde da oben getrieben hat. Und Sie haben sonst auch niemanden gesehen. Dann bleibt wohl nur der Schluss, dass er von selbst gesprungen ist.«

Michael schluckte und überlegte, ob er den Gedanken akzeptieren konnte. Doch ihn beherrschte viel zu sehr die Empfindung, dass dieser Polizist nichts richtig machte.

»Oder gibt es da doch noch etwas, was Sie uns mitteilen könnten?«

Der Blick des Hauptkommissars hatte mit einem Mal etwas Durchdringendes.

Michael wich ein wenig zurück und fühlte sich merkwürdig klein. »Nein.«

»Aha«, antwortete der Polizist, blieb aber lange mit den Augen bei ihm, bevor er sich eine Notiz machte. Michael konnte wieder nur zusehen.

»Gut«, sagte der Kommissar. Diesmal klang es abschließend. »Wir müssen jetzt noch ein paar Formalitäten erledigen, aber im Grunde war es das. Ich danke Ihnen.«

Michael nickte hohl. Er hatte das dringende Gefühl, dass hier etwas falsch gelaufen war. Konfus schielte er auf seine Uhr und stellte fest, dass es gar nicht mehr so lange bis zu der Ensembleversammlung war.

Degenhardt hatte sich wieder seinem Computer zugewandt. Plötzlich schaute er aber noch mal abrupt zu Michael hinüber. »Was ist mit seinem Handy?«

»Mit seinem Handy?«

»Ja. Herr Zurnfelde hatte doch sicherlich ein Handy?« Michael nickte verwirrt. »Das haben Sie am Unglücksort nicht zufällig an sich genommen?«

Die Frage erschien Michael völlig absurd. »Ich habe es nicht mal gesehen!«

»Ah, ja. Danke. Wir haben es nämlich nicht gefunden und wissen auch nicht, wo es sein könnte.«

Michael fröstelte. Er hatte eine SMS, die Peter gestern Nachmittag mit eben diesem Handy geschrieben hatte. Danach war er gestorben. Und wie es dazu gekommen war, wann Peter ins Theater zurückgekehrt war – das alles lag im Dunklen.

»Vielleicht hat er das Handy irgendwo liegen lassen«, mutmaßte Michael vor sich hin. Dann merkte er, dass der Kommissar ihn wieder ohne Regung anschaute. Schnell schob er einen Satz hinterher. »Das passiert doch manchmal.«

»Sicher, das passiert manchmal.«

Erst nach kurzem Verharren wandte sich der Kriminalpolizist wieder seinem Computer zu und hackte erneut etwas hinein.

Etwas später konnte Michael das Präsidium verlassen. Ununterbrochen dröhnte die Nachricht in ihm, dass Peter Selbstmord begangen hatte. Konnte die Polizei recht haben? Peter war völlig fertig gewesen: Ständig den Tränen nahe, verhuscht, ängstlich. Und dann dieser gruselige Lachanfall nach dem Kollaps auf der Leiter. Andererseits konnte der Kommissar seine These auch nicht wirklich beweisen.

Was stimmte nun?

Michael fühlte sich einfach nur müde.

Es half nichts, er musste sich auf den Weg zum Theater machen. Und es war so schönes Wetter.

Vormittag

Als sich Michael dem Bühneneingang des Theaters näherte, sah er schon von Weitem eine ganze Menge Menschen vor dem Haus. Mitarbeiter aller Abteilungen standen bestürzt in Grüppchen beisammen. Die Nachricht von Peters Tod hatte natürlich das gesamte Personal erreicht. Viele hatten Peter eigentlich gar nicht wirklich gekannt und sich wohl vor allem aus Neugierde eingefunden. Andere aber schienen sehr deutlich zu spüren, dass aus ihrer Mitte jemand herausgerissen war. Jemand, mit dem sie vor Kurzem noch gemeinsam gearbeitet hatten.

Als Michael die Beisammenstehenden erreichte, wurde er gleich angesprochen. Sie wollten von ihm hören, was geschehen war. Von ihm, der doch unmittelbar dabei gewesen war. Eine Mischung aus Respekt und Bedrängnis schlug ihm entgegen. Ein paar weinten auch. Michael hatte sich nichts zurechtgelegt, was er hätte sagen können. Also gab er nur ein paar karge Sätze von sich und versuchte weiterzukommen.

Aber bereits hinter der Tür kam er nicht weiter. Auch vor dem Gang in Richtung Kantine drängten sich Menschen. Betroffene Gesichter mit fragenden Mienen. Wieder sprachen ihn einige an, fragten ihn, was er wisse. Michael antwortete knapp oder gar nicht.

Plötzlich sah er zwischen den Leuten das Gesicht von Sonja. Als ihre Blicke sich trafen, drängelte sie sich zu ihm durch und begrüßte ihn mit einem hilflosen »Hallo«.

Er stand vor ihr und schaute sie stumm an. Mit ihr zu reden wäre ihm recht gewesen. Sich an einem ruhigen Ort alles von der Seele zu quatschen. Aber dafür war jetzt keine Zeit.

»Ich hab gehört, was passiert ist«, sagte sie. »Das ist wirklich … wirklich … Ich weiß gar nicht, was ich sagen soll.« Ihr eindringlicher, zweifarbiger Blick zeigte deutlich, was sie fühlte und schürte Michaels eigene Verzweiflung.

»Ja, es ist schrecklich«, stammelte er. Er starrte mit absurder Anstrengung einen völlig unwichtigen Aushang in einem der Schaukästen an. Dann versuchte er sich zu fassen, eine tiefe Falte auf der Stirn. »Ich hab dich leider völlig vergessen. Du bist sicher völlig überfallen von dem, was hier vor sich geht. Das war nicht gut. Tut mir leid.«

Ich habe immerhin die Verantwortung für ihre Betreuung.

Michael räusperte sich. »Und jetzt ist eine Ensemblevollversammlung im Erfrischungsraum. Da sollten wir vielleicht hingehen – das heißt, wenn du mitkommen magst. Ich jedenfalls will da hin – oder muss, weiß nicht.«

»Ich komme gern mit«, antwortete Sonja.

Michael nickte knapp, kehrte sich abrupt der Stahltür am Ende des bevölkerten Ganges zu und drängte sich durch. Schließlich riss er erschöpft die Tür ins Treppenhaus auf und konnte, begleitet von Sonja, durch eine weitere Tür in den kleinen, menschenleeren Kantinenhof schlüpfen.

Die nächsten paar Schritte gingen sie unter freiem Himmel. Die Sonne strahlte warm. Sie sprachen nicht. Michael empfand das gemeinsame Schweigen als wohltuend.

Dann betraten sie das eigentliche Schauspielhaus und erreichten kurz darauf das schlicht-erhabene Foyer. In dessen oberen Etage befand sich der sogenannte Erfrischungsraum.

Michael hastete die großzügig angelegten Treppen mit einem Mal derart rasch hinauf, dass Sonja kaum folgen konnte. Peter war wenige Meter von hier gestorben. Das war erst ein paar Stunden her. Wieder schob sich das Bild des zerschmetterten Körpers auf den Bühnenbrettern vor alles, was Michael sah. Er schluckte schwer.

Endlich erreichten sie die Tür zum Erfrischungsraum und traten ein. Früher war der kleine Saal tatsächlich einmal der Ort gewesen, an dem man in der Pause Sekt, Wasser oder Kaffee getrunken hatte. Mittlerweile war er umfunktioniert zu einem kleinen Theater im Theater. Hier fanden Einführungsvorträge und Zusatzprogramme statt. An diesem Vormittag hatten sich jedoch die Mitglieder der Abteilung Schauspiel eingefunden – vornehmlich natürlich Schauspieler, aber auch Dramaturgen, Assistenten und Mitarbeiter der Hausleitung. Im Ganzen über 50 Personen, die sich grade zu einem großen Kreis zusammensetzten, denn offenbar waren der Intendant und Theo Fleischer im Moment ebenfalls eingetroffen. Michael fand einen Platz etwas von Sonja entfernt, was er bedauerte.

Schließlich verstummten alle Geräusche – und dann herrschte Stille. Niemand sagte mehr etwas.

Man schwieg und starrte mit versteinertem Gesicht vor sich hin. Michael spürte, dass die Kollegen angespannt und enorm bewegt waren, so wie er selbst.

Schließlich atmete der Intendant, Goetz Tandler, hörbar ein. Er war eine einprägsame Persönlichkeit, schon in den späten Fünfzigern, mit einem markanten Gesicht, vollkommen kahlem Kopf und energischer Nase. Seine Augen glitzerten für gewöhnlich lebendig und eindringlich, strahlten großes Selbstvertrauen aus. Er war stets aufmerksam und an seinen Mitmenschen interessiert, strotzte vor Weltgewandtheit, Bildung und auch einer gewissen Wärme. Das Haus leitete er mit einigem Erfolg und selbst erfahrene Schauspieler waren begeistert von seinem Geschick.

Jetzt aber war diese Ausstrahlung gebrochen. »Es ist das größte Unglück eingetroffen, was einem Intendanten widerfahren kann, ich muss euch von dem Tod eines Kollegen in Kenntnis setzten.« Er machte eine Pause, in der er sichtlich Fassung suchte. »Unser Kollege vom Schauspiel, der Peter Zurnfelde, ist heute Nacht tot auf der Bühne aufgefunden worden. Er ist vom Schnürboden herabgestürzt und hat das nicht überlebt.« Er atmete schwer aus und verstummte.

Irgendwer schluchzte auf. Ansonsten blieb es lange still. Nur von der Nord-Süd-Fahrt drang gedämpfter Verkehrslärm herauf. Das Schweigen der im Kreis Sitzenden war massiv und spiegelte die Lähmung wieder, die alle angesichts der Situation empfanden.

Das hatte bisher keiner geprobt.

Neben dem Intendanten saß Theo Fleischer. Auch er blieb stumm. Michael fragte sich, ob der Schauspieldirektor als Leiter der Abteilung nicht eigentlich ein paar Worte sagen sollte. Doch Theo Fleischer schien mit seinen Sinnen nicht im Raum zu sein, sondern irgendwo tief in sich vergraben.

Nachdem eine ganze Weile niemand etwas gesagt hatte, räusperte sich Paul-Georg Hammich und fragte mit unüberhörbarer Wissbegier. »Weiß man denn, was eigentlich genau passiert ist?«

»Man hat Peter auf eine Weise gefunden, aus der die Polizei schließt, dass Selbstmord das Wahrscheinlichste ist«, antwortete der Intendant verhalten.

»Und das lässt sich nicht mit Sicherheit sagen?«, setzte Paul-Georg Hammich nach.

»Nein«, entgegnete der Intendant.

Michael wunderte sich, wie wichtig dem Schauspieler diese Frage war. Die übrigen Kollegen hatten ihm aufmerksam zugehört. Wohl, weil sich der lautstarke Paul-Georg Hammich oft mit verheißungsvollen Tönen hervortat und man sich seinem Kurs dann bloß anzuschließen brauchte.

Hammich schien auch noch nicht zufrieden zu sein. »Hier, der Michael war doch dabei. Kann der uns nicht sagen, was passiert ist?«

Alle Köpfe drehten sich zu Michael. Wieder wollten alle was von ihm wissen. Wieder fühlte er sich wie von einem großen, bösen Tier belauert.

»Ja, ähm …«, machte er verlegen. Und hatte keine Ahnung, was er weiter sagen sollte.

Als die Pause zu lange wurde, versuchte der Intendant mit beruhigender Stimme zu unterstützen. »Du würdest allen etwas geben, wenn du erzählen könntest, was du erlebt hast.«

Michael schickte sich drein und schilderte die bedrückenden Ereignisse. Während er sprach, beobachtete er sich selbst und stellte mit verzweifelter Heiterkeit fest, dass die Situation eigentlich vollkommen absurd war und sein Gerede nicht im Mindesten das Unglück dieses Todes ausdrücken konnte. Als er fertig war, schwiegen alle wieder.

Schließlich war es erneut Hammich, der sich meldete. »Aber es gab keinen Hinweis darauf, dass es nicht Selbstmord gewesen ist?«

Michael sah den Schauspieler an, der auf diesem Fazit offenbar unbedingt bestehen wollte. Und ähnlich wie bei dem Kriminalkommissar fand er diese Denkrichtung völlig unangebracht.

»Nein«, entgegnete er gedehnt. »Es gibt aber auch nichts, was die Sache eindeutig machen würde.«

»Was sollte das denn sein?«

»Ein Abschiedsbrief zum Beispiel. Es wurde keiner gefunden.«

»Ist aber doch klar, dass das Selbstmord war«, sagte jemand aus der Runde.

»Was hätte Peter auch sonst im Schnürboden zu suchen gehabt«, stellte Paul-Georg Hammich nachdrücklich fest.

Michael fragte sich, woher alle – insbesondere Paul-Georg Hammich – nur die Gewissheit nahmen, das so genau zu wissen.

»Mit einem Abschiedsbrief wäre es eindeutiger.«

Zufällig fiel sein Blick in diesem Moment auf die hagere Gestalt von Tim F. Engels. Der Schauspieler machte ein verschlossenes Gesicht, um den Mund des Sonderlings spielte allerdings ein spöttisches Lächeln.

»Na ja«, warf Thomas Kister gewohnt zwanglos ein, »jedenfalls hat sich Peter ein sehr denkwürdiges Ende gesetzt. Alle Achtung.«

Nach einer kurzen, verdutzten Pause wallte Entrüstung auf.

»Wie kannst du so etwas nur sagen«, zischte jemand kopfschüttelnd.

»Das ist keine Art, mit dem Tod eines Kollegen umzugehen«, ein anderer.

Thomas zog ein dünnes Lächeln.

»Der Peter«, ließ auf einmal überraschend Theo Fleischer vernehmen, »der war ganz unglücklich dran. Der hatte sich aufgegeben.«

Niemand rührte sich. Zu unerwartet kamen die Worte.

Das ermunterte Theo Fleischer weiterzureden. »Der Peter hat nicht mehr die Kraft gehabt, sein Leben zu bewältigen. Der hat sich nicht mehr im Griff gehabt.«

»Du hast den doch fertiggemacht«, platze es aus einer unkündbaren Schauspielerin.

Verblüfft schüttelte Theo Fleischer den Kopf. »Ich verwehre mich dagegen, irgendwie an Peters Zustand schuld zu sein.«

Es folgte eine Pause von der Länge eines Atemzugs.

Dann riefen plötzlich etliche Stimmen durcheinander, als hätten alle auf einen Startschuss gewartet.

»Und ob du das bist!«

»Unmöglich ist das!«

»Menschenschinderei!«

Beflügelt von der einmaligen Gelegenheit, sich Luft machen zu können, und ausgestattet mit der Selbstgewissheit, das moralische Recht auf ihrer Seite zu haben, wurde Theo Fleischer mit einer Flut von Beschimpfungen förmlich angespuckt.

Der wurde kalkweiß. »Ich habe nichts gemacht, was ihr mir vorwerfen könnt!«

»Was du machst, ist geeignet, Menschen in die Psychiatrie zu bringen!«

Einige in der Runde waren aufgesprungen und wirkten bedrohlich. Andere wandten sich ab und schüttelten den Kopf.

»Aber Kameraden, hört mal!«, rief Thomas Kister mit boshaftem Spott. »Das ist doch keine Art, mit dem Tod eines Kollegen umzugehen!«

Er wurde kaum beachtet.

»Wenn das wirklich Selbstmord war«, dröhnte Paul-Georg Hammich zwischen die anderen Rufe, »dann zeigt das nur, dass man sich gegen deine Methoden schützen muss!«

Svetlana Beer wurde nicht besonders laut, als sie nun sprach, doch sie konnte sich trotzdem Gehör verschaffen. »Bitte, macht Theo nicht für alles verantwortlich. An Peters Schwäche hat er keine Schuld!« Kurz hielt sie inne. »Und es ist nicht erwiesen, dass es wirklich Selbstmord war.«

»Was soll es denn sonst sein?«, warf Hammich ihr entgegen. »Glaubst du, den hat da wer runtergeworfen?«

Die Augen der Schauspielerin weiteten sich. »Warum sollte das jemand tun?«

»Na, also!«

»Das war doch ein Unfall.« Stella Kammer hatte die Arme gehoben, als könne sie nicht verstehen, dass daran gezweifelt wurde.

»Genau, Stella«, wandte sich Paul-Georg Hammich an sie. »Du hast gestern doch auch gemeint, dass der Peter zu hart rangenommen worden ist.«

Für eine Sekunde sah es aus, als ob Stella das bestreiten wollte. »Hab ich so was gesagt?« Sie dachte kurz nach. »Peters Entscheidung kann man eh nicht mehr rückgängig machen. Jetzt ist auch egal, was sie ausgelöst hat. Das alles macht mich vor allem sehr, sehr traurig.«

Ihre letzten Worte bewirkten, dass jeder beklommen innehielt.

Theo Fleischer ergriff noch mal das Wort. »Ich wollte vorhin ja nur zum Ausdruck gebracht haben, wie nahe auch mir der Tod von Peter geht, und dass ich weiß, wie sehr die Arbeit hier an den Kräften zehrt, was aber eben einmal bei unserer Arbeit so ist.«

»Ach, halt doch die Klappe!«

Sofort brachen die tumultartigen Zustände von Neuem aus.

»Wenn ich das schon höre!«

»Du weißt gar nicht, zu was du in der Lage bist!«

»Klapsmühle, Klapsmühle!«

Und ein besonders mutiger sprach es aus. »Du hast Peter auf dem Gewissen!«

Da sprang mit einem Mal der Intendant auf und ließ kalte Schärfe blitzen. »Also, ich will so etwas nicht hören! Hier wird etwas in dieser Art nicht verbreitet! Überhaupt ist es besser, wenn wir jetzt alle nach Hause gehen und uns besinnen. Es finden heute keine Vorstellungen statt – und auch keine Proben. Alles ist abgesagt. Morgen sehen wir weiter. Bis dahin wünsche ich mir vor allem, dass unser Verhalten von dem Bewusstsein geleitet wird, jemanden aus unserer Mitte verloren zu haben.« Er nickte den Anwesenden zu und verließ gemeinsam mit Theo Fleischer den Raum.

Nach diesem jähen Ende steckten manche die Köpfe zusammen, andere machten sich möglichst schnell davon. Sonja, die zwischendurch immer wieder überfordert zu ihm rübergeblickt hatte, verlor Michael in dem Getümmel aus den Augen. Verlassen blieb er sitzen und dachte über seine Schauspielkollegen nach. Jeder hatte sich eben aufgeplustert und offenbar gegen irgendetwas angekämpft. Fragte sich, um was es ging? Unwillkürlich kam Michael wieder das Bild des Labyrinths in den Sinn, in dem sich jeder verirrt und angestrengt seinen Weg sucht.

Etwas aber nahm in Michael immer klarere Konturen an: Die Ablehnung gegenüber dem Gedanken, dass Peter sich selbst getötet haben sollte. Er konnte es immer noch nicht genauer begründen – aber es stimmte einfach nicht. Selbst wenn alle etwas anderes glaubten. Und auch wenn er selbst vor Kurzem Peters Zustand als katastrophal bezeichnet hatte. Sein Gefühl sagte ihm, dass mit Peter etwas anderes geschehen sein musste. Nicht nur, weil ein Abschiedsbrief fehlte.

Peter war kein Wrack! Er war zutiefst verzweifelt, aber er wollte nicht aufgeben. Peter ist nicht in den Schnürboden, um runterzuspringen!

Und plötzlich durchfuhr ihn eine Erkenntnis. Das war, was nicht ins Bild passte: Peter hätte niemals eine Todesart gewählt, bei der er in die Höhe hätte klettern müssen. Fieberhaft versuchte Michael, die Bedeutung dieses Gedankens richtig einzuordnen.

Ich muss wissen, was gestern Nacht dort oben im Schnürboden wirklich geschehen ist. Aber wie? Wie?

Michael konnte nicht länger herumsitzen. Er sprang auf, lief aus dem Erfrischungsraum und die breiten Treppen hinab. Andere Kollegen schlugen den Weg zum Kantinenhof ein, Michael trieb es noch eine Etage tiefer. Zwischen dem verschlossenen Zuschauereingang und dem Büchertisch blieb er stehen.

Wenn es so etwas wie ein Unfall war, aus welchem Grund hat sich Peter dann im Schnürboden überhaupt herumgetrieben?

Er stieß einen Seufzer aus und fühlte Erschöpfung in sich. Und dann meldete sich die Gewissheit, Peter aus seiner Wohnung vertrieben zu haben und das nicht mehr rückgängig machen zu können. Außer Verzweiflung und Kummer schien es nichts mehr zu geben.

In diesem Moment hörte Michael Schritte hinter sich. Eine kleine Gruppe junger Kollegen kam die Treppe hinab. Eine Kostümassistentin blieb stehen, als sie ihn sah.

»Willst du mitkommen? Wir wollen hinunter zur Bühne.«

»Wohin?«, erwiderte Michael verständnislos.

»Auf die Bühne. Zum Abschied nehmen. Und auch um zu versuchen, damit klarzukommen, was passiert ist. Wie sollen wir in diesem Haus denn jemals wieder auf der Bühne arbeiten können?«

»Hat die Polizei da nicht abgesperrt?«

»Wir werden nachschauen gehen.« Die anderen warteten bereits eine halbe Treppe tiefer. Die junge Frau legte den Kopf schief. »Wie geht's dir?«

Über seinen eigenen Zustand hatte Michael den ganzen

Tag nicht reflektiert. »Ich glaube, ich bin verwirrt. Und angestrengt. Was da passiert ist, hab ich wohl noch nicht begriffen.«

Es tat gut, jemanden zu haben, der sich nach einem erkundigte.

Ehe Michael so recht drüber nachgedacht hatte, schloss er sich dem Grüppchen an – warum, wusste er auch nicht. Sie marschierten das Foyer hinab, vorbei an den verschiedenen Eingängen zum Theatersaal, und erreichten bald die kleine Tür, durch die man hinter die Bühne gelangte. Michael merkte, wie sein Herz schneller pochte. Sich selbst beobachtend und sich zugleich der Situation seltsam ausgeliefert fühlend, dachte er, dass an der Bühne an sich doch eigentlich nichts Schreckliches war – und er die grausigen Bilder der vergangenen Nacht ohnehin in sich trug.

Doch diese Bilder wurden überwältigender, je mehr er sich dem Ort von Peters brutalem Ende näherte. Die Gruppe befand sich jetzt in dem kleinen Flur, der zur Bühne führte, und Michael sah im Geiste wieder den toten Peter in aller Deutlichkeit vor sich liegen. Er versuchte, sich auf die Stellen an den Wänden zu konzentrieren, wo die Tünche abgebröckelt war. Er presste die Lippen aufeinander. Man öffnete die graue schwere Eisentür, alle betraten die Bühne und Michael bildete sich ein, wieder diesen befremdlichen Metzgerei-Geruch in der Nase zu haben. Sie passierten das Inspizientenpult – jetzt waren es nur noch wenige Meter – und bogen schließlich um die Ecke des Portals.

Michael sah sich dem Ort gegenüber.

Er biss auf seine Unterlippe.

Es gab keine Absperrungen der Polizei oder Ähnliches. Aber da waren Blumen hingelegt worden. Ziemlich viele sogar. Rosen und weiße Sträuße. In seinem Grüppchen begannen einige zu schluchzen. Michael kaute seine Lippe.

Dann entschied er sich zu gehen. Rasch stapfte er auf den hinteren Bühnenausgang zu, die Hände an die Riemen seines Rucksacks geklammert.

Das ist genau der Weg, den ich gestern Nacht nehmen wollte, als ich …

Michael atmete schwer. Er erreichte die Tür, hastete Gänge entlang und Treppen hinauf und war schließlich im immer noch überfüllten Bereich vor der Pforte.

Da stand plötzlich Sonja vor ihm.

Sie sah ihn an, breitete die Arme aus, schloss sie um ihn.

Und Michael weinte.

Mittag

»Gehen wir irgendwohin einen Kaffee trinken?«

Michael hatte irgendwann wieder sprechen können.

Es war ihm unangenehm gewesen, dass er sich ausgerechnet vor Sonja so hatte gehen gelassen, noch dazu in aller Öffentlichkeit. Er hatte sich aus der Umarmung gelöst, beim Aufschauen aber gesehen, dass auch Sonjas Augen nass gewesen waren. Und von den vielen Leuten, die im Eingangsbereich immer noch gestanden hatten, waren ein paar von anderen gehalten worden.

Vielleicht ist das ja Quatsch und es braucht mir nichts peinlich zu sein.

Michael hatte sich also die Augen gewischt, Sonja ebenfalls ein Taschentuch gegeben und seine Einladung ausgesprochen. Sie hatte angenommen.

Nun saßen sie im ›Café Libresso‹ in der Fleischmengergasse. Das lag nah genug, um noch zu Fuß erreichbar zu sein, und weit genug weg, um nicht auf bekannte Theatergesichter zu stoßen. Natürlich tranken sie beide keinen Kaffee. Sie hatten jeweils einen großen Kakao mit Sahne vor sich.

Michael versuchte Ruhe zu finden und besah sich die Wanddekoration: klassische Musikinstrumente, darunter einige in Einzelteile zerlegt. Er staunte, aus wie vielen Elementen so eine Violine bestand.

Doch zu sehr beschäftigte ihn Peters Tod. Er fragte sich, ob wenigstens Sonja verstehen würde, dass Selbstmord einfach nicht in Betracht kam. Sein Bedürfnis, darüber zu sprechen, war groß. Er hatte schon oft erlebt, dass man allein durch den Versuch, Probleme in Worte zu fassen, Ordnung in manche Wirrnisse hineinkam.

»Peter war vorgestern Abend noch bei mir gewesen«, begann er und berichtete knapp von Peters Besuch.

»Und jetzt denkst du darüber nach«, schloss Sonja bedächtig, »ob du etwas hättest verhindern können.«

Michael fühlte sich wie ertappt. »Nein. Ich will nur sagen: Bei Peter passt doch nichts zusammen! Die Todesart, kein Abschiedsbrief. Und ein Selbstmörder gibt doch auf. Peter hat aber gekämpft. Er hat Rat gesucht, um Beistand gebeten. Deswegen ist er doch zu mir gekommen. Findest du nicht, dass gerade das etwas zu bedeuten hat?«

»Schon«, zögerte Sonja, »allerdings war er bei dir, bevor er diesen niederschmetternden Zusammenbruch auf der Leiter hatte. Das könnte alles verändert haben. Und außerdem: Glaubst du, das Verhalten von Selbstmördern müsste logisch sein? Gibt es nicht Selbstmörder, die die Wohnung putzen, um sich danach die Pulsadern aufzuschneiden?«

»Trotzdem!«, schnaubte Michael. Seine Mutter hatte auch jedes Mal auf diese eingeschnappte Art reagiert, wenn sie nichts besseres mehr zu entgegnen gewusst hatte. Jetzt machte er es genauso. »Ich will nur einfach nicht glauben, dass sich Peter das Leben genommen hat. Ich kann nicht sagen weshalb, aber mein Gefühl sagt mir, dass da was nicht stimmt.«

Sonja schwieg. Michael fragte sich, ob sie ihm wohl glaubte.

Eine ganze Weile rührten beide in ihren Tassen, bis Sonja unvermittelt eine Frage stellte.

»Gibt es das öfter? Ich meine, dass Leute bei euch so verzweifeln?«

»Alle Nas' lang!«, antwortete er missmutig. Hatte er nicht oft genug Seelentröster spielen müssen? Oder hilflose Ausbrüche miterlebt? »Am Theater haben alle ein bisschen was am Sender. Die Schauspieler am allermeisten. Die tragen ja auch ihre eigene Haut zu Markte. Wortwörtlich. Die haben nur sich selbst, um irgendwelchen Anforderungen gerecht zu werden. Müssen die eigene Persönlichkeit einbringen, ihr intimstes Inneres. Das ist dann das ›Material‹, an dem herumgearbeitet wird. Man ist völlig bloßgelegt, jeder kann sehen, was genau man macht und ob es gut ist.« Michael war sich nicht sicher, ob so ein Grundsatzvortrag angebracht war. Sonja schaute ihn aber aufmerksam an, und so fuhr er fort. »Jede Kritik daran, wie ein Schauspieler seine Rolle spielt, ist immer auch irgendwie Kritik an seiner Person. Und rumkritisiert wird ständig. Regisseure haben halt ihre eigenen Ziele, die sie oft unbarmherzig verfolgen. Schauspieler werden ständig benutzt und deformiert. Und gegen all das versucht sich ein Schauspieler zu schützen. Jeder entwickelt – meist schon zu Zeiten der Ausbildung – eine Strategie um das Denken und Meinen von anderen nicht zu sehr an sich ran kommen zu lassen. Normal und ungezwungen führt sich hier kaum jemand auf. Was meinst du, warum es so viele Saufnasen am Theater gibt …«

»Und ich dachte, am Theater würden sie was von Menschen verstehen«, sprach Sonja mehr zu sich selbst.

»Tun sie auch«, erwiderte Michael. »Menschen beobachten kann hier jeder. Und deren Verhalten einschätzen und beschreiben. Man bekommt ziemlich deutlich gesagt, wie man selbst wirkt und wo man steht. Anderswo würde man das extrem unhöflich oder indiskret finden. Was hier aber niemand kann, ist Verhaltensmängel beheben. Man erfährt nichts darüber, wie man seine Probleme überwinden kann. Eher wird man noch weiter reingestoßen. Und deshalb ist es so gefährlich, wenn jemand Theater mit Therapie verwechselt. Nur bis zu einem gewissen Punkt bestehen Ähnlichkeiten.«

»Und das hat Peter auch alles mitgemacht?«, fragte Sonja.

Michaels Miene verdüsterte sich. »Mh«, machte er. Das war genau die Schlussfolgerung, die er befürchtet hatte. Andererseits war er froh, wieder zum eigentlichen Thema zurückzukommen. »Peter hat sich den Stress, den Theo Fleischer ihm gemacht hat, sehr zu Herzen genommen. Er war tatsächlich erschöpft und hilflos.« Michael hörte sich sprechen und merkte, wie er auf das Fazit zusteuerte, von dem er eigentlich wegwollte.

»Aber, wenn es wirklich so ist …«, begann Sonja.

»Nein, nein, nein«, fuhr Michael dazwischen, »Peter ist kein Selbstmörder! Wieso kann sich eigentlich niemand etwas anderes vorstellen?« Er war von seiner plötzlichen Vehemenz selbst überrascht. Er klang fast verzweifelt. Unwillig schwenkte er seine Tasse hin und her und überzog ihre Innenwand bis hoch zum Rand mit Kakao.

Wenn ich nur besser verstehen würde, was wirklich passiert ist …

Michael fand, dass nichts von dem, was er sagte, Peter wirklich entlastete. Aber er fühlte sich zunehmend leer und nicht mehr fähig, etwas Sinnvolles zusammenzudenken. »Mir wird was einfallen, das dich überzeugt«, sagte er matt, »verlass dich drauf.«

»Ich verlasse mich drauf«, beteuerte Sonja gutmütig. »Wir sehen uns ja noch ein paar Mal.«

»Was ein Glück«, entgegnete Michael.

Dabei sahen sie sich einen Moment länger als üblich in die Augen.

*

Schließlich brachen sie auf. Michael bestand darauf, Sonja einzuladen, und dann gingen sie gemeinsam die Fleischmengergasse bis zum Neumarkt. Als sie an der verkehrstosenden Cäcilienstraße den Einstieg zur U-Bahn erreichten, fiel Michael plötzlich noch etwas ein.

»Sag mal, was hältst du überhaupt hiervon?« Er kramte sein Handy raus und hielt ihr dann Peters letzte SMS vor die Nase. »›Ich krieg noch was von dir‹. Was meint er wohl damit?«

Sonja schaute aufmerksam auf das Display. »Er scheint wohl nicht gemeint zu haben, dass er dir etwas geliehen hat?«

»Nein, das würde ich wissen.«

»Vielleicht hast du ihm was versprochen. Oder er wartet darauf, dass du es endlich tust.« Dann realisierte sie ihre Formulierung. »Ich meine, er *hat* darauf gewartet …«

Michael nickte und spann den Gedanken weiter. »Es bedeutet auf jeden Fall, dass er irgendetwas haben wollte.

Will das jemand, der für sein Leben keine Zukunft mehr sieht?« Eine unerwartete Spannung überkam ihn plötzlich. Sollte er mit dieser rätselhaften Aussage etwas in der Hand haben, was bewies, dass Selbstmord ausschied?

Sonja starrte weiter auf Michaels Handy. Ein paar Meter entfernt an der Fußgängerampel bemühten sich von beiden Seiten nervöse Passantenmengen die andere Straßenseite ohne Kollisionen zu erreichen.

Sonja antwortete schließlich mit deutlicher Skepsis. »Zumindest hat er in dem Moment, als er die SMS geschrieben hat, noch etwas haben wollen …«

Michael reagierte nicht. Sonja hatte recht, der Satz bewies gar nichts. Wer wusste schon, was Peter nach dem Senden der Nachricht alles widerfahren war.

Sonja hatte die Enttäuschung in Michaels Augen gesehen. »Tut mir leid«, sagte sie leise.

Michael schwieg weiter.

Es ist zum Verzweifeln.

Sonja hatte noch einmal die komplette SMS gelesen. »Hat Peter eigentlich viel getrunken?«

Michael vermutete, sie hatte die Fahne wahrgenommen, die Peter gestern gehabt hatte. Aber die Bemerkung gefiel ihm nicht. »Wie viele Schauspieler hat er irgendetwas gebraucht, um den Druck zu bekämpfen. Und das ist eben oft Alkohol. Aber ein Trinker war er nicht.«

Sonja nickte und gab Michael sein Handy zurück. »Ich fürchte, ich kann dir nicht wirklich helfen.«

Michael seufzte schon gar nicht mehr.

Sie verabschiedeten sich und Sonja stieg hinab zur U-Bahn Richtung Ehrenfeld, wo sie wohnte. Michael fragte sich, was sie wohl über ihn denken mochte. Erst nach einer ganzen Weile stellte er fest, dass er auf die Stelle starrte, an der sie verschwunden war. Unentschlossen sah er sich um.

Und wie geht es jetzt weiter?

Da er den restlichen Tag frei und damit ausnahmsweise einmal Zeit hatte, beschloss er, zu Fuß nach Hause zu laufen. Es war doch warm und sonnig, viel zu früh im Jahr, aber musste man das nicht ausnutzen? Mit den hektischen Menschenmengen ging er über die Straße, rechts um den Neumarkt herum auf die gigantische Eistüte zu.

Wollte sich Peter, als er bei mir war, wirklich Rat holen. Oder war das ein letzter Hilferuf?

Es kam Michael vor, als ob sich seine Überlegungen immer nur im Kreis drehten. Es war deprimierend. Er erreichte den Olivandenhof und durchquerte die überdachte Passage mit dem schicken Bistro, in dem die Leute ihre Milchschaumkaffees tranken.

Die Arbeit am Theater ist so unendlich auszehrend. Das Ziel aber so kurzlebig.

Er merkte, wie wirr seine Gedanken wurden. Seine Augen schmerzten. Müdigkeit und die ganze Grübelei forderten ihren Tribut.

An der Zeughausstraße warf er beim Überqueren einen Blick nach rechts zu den Spitzen des Doms. Und wie so oft, war er fasziniert von diesem Kunstwerk, das Jahrhunderte zum Werden gebraucht hatte, aber auch immer noch bestand.

Wenn ich wüsste, was Peter im Schnürboden gewollt hat, würde sich alles andere von selbst erklären.

Hinter dem Klingelpütz lag links von der Plankgasse ein kleiner Park. Beruhigendes Grün leuchtete von dort. Ein paar Kinder spielten lärmend. Es war ein schönes, vitales Geräusch und zeugte von echter Begeisterung. Auch in den Bäumen war es lebendig. Laub trugen sie noch keins, aber die ersten Triebe. Und Vögel zwitscherten darin. Weiter hinten im Park stand ein ausgedienter, bunt bemalter

Eisenbahnwaggon, der in Michael Assoziationen von Hippiekultur, Freiheit und Liebe weckte.

Wie schön so ein Stück Natur mitten in der Stadt.

Er drehte sein Gesicht ins Sonnenlicht und ließ die Wärme auf seiner Haut prickeln. Er musste wieder an Sonja denken. Als er fast gegen eine Laterne lief, achtete er wieder ein wenig mehr auf die Straße.

Er passierte die Bahnunterführung und franste sich dahinter durch ein paar kleinere Straßen, bis er unweit vom Ebertplatz den Ring überquerte. Nun waren es nur noch ein paar Schritte.

Morgen fahre ich aber wirklich mit dem Fahrrad zur Arbeit. – Morgen! Arbeit!

Siedend heiß fiel ihm ein, dass er für Amphitryon noch die Requisitenliste schreiben musste. Eigentlich sollte man annehmen, dass unter den aktuellen Umständen die nachmittägliche Besprechung morgen verschoben wurde. Aber falls sie doch stattfinden sollte und er ohne aktuelle Liste auftauchte, konnte er sich auf was gefasst machen.

Voller Düsternis erreichte Michael seine Haustür. Im dritten Stock angekommen, hatte er gerade die Wohnungstür geöffnet und seine Jacke schon zum Aufhängen ausgezogen, da sah er erst wieder, dass sein Garderobenbrett ja gar nicht an der Wand hing.

Das hat Peter abgerissen.

Betroffen schaute er hinab auf den Kleiderhaufen am Boden.

Den hat Peter da hinbefördert. Vor – wie lange ist das jetzt her? – Erst 36 Stunden?

Irgendwie konnte er sich nicht entschließen, das Durcheinander zu bereinigen. Konnte aber auch seinen Blick nicht davon losreißen.

Peter gibt es nicht mehr.

Schließlich rang sich Michael zu dem Entschluss durch, den Berg fürs Erste dort so zu belassen, wo er war. Auf eine merkwürdige Art hatte er damit so etwas wie eine Erinnerungsstätte für Peter.

Um eine Entscheidung reicher, aber um ein Quantum Trost ärmer, ging er in die Küche und warf seine Jacke über einen Stuhl. Im Topf auf dem Herd fand er noch kalte Nudeln. Missmutig begann er, sie in sich hineinzustopfen, setzte sich im anderen Zimmer an den Computer, schaltete ihn ein, schlug sein Textbuch von Amphitryon auf – und freute sich gar nicht darauf, die nächsten Stunden mit tippen zu verbringen.

AMPHITRYON
Das Siegel ist noch unverletzt!
Und gleichwohl – trügen mich nicht alle Sinne –
Schnell öffne mir das Schloss.

SOSIAS
Mein Seel, der Platz ist leer.

Heinrich von Kleist
Amphitryon
II. Akt, 2. Szene

4

Morgen

Michael kniete auf der Straße und pumpte Luft in die Reifen seines Fahrrads.

Am Vortag hatte er nicht nur die Requisitenliste schreiben sondern auch herumtelefonieren müssen, was für heute vorgesehen war: Vormittags Treffen um 10.30 Uhr. Er hatte alle angerufen. Bei Sonja war nur die Mailbox rangegangen.

Nachts hatten ihn dann wieder die Bilder des leblosen Körpers eingeholt. Sein erhebliches Schlafdefizit hatte ihn aber irgendwann doch in etwas Traumloses, Bleiernes sinken lassen.

Er fuhr los Richtung Schauspielhaus. Es würde heute wohl wieder so ein sonniger Tag werden. Noch aber war es ein wenig kühl, und Michael trat energisch in die Pedale, wobei er merkte, dass sowohl die Kette als auch er selbst etwas eingerostet war.

Eigentlich wollte er den Eigelstein runterradeln, kurz vor dem Dom in die Komödienstraße abbiegen, das Stadtmuseum notgedrungen etwas verkehrswidrig umrunden, um schließlich in der Krebsgasse anzukommen. Doch schon als er die schmucklose Mono-Betonie des Ebertplatzes erreichte, stieg er hart in die Bremsen.

Perplex stand er vor dem Zeitungsverkaufskasten und starrte ungläubig auf die wie üblich übergroße Schlagzeile:

SCHAUSPIELER STÜRZT SICH AUF DER BÜHNE IN DEN TOD

Daneben Bilder von Peter aus dem Theaterarchiv. Michael tat etwas, was er noch nie getan hatte: Er kaufte das Blatt. Mit einer schlechten Vorahnung begann er zu lesen:

Er war Schauspieler aus Leidenschaft. Als er die Probe verpatzte, hat sich Peter Z. auf der Bühne im Kölner Schauspielhaus umgebracht. Beim neuen Stück Amphitryon sollte er den Geist von Amphitryons Vater spielen. Auf der Probe dazu musste er eine Leiter hinaufsteigen und stürzte runter. Alle Kollegen lachten und keiner half ihm. Zur nächsten Probe haben sie ihn dann nicht mehr eingeladen.
Aus Scham und aus Verzweiflung sprang er jetzt freiwillig aus der Höhe des Kulissenturms herunter auf die Bühne.
Jetzt sind die Kollegen des Hauses entsetzt. Viele weinen und haben Blumen für Peter Z. niedergelegt. »So weit hätte es nicht kommen dürfen«, sagt ein Mitarbeiter. »Wir sind verzweifelt.«
Die Polizei sagt nur: »Wir haben keinen Abschiedsbrief gefunden. Wir sind aber sicher, dass es eine Verzweiflungstat war.«
In seiner Lieblingskneipe Moderne Zeiten ist man bestürzt. Der Wirt Jean M.: »Peter war immer so ein netter Kerl gewesen. Jeden Abend hat er hier bei uns sein Abendbrot gegessen. Sein Lieblingsessen war Mettbrötchen mit Zwiebeln.«

Fassungslos musste Michael den Text ein zweites Mal lesen. Dann wurde er zornig.

Was ist denn das für ein kompletter Schwachsinn? Die Fakten stimmen entweder gar nicht oder sind halb wahr! Trotzdem kommen interne Informationen vor – wie sind die denn da rangekommen? Und wieso haben überhaupt plötzlich wir Kollegen Schuld?

Michael überlegte einen Moment, fuhr ein Stück weiter und kaufte sich bei der nächsten Gelegenheit eine Tageszeitung. Auch dort gab es einen Artikel. Er war länger und ein wenig fundierter. ›Die Theaterleitung gab gestern eine Pressemitteilung heraus‹, hieß es da, und dass die nächsten Vorstellungen abgesagt seien. Etwas weiter unten stand: ›Die Polizei geht von einer Selbsttötung aus – auch wenn Indizien wie etwa ein Abschiedsbrief fehlen.‹ Doch auch hier wurde wieder berichtet, dass Peter von der Leiter gestürzt sein sollte.

Das ist ja nicht zum Aushalten.

Außerdem hieß es, kurz vor Peters Tod habe es ›unter den Mitgliedern des Schauspielensembles Auseinandersetzungen um den Kollegen gegeben. Notwendige Unterstützung wurde ihm aber offenbar versagt‹. Auch hier stand also, dass die Ensemblekollegen Schuld hätten. Michaels Verärgerung wuchs und wuchs. Außerdem war erneut klar ersichtlich, dass die Presse interne Informationen von einem Theatermitarbeiter hatte.

Zornig schwang sich Michael wieder auf sein Rad und fuhr weiter.

Wieso Selbstmord? Was macht alle so sicher?

Und immer noch blieb die entscheidende Frage offen: Wenn Peter seinem Leben nicht ein Ende hatte setzen wollen, was hatte er dann oben im Schnürboden gemacht?

Ohne Hilfe hat der das doch niemals da rauf geschafft!

Überraschend schnell kam Michael am Theater an und versuchte, in den völlig überfüllten Ständern einen Platz für sein Fahrrad zu finden. Um kurz vor zehn betrat er das Haus, wurde jedoch gleich von der Pförtnerin aufgehalten.

»Haben Sie die Zeitung gelesen? – Schrecklich, was da steht, nicht wahr?« Sie war ganz betroffen.

Michael blieb reserviert. »Ich weiß jetzt nicht, welche Zeitung sie genau meinen.«

»Also, hat er wirklich Selbstmord begangen, schlimm, nicht?«, sprudelte es unbeirrt weiter aus ihr, während sie ihr Boulevardblatt hochhielt.

»Woher wollen Sie das wissen?«

»Steht doch da.«

»Aha.«

»Ja, haben Sie denn nicht mitbekommen, dass der auf eine Leiter steigen musste und dann da runtergefallen ist?«

Michael bemühte sich, Fassung zu bewahren. »Ich war sogar dabei und ich kann ihnen sagen, dass das nicht stimmt.«

»So? Na, wenn sie dabei waren. Sie müssen es wissen.« Sie schien etwas gekränkt und fast auch ein wenig enttäuscht zu sein. Dann beeilte sie sich, die Botschaft zu überbringen, deretwegen sie Michael aufgehalten hatte. »Sie sollen zum Intendanten rauf. Noch vor der Probe. Hat er ausdrücklich gesagt.«

Michael runzelte die Stirn. Was wollte der denn von ihm? Mit einem knappen Dank, dreht er sich um und stieg zur Chefetage hinauf, die natürlich im obersten Stockwerk lag – wenn das im Falle des Schauspielhauses auch nur das zweite war.

Oben herrschte gedämpftes, beinahe mildes Licht. Alle Türen waren geschlossen. Für einen Augenblick blieb Michael unter dem Eindruck der sonderbaren Atmosphäre stehen. Es war ruhig. Die übliche hektische Betriebsamkeit aus dem Haus blieb schon an normalen Tagen irgendwo zwischen den Etagen hängen. Heute, wo das Arbeitsleben scheinbar eingefroren war, herrschte hier oben eindrucksvolles Schweigen. Das trug zu dem besonderen Empfinden bei, das Michael umfing, als er sich schließlich der Tür zur Theaterleitung näherte und etwas beklommen klopfte.

Wenn man zum Intendanten wollte, musste man erst durch das Zimmer seiner persönlichen Referentin. Das war Margot Kippelt. Wenn es irgendeine Person gab, auf die der Begriff Vorzimmerdrache zutraf, dann auf sie. Natürlich war es ihre Aufgabe, dem Chef die kleinen Sorgen vom Hals zu halten und die großen nur in verdaubaren Happen zu ihm durchzulassen. Doch anscheinend war es ihr auch eine Erfüllung, Mitmenschen zu kommandieren, abzufertigen und zu maßregeln.

Missbilligend sah sie bei Michaels Eintreten von ihrem Schreibtisch auf, der wie eine Grenzschranke vor dem Durchgang zum Intendantenbüro aufgebaut war, und als sie sah, wer da kam, kniff sie energisch ihre Augen zusammen.

»Na, dass du hier mal vorbeischaust!«, lautete die Begrüßung.

Guten Morgen, ich freu mich auch, dich zu sehen.

»Wenn man dich nicht formvollendet einlädt«, fuhr Margot Kippelt, ohne eine Reaktion abzuwarten, fort, »kommst du wohl gar nicht auf den Gedanken, dass unser Intendant dich sehen will. Und das schon seit gestern. Du könntest ruhig selbst dran denken, ihm einen Besuch abzustatten, wenn du so etwas Schreckliches erlebt hast.«

Michael wusste nicht, wie er sinnvoll reagieren sollte und ließ es einfach ganz.

»Muss wirklich schlimm gewesen sein, was du da mitangesehen hast«, wechselte Margot Kippelt abrupt das Thema und die Stimmung. »Ich hab ja auch noch nie einen Toten gesehen, aber dann gleich einen Bekannten, und unter diesen Umständen. Schrecklich!« Sie schüttelte sich voller Unbehagen.

»Also, der Intendant will mich sprechen?«, versuchte Michael zum Punkt zu kommen. »Was will er denn?«

»Was will er denn, was will er denn!« Margot Kippelt war wieder die schroffe Exekutivgewalt. »Er ist doch schließlich für dich verantwortlich. Da spricht man schon mal mit seinen Mitarbeitern.« Sie war zur Durchgangstür hinübergegangen und mit einem einteiligen Arbeitsgang Klopfen/Öffnen trat sie in das Büro des Intendanten. »Der Michael ist jetzt da.«

Die Tür wurde von innen aufgerissen und im Rahmen stehend begrüßte der Intendant Michael mit einem sorgenvollen Lächeln. »Na, du tapferer Indianer. Komm einfach rein.«

Michael schritt an der ihn immer noch missbilligend anblickenden Referentin vorbei und schob ihr zuliebe eine Erklärung vorweg. »Tut mir leid, dass ich nicht früher vorbeigekommen bin.«

»Ja, das sollte es dir«, schoss ihm Margot Kippelt in den Rücken. »Das war unhöflich, und das weißt du auch.«

Rasch schloss der Intendant hinter Michael die Tür und machte eine abwiegelnde Geste, die wohl ausdrücken sollte, dass man seine Referentin nicht so ernst nehmen solle.

»Nimm Platz«, sagte er. »Ich bin sofort bei dir.« Rasch lief er zu seinem Schreibtisch hinüber und beugte sich im Stehen mit vor die Augen gehaltener Lesebrille über einige Papiere.

Michael war noch nicht sehr oft hier gewesen. Das Büro war mit Sicherheit der lichtdurchflutetste Raum im ganzen Haus. An den Wänden hingen Szenenfotos und Bühnenskizzen. Links befand sich eine Sitzgruppe, die in erster Linie aus einem roten Sofa bestand, seltsam altmodisch und verschnörkelt. Es wurde vom Intendanten liebevoll ›mein Loriot-Sofa‹ genannt.

Michael nahm darauf Platz und betrachtete den Intendanten. Goetz Tandler sah mit seinem schwarzen Sakko und der blauschwarzen Jeans würdevoll und doch lässig aus. Wie eine Mischung aus Lehrer und Pfarrer – vielleicht mit einer Prise Politiker.

Der Intendant kritzelte einige Unterschriften und kam schließlich herüber, um Michael gegenüber auf einem Sessel Platz zu nehmen.

»Entschuldige, aber es gibt immer viel zu viel zu tun. Auf uns allen lastet diese Katastrophe mit dem Peter und trotzdem muss ich mich um die laufenden Geschäfte kümmern. Also ich hab dich rufen lassen, weil ich dachte, es wäre doch ganz gut, wenn wir uns mal in Ruhe unterhalten. Das war ja für alle ein ziemlicher Schock, aber dich hat es sicher besonders hart getroffen, oder?«

Michael musste schlucken. In diesem ganzen Wirrwarr erkundigte sich mal jemand nach seinem persönlichen Befinden.

»Tja«, antwortete er unsicher, »ich weiß nicht, wie es mir geht. Das war alles ein bisschen viel.«

»Kann ich mir vorstellen. Ich möchte nicht in deiner Haut stecken.«

Michael zögerte, bevor er sich traute, weiterzusprechen. »Was mich im Moment am meisten ärgert, sind diese Zeitungsberichte.«

»Ja. Furchtbar, nicht wahr? Ich hab mich vorhin auch schrecklich aufgeregt. Aber ehrlich gesagt, kenne ich das schon. Wir hatten eine Pressemitteilung rausgegeben. Die war absichtlich knapp gehalten. Jetzt lese ich, dass Peter von einer Leiter gefallen ist und die Kollegen ihn fertiggemacht haben. Saublöd, so was.« Michael fühlte sich seltsam verbunden mit dem Intendanten. »Aber lass uns doch noch mal bei dir bleiben. Es tut mir leid, dass es ausgerechnet einen so jungen und netten Kollegen wie dich erwischt hat. Ich hoffe, dass dich das nicht fürs Leben zeichnet.« Sein Tonfall wirkte immer noch väterlich, wurde aber zunehmend eindringlich. »Letztendlich musst du wohl drüber wegkommen und zum Alltag zurückfinden. Nicht wahr?«

»Ja«, sagte Michael schnell.

»Du solltest«, fuhr der Intendant fort, »dich jetzt nicht zurückziehen. Zwar darf man solchen Kummer nicht verdrängen, aber auch nicht drin baden. Ich möchte dich ermutigen, dich vor dem Leben nicht zu verschließen. Wie denkst du darüber?«

»Scheint vernünftig zu sein«, hörte sich Michael antworten. Gleichzeitig fragte er sich, auf was dieses Gespräch hinauslaufen sollte.

Der Intendant atmete schwer durch. »Wenn du Sorgen hast, kannst du immer mit mir sprechen. Ich werde es der Kippelt vorne sagen, sie soll dich jederzeit zu mir durchlassen. Wollen wir so verbleiben?«

»Ja, gut.« Michael wusste nicht ganz, wie ihm geschah.

»Das ist nicht richtig, was da passiert ist«, sprach sein Gegenüber schon weiter. »Der Peter hätte Hilfe gebraucht. Schlimm, wenn man dann keinen anderen Ausweg weiß, als aus dem Leben zu gehen.« Impulsiv wollte Michael etwas erwidern, kam aber nicht dazu. »Jeder braucht im Leben eine Stütze, und wenn man die noch nicht hat, muss man sie sich suchen. Einen Verbündeten finden. Sonst kann man seine Ziele nicht umsetzten, nicht wahr?«

»Mmh, ja. Ist schon richtig …«

»Dabei fällt mir ein, ich weiß eigentlich gar nicht, was deine Visionen so sind. Was hast denn du so vor im Leben?«

Michael fühlte sich nun gänzlich auf dem falschen Fuß erwischt. »Mmh, ja … Ich will hier noch einige Zeit weitermachen und dann als Theaterregisseur selbstständig werden.« Das war das, was er, auf dieses Thema angesprochen, immer zum Besten gab. Nur war das nicht wirklich leicht umzusetzen in der heutigen Zeit.

Der Intendant hatte etwas mitbekommen. »So genau weißt du noch nicht wie, oder? Der Weg ist steinig und schwer.« Michael nickte mechanisch. »Hast du denn einen Mentor für dich gefunden? Einen, der dein Meister ist? Einer, von dem du lernen kannst?«

»Nein«, antwortete Michael ehrlicherweise, »nicht so recht …«

»Such ihn dir. Das ist wichtig. Man muss im Leben einen Meister haben. Nur so hat man einen Maßstab, an dem man sich messen kann. Bei mir war das auch so. Es gab einen Regisseur, als ich Assistent wie du war, von dem habe ich alles gelernt, was es über die Arbeit am Theater zu wissen gibt. Er war die ganze Zeit mein Meister. Aber eine buddhistische Lehre besagt, dass das Meister-Schüler-Verhältnis nur dann stimmig ist, wenn der Schüler den Meister eines Tages überflügelt. Und genau so ist es: Ich bin heute Intendant und er immer noch einfacher Gastregisseur an den mittleren Häusern.« Ein triumphierendes Grinsen überzog für einen kurzen Augenblick seine Gesichtszüge. »Er war ein guter Regisseur – aber ich hab ihn überflügelt. Die Meister-Schüler-Beziehung, ich sag es dir!«

Michael hatte das dringliche Gefühl, dass die Buddhisten diese Weisheit nicht so gemeint hatten, wie der Intendant sie auslegte.

»Na ja«, wechselte er das Thema. »Jetzt gleich habt ihr eure Probe, nicht wahr? Ich wollte auch kurz vorbeischauen. Geh ruhig schon mal hin, du hast ja sicher was zu tun, vorher. Und erinnere dich, was wir gesagt haben: weitergehen; mitarbeiten; Stabilität suchen.«

Michael nickte irritiert. Dann stand er auf. Er hatte die Tür fast erreicht, da sagte der Intendant noch etwas – diesmal ohne besonderen Tonfall.

»Ach, sag mal, hast du eigentlich Probleme mit unserm Tonchef?«

Michael wusste nicht, wo die Frage herkam. »Nein, eigentlich nicht.«

»Ich frag nur. Wenn dir irgendwelche Beschwerden über den zu Ohren kommen, sag mir sofort Bescheid.«

Michael versprach es und war draußen. Er lavierte sich rasch an Margot Kippelt vorbei und stand im Treppenhaus.

Dort musste er sich einen Augenblick besinnen.

Was ist denn das jetzt gewesen?

Michael hatte überhaupt nicht verstanden, weshalb er zum Intendanten gerufen worden war. Und wieso am Schluss diese Frage nach dem Tonchef? Der Leiter der Tonabteilung – Pappi – war höchst beliebt bei seinen Mitarbeitern. Und fachlich war er unangefochten eine Autorität im Haus.

Michael kratzte sich am Kopf. Der brummte ihm.

Pappi, Meister-Schüler, Peter, Unterstützung.

Das Treffen mit dem Theaterleiter hatte ihn entschieden verwirrt.

Er musste zur Probe oder Versammlung oder was es immer werden sollte. Unterwegs wurde ihm bewusst, wie selbstverständlich auch der Intendant davon ausgegangen war, dass Peter Selbstmord begangen hatte. Michaels Groll erwachte wieder.

Als er den Malersaal erreichte, hatten sich schon fast alle

Produktionsbeteiligte eingefunden und hielten sich in dem kleinen, vollgestellten Flurbereich vor der Tür auf.

Arnd lehnte ungewohnt untätig am Türrahmen zum eigentlichen Probenraum. Sonja stand an der Wand und wirkte etwas unsicher. Die übrigen Kollegen schienen alle in angespannter Stimmung zu sein.

Svetlana Beer stand mit verdunkelter Miene herum und betrachtete die anderen unerfreut. Die herabgezogenen Mundwinkel verstärkten ihren ohnehin schon energischen Ausdruck.

Auch Tim F. Engels blieb stumm. Das war nicht wirklich erstaunlich. Michael hatte allerdings das Gefühl, dass der ausgemergelte Schauspieler in seinem üblichen verknitterten dunklen Anzug schwer mit irgendeinem Gedanken beschäftigt war.

Stella Kammer machte etwas, bei dem man sie sonst nie sah: Sie saß in einer Ecke und lernte Text. Michael fand das ziemlich überflüssig, da gar nicht klar war, ob und was heute geprobt werden würde. Stella war doch sonst eher nachlässig damit und baute während der Proben ständig auf Helgas Hilfe.

Vorne rechts lehnte Thomas Kister lässig wie immer im großen Durchgang zur Montagehalle und rauchte.

»Der Fleischer ist ja wohl ziemlich durch«, sagte er gerade zu Paul-Georg Hammich.

»Ist er«, knurrte Hammich bestätigend. »Hat gestern auf der Versammlung ganz schön was zu hören gekriegt. Peter muss man fast dankbar sein. Uns ist da jetzt eine einmalige Chance eröffnet worden, den Fleischer endlich mal kaltzustellen. Wir müssen nur geschlossen agieren. Wir können den an den Eiern packen!«

»Ich finde, den Fleischer müsste man nur mal ordentlich verprügeln.«

»Und ich finde es eine Schande«, mischte sich Helga ein, während sie sich ein Taschentuch vor die Nase hielt, »dass ihr einen Tag nach dem Tod von Peter schon wieder nur rumgähsn könnt.«

Die beiden Schauspieler sahen sie verständnislos an.

Michael war ebenfalls irritiert. Jedoch über das, was Paul-Georg gerade gesagt hatte. Es hatte geklungen, als ob ihm Peters Tod ganz recht sei.

Ein Gedanke begann sich in Michael zu formen: Da es einfach unwahrscheinlich war, dass Peter alleine in den Schnürboden hinaufgeklettert war – hatte ihm irgendjemand dabei geholfen? Um am Ende irgendeinen eigennützigen Zweck zu verfolgen? Michael schaute sich um, schaute von einem zum anderen. Hatte womöglich jemand sogar bei dem Sturz nachgeholfen?

Ist das wirklich denkbar?

Plötzlich traf er einen Entschluss: Wenn sich niemand – nicht mal die Polizei – etwas anderes als Selbstmord vorstellen wollte, dann war es notwendig, dass *er* andere Möglichkeiten verfolgte. Dass *er* die Wahrheit ans Licht brachte. Vielleicht auch, weil er Peter einen solchen Einsatz schuldig war.

Aufmerksam begann er seine Kollegen genauer zu beobachten.

»Sag mal«, raunzte in diesem Moment Paul-Georg ziemlich von oben herab in Arnds Richtung, »können wir denn nicht noch was Kaffee kriegen?«

Arnd schreckte regelrecht aus seinen Gedanken auf. »Doch, natürlich«, beeilte er sich zu antworten. Dann sah er sich nach Sonja um. »Mach neuen Kaffee«, blaffte er sie an. Und als sich Sonja schon aufmachte, trieb er sie noch weiter an. »Pass auf, dass die Schauspieler versorgt sind. Sonst gefährdest du die Probenlaune.«

Michael ärgerte sich.

Völlig übertrieben. Dass der Ton hier immer so rau sein muss. Besonders der von Arnd.

»Habt ihr eigentlich das in der Zeitung heute gelesen?«, fragte Lars Langenich völlig unvermittelt.

Paul-Georg Hammich rollte mit den Augen. »Ein Riesenartikel. Unglaublich! Ich bin stinksauer!«

»Plötzlich sollen wir schuld an allem sein«, ergänzte Thomas ungehalten.

»Ja«, sagte Lars, und legte dabei seine patschigen Hände vor die Lippen, »darüber habe ich mich auch gewundert.«

»Dass alles, was die sagen, überhaupt nicht den Richtigen trifft, ist zum Kotzen!«, polterte Hammich weiter.

»Immerhin«, gab Lars Langenich bedächtig von sich, »erfährt man ein paar Dinge über die Gründe für Peters Selbstmord und so ...«

Michael konnte sich nicht beherrschen. »Ich halte alles, was in den Zeitungen steht, für ausgemachten Blödsinn!«

Alle schauten erstaunt zu dem Regieassistenten, der sich einfach so eingemischt hatte. Augenblicklich bedauerte Michael, so vorgeprescht zu sein.

»Wieso? Was stimmt denn nicht?«, fragte Lars verblüfft.

»Alles« entgegnete Michael angestrengt. »Das ist doch von vorne bis hinten nur Gelaber.«

»Was mich viel mehr stört«, mischte sich mit einem Mal Stella Kammer aus ihrer Ecke ein, »es gibt doch ganz offensichtlich im Haus einen, der bei der Zeitung geplaudert hat.«

»Ja, unerhört, so was!«, ereiferte sich wieder Hammich. »Derjenige, der das war, kann seine Zukunft ziemlich vergessen: Verletzung von Privatsphäre, Preisgabe interner Angelegenheiten, üble Nachrede. Da kommt ganz schön was zusammen!«

Alle stimmten lautstark zu.

Währenddessen hörte Michael ein Schnaufen hinter sich. Als er sich umdrehte, kam Hektor Schmitz vom Aufzug her angelaufen.

»Oh, gut. Ich dachte schon, ich bin zu spät.«

Auch der Inspizient war zu dieser Runde eingeladen worden. Er gehörte zwar nicht zum täglich probenden Ensemble, aber doch zum Kernteam.

Michael kehrte sich wieder den anderen zu, stellte aber fest, dass Hektor hinter ihm stehen geblieben war. Als Michael sich noch einmal umdrehte, setzte der Inspizient hastig ein breites Grinsen auf und ging doch an ihm vorbei.

»Muss mal Kaffee trinken, muss mal Kaffee trinken«, gab er von sich.

Michael schaute irritiert hinter ihm her. Dann sah er auch noch, dass Tim F. Engels inzwischen schmal und böse vor sich hinschmunzelte.

In diesem Moment erschien der Intendant gemeinsam mit Theo Fleischer. Alle begaben sich in den Malersaal und setzten sich im Kreis um den Regietisch. Der Intendant ließ keinen Zweifel aufkommen, dass er keine Fortsetzung des Tumults der gestrigen Ensembleversammlung wollte.

»Was mit dem Peter geschehen ist«, begann er, als etwas Ruhe eingekehrt war, »ist eine Katastrophe. Wir alle leiden darunter. Ich möchte aber gerne, dass das nicht Auslöser für größere Aufregung wird. Wir sollten mit der Situation gebührend umgehen. Deshalb haben wir auch lange darüber beraten, wie wir weitermachen sollen. Folgendes stand zur Debatte: Entweder das Schauspiel schließen, alle Vorstellungen und Premieren für längere Zeit absagen. Oder aber, kurz innezuhalten, uns besinnen – und dann gemeinsam die Arbeit fortzusetzen.« Alle blickten erwartungsvoll zum Theaterleiter. Auch Michael wartete gespannt. »Nun, wir haben uns für das Letztere entschieden. Ein altes Theatergesetz sagt ja ›The Show must go on‹. Nun, lassen wir die Show weitergehen. Es ist sicher besser, sich gemeinsam in die Arbeit zu stürzen, anstatt vereinzelt in Depression zu versinken.« Es war zu spüren, dass sich alle etwas anderes gewünscht hätten. »Es bleibt dabei, dass bis zum Wochenende sämtliche Vorstellungen abgesagt sind, und wir danach den Spielbetrieb wieder aufnehmen. Nebenan in der Oper lasse ich allerdings alles normal laufen.«

Michael verzog keine Miene. Er hatte sich auch nicht vorstellen können, dass das Schauspielhaus dicht gemacht wird.

»Die Proben allerdings«, fuhr der Intendant fort, »sollen heute fortgesetzt werden. Es bleibt in dieser Produktion ja noch eine Menge bis zur Premiere zu tun. Mir ist klar, dass keiner von euch faul sein will.«

In dieser Sekunde hatte Theo Fleischer offenbar eine Eingebung, denn er beugte sich rasch zu Michael. »Wenn die Bühne unbenutzt ist, dann müssen wir auf ihr proben!«, zischte er.

Michael erstarrte.

Nicht auf der Bühne.

Der Intendant schien etwas mitbekommen zu haben, denn er warf Theo Fleischer einen Blick zu, der ihn sofort verstummen ließ. Ohne näher darauf einzugehen, sprach er dann weiter. »Gerade dieses Team hat natürlich mehr als alle anderen Produktionen, an denen zurzeit gearbeitet wird, unter dem Verlust zu leiden. Doch dieser Schock muss überwunden werden. Gejammert werden darf nicht! Und auch nicht geschrien.« Er sah sich kurz um – die Schauspieler blickten ihn verschlossen an. »In diesem Zusammenhang möchte ich auch unserem Michael danken.«

Wieder richteten sich die Blicke aller Anwesenden auf Michael. Wieder kam er sich unangenehm beglotzt vor. Wieder gab es ihm das Gefühl, als würde ihn ein böses Tier belauern. Zudem verstand er nicht, was der Intendant eigentlich meinte.

Der fuhr unbeirrt fort. »Michael war heute früh bei mir und hat mir zu verstehen gegeben, dass ein baldmöglichstes Weiterarbeiten für ihn der beste Weg wäre, die Ereignisse zu bewältigen. War doch so, Michael, oder?«

Alle Blicke bei Michael.

»Ja, schon – so in etwa …«, stammelte er.

»Und so sollten wir uns also auf etwas mehr Arbeitsfrieden konzentrieren, mit dem Vorbild dieses sympathischen Kollegen hier, den es doch eigentlich am schlimmsten getroffen hat. Ich denke, es war gut, das zu klären. Danke dir, Michael, für diesen Vorstoß. Und danke euch allen. Das war es, was ich kurz sagen wollte.«

Alle Anwesenden schwiegen. Der Theaterleiter hatte ganze Arbeit geleistet. Eigentlich konnte jetzt niemand mehr in irgendeiner Form aufbegehren, ohne wahlweise pietätlos, bösartig oder faul zu wirken. Und mit der mitleidheischenden Berufung auf Michael, der trotz allem, was er erlebt habe, noch arbeitseifrig sei, gab es auch keine Begründung mehr, warum andere das nicht ebenfalls sein sollten. Entsprechend durchdringend wurde Michael nun von allen angeschaut.

Ihm selbst wurde nun klar, wofür der morgendliche Termin beim Intendanten gedient hatte. Er war benutzt worden.

»Ich hätte lieber eine ganze Weile frei gehabt«, maulte Helga plötzlich wehleidig in die Stille – und wischte ihre Nase. »Das fände ich besser.«

Ablehnung schlug ihr aus allen Augen entgegen. Sie hatte genau das Falsche gesagt. Der Intendant lächelte dünn.

Paul-Georg Hammich widersprach nachdrücklich. »Natürlich ist es selbstverständlich, dass wir weiterarbeiten.« Die Übrigen nickten leicht, womit die Sache wohl entschieden war. Doch der Schauspieler sprach weiter. »Zu arbeiten ist schon in Ordnung, aber es muss ohne überflüssigen Druck ablaufen.« Dabei wanderte sein Blick zu Theo Fleischer, der verschlossen zurückschaute. Für einen kurzen Moment sahen sich die beiden Kontrahenten in die Augen. Alle übrigen Anwesenden beobachteten es aufmerksam, preschte doch der Schauspieler wieder einmal für sie vor.

Schließlich ergriff der Intendant das Wort. »Ich möchte noch etwas anderes sagen: Vielleicht habt ihr heute die Zeitungen gelesen. Irgendjemand aus diesem Haus scheint die Presse mit Informationen beliefert zu haben. Es braucht aber wirklich niemand eine Wahrheit, die nicht seriös ist. Ich möchte deshalb wirklich jeden warnen, nichts nach außen weiterzugeben.«

»Ja, irgendein Verräterschwein agiert da gegen das Kollektiv«, stieß zur Verwunderung aller Tim F. Engels mit rauer Stimme hervor. »Mieser Vorgang.«

»Keine Sorge, wir werden herausbekommen, wer das war«, versprach der Intendant etwas hohl drauflos.

»Und Gnade dem, wenn wir es wissen«, dröhnte Paul-Georg Hammich ergänzend.

Wieder nickten alle zustimmend.

»Nun gut«, schloss der Intendant. »Bevor es an die Arbeit geht, möchte Theo noch etwas zu euch sagen.«

Durch die Versammelten ging eine Verdüsterung der Mienen. Man konnte das allgemeine Umschalten auf Kampfbereitschaft förmlich sehen. Svetlana Beer lächelte schmal. Lars Langenich hatte Schweißperlen auf der Stirn.

»Ja, also«, eröffnete Theo Fleischer seine Ansprache und rückte seine bunte Brille zurecht, »auch ich bin froh, dass wir uns entschieden haben, diese schreckliche Geschichte gemeinsam zu verarbeiten. Es ist wichtig, dass ihr dem einen richtigen Weg folgt. Und ihr tut es.« Er hielt kurz inne und lächelte väterlich in die Runde. Dann wurde er wieder ernst. »Es hat gestern Vorwürfe gegen mich gegeben, ich hätte Mitschuld an Peters Tod. Es ist ziemlich unklug, so was zu sagen. Immerhin kann ich das auch als Verunglimpfung meiner Person auffassen – und sich mit den Konsequenzen von so etwas zu befassen, macht uns allen keinen Spaß.« Erneut zauberte er ein Lächeln auf sein Gesicht. »Ich meine, die Zeiten der Inquisition sollte unser Kulturkreis eigentlich hinter sich gelassen haben.«

Niemand ging darauf ein. Theo Fleischer schien das entweder nicht zu bemerken oder es war ihm egal. Mehr schon irritierte ihn, als Thomas Kister eine Frage stellte.

»Dann ist also endgültig festgestellt, dass es Selbstmord war?«

»Ja«, war es der Intendant, der mit leiser Ungehaltenheit reagierte.

»Das war doch gestern schon klar«, ergänzte Stella Kammer abwinkend.

»Nein«, widersprach Svetlana Beer gewissenhaft. »Es gab bloß keine ernst zu nehmenden Alternativen.«

»In jedem Fall«, warf Paul-Georg Hammich provokant in Richtung Schauspieldirektor, »ist die Frage, wo denn der Grund dafür sitzt, dass er sich umgebracht hat.«

»Es war kein Selbstmord!« Wieder bereute Michael sein Vorpreschen sofort, als ihn alle ansahen. Aber er musste jetzt wohl weiterreden. »Es gibt keinen Grund, nur dieser einen Erklärung zu folgen. Das ist nichts als eine Vermutung.«

»Schau, schau«, kommentierte Thomas Kister, »der Herr Assistent gefällt sich im Widersprechen.«

»Zugegeben«, gab Stella gestikulierend von sich, »erwiesen ist Selbstmord nicht.«

»Nicht?«, brachte Paul-Georg Hammich mit beinahe enttäuschtem Blick in Richtung Theo Fleischer hervor.

Svetlana Beer sah ihn streng an. »Denk auch mal in andere Richtungen. Auf Peter haben viele eingewirkt.«

»Sollen wir uns das jetzt ernsthaft fragen?«, entfuhr es Thomas Kister verächtlich. »Wer von uns Schuld an seinem Ende hat?«

»Ja, wer«, bestätigte Stella Kammer. »Wenn es wirklich kein Selbstmord war …«

Durchdringend schauten sich auf einmal alle gegenseitig an.

Svetlana Beer wandte sich noch einmal an Michael. »Wieso denn soll es kein Freitod gewesen sein?«

»Na ja«, gab Michael unsicher von sich. »Wenn ein Abschiedsbrief oder so was da wäre …«

Theo Fleischer ergriff das Wort. »Ich sag euch mal, wie wir von der Hausleitung die Dinge sehen: Es gibt keinen Anlass daran zu zweifeln, dass Peters Tod Selbstmord war.«

»Ach?«, sah ihn Paul-Georg Hammich mit kaum versteckter Häme an. »Du weißt, dass er dann dafür einen Grund gehabt haben muss.«

Theo Fleischer beachtete ihn nicht. »Peter war verzweifelt, gar keine Frage. Dass er aber Selbstmord begeht, konnte niemand vorausahnen.« Nun bekam sein Tonfall beinahe etwas Bekümmertes. »Ich habe mich nun wirklich ausführlich mit ihm befasst – und gewissermaßen versucht, ihm zu helfen. Nur: Peter hat sich aufgegeben.«

Aufgegeben? Peter hat doch alles gehabt: Aufrichtigkeit, Mut – und Wille zu kämpfen!

Wieder entschlossener gab Theo Fleischer sein Fazit ab.

»Ich jedenfalls habe mit den Gründen für Peters Tod nichts zu tun.«

Wieso nicht? Was hast gerade du mit Peter nicht alles gemacht!

Und mit einem Mal durchfuhr Michael eine Erkenntnis: Theo Fleischer war doch vorgestern nach der Abendprobe recht übereilt gegangen.

Kurze Zeit später war Peter tot.

Was hast du mit ihm gemacht?

Ein heißes Gefühl durchfloss Michael. Er war sich sicher, auf eine wirklich zentrale Frage gestoßen zu sein. Er war wie erstarrt.

Was hast du mit ihm gemacht?

Überraschend ergriff auf einmal Arnd das Wort. »Wir müssen uns jetzt zusammenraffen und unsere Arbeit weiterführen. Uns ganz der Premiere widmen.« Er machte beinahe ein verbissenes Gesicht.

Der Intendant nickte ihm zu. »Ein lobenswerter Vorstoß.«

Keiner im Raum regte sich – wortlos glotzten alle zum Regietisch.

Der Intendant sah von einem zum andern. »Na, wenn sonst keiner mehr was sagen möchte, können wir ja eigentlich zu dem übergehen, was wir vorhin gemeinsam beschlossen haben: An die Arbeit!«

»Und was werden wir machen?«, fragte Stella Kammer und wuschelte nervös durch ihre kurzen blonden Haare.

»Auf jeden Fall werden wir es heute ruhig angehen lassen«, schob Paul-Georg Hammich mit Bestimmtheit nach. »Das ist ja wohl das Mindeste.«

»Natürlich«, antwortete Theo Fleischer freundlich. »Ich würde sagen, wir machen eine Durchsprechprobe des ganzen, bisher gearbeiteten Textes. Hier am Tisch sitzend. Ganz ohne Stress.«

»Was wird aus den Stellen«, wollte Svetlana Beer mit ruhiger Stimme wissen, »an denen Peter bisher aufgetreten ist?«

»Tja«, machte Theo Fleischer knapp. »Es wäre das Einfachste, die ganzen Einfügungen, also alles, was Peter gesagt hat, wieder wegzulassen. Aber das sollte eigentlich die Quintessenz meiner Inszenierung sein. Ich muss mich dazu erst noch einmal mit der Dramaturgin beraten.« Er rückte seine Brille zurecht. »Schön. Fünf Minuten Rauchpause und dann legen wir los.«

Alle erhoben sich. Einige blieben im Raum und besprachen sich miteinander, andere eilten nach draußen. Der Intendant verabschiedete sich.

Michael hatte den Abschluss der Runde kaum mitbekommen, er war nach wie vor in innerer Aufruhr: Vorgestern Abend war der Regisseur nach der Probe noch irgendwo gewesen. Konnte das, musste das nicht im Zusammenhang mit Peters Tod stehen?

Was hast du mit ihm gemacht?

Hektor Schmitz war zu Michael getreten. »Ihr braucht mich sicher nicht mehr, oder?«, sagte er ungewohnt leise, beinahe betreten.

»Was? Nein, dich werden wir ziemlich sicher nicht mehr brauchen. Es sei denn, du möchtest dir die Durchsprechprobe freiwillig anhören.«

»Auf keinen Fall, auf keinen Fall«, winkte Hektor beinahe entsetzt ab. »Mir geht's nicht gut. Da bleib ich hier nicht länger als unbedingt notwendig!«

Michael vergaß das Gespräch sofort. Fieberhaft überlegte er, was er tun sollte und sah sich nach Theo Fleischer um. Der stand ein Stück entfernt und unterhielt sich mit Sonja, die Daumen im Bund seiner schwarzen Lederhose, ein Lächeln auf den Lippen. Jetzt nickte er knapp, klopfte mit der Hand dicht vor Sonja einen Gruß auf die Tischplatte und kam zurück an seinen Platz. Michael hätte Sonja gerne gefragt, was da los war. Aber der Regisseur war buchstäblich dazwischen. Michael saß links von Theo Fleischer, Arnd rechts und erst dann kam Sonja.

»Sag mal«, wandte sich der Regisseur unerwartet an Michael, »sollte heute nicht eine Requisitenbesprechung sein?«

Michael nickte verwirrt und dachte an die lange Liste, die er gestern getippt hatte.

»Sag die ab«, entschied Theo Fleischer knapp. »Ich hab heute zu tun mit Leitungsgeschäften, bei uns ist der Teufel los. Außerdem muss ich zu unserer trächtigen Dramaturgin nach Hause wegen den Änderungen vom Stückkonzept.« Er seufzte. »Oder halt. Nein. Macht ihr zwei Assistenten alleine eine Vorbesprechung mit der Requisite. Was die wissen, wissen die.«

Michael seufzte – wenn auch nur innerlich. Für einen kurzen Moment hatte es ausgesehen, als ob er den Nachmittag frei gehabt hätte.

Kurze Zeit später hatten sich alle wieder eingefunden und saßen erneut um den Regietisch. Theo Fleischer eröffnete die Probe überraschenderweise mit einem Lob für Michael.

»Ich wollte noch mal erwähnen«, verkündete er so laut, dass auch die letzte Unruhe im Raum übertönt wurde, »wie vorbildlich ich den unermüdlichen Einsatz von Michael finde. Aus der Tatsache, dass er hier ist und mit uns weiterarbeiten möchte, spricht echter Einsatzwille.«

Michael konnte sich einfach nicht daran gewöhnen, im Mittelpunkt zu stehen und angeglotzt zu werden.

»Michael«, fuhr Theo Fleischer fort, »ich bin dir wirklich dankbar. Es ist – und ich weiß, dass so eine Aussage aus meinem Mund viele überraschen wird, aber ich meine es ernst – es ist einfach sehr schön, dass du da bist.«

Michael war unangenehm berührt. Was der Schauspieldirektor da von sich gab, war für dessen Verhältnisse geradezu eine Heiligsprechung. Aus den Augen der Kollegen schossen Michael grimmige Blicke entgegen. Sie waren nicht nur missbilligend, Michael bekam auch den Eindruck, dass sie sich auf etwas bezogen, was er nicht wusste. Es schien nichts Gutes zu sein.

Thomas Kister lächelte dünn.

Vormittagsprobe

Es wurde, wie verabredet, eine Textprobe des ersten Aktes abgehalten. Die Schauspieler spielten ähnlich wie bei einem Hörspiel so gut es ging vom Platz aus. Immer wenn Peter Text hatte, wurde die Passage vom Regisseur gelesen. Unterbrechungen gab es wenige. Alle wollten, einschließlich Theo Fleischer, diese Probe nicht unnötig in die Länge ziehen.

Michael war nicht in der Lage, sich irgendwie zu beteiligen. Er konnte nur an das denken, was sich hier erst vorgestern um etwa dieselbe Uhrzeit abgespielt hatte. Wie Peter schwankend auf einer Leiter gestanden hatte und Theo Fleischer ihm beim Kollabieren beinahe zufrieden zugeschaut hatte.

Was hast du mit ihm gemacht?

Dass der Regisseur auch noch ausgerechnet neben ihm saß, war besonders unerträglich.

Wo ist Fleischer nach der Bühnenprobe so überstürzt hingegangen? Hat er sich irgendwo mit Peter getroffen? Und sind sie dann gemeinsam zurück ins Theater?

Verzweifelt überlegte Michael, wie man das in Erfahrung bringen konnte. Theo Fleischer direkt zu fragen schied natürlich aus. Hatte er wirklich etwas mit Peters Tod zu tun, würde er da kaum die Wahrheit sagen. Aber auf eine bessere Idee kam Michael auch nicht. Stattdessen kroch wieder ein anderer, rätselhafter Satz aus seinem Winkel.

›Ich krieg noch was von dir.‹

Theo Fleischer hatte inzwischen doch unterbrochen, und sich an der Erklärung festgebissen, wie er sich das Öffnen eines bestimmten Schmuckkästchens vorstellte. Im Stück glaubte Amphitryon, es enthalte das Geschenk für seine Frau Alkmene. Dem Regisseur schwebte dafür ein großer Knalleffekt vor und er hatte extra eine Trickschachtel bei der Requisite in Auftrag gegeben.

Michael interessierte sich für den Vortrag kein bisschen, schon allein, weil er die Idee kannte und äußerst überflüssig fand.

Effektheischender Hingucker, sprengt die ganze Szene auseinander, hat überhaupt nichts mit den Problemen zu tun, in denen die Figuren stecken.

Da wandte sich Theo Fleischer mit einem Mal an ihn. »Sag, ist die Schachtel dafür nicht schon fertig? Hol die doch mal.«

»Die ist unten bei der Requisite. Keine Ahnung, ob da heute überhaupt wer ist.«

»Natürlich ist da wer. Die arbeiten genauso wie wir. Hol das Ding her. Ich mach hier weiter und wenn du wieder da bist, komme ich auf die Sache zurück. Los.«

Also machte sich Michael auf, froh, eine Weile wegzukommen. In dem übergroßen Aufzug empfingen ihn dann ausgerechnet Simon und Fränk von der Requisite.

»Ach, wegen dir fahren wir den Umweg«, begrüßte ihn Simon theatralisch entrüstet. »Wir wollten eigentlich runter, um zu unserer Werkstatt zu kommen.«

Michael antwortete nicht gleich, weil er auf den Inhalt der beiden Schubkarren starrte, die die zwei bei sich stehen hatten: Gartenerde, aus der lebensecht wirkende Arme und Beine herausschauten.

»Ist für die andere Produktion, die gerade probt«, erläuterte Fränk lässig. »Möchtest du wissen, was das bedeuten soll?«

»Ich glaube nicht«, entschied Michael.

»Von oben wurde ja angeordnet, dass wir normal arbeiten sollen«, fuhr Fränk fort, »aber außer zu ein paar Aufräumarbeiten fühlen wir uns zu nichts in der Lage.«

Michael presste die Lippen aufeinander. »Bei uns wird beinahe regulär geprobt.«

»Der Fleischer hat sich ja auch mal in die Hirnschale geschissen und nicht abgezogen«, entgegnete Simon angewidert.

»Der kennt keine Gnade«, ergänzte Fränk.

Michael wechselte das Thema. »Stellt euch vor: Ich war auf dem Weg zu euch!« Er erklärte, was er holen sollte.

Simon machte ein noch missmutigeres Gesicht. »Die Schatulle gebe ich dir nicht. Es gibt nur diese eine als Original für die Vorstellungen. Und wenn die kaputt geht, war viel Arbeit für die Katz.«

»Der Chef will sie aber haben«, beharrte Michael pflichtbewusst, auch wenn er den Unwillen verstehen konnte.

»Ja ja, der Chef will. Müssen wir uns also fügen«, maulte Simon. »Bring sie sofort nach der Probe zurück.«

»Was will der Fleischer denn damit?«, erkundigte sich Fränk.

»Demonstrieren, was er damit vorhat.«

Fränk rollte mit den Augen. »Auch noch dran rumfingern! Der Fleischer ist mit seinen Händen doch genau so zart wie im Umgang mit seinen Mitarbeitern.«

»Blöde Schatulle«, fügte Simon fast beleidigt hinzu. »Ständig baut der in seine Inszenierungen irgendwelchen Tralala ein, um sie lebendig erscheinen zu lassen, in Wahrheit aber, um von deren Geistlosigkeit abzulenken.«

»Soso.« Michael grinste unwillkürlich.

»Gestern auf eurer Versammlung«, übernahm wieder Fränk, »muss der ja auch ziemlich dummes Zeug gesagt haben.«

»Sagen wir so«, erklärte Michael so neutral er konnte, »der Fleischer ist nicht gerade beliebter geworden …«

»Nee!«, bekräftigte Fränk, »angesichts der Tatsache, dass er Peter quasi in den Tod getrieben hat!«

Michael entglitten die Gesichtszüge.

Was hast du mit ihm gemacht?

Simon hatte was gemerkt. »'tschuldigung, wir reden von blöden Schatullen und du musst mit ganz anderen Erlebnissen klarkommen.«

»Ist schon in Ordnung«, nuschelte Michael.

Einen Augenblick lang war es still. Dann zuckte Fränk ergeben mit den Schultern. »Der Fleischer ist sicher gut im Bett.« Und als Michael ihn verständnislos ansah, erläuterte er trocken. »Unter dem stöhnt doch jetzt schon jeder.«

Sie kamen unten an und wurschtelten sich mit den zwei sperrigen Schubkarren zum Requisitenraum durch. Michael bekam seine Schatulle samt weiteren strengen Ermahnungen und machte sich auf den Rückweg. Nichts ahnend kam er die Treppe zum Pfortenbereich hinauf, als sich ihm ein verwirrendes Bild bot.

Kurz vor ihm war ein älteres Ehepaar offenbar herab von der zweiten Etage gekommen, beide etwa Mitte sechzig. Der Mann war hoch aufgewachsen, kräftig gebaut und trug einen dunklen Mantel, sein kantiges Gesicht war blass und wirkte seltsam erstarrt. Sie war eine kleine, rundliche Frau und weinte sich die Seele aus dem Leib. Sie konnte sich kaum auf den Beinen halten und musste von ihrem Mann gestützt werden, der leise und in beruhigendem Tonfall auf sie einsprach.

»Wo ist er denn jetzt?«, begehrte die tränenüberströmte Frau plötzlich mit hilfloser Heftigkeit gegen die Pförtnerin auf. »Sagen Sie mir doch wenigstens, wo er jetzt ist!«

»Der Peter ist in der Rechtsmedizin«, antwortete der Mann und fuhr beschwichtigend fort. »Wir fahren da hin und dann kannst du ihn noch mal sehen.«

»Nein, ich will da nicht hin!«, stieß die Frau aus und hielt sich beide Hände vor die Augen. »Ich halte das nicht aus, ich halte das nicht aus!« Der Rest ging in erneuten Weinkrämpfen unter.

Der Mann nahm sie in den Arm, bestellte bei der hilflosen Pförtnerin ein Taxi und führte seine Frau zum Ausgang. Inzwischen rannen auch ihm Tränen über das Gesicht.

Michael hatte daneben gestanden und die Szenerie wie versteinert betrachtet.

»Schrecklich, nicht wahr?«, rief die Pförtnerin viel zu laut, als das Ehepaar hinaus war. »Ich kann so was gar nicht gut aushalten. Das waren die Eltern von dem Peter.«

Michael nickte stumm und machte sich mechanisch auf den Weg zurück zur Probebühne. Es war für ihn schlimm genug, mit dem eigenen Kummer fertigzuwerden. Doch den Kummer von anderen zu erleben, war fast nicht zu ertragen. Der Eindruck ließ ihn nicht los.

Was hast du mit ihm gemacht?

Im langen Gang zum Aufzug sah er dann von Weitem den Leiter der Tontechnik vor der Fahrstuhltür stehen.

»Moin, moin«, begrüßte ihn Pappi, als sie sich nahe genug waren. Dann blieben sie schweigend nebeneinander stehen, während sie warteten.

Missbilligend schüttelte Pappi irgendwann den Kopf. »In einem anständigen Betrieb würde man dich erst mal ein paar Tage nach Hause schicken.« Sein Unverständnis war echt und verbittert. Der Fahrstuhl kam und gemeinsam rumpelten sie nach oben. »Wer so was erlebt hat wie du, braucht psychologische Hilfe und keinen Theatermief.«

»Ist in Ordnung«, erwiderte Michael mit anerzogener Loyalität. »Wahrscheinlich würde mir zu Hause nur die Decke auf den Kopf fallen. Und hier kann ich auch was für die Arbeitsmoral tun.«

Pappi musterte Michael. »Das hat dir doch der Intendant vorgeplappert, nicht wahr? Ich kenne dem seine Tricks doch. Der will doch nur, dass sein Laden läuft.«

Michael schluckte und fühlte sich beinahe ertappt.

»Missbraucht und bloßgestellt«, benannte der Tonchef geradezu seherisch Michaels Empfindungen.

Sie erreichten die vierte Etage, Michael stieg verwirrt aus, Pappi fuhr weiter. Im Malersaal war die Textprobe weiterhin in vollem Gang. Beim Anblick von Theo Fleischer verfinsterte sich Michaels Stimmung noch mehr.

Zu allem Überfluss reagierte der Regisseur verärgert, weil die Schatulle für seine Demonstration gar nicht präpariert war (was er auch gar nicht gefordert hatte). Missmutig erläuterte er nur theoretisch seine Idee von blinkenden Lämpchen, herausfliegendem Konfetti und sprühenden Funkenfontänen beim Öffnen des Kästchens.

»Und das alles mitten in meinem Satz?«, fragte Lars Langenich verständnislos.

»Musst du halt 'ne Pause machen!«, war die knappe Antwort.

Stumm schauten alle auf die Schatulle.

Thomas Kister durchbrach die Stille schließlich mit selbstverständlichstem Tonfall. »Nee, ist klar.«

Nachmittag

Zum Probenende verkündete Theo Fleischer, am Abend dort weiterzumachen, wo man gerade aufgehört hatte und dass am nächsten Tag wieder szenisch geprobt werden würde. Dann machte er sich davon, vertieft mit Svetlana Beer in Erörterungen über ihre Rolle.

Michael war erleichtert. Immer noch war er in Rage über den Schauspieldirektor. Er brauchte den Nachmittag dringend, um sich über einiges klar zu werden.

»Also«, sagte Arnd hinter ihm, »wir sehen uns nachher um drei in der Requisitenkammer.«

»Muss ich zu der Besprechung wirklich mit hin?«, kam es impulsiv aus Michaels Mund. Er hatte nicht darüber nachgedacht, aber der Gedanke gefiel ihm. »Ich könnte eine Pause gebrauchen. Und wir müssen da doch nicht zu zweit hin. Es ist doch eh nur eine Vorbesprechung.«

Arnd schaute ihn mit einer Mischung aus Verwunderung und Bestürzung an, schien mit sich zu ringen. Dann trat er nahe vor Michael. »Da hinzugehen, ist deine Aufgabe so gut wie meine. Und mir fällt das ja auch schwer. Wir alle müssen uns jetzt überwinden, damit die Premiere pünktlich stattfinden kann. Und du wolltest doch weitermachen – hast du heute früh gesagt. Also musst du das auch tun. Wir werden jetzt nicht unprofessionell!« Kurz schaute er Michael in die Augen. Dann wandte er sich zum Gehen. »So läuft das hier. Schließt du ab?« Und er verließ den Saal.

Michael sah ihm nach und versuchte den Frust herunterzuschlucken.

So läuft das hier.

»Um was geht es eigentlich?«, fragte Sonja.

»Ach, Mist«, fluchte Michael, »ich hab dir völlig vergessen zu sagen, dass wir heute noch eine Requisitenbesprechung haben. Um 15 Uhr. Unten in der Kammer. Ist mir in dem Scheiß-Durcheinander durchgegangen.«

»Muss ich dabei sein?«

»Eigentlich ist das üblich. Meistens ergibt sich auf solchen Besprechungen, dass irgendwelche Aufgaben an die Hospitantinnen verteilt werden.«

Sonja machte ein betroffenes Gesicht. Ganz offensichtlich hatte auch sie sich ihren Nachmittag anders eingeteilt.

»Weißt du was«, entschied Michael, »wir machen das ohne dich. Es reicht, wenn da einer unfreiwillig erscheint.«

Sonja zögerte, dann schüttelte sie entschlossen den Kopf. »Nein, ich komme. Wenn du da hingehst, gehe ich auch hin. Mitgehangen, mitgefangen.«

Michael wollte widersprechen, doch Sonja hatte die Sache entschieden.

Sonja wollte schnell ein paar Einkäufe erledigen, Michael noch was essen und ging in die Kantine. Die Angestellten des Hauses waren tatsächlich zum Dienst erschienen – ob sie normal gearbeitet hatten, war allerdings zu bezweifeln. Michael sah etliche Leute mit Bierflaschen herumsitzen. Viele hatten die heutigen Zeitungen dabei und lasen sich gegenseitig die Artikel zu Peters Tod vor. Vor allem die Darstellung, dass das Verhalten der Kollegen zu dem Selbstmord geführt haben sollte, brachte sie auf. Genau wie die Tatsache, dass jemand aus dem Inneren des Hauses private Informationen herausgegeben hatte.

»Nach der Peter-Katastrophe herrschte hier so eine Verbundenheit. Und dann kommt irgend so ein Arschloch und macht alles kaputt!«

Auch Michaels Gedanken waren wieder bei Peters Tod.

Theo Fleischer.

Wild schlang er herunter, was er Essbares vor sich hatte. Sein Magen fand das überhaupt nicht gut.

Fleischer ist ein Schwein! Hat nicht nur auf den Proben an Peter rumgezerrt, sondern auch seinen Tod verursacht.

Aber sein Zorn führte zu nichts.

Zu allem Überfluss wurde er auch noch vom vorbeikommenden Ernie Unterbäuerter ins Visier genommen. Ernie war ein alter Theaterhaudegen, der schon in jeder Stadt gearbeitet hatte und bei irgendeinem Frühstück mal einen Clown verschluckt haben musste, der bis zum heutigen Tag wirkte.

»Wie?«, fragte er und gluckste voll der üblichen Vorfreude auf seinen eigenen Witz. »Ein Regieassistent in der Kantine? Und mit einer warmen Mahlzeit? Du scheinst es in deiner Produktion ja gemütlich zu haben.«

Michael bemühte sich, ihn noch nicht einmal zu ignorieren.

Theo Fleischer.

Ernie Unterbäuerter hörte jedoch nicht auf zu reden. »So was hatten wir ja nicht mal damals in Hamburg. Na ja, du hast für dich gesorgt. Klar, dass man dann auch mal die Füße hochlegt.«

Michael vernahm einen unterschwelligen Vorwurf, den er nicht recht verstand, unterließ es aber, darauf einzugehen. Ihm ging der Schauspieler vor allem auf die Nerven.

Peter wurde gedemütigt und gequält.

»Ich muss wohl aufpassen«, plapperte Ernie Unterbäuerter weiter, »dass ich nicht schwach werde durch deine Leistung. Vorbild, das du bist.«

Michael knallte sein Besteck auf den Tisch, sprang auf und stürmte aus der Kantine, obwohl er noch gar nicht aufgegessen hatte. Ohne recht zu wissen, wo er hinwollte, hechtete er aufgebracht den Flur entlang und die Treppe hinauf. Folgte einfach seinen Beinen. Doch er merkte, wo sie hinsteuerten. Schließlich stand er vor der Tür des Büros von Theo Fleischer.

Was hast du mit ihm gemacht?

Außer Atem wusste Michael nicht, was er tun sollte, spürte nur, wie ihm das Blut durch die Adern rauschte.

Was hast du mit ihm gemacht?

Und plötzlich war da nur noch der Drang, in das Gesicht von Theo Fleischer zu schlagen! Hass und zugleich kalte Entschlossenheit. Nichts konnte ihn abhalten.

Mach dich bereit.

Er streckte die Hand aus und drückte die Klinke – die Tür war abgeschlossen.

Seltsam verwirrt prallte Michael zurück. Einen Augenblick lang sah er die Tür an, als hätte sie Schuld. Sein Kopf war plötzlich leer. Dann fiel ihm nichts Besseres ein, als zur Pforte hinabzusteigen. Am unteren Ende der Treppe blieb er ratlos stehen und wusste nicht, wo er jetzt hinsollte.

Unverhofft stand plötzlich Svetlana Beer vor ihm. Sie wirkte beinahe erfreut über die Begegnung, blickte ihm mild lächelnd in die Augen, berührte ihn mit ihren Handflächen leicht an den Oberarmen.

»Michael«, sagte sie. Es war etwas Warmes, aber auch etwas Undeutbares im Tonfall der sonst so nüchternen Frau. »Es war gut, dass wir heute gearbeitet haben. Es war im Dienst der Sache.«

»So?«, fragte Michael und bemühte sich, seine Irritation zu verbergen.

»Ja«, sagte sie. »Und mach dir keine Sorgen, was die anderen denken. Ich jedenfalls kann billigen, was du tust. Alles läuft gut.«

Ihre Hände fuhren kurz an seinen Oberarmen auf und ab, dann nickte sie bestimmt und ging an ihm vorbei.

Michael sah ihr hinterher, ohne aus ihr schlau zu werden.

Kurze Zeit später betrat er die Requisitenkammer. Für die Besprechung war es noch zu früh, doch Michael hatte sonst nirgendwohin gewusst. Gleich bei seinem Eintreten beschwerte sich Simon, dass die Schatulle nicht zurückgekommen sei. Michael stammelte eine Entschuldigung, kam ins Reden und begann den beiden anzuvertrauen, was ihn im Moment so gefangen nahm.

»Glaubt auch ihr, Peter hat sich selbst umgebracht? Ich meine, findet ihr, dass er selbstmordgefährdet gewirkt hat?«

Simon konnte dazu nichts sagen.

Auch Fränks Reaktion war knapp. »Selbstmordgefährdet ist man, wenn man in der Kantine Fisch isst.«

»Könnt ihr euch vorstellen, dass der Fleischer etwas mit seinem Tod zu tun hat?«

Die beiden Requisiteure schwiegen.

»Ich weiß jedenfalls«, fuhr Michael fort, »dass Fleischer vorgestern nach der Probe sehr schnell irgendwohin wollte. Und das kann doch kein Zufall sein: Der Fleischer verschwindet, und kurz darauf finde ich Peter tot!« Heiß überkam ihn wieder das Bild des gebrochenen Körpers auf den Bühnenbrettern. Immer noch schwiegen die beiden Requisiteure. »Der Fleischer kann doch gar nicht anderswo gewesen sein als bei Peter. So, wie der Tag vorher abgelaufen ist!« Die Sprachlosigkeit der beiden Requisiteure war beinahe unheimlich. »Sagt doch mal was.«

Fränk fing sich nach einem Räuspern als Erster wieder. »Natürlich ist der Fleischer der reinste Metzger. Aber das, was du da sagst, ist eine böse Anschuldigung. So was kann ganz schlimm enden.«

Nun war es Michael, der schwieg. Er verstand, dass seine Behauptung ohne jeden Beweis nicht besser war als Klatsch vom Kantinentresen.

»Falsche Anschuldigen sind immer scheiße«, fügte Simon hinzu, »auch gegenüber einem, der sensibel wie ein Verkehrsunfall ist.«

In diesem Moment kam Arnd herein und beendete ungewollt das Gespräch. Kurz darauf erschien auch Sonja.

Im Folgenden gingen sie, bewaffnet mit Michaels Liste, die Requisiten des Stücks durch, verständigten sich über deren Beschaffenheit, den Ort an dem sie bereitliegen sollten, und eventuelle Besonderheiten. Die Besprechung ergab aber kaum Sinn, weil neben dem Bühnenbildner vor allem Theo Fleischer fehlte, dessen merkwürdige Vorstellungen man kaum vorhersehen konnte. Trotz allem war es bereits halb sechs, als sie endlich fertig wurden.

Michael flitzte schnell aus dem Haus, denn ihm war mittlerweile bewusst geworden, dass auch er noch ein paar Lebensmittel einkaufen musste. Zurück im Theater hetzte er dann zum Proberaum hinauf und brachte schließlich atemlos die Trick-Schatulle in die Requisitenkammer zurück. Fränk war diesmal allein, nahm sie aber dankbar in Empfang.

Michael wollte schon wieder gehen, da hielt ihn Fränk auf. »Du wolltest doch wissen, wo der Fleischer vorgestern Abend hin ist. – Der war bei einem Kulturempfang.«

Michael blieb der Atem endgültig weg. »Ist das sicher?«

»Ziemlich. Dieses Referentenweib vom Intendanten –«

»Margot Kippelt?«

»Ja, diese Urgewalt des Vorwurfvoll-Seins. – Die hat vorhin im Flur mit jemandem darüber geredet. Hat sich aufgeregt, dass man dem Fleischer alles vorsagen müsse, was der auf so einem Empfang sagen soll. Außerdem ist wohl heute ein Foto in der Zeitung drin.«

Michael bedankte sich rasch und eilte, so schnell es ging, wieder hoch zum Probenraum, wo er seinen Rucksack gelassen hatte.

Fahrig kramte er die Zeitung, die er am Morgen gekauft hatte, heraus und blätterte sie unwillig durch. Im Lokalteil fand er dann tatsächlich einen Bericht über eine Veranstaltung, bei der Theo Fleischer Ehrengast gewesen war. Es wurde sogar extra erwähnt, dass er erst spät eingetroffen war. Michael überschlug im Kopf die Zeit vom Ende der Bühnenprobe bis zu der im Artikel genannten Zeit und kam zu dem Ergebnis, dass Theo Fleischer tatsächlich vom Schauspielhaus aus direkt dorthin geeilt war.

Was hast du mit ihm gemacht?

Michael hatte die Antwort.

Nichts.

Abendprobe

Lange, sehr lange hatte Michael allein im leeren Proberaum gesessen. Es hatte alles so gut gepasst: Theo Fleischers rasches Verschwinden, sein Verhältnis zu Peter, die pragmatische Kälte, die er dem entstandenen Unglück entgegenbrachte. In Michaels Vorstellung war das alles geeignet gewesen, um Peter von der Unterstellung reinzuwaschen, Selbstmord begangen zu haben.

Alles hatte sich als Unfug herausgestellt.

Irgendwann wurde es lebendig um ihn herum – die Schauspieler und die anderen Beteiligten trafen ein. Auch bei den Kollegen waren die verwirrenden Umstände um Peters Tod noch immer Thema.

Stella fragte sich heftig gestikulierend, was es bedeutete, dass kein Abschiedsbrief von Peter existierte. Paul-Georg Hammich wollte absolut nicht an etwas anderes als an Selbstmord glauben. Thomas Kister fiel dazu nur ein, dass natürlich jemand Peter etwas angetan haben konnte. Svetlana Beer fragte kühl, ob das dann schon wieder Theo Fleischer gewesen sein sollte.

Trotz seiner Enttäuschung bekam Michael mit, dass da offenbar auch andere seinen Gedankengang teilten: Dass vorgestern Nacht jemand bei Peter gewesen war. Jemand, der beteiligt war.

»Dann muss aber«, schloss Thomas Kister ironisch, »einer hier ganz schön Angst haben …«

Michael dachte niedergeschlagen daran, wie sehr er sich gewünscht hatte, denjenigen, der Angst haben sollte, präsentieren zu können.

Und in diesem Moment kam der Regisseur. Allgemeine

Abneigung schlug ihm entgegen, aber die Probe mit ihm mussten doch alle machen.

Der Abend wurde immerhin erfreulich kurz. Theo Fleischer saß da mit vor Müdigkeit kleinen Augen und ließ lustlos den zweiten Teil der Leseprobe laufen. Bereits um Viertel vor neun wurde die Veranstaltung beendet.

Es gelang Michael diesmal, das Abschließen des Malersaals an Arnd zu delegieren und noch so eben in den Aufzug zu kommen, mit dem alle anderen gemeinsam hinabfuhren. Bei den Kollegen herrschte jetzt eine Mischung aus Überspanntheit und Feierabendlaune. Michael versuchte, die aufgedrehte Stimmung aufzunehmen. Er war hundemüde, aber auch so enttäuscht vom Tag, dass ihm jede Aufmunterung recht war. Gern hätte er gehabt, dass sie zusammen, wie es gelegentlich vorkam, auf ein Bier irgendwohin gegangen wären. Aber am Bühnenausgang zerstreuten sich dann doch alle.

Nur Sonja blieb übrig, wollte aber ebenfalls nach Hause. Michael war betrübt.

»Na«, sagte er, um nicht ganz aufzugeben, »dann gehen wir wenigstens noch ein paar Schritte gemeinsam zu deiner Haltestelle.«

Er befreite sein Fahrrad aus dem Durcheinander bei den Ständern und schob es, während er neben Sonja herlief, die den Weg zum Neumarkt einschlug. Auf den ersten Metern schwiegen sie. Die Nachtluft wehte leicht und lau, als wäre es schon Frühling. Doch Michael konnte das nicht aufmuntern.

»Ach, es ist schlimm«, stieß er unvermutet hervor. »Ich hatte gehofft, vielleicht zu wissen, was zu Peters Tod geführt hat. Aber es war alles Quatsch.«

Es verging ein wenig Zeit, bevor Sonja etwas entgegnete. »Du glaubst immer noch, dass es kein Selbstmord war.«

Michael hörte die Skepsis in ihrer Stimme. Es schien sich einfach niemand etwas anderes vorstellen zu können. Auch Sonja nicht. Das enttäuschte ihn.

»Du hast mich gestern gefragt«, wich er aus, »ob ich mir Vorwürfe mache wegen Peter.«

»Vorwürfe? Ich glaube, ich hatte gefragt, ob du denkst, dass du etwas hättest verhindern können.«

»Meinst du, ich sollte das denken?«

Sonja blieb abrupt stehen. Sie hatten gerade die Schildergasse erreicht. »Wieso sagst du so was?«, fragte sie beinahe erschrocken. Ihr zweifarbiger Blick funkelte bewegt.

»Ich weiß nicht. Ich habe versucht, mich um Peter zu kümmern. Aber vielleicht nicht genug. Ich konnte ihm nicht beistehen, nachdem ihm vorgestern die Probe abgesagt wurde. Ich habe ihn vorher auch nicht vor seinem Zusammenbruch auf der Leiter bewahren können.« Verlegen schaute er die menschenleere Einkaufsmeile hinauf, die so ganz ohne Konsumhektik geradezu unheimlich wirkte.

Einsam und verlassen.

»Peter hatte doch im Theater gar nichts zu suchen, trotzdem war er in der Nacht dort. Was, wenn ich ihn da noch getroffen hätte?«

»Michael«, sagte Sonja behutsam, »du kannst die Zeit nicht zurückdrehen. Es bringt nichts, über ›hätte‹ und ›wäre‹ nachzudenken. Du kannst nur versuchen, mit dem umzugehen, was das Geschehene dir bedeutet.«

Michael nickte. Aber er wusste einfach nicht mehr, ob er die wirklich wichtigen Dinge noch erkennen konnte.

»Ich habe ihn am Abend vor seinem Tod so entsetzlich unwirsch aus meiner Wohnung herauskomplimentiert«, sagte er leise.

Sonja war dicht an ihn herangetreten. »Denk nicht so. Einen Selbstmord kann man nur schwer verhindern.«

Michael schloss die Augen. »Und jetzt denken alle, es war Selbstmord.«

»Und du glaubst fest, dass es keiner war.«

»Noch nicht einmal vor dieser falschen Beurteilung kann ich Peter bewahren. Nein, es war kein Selbstmord.«

Sonja brauchte eine ganze Weile, bis sie antwortete. »Sagst du das, weil du es glaubst, oder sagst du das, weil du es glauben willst?«

Zögernd hob er die Schultern während er wieder die Straße hinauf schaute.

Ob man bei Tag von hier aus den Bierbrunnen sehen kann?

Michael merkte, dass langsam sein Verstand aussetzte. Er war fürchterlich müde. Der heutige Tag war beinahe noch anstrengender und verwirrender gewesen als der gestrige.

»Ich muss nach Hause«, meinte auch Sonja.

»Ja«, erwiderte er seufzend.

Sie umarmten sich zum Abschied und der Moment Zuwendung tat Michael gut – schmerzte aber umso mehr, als er nach nur Sekunden schon wieder vorbei war. Sonja drehte sich um und ging allein das letzte Stück bis zur U-Bahn. Michael sah ihr nach, bedauerte, dass sie nicht noch mal zurückschaute, und fragte sich, weshalb sie eigentlich nicht zur näher gelegenen Haltestelle Appellhofplatz gegangen war. Dann schwang er sich auf sein Rad und fuhr los.

Wenn ich doch nur verhindern könnte, dass alle Peter als schwachen Menschen sehen würden. Und warum ist es mir nicht gelungen, ihn vor seinem Tod noch einmal zu erreichen?

Zu Hause schaffte er es, sein Fahrrad zu verstauen und sich die Treppe hinaufzuzwingen. Als er die Tür aufgeschlossen hatte, fiel sein Blick als Erstes auf den Kleiderhaufen am Eingang. Aufgebracht schleuderte er seine Jacke auf den Boden. Und mit einem Mal entlud sich die ganze aufgestaute Anspannung. Michael stürmte durch den kurzen Flur, trat im Wohnzimmer heftig gegen eins der Sesselchen dass es durch den Raum flog, schmiss einen Stapel CDs hinterher, dann einen Schwung Bücher aus dem Regal, ebenso Manuskripte, dass die Einzelblätter herumflogen, lief endlich ins Schlafzimmer, warf sich auf sein Bett und vergrub den Kopf ins Kissen.

Erschöpft schlief er irgendwann ein.

Später wachte er wieder auf und zog sich aus. Danach konnte lange nicht mehr einschlafen.

CHARIS
Komm, lass uns Frieden machen auch, Sosias.

SOSIAS
Ein andermal. Jetzt ist nicht Zeit dazu.

CHARIS
Wo gehst du hin?

SOSIAS
Ich soll die Feldherrn rufen.

Heinrich von Kleist
Amphitryon
II. Akt, 6. Szene

5

Vormittagsprobe

Als am nächsten Morgen der Wecker tönte, war Michaels Laune am Tiefstpunkt angekommen. Die Verzweiflung vom Vorabend war zwar abgeklungen, aber wirklichen Frieden hatte er nicht gefunden. Stattdessen war in ihm eine geradezu wilde Entschlossenheit entbrannt, den wahren Grund für Peters Tod zu finden. Und den Grund für dessen Aufenthalt im Schnürboden. Noch heute! Er hatte nur keine Ahnung, wie er das hinkriegen sollte.

Verärgert kämpfte er sich in den Tag. Die Nacht hatte ihn kaum erfrischt, er fühlte bleierne Müdigkeit im Körper. Zudem hatte er seine Einkäufe von gestern Nachmittag im Rucksack vergessen, weshalb seine übliche Buttermilch zum Frühstück pipiwarm war.

Draußen war es nach wie vor warm. Das schöne Wetter hielt an. Doch Michael schoss voller Missmut auf seinem Rad zum Theater.

Gegen Selbstmord spricht doch nicht nur die Höhenangst und das Fehlen eines Abschiedsbriefes, sondern auch das verschwundene Handy. Das kann man doch nicht alles übergehen. Aber niemand will etwas unternehmen. Doch ich werde den wahren Grund für Peters Tod finden. Und dann zeig ich es diesen ganzen Schauspielern und Intendanten. Und diesem Hauptkommissar Degenhardt – dem vor allen Dingen!

Michaels Zorn grade auf die Polizei war ungeheuer. Dass die sich überhaupt nicht die Mühe zu machen schienen, allen Eventualitäten nachzugehen, fand er schlicht unmöglich. Der Wahrheit nachzugehen war ein Grundwert seines Weltbildes. Aber was ihm fehlte, war ein Ansatz, eine Idee, eine Spur. Und das machte ihn rasend.

Erneut war er schnell am Theater angekommen. Schnurstracks machte er sich auf den Weg zur Probebühne. Der Malersaal war natürlich schon aufgeschlossen.

Dass der Streber Arnd auch immer noch früher da sein muss als ich.

Der Raum war menschenleer, aber Sonja hatte Kaffee gekocht, die Thermoskanne stand auf dem Regietisch. Michael wusste nicht, was ihn überkam, aber er schüttete eine ganze Tasse Kaffee in sich rein. Angesichts der Tatsache, dass er so was nie trank, war es eine geradezu absurde Idee. Beruhigen würde ihn das kaum.

Vor der Tür wurde es lebhaft. Michael hörte Arnd mit Lars Langenich reden. Dann kam Sonja herein. Ihr Anblick konnte ihn auch nicht erheitern, ja, er verunsicherte ihn heute sogar.

»Geht es dir gut?«, begrüßte sie ihn. »Du siehst nicht so aus.«

»Danke. Entzückender Empfang«, raunzte er.

Sonja stutze kurz, sprach dann aber weiter. »Ich wollte noch was fragen, was mich seit gestern Abend beschäftigt. Weißt du, wenn Peter sich wirklich nicht selbst getötet haben sollte, was, glaubst du, hat er dann oben im Schnürboden gemacht?«

»Wenn ich auf alles eine Antwort hätte!«

»Hältst du es für möglich«, fuhr Sonja beherrscht fort, »dass er vielleicht dort hoch ist, um sich seiner Höhenangst zu stellen?«

»Möglich«, brachte Michael schroff hervor. »Sich seiner Angst stellen, die Aussicht genießen. Ich weiß es nicht.« Sonja wollte etwas sagen, doch er ließ sie nicht reden. »Ich weiß aber, dass es kein Selbstmord war – und damit basta.«

Sonja rollte die Augen, wandte sich ab und ließ Michael zu seiner Verblüffung einfach stehen.

»Jetzt warte doch mal«, rief er ihr hinterher.

»Wer nicht will, der hat!«

Mit plötzlicher Betroffenheit stand Michael da. Irgendwie war ihm da etwas entglitten. Wie sollte er das nur wieder geraderücken?

Hat alles keinen Zweck.

Dann stand Arnd in der Tür.

»Mensch«, keifte er sofort mit verzerrtem Gesicht, »wieso hast du denn nicht angefangen die Requisiten auszupacken? Das ist doch miese Arbeit, so was!«

Tatsächlich waren die Requisiten noch in den Rollschränken, in die sie nach der bewussten Bühnenprobe verladen worden waren. Einige davon brauchten sie heute.

»Ach«, entgegnete Michael aufbrausend, »und warum hast du nicht selbst angefangen, wenn du schon immer so früh da bist?«

Arnd ließ sich darauf nicht ein. »Du da«, rief er Sonja barsch entgegen, »hilf mal.«

Michael begann, auch wegen Arnds fortgesetzter Grobheit Sonja gegenüber, die Requisiten unbeherrscht aus ihrem Transportwagen zu zerren.

Als Theo Fleischer erschien und die Probe begann, besserte das Michaels Laune auch nicht. Er zwang sich, Pflichtbewusstsein an den Tag zu legen, doch er konnte seine Gedanken kaum beim Geschehen auf der Bühne halten.

Fest steht bis jetzt nur, dass Fleischer nicht dabei war, und Peter wirklich allein in diesen beschissenen Schnürboden rauf ist. Aber was, verdammt noch mal, hat er da gemacht?

Von den Schauspielern waren heute Vormittag nur Stella und Lars bestellt. Angesetzt war die bisher ungeprobte Szene 6 aus dem II. Akt. Es sollte zudem die erste Probe seit der Unterbrechung werden, in der wieder szenisch gearbeitet wurde. Der Schauspieldirektor ging die Sache demonstrativ unbefangen an, die beiden Akteure mit Zurückhaltung.

Und wenn Sonja wirklich recht hat? Wenn Peter wirklich in den Schnürboden ist, um sich seiner Höhenangst zu stellen? Lässt sich das beweisen?

Innerlich rastlos, aber nach außen still, verfolgte Michael das Treiben vor sich. Zu tun hatte er im Moment nichts. Das Regiebuch, in dem alle Details der Szene festgehalten wurden, führte Arnd.

Lars stand allein auf der Bühne, stapfte ständig die Schräge rauf und runter und schien sich als konfuser Sosias nicht entscheiden zu können, ob er bleiben oder gehen sollte. Theo Fleischer war nicht zufrieden und wollte etwas Extremeres. Hilflos machte Lars einfach alles doppelt so schnell. Fleischer unterbrach erneut und gab ihm eine Grundsatzbelehrung über stummes Spiel. Danach ließ er von vorn beginnen.

Michaels Überspannung nahm weiter zu. Gern wäre auch er herumgelaufen.

Verdammt, wie soll ich bloß eine Lösung finden? Nichts gibt es, was einem ein bisschen Gewissheit geben könnte! Scheiß Schnürboden!

Mittlerweile war Stella aufgetreten. Sie stand als Charis oben auf der Bühnenschräge und sah hinab auf ihren Gatten. Der Regisseur forderte eine zornigere Haltung. Stella fand, dass Zorn gegen die Situation ihrer Figur stand. Fleischer belehrte sie, dass sie das Stück gar nicht verstanden habe.

Völlig unerwartet hatte Michael plötzlich eine Eingebung, die ihn wie elektrisiert auffahren ließ, so sehr, dass Theo Fleischer neben ihm missbilligend herüberblickte: Was hatte Peter am Abend, als er bei ihm zu Hause gewesen war, noch gesagt? ›Vielleicht kann man ja wenigstens *das* überwinden.‹ Es hatte im Zusammenhang mit seiner Höhenangst gestanden.

Also hat Peter tatsächlich versucht, irgendeinen Weg zu finden, seiner Höhenangst Herr zu werden! Eine Art Selbstabhärtung! Und wo führt man so etwas am besten durch? Dort, wo es im Theater am höchsten ist!

Und ein anderer Satz, war plötzlich ebenfalls wieder da: ›Ich krieg noch was von dir‹. Passte das auch in den Zusammenhang? Hatte Peter das als Bitte gemeint, ihm bei seinen Versuchen gegen die Höhenangst zu helfen? Doch Michael verzog den Mund. Das wollte sich nicht so recht einfügen.

Inzwischen waren sich Sosias und Charis begegnet, was beinahe in eine Prügelei ausartete. Charis schlug mit einem Spültuch auf Sosias ein, der vor ihr davonlief und zur Verteidigung alles Greifbare entgegenwarf.

»Leute, das ist doch Schultheater was ihr da macht«, sprang Theo Fleischer auf. Die beiden Schauspieler schauten verblüfft zum Regietisch. »Es geht doch um Gefühle. Liebe will ich sehen, nicht eure Scheidung!«

»Hast du gerade ›Schultheater‹ gesagt?«, fragte Stella ungläubig.

»Ja«, bestätigte Theo Fleischer unbedarft.

Stella stemmte die Hände in die Hüften. »Du hast offenbar nichts gelernt.«

»Ich weiß nicht, was ich hätte lernen sollen, ihr jedenfalls habt offenbar auch nichts gelernt. Das muss hier knistern zwischen denen.« Und dann donnerte er unwirsch. »Leicht muss das sein, leicht! Spielt das doch einfach leicht!« Die beiden Schauspieler zuckten zusammen.

Michael spann inzwischen immer noch aufgeregt an seiner Eingebung.

Wenn Peter in den Schnürboden hoch ist, um etwas an sich zu trainieren, wenn er bereit war, etwas zu leisten und sich zu bemühen, dann heißt das auf jeden Fall, dass er noch etwas mit seinem Leben erreichen wollte und es nicht einfach weggeschmissen hat.

Kurz fragte er sich, ob jemand mit Höhenangst überhaupt in der Lage war, in den Schnürboden zu klettern. Doch bei Peter war der Druck groß genug gewesen. Er galt als Versager, als Arbeitshindernis, sollte seine Rolle verlieren.

Viele Theaterschauspieler machen doch für ihren Beruf unvernünftiges Zeug. Mit gebrochenen Knochen eine Aufführung zu spielen, ist da noch das Geringste.

Theo Fleischer versuchte es inzwischen mit Väterlichkeit. »Schau, Stella, du bist doch privat auch so ein engagierter Gutmensch und immer auf Gerechtigkeit aus. Und das brauchen wir hier. Deshalb habe ich die Rolle doch mit dir besetzt.«

»Ich bin ein Gutmensch?«

»Ja, natürlich. Aber mach jetzt mal nicht deine private Natur zum Thema.«

»Und ich spiele trotzdem kein Schultheater«, knurrte Lars halblaut.

Theo Fleischer schaute zu ihm hinüber. »Was hast du gesagt?«

»Nichts«, versicherte Lars beinahe erschrocken.

»Also dann«, kommandierte der Regisseur, »fangen wir noch mal von vorn an.«

»Ich finde, du machst schon wieder ganz schön Stress«,

entgegnete Stella. »Lass uns zwei doch ein bisschen rumprobieren. Einfach so, ohne uns gleich zu drangsalieren.«

»Aber natürlich, bitte sehr«, gab Theo Fleischer nach einem kurzen Zögern mit herausgekehrter Freundlichkeit zurück, verzog aber das Gesicht, als die beiden Schauspieler die Schräge hinaufkraxelten.

Michaels Hochgefühl wurde gerade von leiser Ernüchterung gedämpft.

Aber beweisen lässt sich natürlich auch nicht, dass Peter zu einer Art Höhentraining in den Schnürboden gestiegen ist.

Alles schien von vorn loszugehen. Doch Michael begehrte innerlich auf. Mit aller Energie stemmte er sich gegen die Mauer, die sich vor ihm auftat. Irgendwo musste sie doch ein wenig brüchig werden können. Was konnte er tun? Wie denken? Er versuchte, die Sache von der anderen Seite her anzugehen.

Kann ich denn Peters Lebenswillen nachweisen? Einen Beleg dafür bringen, dass Peter nicht zum Selbstmord neigte? Dass er keiner war, der sich umbringt?

Plötzlich hatte er wieder eine Eingebung – eine Idee. Gebannt dachte er nach – dann fasste er einen Plan. Er würde nicht ganz einfach umzusetzen sein. Aber er stellte endlich einen Anfang dar. Am Nachmittag, sobald die Probe aus war, musste er sich sofort darum kümmern. Michael dachte voller Unruhe daran, wie lange es bis dahin noch dauerte.

»Komm, lass uns Frieden machen auch, Sosias«, säuselte Stella als Charis unterdessen.

»Ein andermal. Jetzt ist nicht Zeit dazu«, hauchte Lars.

Theo Fleischer schien vollkommen die Lust verloren zu haben. Unvermittelt verkündete er, dass Pause sei. Die beiden Schauspieler nahmen das dankbar an und kamen von der Schräge herab.

Als Lars an Michael vorbeikam, nuschelte er halblaut etwas vor sich hin. »… ich wollte, ich wär zu Hause bei meinen beiden Schätzchen …«

Doch bevor er den Saal verlassen konnte, wurde er vom Regisseur aufgehalten, der offenbar einen Einfall hatte. »Wisst ihr was? Wir proben gleich nicht an dieser Stelle weiter, sondern machen zum Vergleich die andere Szene aus dem II. Akt – das Gegenstück also.« Jetzt rieb er sich voller Vorfreude die Hände.

»Los«, sprang Arnd eilig auf und wandte sich an Michael, »da müssen wir die Szene umrichten: Requisiten sortieren, Türen vom Häuschen in die korrekte Position bringen.«

»Weiß ich«, knurrte Michael unerfreut und stand ebenfalls auf. »Auch ich mach den Job nicht erst seit gestern.«

»Du da«, rief Arnd zu Sonja, die sich gerade um den Kaffeenachschub bemühte, »lass das bloß. Komm hier helfen.«

»Arnd, kannst du *einmal* Bitte sagen!«, platzte es derartig laut aus Michael, dass alle erstaunt aufblickten. »Es ist für Sonja schwer genug, und du bist seit ihrem ersten Tag nur unfreundlich. Schon schlimm, wie du mit den anderen am Theater umgehst. Aber bei jemand, der völlig neu ist, geht das zu weit!«

Im Raum war es mucksmäuschenstill geworden.

Arnd auf der Schräge wurde blass und bemühte sich, etwas zu erwidern. »Michael, hier muss jeder seine Aufgabe erfüllen. Daran muss auch sie sich halten.«

»Ja, und sie bemüht sich doch auch. Aber deine andauernde Anranzerei ist überhaupt nicht hilfreich!«

Sonja stand da und war ganz rot im Gesicht.

Michael bekam es nur halb mit. »Deine Unfreundlichkeit geht mir schon lange auf den Geist. Wenn du Stress hast, übertrag den nicht auf andere. Und erst recht nicht mit dieser beschissenen Haltung, dass du in allem besser wärst!« Michael war fertig. Es hatte etwas Befreiendes, jemandem, der es lange verdient hatte, mal die Meinung zu sagen. Jetzt machte er sich bereit für eine von Arnds üblichen Zurechtweisungen. Alle im Saal sahen gespannt zu. Überraschenderweise nickte Arnd dann aber nur. Langsam drehte er sich um und begann auf der Spielfläche zu hantieren. Die Auseinandersetzung war schon wieder vorbei.

»Fein«, kommentierte Theo Fleischer, »wenn die Herren dann fertig sind, kann es wohl bald weitergehen. Vielleicht ist es ja gut, wenn diesmal du, Michael, die Proben ansagen gehst.«

Einmal am Tag wurden die Szenen, die am kommenden Tag gearbeitet werden sollten, an das Betriebsbüro durchgegeben, damit man sie dort auf den Tagesplan setzen und aushängen konnte. Üblicherweise erledigte diese Aufgabe Arnd. Doch jetzt übertrug sie Theo Fleischer ausdrücklich Michael.

Will er uns dadurch trennen oder Arnd auch noch eins reinwürgen?

Michael hielt sich aber nicht lange mit Philosophieren auf, sondern notierte sich Theo Fleischers Wünsche. Im Hinausgehen sah er Sonja. Sie warf ihm einen Blick zu, der dankbar und vielleicht auch ein wenig verwirrt war. Irgendwie gab er Michael das Gefühl, dass sich der kleine Streit mit Arnd gelohnt hatte. Dann war er draußen.

Eigentlich kam ihm dieser Gang zum Betriebsbüro gar nicht ungelegen. Für seinen Plan musste er sowieso dort hin. Jetzt konnte er das vor dem Nachmittag erledigen. Das war gut.

Michael rumpelte mit dem Aufzug nach unten und ging in der ersten Etage bis zum Betriebsbüro durch. Die Leiterin Brigitta Krud saß dort heute höchstselbst. Und sie war allein – auch das passte ihm. Er diktierte ihr zunächst Theo

Fleischers Probenplanung. Danach kam er zum Eigentlichen.

»Sag mal, ihr habt doch sicher die Telefonnummer von Peters Eltern, oder?«

Brigitta Krud blinzelte ihn über ihre Lesebrille hinweg an. »Schon. Aber was willst du damit?«

Michael hatte mit der Frage gerechnet. Trotzdem merkte er, dass er anfing zu schwitzen.

»Weißt du, ich habe den Peter ja in den letzten Wochen ein bisschen besser kennengelernt. Und ich wollte mich gerne wegen der Beerdigung mit den Eltern besprechen.«

Erst während er die Worte aussprach, erkannte er jäh, wie viel Wahrheit in dieser Ausrede steckte. Peters Beerdigung. Daran sollte er wirklich Anteil nehmen.

Brigitta Krud schaute immer noch skeptisch.

»Du wirst alles von uns erfahren. Wir halten Kontakt zu den Angehörigen. Soweit ich weiß, will die Familie die Beerdigung in Koblenz aber nur im engsten Kreis abhalten.«

»Ich würde trotzdem gerne meine Hilfe anbieten. Und fragen, ob ich nicht zu diesem engsten Kreis dazugehören kann.«

»Du kannst dir vorstellen, dass es die Familie nicht gerne hat, wenn wir deren Nummer so einfach rausgeben.«

Langsam bekam Michael Angst, dass sein schöner Plan schon an der ersten Hürde scheitern konnte. Er brauchte diese Telefonnummer dringend.

»Bitte«, flehte er, »ich hab gar nichts Unlauteres damit vor. Ich bin doch nur so unmittelbar betroffen von der ganzen Geschichte, ich möchte sie auch würdevoll beschließen können. Bitte!«

Brigitta schaute noch einmal lange. Dann zuckte sie die Schultern und griff nach einer Mappe. Sie suchte kurz, dann diktierte sie Michael die Telefonnummer, die er in sein Handy speicherte.

Erleichtert machte er sich auf den Rückweg. Wenn ihn das Thema der Beerdigung zwar bewegte – dass er der Krud die Nummer hatte abluchsen können, nahm er als Zeichen, auf dem richtigen Weg zu sein. Seine Laune erhielt endlich mal Auftrieb.

Als er in den langen Gang, der zum Aufzug führte, einbiegen wollte, traf er auf eine Mitarbeiterin der Maske.

»Hast du gehört, dass die Polizei im Haus ist?«, redete sie ohne Vorlauf auf Michael ein. »Irgendwas wegen Peter. Die sind gerade auf der Bühne.«

Michael sah sein Gegenüber erst verdutzt an. Dann lief er eilig zurück, getrieben von einem unguten Gefühl. Er erreichte den Bühnenbereich und wollte gerade durch die Tür, da wurde sie von innen aufgestoßen und Hauptkommissar Degenhardt kam ihm entgegen, gefolgt vom diensthabenden Bühnenmeister.

»Na, so was, guten Tag«, begrüßte ihn der Polizist. Er zauberte wieder sein freundliches Lächeln auf die Lippen. »Welch ein Zufall, gerade auf Sie in diesem großen Haus zu treffen.«

»Ich habe gehört«, erwiderte Michael atemlos, »Sie sind hier im Zusammenhang mit Peter?«

»Ja, ganz recht«, kam die höfliche Antwort und Michael wurde eine Klarsichthülle vor die Nase gehalten, in der ein verknittertes Papier steckte. Es war ein glattgestrichenes Stück Tagesplan, auf dessen Rückseite mit dickem Filzstift in krakeligen Buchstaben ›ES GEHT EINFACH NICHT MEHR!‹ geschrieben war. »Das«, so erklärte der Kommissar, »lag auf einer der Arbeitsgalerien im Schnürboden. Unweit der Stelle, an der Peter Zurnfelde abgesprungen sein muss.«

Michael starrte das Papier an. »Und was ist das?«

»Das muss eine Abschiedsnachricht von Peter sein«, mischte sich der aufgeregte Bühnenmeister ein. »Hat ein Beleuchter vorhin gefunden.«

Michael riss die Augen auf. »Das kann nicht sein!«

»Aha«, entgegnete Degenhardt und nahm beide Hände mitsamt der Hülle und dem Papier auf den Rücken. »Und weshalb nicht?«

»Weil es nicht sein kann!« Dann erst überlegte Michael. »Weil das Blatt in der Nacht seines Todes noch nicht da war.«

»Man hat es als zusammengeknüllte Kugel in einem Winkel gefunden. Sollte zwar eigentlich nicht passieren, aber gut möglich, dass es so übersehen worden ist.« Der Hauptkommissar lächelte verständnisvoll.

»Aber das kann doch irgendwer da jetzt hingelegt haben! Und das ist derart undeutlich geschrieben – auch noch in Großbuchstaben!« Michael wurde allerdings bewusst, dass Peter tatsächlich eine ziemlich unleserliche Schrift hatte. »Und den Stift – den müssten sie dann doch bei Peter gefunden haben!«

»Der Stift scheint ebenfalls von dieser Arbeitsgalerie zu sein. Nicht weit von der Fundstelle hängt ein Kästchen an der Wand, in dem die Beleuchter offenbar Arbeitsmaterial sammeln. Da waren gleich mehrere Stifte, die passen könnten.«

»Und natürlich«, resignierte Michael, »ist all das von tausend Technikern angefasst worden und deshalb können Sie mit Fingerabdrücken nicht mehr viel machen …«

Der Polizist schwieg. Dann setzte er ein Lächeln auf, das diesmal eher sorgenvoll war.

»Ich verstehe nicht, weshalb Sie sich so sehr gegen das Fazit wehren wollen. Es deutet doch alles auf Suizid hin, oder finden Sie nicht?« Er sah Michael lange in die Augen. »Ein Unfall wird es jedenfalls nicht gewesen sein. Sicherungsgitter und ähnliche Einrichtungen in den oberen Bereichen des Bühnenturms waren alle in ordnungsgemäßem Zustand. Stattdessen hatten wir dort einen angebrochenen Flachmann gefunden. Und die Untersuchung hat ergeben, dass der Tote Alkohol konsumiert hatte. Wie um sich Mut anzutrinken. Für mich ist da Selbstmord die sinnvollste Schlussfolgerung.«

»Und *ich* frage mich, wer diese Nachricht gekritzelt hat.«

»Für den Fall, dass sie an noch etwas ganz anderes denken: Äußerliche Gewalteinwirkung war am Toten nicht zu erkennen.«

»Was heißt das schon ...«

Aus dem Gesicht des Kriminalpolizisten war jegliches Lächeln verschwunden. »Wissen Sie, ich habe das Gefühl, Sie wollen unbedingt verhindern, dass der Schluss gezogen wird, Peter Zurnfelde könnte Selbstmord begangen haben.«

Michaels Blutdruck war längst nach oben geschossen. Er verlor die Beherrschung. »Ja, das will ich auch verhindern! Weil es Quatsch ist! Weil so etwas zu denken idiotisch ist! Ich habe Peter gekannt. Aber alle wollen offenbar an nichts anderes glauben. Und jetzt kommen Sie daher und präsentieren diesen Wisch, auf dem irgendwas steht, und tun so, als ob damit alles klar wäre. Dabei ist nichts klar, überhaupt nichts! Das Ding ist doch einfach lächerlich! Ein Betrug ist das! Und sie sind unfähig, das zu sehen!«

Wachsam war der Bühnenmeister vor Michael getreten. »Komm, komm, jetzt beruhig dich mal.«

Michael riss sich zusammen und schwieg verbittert.

Der Kriminalbeamte hatte ungerührt zugehört. Als er nun wieder sprach, hatte seine Stimme eine schneidende Strenge bekommen. »Ich werde diesmal ihre Beschimpfungen des Polizeiapparates überhören. Sie sind offenbar ja erregt. Fragt sich, weshalb. Eins möchte ich Ihnen aber sagen.« Er hob seine Hand und deutete mit ausgestrecktem Zeigefinger auf Michaels Brust. Es fühlte sich fast wie ein bewaffneter Angriff an. »Falls Sie irgendetwas über die Umstände des Todes von Herrn Zurnfelde wissen, was Sie uns nicht mitteilen, machen Sie sich strafbar. Ich fordere Sie also auf, uns von allem in Kenntnis zu setzen, was zur Klärung beiträgt.«

»Ich weiß leider gar nichts«, gab Michael zerknirscht von sich.

»Gut«, antwortete der Polizist ernst. »Hoffen wir für Sie, dass das stimmt.«

Michael schloss erschöpft die Augen. Jetzt war er auch noch in die Schussbahn der Polizei geraten. Und nach wie vor wurde ihm nicht geglaubt. Stattdessen triumphierend ein vermeintlicher Beweis entgegengestreckt. Eins war sicher: Von diesem Hauptkommissar Degenhardt hatte er nichts mehr zu erwarten.

Einen letzten Versuch wollte er noch machen. »Ich kann einfach den Gedanken, dass sich Peter umgebracht haben soll, nicht akzeptieren.«

»Sagen Sie mir, weshalb nicht.«

»Ein Gefühl.«

»So.«

Michael spürte, dass er nichts erreichte. Was er sagte, war völlig unkonkret. Pure Behauptung.

Unvermittelt sprach der Kriminalbeamte plötzlich weiter. »Haben Sie das Handy von Herrn Zurnfelde inzwischen gefunden?«

Michael war für einen Moment völlig perplex.

Was soll das denn jetzt? Was will der deswegen immer von mir?

Dann schüttelte er den Kopf.

»Gut«, sagte der Hauptkommissar erneut. »Mein Kollege wartet schon beim Wagen. Teilen Sie uns alles mit, was wichtig sein könnte.« Und schließlich setzte er wieder sein freundliches Lächeln auf. »Wissen Sie, alle Selbstmorde sind unerklärlich für diejenigen, die hätten sehen und verstehen sollen. – Schönen Tag noch.« Dann ging er strammen Schrittes davon, der Bühnenmeister folgte ihm.

Michael blieb im leeren Flur zurück.

Arschloch.

Die Wut kochte wieder hoch. Nicht nur, dass dieser Kommissar abstoßend war. Jetzt gab er auch noch Lebensweisheiten von sich.

Dann erfasste ihn Mutlosigkeit. Es war quasi offiziell bewiesen, dass Peter Selbstmord begangen hatte. Der Kommissar würde den Fall abschließen. Aber Michael glaubte nach wie vor seinen eigenen Empfindungen mehr, auch wenn alle Indizien gegen sie sprachen. Nun gab es wirklich nur ihn, der die Wahrheit suchte. Und er hatte kaum mehr in der Hand als ein Gefühl.

Dieser Zettel ist auf jeden Fall von einem anderen geschrieben worden!

Es musste jemand sein, für den es ein Vorteil war, wenn es einen Beweis dafür gab, dass sich Peter das Leben genommen hatte. Theo Fleischer war es auf jeden Fall nicht – schließlich würde man ihm dann die Schuld für diesen Selbstmord geben.

Aber Paul-Georg!

Der war doch geradezu erpicht darauf, dem Schauspieldirektor menschenzersetzendes Verhalten vorwerfen zu können. Doch egal, ob er es gewesen war oder wer anderes. Das Problem, vor dem Michael stand, blieb das gleiche.

Wie soll ich das nur beweisen?

Rasch schüttelte er den Gedanken ab – er führte ihn nur tief ins Labyrinth. Was er aber möglicherweise beweisen konnte, war, dass Peter keiner gewesen war, der sich umbringt. Darauf musste er sich jetzt konzentrieren. Das war von absoluter Wichtigkeit. Sein Plan, dem er am Nachmittag hatte nachgehen wollen, bekam geradezu dramatische Bedeutung. Michael fuhr sich mit beiden Händen kräftig durch das Gesicht und endete in einer unwirschen Wegwerfgeste. Entschlossenheit stieg in ihm hoch.

Jetzt erst recht.

Dann machte er sich wieder auf den Weg zurück zum Malersaal.

Still musste er grinsen: Dass er den Kriminalpolizisten derart angefahren hatte, war er von sich gar nicht gewohnt. Vielleicht war es nicht sonderlich geschickt gewesen, aber er bereute es nicht. Es hatte Energie freigesetzt.

Michaels Aufbruchstimmung konnte auch dadurch nicht getrübt werden, dass er sich erst mal wieder der Probenveranstaltung hingeben musste.

Nachmittag

Auseinandersetzungen zwischen dem Regisseur und den beiden Schauspielern hatte es während der Probe nicht mehr gegeben. Michael hätte lachen können: Wie sehr doch immer alle über die Zustände schimpften und dann doch mitmachten. Aber er hatte es viel zu eilig. Er wollte sich endlich um die Umsetzung seines Plans kümmern. Beinahe unwillig räumte er mit Arnd die Spielfläche auf.

Theo Fleischer stand beim Regietisch und unterhielt sich schon wieder mit Sonja. Michael sah es – und diesmal wollte er wissen, was die beiden zu bereden hatten. Er richtete es ein, in die Nähe der beiden zu müssen und kam gerade rechtzeitig, um zu hören, wie Theo Fleischer einen Vorschlag machte.

»Wollen wir beide da nicht in Ruhe drüber reden? Bei einem Kaffee irgendwo? Ich weiß da was Nettes ganz in der Nähe.«

»Ja – warum nicht ...«, entgegnete Sonja ein wenig zögerlich. Sie drehte den Kopf und warf unvermittelt einen kurzen Blick zu Michael hinter sich, dessen Anwesenheit sie gespürt haben musste.

»Was guckst du denn da?«, erkundigte sich Theo Fleischer amüsiert. »Musst du den erst um Erlaubnis fragen?«

»Nein, nein«, beeilte sich Sonja zu antworten.

»Na, dann komm.« Theo Fleischer nahm unternehmungslustig seinen altmodischen Lederranzen, den er immer bei sich trug.

»Also gut«, sagte Sonja. Ihr Blick flackerte allerdings doch noch einmal kurz zu Michael.

Theo Fleischer hatte es gemerkt und grinste schmal. »Sag mal«, wandte er sich forsch an seinen Assistenten, »du solltest doch neulich abends nach der Bühnenprobe der Tontechnik einige Ansagen machen.«

Michael war völlig überrumpelt von dieser Frage. Dann wurde ihm auch erst klar, um welchen Abend es da ging – dass er nach diesem Gespräch mit dem Tontechniker den toten Peter gefunden hatte.

»Haben die eigentlich wegen irgendetwas Schwierigkeiten gemacht?«, fuhr Theo Fleischer fort.

Michael zögerte kurz, dann schüttelte er den Kopf.

»Aha«, machte Theo Fleischer knapp. »Na, ist auch nicht

so wichtig. Wollte ich die ganze Zeit schon gefragt haben. Wie nennt ihr den Abteilungsleiter vom Ton noch gleich?«

»Ähm – Pappi?«

»Ach, ja. Ist gut, kannst wieder spielen gehen.« Dann drehte er sich zu Sonja um. »Komm.« Entschlossen ging er hinaus. Sonja folgte ihm. Michael sah den beiden mit gerunzelter Stirn hinterher.

Was zum Teufel haben die denn so Dringendes zu besprechen, dass sie sogar gemeinsam einen Kaffee trinken gehen müssen?

Michael kam nicht dazu, sich weiter zu wundern. Arnd stand vor ihm. Michael hatte geahnt, dass er die Auseinandersetzung von vorhin nicht auf sich beruhen lassen würde.

»Michael, lass mich bitte etwas sagen«, begann Arnd. »So von Kollege zu Kollege. Ich weiß, dass ich manchmal ganz schön den Chef raushängen lasse. Das ist wahrscheinlich nicht gut. Schon allein, weil ich finde, dass du deine Arbeit eigentlich ganz gut machst.« Erstaunt sah Michael seinen Kollegen an. »Ich will nicht immer so gnadenlos zu dir sein, das musst du mir glauben. Die ganzen Ereignisse der letzten Zeit sind schrecklich. Und was gerade du erlebt hast, ist schlimm.« Dann schwieg er verlegen. »Das wollte ich dir nur mal sagen.« Er zögerte kurz und schien nachzudenken, was es noch hinzuzufügen gab. Aber offenbar fiel ihm nichts mehr ein.

Michael konnte nicht anders, als seinem Kollegen die Hand zu reichen. Für Arnds Verhältnisse war das ein unglaubliches Entgegenkommen gewesen.

Erst als sich Michael der Pforte näherte, kam er wieder dazu, sich auf seinen Plan zu besinnen.

Dieser Degenhardt sollte sich auf was gefasst machen. Michael hatte die Telefonnummer. Das Gespräch wollte er von zu Hause aus zu führen. Sein Terminplan machte ihm das vor der Abendprobe glücklicherweise möglich.

Aber noch einmal wurde er aufgehalten.

Als er an die Pforte kam, drückte ihm die Pförtnerin einen Brief in die Hand. Eine Mitteilung der Intendanz. Offenbar gab es für alle Mitarbeiter eine. Darin stand, dass nun, nach der verabredeten Auszeit, mit dem Wochenende der Vorstellungsbetrieb wieder aufgenommen werden würde. Alle hatten also ab dem morgigen Samstag nach Plan zu spielen.

In Michael krampfte sich etwas zusammen. Das würde bedeuten, dass er am nächsten Abend eine Aufführung von Shakespeares ›Sturm‹ würde betreuen müssen. Das wäre dann sein erstes Zurückkehren an den Ort, an dem alles geschehen war.

Diese Vorstellung gefiel ihm ganz und gar nicht.

»Nicht wahr«, sagte die Pförtnerin, »Sie finden das auch nicht gut. Alle waren empört. Und einige sind rauf zur Intendanz.«

Michael nahm jetzt erst wahr, dass Stimmengewirr von der zweiten Etage herkam. Er besann sich und lief die Treppe hinauf. Seine anderen Pläne mussten einen Augenblick warten.

Auf halber Höhe kam ihm Thomas Kister entgegen. »Oben ist der Teufel los«, sagte er eher belustigt als besorgt, während sie aneinander vorbeigingen. »Kannst ruhig dazu gehen. Vielleicht kannst du ja wieder was abstauben.«

Erneut hatte Michael dieses merkwürdige Gefühl, für irgendetwas angeschuldigt zu werden.

Oben sah er vor dem Intendantenbüro dann etwa 20 Mitarbeiter stehen, darunter auch Lars Langenich, Stella Kammer und Paul-Georg Hammich. Bei dessen Anblick verdüsterte sich Michaels Miene. Er musste an die plötzlich aufgetauchte Abschiedsbotschaft von Peter denken.

Erstaunlich aber auch, dass die ganzen probenfreien Schauspieler im Haus sind! Verständigen die sich irgendwie?

In jedem Fall waren alle aufgebracht – Hammich in vorderster Front – und redeten wütend auf Margot Kippelt ein, die wie eine Löwin die Bürotür verteidigte.

»Ich sage es noch mal: Ihr könnt nicht zum Intendanten«, rief sie herrisch in die Menge.

»Doch, genau das können wir!«, dröhnte ihr Paul-Georg Hammich selbstbewusst entgegen. »Bei so einer Unverschämtheit muss der uns Rede und Antwort stehen. Es war eindeutig ausgemacht, dass diese Woche keine Vorstellung mehr ist. Und die Tatsache, auf der großen Bühne spielen zu müssen, ist so etwas von pietätlos, dass einem wirklich die Worte fehlen.«

Laut stimmten die anderen zu.

»Ich stelle fest«, ätzte Margot Kippelt, »dass dir die Worte mal wieder überhaupt nicht fehlen. Es war ausgemacht *bis* zum Wochenende nicht zu spielen. Das Wochenende selbst war darin natürlich nicht eingeschlossen, das war nun wirklich klar. Jede weitere Vorstellung, die entfällt, bedeutet immense finanzielle Ausfälle für uns.«

»Jetzt noch an Geld zu denken, ist ja wirklich der Gipfel an Geschmacklosigkeit.«

»Ja, das magst du vielleicht für geschmacklos halten, aber da wir auch in einem Geschäft tätig sind, ist das so. In einem Betrieb unserer Größe verfährt die Leitung nicht nach Gefühlen.«

»Wir werden sehen, ob ihr das durchbekommt«, schnaubte Hammich. »So könnt ihr mit uns jedenfalls nicht umgehen! Aber weißt du was? Wenn ihr uns nicht entgegenkommen wollt, werden wir eben zum Personalrat gehen.«

»Genau!«, tobten die anderen.

»Das war ja klar«, entfuhr es Margot Kippelt angewidert.

»Wenn ihr meint, das unbedingt tun zu müssen. Ändern wird es nichts.«

»Abwarten«, entgegnete Hammich unerschütterlich. »Der Fleischer kann sich auf einiges gefasst machen.«

Aufgeputscht ereiferte sich die Menge erst noch in ihrem Protest, dann machten sich alle davon, angeführt von Paul-Georg Hammich. Margot Kippelt entschwand ins Büro. Michael hatte genug gesehen und lief die Treppe hinab. Wenn das hier auch wichtig war, sein Plan war es umso mehr. Er schwang sich auf sein Rad und fühlte, wie sich Aufgeregtheit und Zorn in ihm zu mischen begannen. Dies würde der erste Schritt werden, die falschen Ansichten im Haus zu brechen.

Ein Taxi, das dann plötzlich aus einer Einfahrt auf seinen Radweg schoss und ihn zur Vollbremsung zwang, löste in ihm einen derartigen Drang aus, sich zu widersetzen, dass er demonstrativ auf die Windschutzscheibe rotzte.

Endlich in seiner Wohnung angekommen, hielt er sich nicht lange mit Unwichtigem auf. Er setzte sich gleich ans Telefon, wählte die Nummer von Peters Eltern und wartete, dass sich jemand meldete.

»Zurnfelde?«

Michael hatte, als er die Herrenstimme hörte, gleich wieder das bleiche und versteinerte Gesicht vor Augen.

Michael nannte seinen Namen. »Ich bin ein Mitarbeiter vom Kölner Schauspielhaus«, fügte er hinzu.

»Ja?« Leises Unbehagen schwang in der Antwort mit.

»Ich wollte …« Michael wurde für einen erschreckend langen Moment bewusst, dass er schlecht mit der Tür ins Haus fallen konnte. »… mich zunächst mal erkundigen, wie es Ihnen geht.«

Bereits die Pause danach ließ ihn ahnen, dass dieser Einstieg nicht gelungen war.

»Was wollen Sie denn hören? Mein Sohn ist gestorben. Das wissen Sie doch sicherlich.«

»Jaja, weiß ich natürlich«, bemühte sich Michael abzufangen.

»Mein Befinden ist dementsprechend nicht gut.«

»Ich wollte Sie auch gar nicht verärgern, ich wollte Ihnen erst nur sagen, dass mir sehr leid tut, was geschehen ist. Wissen Sie, ich war es, der Ihren Sohn gefunden hat.« Michael hatte keine Ahnung, was er sich von dieser Mitteilung erhofft hatte. Es trat jedenfalls kein positiver Effekt ein.

»So. Was wollen Sie denn nun?«

»Ja, also, ich wollte ...« Es fiel ihm nicht leicht, zum Punkt zu kommen. »Ich habe mich gefragt, ob Sie sich wirklich vorstellen können, dass Michael sich selbst umgebracht hat?«

Langes Schweigen am anderen Ende. Dann kam eine verwirrend ruhige Gegenfrage. »Was wollen Sie damit sagen?«

»Was ich damit sagen will? Sehen Sie, ich hatte die letzten Tage seines Lebens viel mit Peter zu tun. Und ich habe zwar mitbekommen, dass er zum Schluss ziemlich geschafft war, aber ich kann mir eigentlich nicht so richtig vorstellen, dass er wirklich zu einem Selbstmord fähig gewesen wäre. Und da dachte ich mir, ich frage Sie, was Sie darüber denken.«

Wieder gab es eine lange Stille. Sie war sogar so lang, dass Michael schon dachte, dass auf der anderen Seite eingehängt worden war. Doch dann hörte er ein tiefes Einatmen.

»Sie haben ja wirklich Nerven, so etwas zu fragen«, kam es immer noch voll Ruhe. »Was ich darüber denke? – Ich denke, Sie haben nicht ganz mitbekommen, in was für einer Situation meine Frau und ich stecken. Ich weiß nicht, ob Sie schon mal ein Begräbnis gemacht haben. Ich muss hier unglaublich viel geregelt kriegen. Und das in viel zu kurzer Zeit. Wir sind bis jetzt noch gar nicht dazugekommen, uns in irgendeiner Form zu besinnen. In jedem Fall können wir uns aber nicht mit Fantastereien beschäftigen, wir schlagen uns hier mit der Wirklichkeit rum. Unser Peter ist tot und hat Selbstmord gemacht. Das ist erwiesen. Und das kann ich mir in der Tat nicht so richtig vorstellen, aber ich muss damit zurechtkommen. Unser Peter ist nicht mehr. Und ich glaube nicht, dass sie eine Ahnung haben, wie sich Eltern fühlen, die ihr einziges Kind verloren haben. Das ist einfach nur unglaublich schmerzhaft. Und das ist das, was ich Ihnen im Moment dazu sagen kann.«

Michael war an seinem Telefonhörer kleiner und kleiner geworden. Jetzt hörte er am anderen Ende eine Frauenstimme im Hintergrund fragen, was denn los sei. Sofort fiel ihm auch hier das verweinte Gesicht dazu ein. Herr Zurnfelde hielt nun offenbar die Hörermuschel zu, denn einen Moment lang nahm Michael nur dumpfes Reden mit abwiegelndem Tonfall wahr. Dann war man am anderen Ende wieder ganz da.

»Also, junger Mann. Das ist alles, was ich Ihnen zu Ihrer, ich möchte fast sagen, unverschämten Frage sagen kann. Und wenn Sie nicht noch etwas anderes wollen, würde ich das Gespräch gerne beenden.«

»Nein«, antwortete Michael geknickt. »Ich habe sonst nichts mehr.«

»Dann wünsche ich Ihnen einen guten Nachmittag.«

Die Verbindung war unterbrochen.

Lange saß Michael wie geplättet auf seinem Sessel und versuchte sich darüber klar zu werden, was gerade passiert war. Nicht nur, dass er nichts erreicht hatte, er hatte sogar Menschen, denen er es am wenigsten zumuten wollte, weiter belastet.

Er schüttelte über sich selbst den Kopf.

Was um alles in der Welt habe ich mir vorgestellt, ich Riesenidiot? Dass Peters Vater mir versichern kann, dass sich sein Sohn nie im Leben selbst umgebracht hat?

Das Schlimmste aber war: Er hatte keine weitere Idee mehr, was er jetzt noch tun konnte! Peters Tod war und blieb ein Rätsel. Es drehte sich ausschließlich um die Frage, was oben im Schnürboden stattgefunden hatte. Und diese Frage war einfach nicht zu beantworten. Und damit auch nicht, auf welche Weise Peter wirklich ums Leben gekommen war.

Ein letztes Mal versuchte er sich zusammenzunehmen und die Möglichkeiten durchzugehen, bekam aber bei dem Versuch, sie zu ordnen, nur Kopfschmerzen. Schließlich nahm er ein Stück Papier und kritzelte eine Art Tabelle darauf, bis er seine Hypothesen gewissermaßen greifbar vor Augen hatte:

Theorie Selbstmord	**Theorie Unfall**	**Theorie Tötung**
Peter …	Peter …	Peter …
- ist selbst in den Schnürboden rauf	- ist selbst in den Schnürboden rauf	- wurde in den Schnürboden raufgebracht (wie?)
- um sich zu töten	- um (?) sich gegen die Höhe abzuhärten (???)	- wozu???
- und ist gesprungen	- er ist irgendwie (?) über eine Brüstung gefallen	- jemand (wer?) hat ihn gestoßen (warum?)

Die dritte Möglichkeit hatte er nur der Vollständigkeit halber mit aufgeschrieben. Es war offensichtlich, dass sie ausschließlich neue Fragen aufwarf, anstatt irgendeine zu klären. Er konnte sich nicht vorstellen, dass die Theorie ›Tötung‹ zutraf.

Die mittlere Möglichkeit war diejenige, auf die er die ganze Zeit spekulierte. Aber sie wies auch noch große Erklärungslücken auf.

Die erste Möglichkeit schien einfach am schlüssigsten. Keine Lücken, keine Fragen. Einfach das Logischste.

Wenn sich in Michael nur nicht etwas dagegen sträuben würde!

Zornig knüllte er sein Blatt zusammen und warf es mitten ins Zimmer, wo es liegen blieb und beinahe vorwurfsvoll aussah.

Und dann gab Michael endgültig auf. Der Gedankenknoten war nicht auseinanderzubringen. Außerdem glaubte ihm ja sowieso keiner. Die Kollegen, die Theaterleitung, Sonja, dieser Degenhardt, Peters Eltern – niemand wollte doch etwas anderes als Selbstmord in Erwägung ziehen. Statt Erleuchtung war da nur Dunkelheit. Damit fand sich Michael ab. Ihm blieb einfach nichts anderes übrig.

Ich kleines Licht kann ohnehin nichts Ernsthaftes erreichen!

Wenn überhaupt etwas helfen konnte, dann höchstens Zeit.

Er ging in seine Küche, fand noch eine Auftau-Lasagne im Gefrierfach, und machte sich etwas zu essen.

Abendprobe

Es war etwa 18 Uhr, als Michael wieder an der Theaterpforte ankam und sein Rad in das Durcheinander bei den Ständern quetschte. Die Entscheidung, nicht mehr weiterzuforschen, lag wie eine Last auf ihm, ließ ihn förmlich erstarren. Umso mehr war es nötig, sich jetzt auf anderes zu konzentrieren. Er war früher von zu Hause aufgebrochen, um sich um das kümmern zu können, was am Mittag offen geblieben war.

Einer Eingebung folgend ging er zunächst in die Kantine. Er fand dort zwar keinen der Schauspieler, aber einige Mitarbeiter der technischen Abteilungen, die zusammen an einem Tisch saßen, Bier tranken und schon in gelöster Stimmung waren. Unter ihnen war auch Pappi. Er sah ein wenig erschöpft aus.

»Ach, guck mal, wer da kommt: Unser kleiner Stratege«, begrüßte ihn einer der Kollegen mit schiefem Grinsen. »Willst du wieder Vorbild sein?«

Michaels Miene verdüsterte sich. »Was habt ihr eigentlich immer alle? Hab ich irgendwas Schlimmes gemacht, nur weil mich der Intendant gestern benutzt hat, um die Arbeitsmoral wiederherzustellen?« Michael fragte sich, weshalb überhaupt schon wieder alle davon wussten.

»Ja, ja«, wiegelte der Kollege ab, »ist schon gut.«

»Hast immerhin auch was erlebt«, fuhr ein anderer gönnerhaft fort. »Wird kein schöner Anblick gewesen sein, als du Peter da so auf dem Boden gefunden hast.«

»Immerhin«, vermeldete ein dritter, »wissen wir jetzt endgültig, dass sich der Peter umgebracht hat.«

»Und der Fleischer kriegt was aufs Maul!«

Die anderen, bis auf Pappi, stimmten johlend zu.

Michael stand am Tisch, besah sich die Runde und musste

mit Bitternis feststellen, dass Paul-Georg Hammich offenbar sein Ziel erreicht hatte – falls es denn wirklich er war, der die vermeintliche Abschiedsbotschaft platziert hatte: Es war für alle erwiesen, dass Peter sich umgebracht hatte und die Schuld gab man dem Schauspieldirektor.

»Jetzt müssen wir noch wissen, wer der Zeitung den ganzen Schrott erzählt hat, dann sind sämtliche Unklarheiten beseitigt!«

»Und derjenige kriegt dann auch was aufs Maul!«

Erneut verfielen alle in lautes Gelächter. Bis auf den Tonchef.

»Ich wollte eigentlich was fragen«, wandte sich Michael an Pappi.

»Lass mich raten«, nickte er müde, »du willst wissen, wie das mit den Wochenendvorstellungen ausgegangen ist.«

»Ähm, stimmt.« Da Pappi im Personalrat saß, war es für Michael logisch, ausgerechnet ihn zu fragen.

»Tja, ihr werdet spielen müssen. Das ist die schlechte Nachricht. Und die gute Nachricht … gibt es nicht. Offenbar ist der Druck durch Stadt und Besucherorganisationen so groß, dass sich die Intendanz dem beugen muss. Weitere Vorstellungen ausfallen zu lassen, gefährdet die komplette Planung der Spielzeit. Und auf später verschieben, geht nicht, weil nicht genug freie Tage vorhanden sind.«

Michael seufzte. »Also muss ich dann morgen zum ›Sturm‹ auf die Bühne.«

»Tut mir leid, ich fürchte, ja.«

Michael zuckte mit den Schultern. Er war wirklich alles andere als begeistert, aber es blieb ihm wohl nichts übrig, als sich zu fügen.

»Wir werden allerdings«, setzte Pappi nach, »gegen dieses merkwürdige Manöver noch vorgehen. Nicht nur, dass im Vorfeld kein Wort mit dem Personalrat besprochen wurde. Es kann auch nicht sein, dass sich die Leitung eines solchen Hauses derart missverständlich ausdrückt. Alle hatten das Gleiche verstanden: keine Vorstellungen am Wochenende. Wir werden da was unternehmen.«

Michael nickte dankbar. Hier hatte er erfahren, was er wissen wollte. Schnell machte er sich auf den Weg zur Probebühne. Sein sechster Sinn behielt wieder recht, als er zunächst in das kleine Räumchen jenseits der Teeküche ging. Tatsächlich saß Sonja dort allein auf einem Stühlchen, wartete, dass der Kaffee durchgelaufen war und sah irgendwie verstört aus.

»Gut, dass du kommst«, begrüßte sie ihn.

»Was ist los?«

Sonja zögerte einen Moment. »Ist der Fleischer immer so?«

»Wie, ›so‹?«

Und dann erzählte Sonja, was sich am Nachmittag zugetragen hatte. Der Schauspieldirektor war vom ersten Tag daran interessiert gewesen, wie ihre Zukunftspläne aussahen und hatte darüber in Ruhe mit ihr reden wollen. Und da das nicht verwerflich war, hatte sie eingewilligt, mit ihm einen Kaffee trinken zu gehen.

Michael ahnte Schreckliches, unterbrach sie aber nicht.

»Dann sind wir also in irgend so einen schnieken Edelladen, ›Moderne Zeiten‹. Und zuerst fragt der mich auch wirklich alles Mögliche. Was ich studiere und so. Dann aber wollte er irgendwann wissen, ob ich schon viele Freunde gehabt hätte, ob ich schon mal nackt auf einer Bühne gestanden hätte. Und was mir denn eigentlich so Spaß machen würde.«

Michael kam nicht ganz mit.

»Spaß machen, wobei?«

»Na ja, beim Sex.«

Michael blieb die Spucke weg. »Er hat dich *was* gefragt?«

»Was ich für Vorlieben beim Sex hätte.«

»Und was hast du gesagt?«

»Dass ihn das nichts angehen würde.«

Michael atmete aus.

»Dummerweise«, setzte sie nach, »hab ich auch noch gesagt, zu dem Thema hätte ich sowieso nichts Abenteuerliches mitzuteilen.«

»Und dann?«

»Dann hat er richtig losgelegt. – Ob ich nicht schon mal Lust gehabt hätte, jemanden dabei zu fesseln, zu schlagen oder sonst wie mit Gewalt zu beherrschen, dass ich mal was Neues ausprobieren müsste, und dass er selbst ›Blümchensex‹, wie er es nannte, ja total langweilig fände.« Michael hörte sprachlos zu. »Er meinte dann, es wäre doch sicher eine prima Erfahrung für mich, wenn ich nicht nur auf das Theater bezogen meinen Horizont erweitern würde.«

»Und dann?«

»Ich bin aufgestanden und gegangen.«

»Und er?«

»Hat gegrinst und mir hinterhergerufen, es sei kein Problem, ich sei auf jeden Fall eingeladen …«

Michael war perplex. Dass Theo Fleischer gelegentlich Affären mit Mitarbeiterinnen nachgesagt wurden, war nicht neu. Dass er sich auch an Hospitantinnen ranmachte, schon.

»Was hat der denn für Fantasien?«, fragte er fassungslos in den Raum hinein.

Sonja zuckte die Schultern.

Einen Moment sahen sich die beiden an.

»Was willst du jetzt tun?«, fragte Michael vorsichtig.

»Ich weiß es nicht genau. Erst dachte ich, ich komme einfach nicht mehr hierhin zurück. Aber den Triumph will ich ihm eigentlich nicht gönnen! Mittlerweile bin ich so weit, dass ich mir fast wünsche, dass er noch mal Derartiges sagt, dann nämlich soll der mich mal erleben.«

Michael fand das zwar sympathisch, war sich aber nicht sicher, ob Sonja da eine gute Idee hatte. »Ich möchte auf keinen Fall, dass du dich zu irgendetwas zwingst. Wenn du das Team lieber verlassen möchtest, kann ich das verstehen.«

»Ach, der kann mir ja eigentlich gar nichts. Nein, ich bleibe. Mal sehen, wer hier mehr Größe hat.«

Michael war beeindruckt. Sonja wollte ihren Weg bis zum Ende gehen.

Etwas später gingen beide in den Probenraum hinüber.

Sonja bedankte sich mehrfach, dass Michael ihr zugehört hatte. Er sagte ihr, dass er das selbstverständlich fände, zumal sie ja auch schon ein paar Mal für ihn da gewesen war. Er fügte hinzu, dass sie ihm Bescheid geben solle, falls Fleischer noch mal Annäherungsversuche mache – er würde ihm dann persönlich das Kreuz aushängen.

Bei dieser Vorstellung mussten beide lachen.

Dann richteten sie gemeinsam die Probe ein. Sie arbeiteten still und Hand in Hand, als wären sie darin schon lange erprobt. Die Einträchtigkeit hatte etwas Friedliches.

Als dann Stella, Lars, Arnd und Helga eintrudelten, wurde es lauter. Alle redeten natürlich von den Vorstellungen, die am nächsten Abend stattfinden sollten. Lars empörte sich zudem darüber, wie man kaum drei Tage nach dem Tod eines Kollegen normale Proben abhalten konnte. Und Stella wusste zu berichten, dass Paul-Georg Hammich ihr am Nachmittag gesagt hatte, dass er, nachdem der Weg über den Personalrat wenig erfolgreich gewesen war, noch etwas Spezielles vorhabe. Er hatte das nicht genauer erklärt und überhaupt nur ungern darüber geredet, aber alle fragten sich nun natürlich, was es war.

Selbst Arnd schien mit der Situation unzufrieden zu sein, seinem Gesicht nach zu urteilen.

Schließlich betrat Theo Fleischer den Malersaal. Er sah sich kurz um, erblickte Sonja, grinste triumphierend und schickte ihr ein »Da bist du also« entgegen. Dann ließ er sie stehen, setzte sich voll Selbstzufriedenheit an den Regietisch und beachtete sie nicht weiter. Sonjas Augen funkelten vor Zorn und sie artikulierte hinter seinem Rücken mit den Lippen stumm das Wort ›Wichser‹. Michael sah es, musste böse auflachen und blinzelte ihr bestätigend zu.

Der Schauspieldirektor ließ sich auf keine Diskussion über die vorgesehenen Vorstellungen ein, sondern gebot, mit szenischer Arbeit zu beginnen. Die beiden Schauspieler begaben sich schließlich widerwillig in die Probe. Mit der Faust in der Tasche rekapitulierten sie das Pensum vom Vormittag. Michael konnte über dieses Verhalten wieder nur den Kopf schütteln. Aber er war froh, dass Arnd da war und zwischen Sonja und Theo Fleischer saß.

Die Abendprobe lief dann ab, wie es Proben seit eh und je taten. Die Zeit irgendeiner Zurückhaltung war vorbei und Theo Fleischer zu seiner üblichen Form zurückgekehrt.

ALKMENE
Amphitryon, du hörst's! Ich will jetzt fort.

JUPITER
Meinst du, dich diesem Arme zu entwinden?

ALKMENE
Amphitryon, ich will's, du sollst mich lassen.

JUPITER
Und flöhst du über ferne Länder hin,
Dem scheußlichen Geschlecht der Wüste zu,
Bis an den Strand des Meeres folgt' ich dir.

Heinrich von Kleist
Amphitryon
II. Akt, 5. Szene

6

Vormittagsprobe

Michael war verspannt.

Vor der Aufführung vom ›Sturm‹ am Abend hatte er beinahe so etwas wie Angst. Der Gedanke, wieder die Bühne betreten zu müssen, war beklemmend. Zu aufwühlend war seine letzte Begegnung mit diesem Ort verlaufen, zu lebendig die Bilder in seinem Kopf.

Michael wollte nicht daran denken und konzentrierte sich erst mal auf die Vormittagsprobe. Als er den Malersaal erreichte, fand er ihn verschlossen vor. Arnd war also doch nicht immer so ein Streber. Michael nahm es mit einer gewissen Zufriedenheit zur Kenntnis.

Als Erste kam dann Sonja. Von ihr hatte er sich am Vorabend gar nicht verabschieden können, denn sie war schnell aus dem Raum geschlüpft, als Theo Fleischer mit ihm etwas besprochen hatte.

»Ich wollte dich was fragen«, begrüßte sie ihn.

»Ja, was?« Michael erwartete irgendwas bezüglich der Probe oder dem Theater.

»Nun. Es ist so …« Und zu Michaels Verwunderung schien sie rot zu werden. »Also, bei mir in der WG machen wir heute Abend einen kleinen Spieleabend. Und vielleicht hättest du ja Lust, dazuzukommen.«

Michael wusste nicht recht, wie ihm geschah. Spieleabend war eigentlich überhaupt nicht sein Ding, aber er freute sich trotzdem. Gleichzeitig verfinsterten sich seine Gedanken aber auch. »Ich kann heute Abend nicht. Ich habe doch Vorstellung.«

»Ach, so«, sagte sie und begann energisch an den Probenkostümen herumzuhantieren.

Michael schaute nur. Verdrossen sah er sich dann nach den Requisiten um, stieg die Spielfläche hinauf, kraxelte weiter, bis er sich hinter die Schräge verziehen konnte. Deshalb war er vom Saal aus nicht zu sehen, als nun ungewöhnlich früh der Regisseur hereinkam.

»Na«, hörte Michael ihn zu Sonja sagen, »hast du dich nach unserem Gespräch gestern wieder beruhigt?«

»Ich weiß nicht, was es da zu beruhigen gibt«, versuchte Sonja forsch zu klingen.

»Ah, ja klar«, kam es mit genüsslicher Lässigkeit zurück. »Du bist so eine Versperrte. Das mag ich. Du bist natürlich verwirrt, ist mir doch klar. Ihr jungen Mädchen wünscht euch doch immer alle irgendwas Romantisches. Aber, weißt du, so ein toughes Mädchen wie du braucht das gar nicht. Du musst mal was ausprobieren. Komm, ich weiß doch ganz genau, dass du die ganze Zeit dran denkst. Ich weiß doch, dass dich das anmacht!«

Michael konnte sich nicht mehr zurückhalten und stieg von hinten auf die Schräge.

»Hey«, rief er laut durch den Raum, »hör auf, meine Hospitantin zu belästigen.«

Theo Fleischer fuhr vor Schreck hoch. Michaels Auftauchen an der höchsten Stelle des Bühnenbilds schien auf ihn wie eine Erscheinung zu wirken. Fassungslos starrte er zu ihm hinauf.

»Was machst du denn da?«, fragte er reichlich sinnlos.

»Ich arbeite«, entgegnete Michael auch nicht intelligenter. Dann kam er langsam die Schräge hinab. »Und du hast mich hoffentlich verstanden: Lass sie in Ruhe!« Michael war sich bewusst, dass sein Ton eigentlich nicht passend für eine Unterredung mit seinem Chef war. Aber er fühlte sich moralisch derart im Recht, dass der Schauspieldirektor gerade so gar nichts Gefährliches an sich hatte.

Theo Fleischer versuchte, sich in Süffisanz zu retten. »Ach, guck mal, der kleine Held. Wie süß.«

»Ich bin derjenige, der ihren Aufenthalt zu betreuen hat. Und ich will nicht, dass sie hier irgendwelche Unannehmlichkeiten ertragen muss.«

»Ah, verstehe«, sagte Theo Fleischer mit plötzlicher Kumpelhaftigkeit. »Du bist selbst scharf auf sie, was?«

»Sie sind widerlich!«, brach es aus Sonja heraus. »Komm«, zog sie Michael zu dem Kleiderständer mit Probenkostümen, die sie gemeinsam zu sortieren begannen. Ob es ihre abgrundtiefe Abscheu war, der überraschende Gebrauch der formellen Anrede, oder das Selbstbewusstsein, nicht zu flüchten – Theo Fleischer blieb mit stierem Blick die Sprache weg.

Als in diesem Moment Svetlana Beer zur Tür reinkam, schwenkte er auf sie um. Auf eine belanglose Frage blaffte er sie derart an, dass sie pikiert zurückprallte. Auch Arnd, der gleich darauf erschien, bekam die Laune des Regisseurs zu spüren. Michael und Sonja lächelten sich siegessicher an.

Dann betrat Paul-Georg Hammich den Raum.

Michael merkte, dass der Schauspieler beim Anblick des Regisseurs genüsslich grinste und ihm fiel wieder ein, dass Hammich gegen das Verhalten der Hausleitung noch irgendetwas unternehmen wollte. Wahrscheinlich blieb es deswegen unter den Kollegen im Haus auch so verhältnismäßig ruhig, obwohl die verhassten Vorstellungen unmittelbar bevorstanden. Von Paul-Georg selbst hatte man bisher jedoch nichts erfahren.

Finster fragte sich Michael, ob ein Zusammenhang mit der vermeintlichen Abschiedsbotschaft von Peter bestand. Vielleicht hatte Hammich sie fingiert, weil er sich genau jetzt davon einen Vorteil versprach. Aber überhaupt nichts im Zusammenhang mit Peters Tod war klar. Nur, dass er in der Höhe des Schnürbodens irgendwie versucht hatte, seine Angst zu bekämpfen, daran glaubte Michael fest. Ob Peter ihn dazu nicht doch um Hilfe hatte bitten wollen?

›Ich krieg noch was von dir.‹

Und wenn jemand anderes bei ihm gewesen war? Michael merkte, dass es zu dem ganzen Thema in seinem Kopf nur wattige Finsternis gab.

Der Regisseur hatte sich inzwischen bedeutungsvoll vor Paul-Georg aufgebaut. Ihm war dessen stilles Selbstvergnügen nicht entgangen. »Nachdem, was du mir und dem Chef gestern gesagt hast, hältst du dich jetzt für sehr clever, was?«

Alle im Raum hielten gespannt den Atem an, schien sich da doch vielleicht etwas vom Vorhaben des Schauspielers anzudeuten.

»Darüber«, antwortete Paul-Georg mit übersüßer Freundlichkeit, »sollten wir vielleicht noch mal in Ruhe reden. Aber ihr könnt was erreichen.«

Der Schauspieldirektor sah den Schauspieler einen Moment lang an, als wollte er ihm an die Gurgel gehen. »Wart's ab«, giftete er jedoch nur und wandte sich dann verächtlich ab.

Michael fragte sich, was Paul-Georg da im Schilde führen konnte. Hatte er nicht neulich erst gesagt, Peters Tod sei so etwas wie ein Geschenk, weil man durch ihn endlich einmal gegen Theo Fleischer vorgehen konnte? Mit Befremden wurde Michael klar, dass sowohl Paul-Georg als auch Theo Fleischer einen verstorbenen Menschen wie einen Spielstein benutzten. Abscheu überkam ihn.

Paul-Georg schien jedenfalls wachsam geworden zu sein und scheute jede weitere Auseinandersetzung. Stattdessen begab er sich mit einigen Manuskriptseiten auf die Spielfläche und ging seinen Text durch.

Alle anderen im Raum schickten sich enttäuscht drein, in Bezug auf den Kampf gegen die Vorstellungen nichts weiter zu erfahren.

Theo Fleischer ließ sich schwer auf seinen Stuhl fallen, den er zum ersten Mal wieder neben dem Regietisch aufgestellt hatte. Als sich Michael zu ihm setzte, wurde er mit einem essigsauren Grinsen bedacht, als wolle der Regisseur sagen: ›Dich hab ich nicht vergessen‹. Michael ahnte, dass er auf seinen Angriff vorhin noch eine Antwort bekommen würde.

Vorstellung

Es sah so aus, als ob Paul-Georg nichts weiter erreicht hatte und der ›Sturm‹ wirklich stattfand. Pünktlich, eine Stunde vor Vorstellungsbeginn, betrat Michael also wieder das Theater. Er tat dies mit schlechtem Gefühl im Magen.

Sein erster Weg führte ihn üblicherweise auf die Bühne, um zu schauen, ob dort alles für die Aufführung bereit war. Doch stattdessen stieg er zunächst zu den Künstlergarderoben hinauf.

Dort herrschte in den Fluren zwar der gewohnte Verkehr, wirklich normal war aber das Wenigste. Die anwesenden Schauspieler standen einerseits immer noch unter dem Eindruck des Todesfalls, andererseits schäumten sie vor Zorn, die heutige Vorstellung spielen zu müssen. Und Michael begegneten sie, da er so etwas wie Kronzeuge des schrecklichen Ereignisses war, mit besonderer Aufmerksamkeit.

»Trotz allem musst du heute hier sein?«

Andere stellten aber betonte Alltäglichkeit zur Schau, was bedeutete, dass sie ihn mit den üblichen Problemen belätscherten.

»Die Statisten dürfen heute nicht wieder so lahm auf der Szene sein. Kümmerst du dich nur noch um dich oder auch noch darum?«

Erneut nahm Michael diese Frostigkeit wahr, die ihm in der letzten Zeit schon mehrmals entgegengeschlagen war und die er sich nicht erklären konnte.

Seine nächste Station waren die Räume der Abendmaske, in der die Maskenbildner um weitere Schauspieler wuselten. Hier war die Stimmung erstaunlich gelöst. Offenbar hatten sich alle wegen dieser Vorstellung zunächst in Rage und anschließend in leichte Überkandideltheit geredet. Die merkwürdige Heiterkeit entspannte Michael etwas. Und mit einem Mal fühlte er sich in die gute Atmosphäre bei den Proben zu dieser Sturm-Inszenierung zurückversetzt.

Was haben wir da viel gelacht.

Der Gastregisseur hatte respektvoll und klug die Fantasie der Schauspieler zu entfachen versucht, die viel Eigenes hatten einbringen können und ihre Rollen deshalb wirklich gern spielten. Er hatte wahrhaft Leichtigkeit geschaffen und sie nicht einfach nur gefordert.

Es geht eben auch anders.

Michael schüttelte die Erinnerungen ab.

Langsam konnte er es nicht mehr weiter hinauszögern – er musste sich endlich zur Bühne begeben. Schon allein beim Gedanken ballte sich in ihm etwas zusammen. Als er den engen Zugangsflur betreten hatte, bog er dann noch einmal zur Requisitenkammer ab.

Simon und Fränk schnitten gerade für die Festmahlszene Obst auf eine Servierplatte.

»Hallo, da kommt ja unser Schatullenprinz«, begrüßte ihn Simon.

»Natürlich mit dem Lächeln des Mannes im Vorteil …«, ergänzte Fränk stichelnd.

Michael schmunzelte zwar, aber auch jetzt hatte er wieder das Gefühl, dass es irgendeinen Grund gab, wegen dem er getadelt wurde. Etwas, was über seine Benutzung durch den Intendanten als ›Vorbild für die Arbeitsmoral‹ hinausging. Offenbar schien wirklich *jeder* im Haus zu wissen, um was es ging – nur er selbst nicht.

»Wie ist die Stimmung?«, erkundigte sich Fränk, bevor Michael nachfragen konnte.

»Überall das Gleiche: Es herrscht Zorn auf die Leitung, und dass wir überhaupt spielen.«

»Ja, der Aufruhr gestern hat wohl nix gebracht«, schmollte Simon. »Was Paul-Georg auch immer die ganze Zeit versucht hat.«

»Der Fleischer ist so oder so bei allen unten durch«, schimpfte Fränk. »Kannst fragen, wen du willst! Der ist ja auch in einem derartigen Maße unmöglich, der muss noch einen Zwillingsbruder haben. Einer allein schafft das gar nicht. – Was ist eigentlich aus deiner Mordsidee geworden, der Fleischer wäre bei Peters Sturz dabei gewesen?«

Michael brauchte einen Moment, bis er antwortete. »Der Zeitungsartikel hat mir bewiesen, dass da nichts dran sein kann.«

»Na ja«, ergänzte Simon, »und jetzt, wo man noch ein Abschiedsschreiben von Peter gefunden hat, ist die Sache sowieso entschieden.«

Michael wollte etwas sagen, aber schloss nur die Augen.

»Du wünschst dir manchmal, weit weg von hier zu sein, was?«, fragte Fränk mitleidig. »Ich kann es verstehen. Was euch Regieassistenten abverlangt wird, verstößt manchmal schon gegen die Genfer Konvention.«

Michael zuckte unbestimmt mit den Schultern. »Ich hab meinen Theaterweg angefangen, jetzt muss ich ihn auch zu Ende gehen.«

»Aber doch nicht unbedingt bei uns«, widersprach Simon. »Es gibt andere Häuser in Deutschland, an denen es besser zugeht. Oder versuch in die freie Theaterszene von Köln reinzukommen. Die ist riesig.«

»Und kompliziert«, relativierte Fränk. »Und da muss man sich ständig mit dem Kulturamt und dem anderen Politikfilz rumplagen. Man hat da ja keine festen Gelder.«

Michael winkte ab. »Ich weiß das doch alles. In der freien Szene hab ich meine ersten Theaterschritte gemacht. Aber woanders würde ich doch wieder ganz von vorn anfangen. Was ich wirklich müsste, wäre hier mal einen Schritt weiterkommen.«

»Du meinst«, warf Fränk ein, »deine erste eigene Inszenierung kriegen? So wie Arnd.«

»Genau«, nickte Michael zögernd. Ohne die würde es für ihn nicht weitergehen. Ohne die würde er dieses Haus und seine Arbeitsbedingungen nicht verlassen können. Nur war dieses Etappenziel noch so unerreichbar weit entfernt.

Plötzlich wurde ihm mit einem Blick auf die Uhr bewusst, dass er nicht mehr länger bleiben konnte. Im Korridor fiel er von der Betrübnis um seine Zukunft wieder in die Betrübnis der Gegenwart: Die Bühnentür war nur noch wenige Schritte entfernt.

Und irgendwo in Ehrenfeld sitzt Sonja und macht einen fröhlichen Spieleabend.

Er gab sich einen Ruck und steuerte energisch auf die Tür zu. Sein Herz schlug heftig, als er den menschenleeren Bühnenbereich betrat. Zu seiner Überraschung war aber alles gar nicht so schlimm. Das Blumenmeer zum Gedenken an Peter war verschwunden und die Unfallstelle mit der vertrauten Dekoration überbaut. Die Spielfläche war geräumt, im Zuschauerraum niemand. Über allem lag feierliche Ruhe in Erwartung der Aufführung.

Dann ist also die ganze Aufregung um diese Vorstellung wirklich nichts als Überempfindlichkeit?

Genau in diesem Moment erblickte er die Leiter, die im Inneren der schwarzen Portalverkleidung angebracht war. Unwillkürlich folgte er ihr mit dem Blick bis hinauf zum Schnürboden. Und ihn ergriff doch wieder Beklemmung: Peter war von dort hinuntergestürzt. Rasch wandte sich Michael ab, ging über die Bühne und begutachtete, ob alles für die Aufführung eingerichtet war. Er konnte nichts Ungewöhnliches erkennen. Requisiten, Lautsprecher und Scheinwerfer waren alle am vorgesehenen Platz, die Zugänge frei, der Boden geputzt – alles in Ordnung.

Hektor Schmitz schien inzwischen auch eingetroffen zu sein. Michael hörte ihn an seinem Inspizientenpult Stimmübungen machen – und musste grinsen. Hektor hielt seine Durchsagen für derart wichtig, dass er glaubte, so etwas sei notwendig. Nach einem kurzen Räuspern sprach er mit sonorer Stimme ins Mikrofon.

»Es ist 19 Uhr, es ist 19 Uhr. Das erste Zeichen. Noch eine halbe Stunde bis zur Vorstellung.«

Michael ging von der Bühne zum Inspizientenpult.

»Oh, hallo. Ich hab dich gar nicht bemerkt«, begrüßte ihn Hektor. Er sah auf einmal merkwürdig beklommen aus. Michael vermutete, dass ihm sein Stimmtraining peinlich war. »Schrecklich, was hier passiert ist. Schrecklich. Nicht wahr? Ich kann da gar nicht auf die Bühne gehen. Der arme Peter.« Michael nickte und legte sein Textbuch auf dem Pult ab. »Ich bin noch ganz fertig. Der Peter war ja immer so labil. Hat immer ganz unglücklich ausgesehen.« Michael hörte nur mit halbem Ohr zu. »Aber dass das *so* weit mit dem kommen würde, nein, das war nicht vorhersehbar. Ich jedenfalls hab damit nicht gerechnet, das musst du mir glauben. Ich habe geglaubt, dass er ein bisschen unglücklich ist. Aber *das* konnte doch wirklich niemand voraussehen. Ich werde hier nicht mehr glücklich. Nie mehr. Schlimme Sache, so schlimm.«

Michael verließ kommentarlos die Bühne und war schon auf dem Weg zum Aufenthaltsraum.

»… sitzt ganz schön in der Scheiße, das sag ich dir!«, schallte es ihm daraus entgegen. »Also mach wenigstens noch eine nützliche Aktion!«

Michael betrat den Raum und sah Lars Langenich bleich auf einer der Polsterbänke sitzen. Vor ihm stand ein aufgeregter Tim F. Engels. Als er Michael wahrnahm, zögerte er kurz und ging dann ohne weitere Reaktion hinaus.

Michael hatte das Gefühl, schon wieder auf merkwürdige Ablehnung zu stoßen. Oder hatte er in eine private Angelegenheit gestört? Es war ungewöhnlich, Engels derart laut zu erleben. Worum sich die Auseinandersetzung gedreht hatte, wusste er nicht, sie schien aber Eindruck hinterlassen zu haben: Lars war wie erstarrt und presste die Lippen aufeinander. Bevor Michael jedoch entscheiden konnte, ob er bleiben oder gehen sollte, kam Ernie Unterbäuerter in Kostüm und Maske herein und breitete seine Persönlichkeit aus.

»Guten Abend, meine Herren. Obwohl, einen guten Abend kann man das nicht nennen. So eine Frechheit, uns heute spielen zu lassen. Eine derartige Unverfrorenheit ist mir nicht mal damals in Bochum untergekommen.«

Michael entschied, Lars dem redefreudigen Ernie zu überlassen und verließ eiligst den Konversationsraum.

Der Beginn der Vorstellung rückte näher.

Oben in den Büros klärte er, ob für Hanna Seemeyer, die immer noch ihren Arm in Gips hatte, wieder eine Ansage gemacht werden musste. Zu seiner Erleichterung war heute aber ein Abenddienst von der Dramaturgie da. Ihm blieb erspart, dem lauernden, schwarzen Tier entgegenblicken zu müssen.

»Es ist 19.15 Uhr «, ertönte die Stimme von Hektor aus dem Durchruflautsprecher. »Das zweite Zeichen. Noch 15 Minuten bis zum Beginn. Außerdem ist jetzt Einlass.«

Im Foyer wurden also die Türen des Zuschauerraums geöffnet und das Publikum strömte in den Saal. Man hörte bald gedämpftes Gemurmel über die Mithöranlage.

Rasch besprach Michael ein paar Dinge. Es wurde knapp, wie immer.

»Noch fünf Minuten bis zum Beginn der Vorstellung, ich gebe das dritte Zeichen.«

Alle Kollegen, die gleich am Anfang gebraucht wurden – Schauspieler, aber auch Statisten und Techniker – fanden sich hinter der Szenerie an ihren vorgegebenen Plätzen ein. Das Murren über die Zustände verstummte und wich der Kräftesammlung.

Die Dramaturgin hielt ihre kurze Ansprache (und verhaspelte sich, wie Michael zu seiner Beruhigung feststellte). Als sie gegangen war, wurde es ganz still hinter den Kulissen. Es war der Moment der Konzentration vor dem Start, diese kurze angsterfüllte Anspannung, bevor die Maschinerie dann routiniert anrollte – ein tiefes Atemholen.

Na, dann los.

Die Vorstellung begann.

ALKMENE
Wie öd ist, ohne dich, dies Haus! Wie träge,
Bist du mir fern, der muntre Reihn der Stunden,
Wenn sie den Tag herauf mir führen sollen!

Heinrich von Kleist
Amphitryon
I. Akt, 4. Szene

7

Sonntag

Michael hatte bis zum frühen Nachmittag zu Hause rumgesessen. Erst am Morgen war ihm klar geworden, dass dieser Sonntag zu seiner eigenen Überraschung ein Tag war, an dem er komplett frei und mal wirklich Ruhe hatte. Er war bis jetzt allerdings nur unruhig gewesen. Und ständig hin und her gefallen zwischen Drang und Befangenheit. Am späten Mittag hatte er sich endlich ein Herz gefasst und Sonjas Nummer gewählt.

Sie hatte gut gelaunt geklungen. »Schön, dass du anrufst.«

»Wie war der Spieleabend?«

»Lustig. Schade, dass du nicht dabei warst.«

»Ich habe das auch bedauert, kannst du mir glauben.« Dann hatte Michael einen Augenblick gezögert und sie schließlich gefragt, ob sie bei dem schönen Wetter vielleicht Lust auf einen Spaziergang habe.

Sonja hatte die Idee gut gefunden und sich mit ihm für den späteren Nachmittag verabredet.

So trafen sie sich nun an der großen Kreuzblume gegenüber dem Domportal.

»Hallo, auch«, rief Sonja ihm entgegen und schien ehrlich erfreut zu sein, ihn zu sehen. Michael freute sich ebenfalls – brachte es aber nur fertig, ihr etwas förmlich die Hand zu drücken.

Sonja trug enge Jeans, ein blaues Top, ein frechbuntes Strickjäckchen und ihre wuschelige Haarmähne offen. Sie sah unbestreitbar charmant aus. Michael hatte sich für eine dunkle Hose und ein längeres, beige-weißes Hemd entschieden, dessen Ärmel er hatte hochkrempeln müssen, so warm war es wieder.

Der Nachmittag hätte für ein Treffen nicht besser sein können. Auch heute schien die Sonne wohlig auf die Stadt herab – die Fassade des Kölner Wahrzeichens wurde in wunderschönstes, goldenes Fotolicht getaucht. All das ließ Michael die Unruhe der letzten Woche vergessen. Nicht einmal die umherstehenden, viel zu großen Menschenmengen konnten seine Laune trüben. Es amüsierte ihn eher, wie all diese Leute offenmundig knipsend vor der Domfront standen oder Kleingeld ins Töpfchen einer der zahlreichen lebenden Statuen warfen.

»Wie wäre es mit einem Eis?«, fragte er Sonja und der Vorschlag wurde akzeptiert.

Michael ließ es sich nicht nehmen, sie zu einem sündhaft teuren Häagen-Dazs einzuladen. Dann schlenderten sie, ihre Eiskreationen löffelnd, durch die Altstadt.

Michael fühlte sich so gut (nur ein bisschen nervös irgendwie, aber was machte das schon), dass er munter drauflos plapperte, den Stadtführer gab und Sonja einige Besonderheiten zu präsentieren versuchte, die sie als Nicht-Kölnerin kaum kennen konnte: die abwesenden Rathausfiguren, den Kallendrisser und die unwürdige Geschichte des Königsdenkmals vom Heumarkt.

Und natürlich die Schmitz-Säule.

»Das«, erläuterte er, als sie auf dem kleinen Plätzchen vor dem gemauerten Etwas standen, »ist vermutlich das dämlichste Denkmal, das ich kenne. Offenbar wurde hier alles verewigt, wofür sonst kein Platz zu finden war. Und die armen Mondastronauten mussten, wie man lesen kann, das Teil auch noch ›dankbar zur Kenntnis nehmen‹!«

Sonja lachte – ob über die Säule oder über Michaels eifrigen Vortrag, blieb unklar.

Beide hatten ihre Eiswaffeln schon längst auf, als sie den Rhein erreichten und die Richtung zum Schokoladenmuseum einschlugen.

»Sag mal«, fragte Sonja, »hast du dir denn eigentlich noch irgendwelche neuen Gedanken zu Peters Tod gemacht?«

Dieses Thema mochte Michael heute nicht. Zu undurchdringlich war die Dunkelheit, die es sofort wieder heraufbeschwor. »Ich habe nichts mehr bemerkt, was mir einen neuen Denkanstoß hätte geben können«, antwortete er daher orakelhaft. »Aber ich denke jetzt auch, Peter war im Schnürboden, um sich gegen seine Höhenangst abzuhärten. Und wahrscheinlich war er dabei nicht allein.«

»Und wer ist bei ihm gewesen?«, fragte Sonja vorsichtig.

»Keine Ahnung. Theo Fleischer jedenfalls nicht.« Er erzählte von dem Zeitungsartikel.

»Gibt es denn einen Beweis dafür, dass jemand mit Peter da oben war?«

Auf diese Frage wusste Michael keine Antwort.

»Und hat man«, fuhr Sonja fort, »inzwischen nicht einen Abschiedsbrief von ihm gefunden?«

Michaels Miene gefror. Er sagte immer noch nichts.

Sonja schien zu merken, dass sie ihn bedrängte, denn sie versuchte entgegenzusteuern. »Vielleicht verstehe ich das alles aber auch nicht so genau.«

Michael seufzte. »Ich doch auch nicht.«

»Schön«, sagte Sonja mit zaghaftem Humor, »dann sind wir uns doch zumindest darüber schon mal einig.«

Michael musste schmunzeln.

Und damit ließen sie die Sache dann auf sich beruhen.

Am Schokoladenmuseum machten sie kehrt und schlenderten den Rhein wieder stromabwärts. Langsam wurde aus dem Nachmittag ein Abend. Doch es blieb angenehm warm und lau.

Sie erreichten die Hohenzollernbrücke und Michael konnte nicht umhin, Sonja vom Majestätischen dieser Konstruktion vorzuschwärmen, die nach Außen so einheitlich aussah und deren Segmente doch aus so vielen Epochen stammten.

»Es gibt in dieser Stadt«, schloss Michael schließlich, »immer mehr zu sehen, als man zunächst merkt. Man muss nur hinzugucken verstehen …«

»So«, machte Sonja still amüsiert.

Als sie fast auf der Höhe der Bastei angekommen waren, wurde es überraschend schnell dunkel.

»Willst du jetzt nach Hause?«, fragte Michael harmlos.

»Och …«, zuckte sie abwägend die Schultern. »Weiß noch nicht so ganz.«

»Komm«, sagte er plötzlich. Mit einer unerwarteten Entschlossenheit nahm er ihre Hand und zog sie zu einem der nahen Schiffsanlegestege. Albern hoppelten beide dessen Eisenplanken hinab und standen dann auf dem Ponton.

»Ist das überhaupt erlaubt?«, fragte Sonja ohne jedes schlechte Gewissen.

»Interessiert mich heute nicht. Aber vermutlich weniger.« Michael ließ sich an der Kante nieder, sie tat es ihm nach und setzte sich direkt neben ihn. Mit den Beinen über dem Wasser baumelnd schauten sie eine Weile auf das gegenüberliegende Ufer und den Rheinpark, der im verbleibenden Restlicht der Abenddämmerung sanft leuchtete. Noch nie waren sie sich bisher über so lange Zeit so nah gewesen.

»Schön hier«, sagte Michael. Er hatte keine Ahnung, was nun weiter passieren sollte. Erst nach langer Zeit, so schien es ihm, sagte er wieder etwas. »Ich bin froh, dass du zu unserer Produktion gestoßen bist.«

»Bin ich dir eine so große Hilfe?«

»Nein. – Ich meine: Doch, natürlich. Ja!« Beide mussten lachen. »Was ich meinte«, begann Michael dann von Neuem, »es ist ... wie soll ich sagen ... Du bist eine wundervolle Ergänzung.« Er war immer noch nicht zufrieden mit seinem Kompliment. Also gab er sich einen Ruck, drehte sich zu ihr und legte in der Impulsivität seine Hand auf ihr Bein. »Ich meine, es ist schön, wenn du da bist.«

Sie sah ihn nicht an, schaute nur über den Rhein.

Auch Michael schaute wieder nach vorn – aber seine Hand ließ er liegen.

»Mmh«, nickte sie dann.

Die Wellen plätscherten.

»Sonja?«, fragte er leise nachdem erneut Zeit vergangen war.

»Ja?« Sie wandte sich ihm zu und schaute ihn mit ihren zweifarbigen Augen aufmerksam an.

»Ach, nichts«, sagte er. Und nach einem weiteren kurzen Zögern beugte er sich zu ihr hinüber und küsste sie.

Sein Herz schlug schnell, und dann noch schneller, als er begriff, dass sie ihn umfasste.

Eng umschlungen saßen sie da. Er konnte ihren Duft schnuppern. Sie zauste ihm durchs Haar. Undeutlich nahmen sie wahr, dass irgendwelche Kirchuhren schlugen. Zeit verging.

Michael war mit seiner Hand gerade leicht ihre Hüfte aufwärts gefahren, da ertastete er mit einem Mal unerwartet ein Stück Haut – er konnte ihre Rippen spüren.

Sonja machte sich los. »Ich friere.«

Ich will jetzt nicht, dass du dich nach Hause verabschiedest.

»Können wir«, sagte sie und zog sich ihr Shirt wieder zurecht, »irgendwie die Örtlichkeit wechseln?«

»Was meinst du?«

»Na ja, es wird kühl und dieses Eisending unter uns ist nicht gerade bequem. Wollen wir nicht irgendwo anders hin?«

Michael brauchte einen Augenblick, bis er sicher war, sie verstanden zu haben.

»Ich dachte immer, diesen Satz würde nie jemand ernsthaft sagen, aber ich muss ihn aussprechen: Gehen wir zu mir oder zu dir?«

»Na ja, wer wohnt denn näher? Zu mir müssen wir bis nach Ehrenfeld.«

»Zu mir ist es nicht weit: Agnesviertel.« Und als ihre Miene daraufhin nicht wirklich erleuchtet schien, schob er nach. »Zehn Minuten zu Fuß.«

»Na«, sagte sie und stand entschlossen auf, »dann ist ja alles gesagt.«

Beide polterten den Anlegesteg wieder hinauf ans Ufer und gingen eng umschlungen an der Bastei die Rampe zur Straße hoch. Oben hielt Michael noch einmal an und drehte Sonja zu sich. Eigentlich wollte er sie küssen, doch er schaute ihr nur in die Augen. Diese besonderen Augen. Jetzt strahlten sie freudige Wärme aus.

Erst etwas später schafften sie es, weiterzukommen. Michael navigierte sie durch allerhand Seitenstraßen auf dem kürzesten Weg bis zu sich nach Hause. Übermütig drückte er sie im Treppenhaus die Stufen hinauf. Dann standen sie in seiner Wohnung.

»Was ist das denn?«, fragte sie und schaute auf den

Jackenhaufen am Boden. »Eine individuelle Art der Aufbewahrung?«

»Ach, nichts.« Michaels Miene hatte sich für einen Moment verdüstert. »Erklär ich dir später.« Und damit schob er sie weiter in sein Wohnzimmer.

Sie hielten sich nicht lange auf. Aus der Küche hatte Michael etwas zu trinken organisiert, doch sie rührten ihre Gläser nicht an. Diesmal küssten sie sich verlangender als zuvor. Noch in der Raummitte stehend, hatten sie sich schon bald gegenseitig aus ihren Kleidern geschält. Michael dirigierte sie behutsam ins Schlafzimmer. Dort fielen sie nackt aufs Bett. Das Tempo nahm zu. Schon wenig später war er in ihr. Diese Nähe hatte er schon lange nicht mehr erlebt. Deshalb ging alles viel zu schnell. Schon kurz darauf sank er neben sie.

»Tut mir leid«, schnaufte er.

Immerhin schien Sonja es mit Langmut zu ertragen, küsste ihn. Doch zufrieden war er nicht.

Den Rest der Nacht lagen sie eng aneinandergeschmiegt, ertasteten sich, küssten sich, schwiegen oder schlummerten.

JUPITER
Es wird sich alles dir zum Siege lösen.
Es drängt den Gott Begier, sich dir zu zeigen,
Und ehe noch des Sternenheeres Reigen
Herauf durchs stille Nachtgefilde zieht,
Weiß deine Brust auch schon, wem sie erglüht.

Heinrich von Kleist
Amphitryon
II. Akt, 5. Szene

8

Vormittagsprobe

Michael erwachte aus etwas Ähnlichem wie einer Tiefschlafphase und schielte gewohnheitsmäßig zum Wecker: 9:34 Uhr.

Ruckartig fuhr er hoch, sodass Sonja an seiner Seite aufschreckte.

»Scheiße!«, rief er aus. »Es ist schon spät, wir müssen los, die Probe fängt gleich an!«

Er war bereits aus dem Bett gesprungen und stürzte nach nebenan, um dort seine Kleider zusammenzusuchen.

Er hatte Socken und Hose bereits an, als Sonja, immer noch nackt, im Türrahmen erschien. Michael musste seinen Blick schnell abwenden, weil er es einfach viel zu entzückend fand, wie sie bloß und schön neben seinem ganzen groben Gerümpel stand.

Verschlafen blinzelte sie ihm entgegen.

»Das schaffen wir doch gar nicht mehr rechtzeitig.«

»Wir müssen einfach.« Michael zerrte beinahe verzweifelt sein T-Shirt unter dem Heizkörper hervor.

»Können die nicht ohne uns anfangen?«

»So was darf absolut nicht vorkommen!« Michael brachte es fertig, sich ganz anzuziehen und hielt Ausschau nach seinem Rucksack. »Frühstück fällt leider aus.«

Sonja hatte sich schlaftrunken daran gemacht, ihre Wäsche zusammenzusuchen und überzustreifen, als Michael in seinem Gewusel plötzlich innehielt.

»Hör mal, natürlich hast *du* keine Pflicht mitzukommen, wenn dir das jetzt zu hektisch ist. Ich kann mir was einfallen lassen, weshalb du nicht da bist.«

»Ach was, ich gehe natürlich mit dir«, entschied sie duselig grinsend. »Wir haben das ja auch beide verursacht.«

Kaum fünf Minuten später verließen sie das Haus.

Erst in der U-Bahn, als Sonja ihren Kopf müde an ihn legte, kam Michael kurz zur Ruhe. Er spürte sie an seiner Seite und spürte, wie sehr er sich freute. Nach all der Dunkelheit der letzten Tage begann da etwas warm und erhellend in ihm aufzuglimmen. Es war jemand da, mit dem er Dinge teilen konnte. Alles wirkte auf einmal viel leichter. Hoffentlich hielt das an.

Den überstürzten Aufbruch empfand er allerdings als miesen Abschluss dieser unglaublichen Nacht.

Erst kurz vor zehn erreichten sie den Probenraum.

Dort stand der sichtlich schlecht gelaunte Arnd.

Michael vermied es plötzlich, nahe neben Sonja herzulaufen. Trotzdem ahnte er, wie auffällig es war, dass sie gleichzeitig und beide so knapp vor Beginn ankamen. Doch nicht das war es, was Arnds Beachtung galt.

»Michael, es tut mir leid. Ich habe dir zwar neulich erst meine Anerkennung ausgesprochen, aber so geht es nicht. Ein Regieassistent ist der erste, der zur Probe kommt, und der letzte, der geht. Dein Verhalten ist am Theater überhaupt nicht tragbar!«

Michael trug es mit Fassung.

Theo Fleischer rauschte herein und beendete die Unterhaltung. Er schien heute Morgen ausgesprochen guter Laune zu sein und begrüßte strahlend die Runde. Als er Sonja jedoch sah, versteinerte sich sein Ausdruck. Sie schaute ihn nicht an. Schließlich wandte er sich ab.

Michael wurde wieder bewusst, dass vom Schauspieldirektor noch eine Reaktion auf den Angriff von neulich zu befürchten war. Bislang blieb der Gegenschlag aber aus. Kurz kam Michael in den Sinn, ob er seine Karriere hier am Haus nicht eigentlich an den Nagel hängen konnte. Unterstützung vom Schauspieldirektor war kaum noch zu erwarten. Aber darüber wollte er lieber nicht weiter nachdenken.

Theo Fleischer richtete sich nun an alle.

»Ich und die Dramaturgin haben über das Wochenende viel gearbeitet und eine Lösung für Peters Wegfall aus diesem Stück gefunden. Wir werden mit dem Kollegen Ernie Unterbäuerter eine Tonaufnahme der Texte machen.« Das nächste ging kurz in Richtung seiner beiden Assistenten. »Den Termin dafür solltet ihr möglichst schnell mit der Tontechnik absprechen.« Dann wieder an alle. »Zu der Aufnahme projizieren wir riesengroß Ernies Augen auf die Rückwand. Die gucken dann die ganze Zeit von oben auf die Bühne herab. Wird ein umwerfender Eindruck sein.«

»Schön«, entgegnete Svetlana beherrscht wie üblich. »Aber wenn aus dem Wegfall von Peter eine Qualität entstehen soll, müssen wir Lösungen für die Stellen finden, an denen er uns als Spielpartner fehlt.«

»Das betrifft ja nur den ersten Akt. Da werden wir uns noch was erarbeiten müssen.«

»Vielleicht gelingt es uns sogar«, überlegte die Schauspielerin, »aus dieser traurigen Angelegenheit einen Vorteil für die Inszenierung zu ziehen.«

Michael fragte sich, wie Svetlana mit den Folgen von Peters Tod nur so schonungslos sachlich herumhantieren konnte. Es wirkte abstoßend.

»Du scheinst ja richtig gut aufgelegt zu sein«, richtete sich Paul-Georg erstaunlich gelassen an den Regisseur.

Sofort wurden alle Anwesenden aufmerksam. Nach wie vor wusste niemand, was er gegen die Wochenendvorstellungen zu unternehmen versucht hatte. Paul-Georg schien irgendeine Art von Siegesgewissheit mit sich herumzutragen, die sich niemand erklären konnte: Die Vorstellungen hatten ärgerlicherweise ja stattgefunden.

»Zeit für Veränderungen, was?«, fügte der Schauspieler nun noch rätselhafter hinzu.

In Michael stieg Zorn auf. Er verstand die Zusammenhänge keinesfalls, aber er fragte sich, ob es nicht offensichtlich war, dass Paul-Georgs Gelassenheit irgendwie mit der angeblichen Abschiedsbotschaft von Peter zusammenhing.

Theo Fleischer hatte sich umgedreht und sah den Schauspieler bewegungslos an.

»Schon möglich«, gab der Schauspieldirektor dann mit undurchdringlichem Tonfall von sich.

Die beiden maßen sich auf die kurze Entfernung für einige Augenblicke.

Dann richtete sich der Regisseur jedoch wieder an alle. »Wir haben eine Menge vor uns. Lasst uns anfangen.«

Michael folgte der Probe nur unaufmerksam. Sie hatten die Szene vom verkrampften Samstagvormittag aufgegriffen. Svetlana und Paul-Georg konnten heute einige einfühlsame Momente entwickeln und Theo Fleischer hatte die Einsicht, sie dabei nicht allzu sehr zu stören. Michael aber überkam Müdigkeit, immer wieder wollten ihm die Augen zufallen. Das war ihm in den letzten Tagen auf den Proben zwar schon öfters passiert, heute war es aber ganz besonders schlimm. Dann und wann schielte er über den langen Regietisch hinweg zu Sonja. Dass die vergangene Nacht wirklich stattgefunden hatte, konnte er beinahe nicht glauben. Da aber gelegentlich auch Sonja zu ihm hinüberschaute und beide auf die Distanz unauffällig miteinander flirteten, nahm Michael das einfach mal als Beweis, dass er nicht nur einen schönen Traum gehabt hatte.

*

Nach zwei Stunden sagte Theo Fleischer eine kurze Pause an. Michael drängte Sonja, in die Kantine zu gehen, damit sie endlich etwas frühstücken konnte. Unwillkürlich hielt er dabei das Gespräch sehr knapp. Beinahe kühl. Irgendein Instinkt riet ihm, vor den Kollegen keine Nähe zu zeigen. Es fühlte sich zwar nicht schön an, aber es war ihm lieber so.

Theo Fleischer war ebenfalls nach unten in sein Büro gefahren, wie üblich. Doch diesmal tauchte er erst nach einer halben Ewigkeit wieder auf. Er wirkte jetzt deutlich gebremster. »Alle mal herhören«, sagte er mit einem verkniffenen Gesichtsausdruck, »heute Abend fällt die Probe aus. Ich muss dringend zum Kulturamt.«

Die Anwesenden reagierten mit einer Mischung aus heimlicher Freude und erstaunter Neugierde. Michael fragte sich, ob in Paul-Georg Hammichs Blick etwas triumphierend glitzerte, war sich aber nicht sicher. Etwas anderes war ihm auch viel wichtiger.

Ich habe heute einen freien Abend. Den verbringe ich mit Sonja!

Die Idee gefiel ihm sehr. Die übrigen Kollegen schienen ebenfalls zufrieden zu sein, nur Arnd zog einen Flunsch: Er hatte abends eine Vorstellung zu betreuen und der Ausfall der Probe änderte für ihn gar nichts.

*

Als die Probe beendet war, konnte es Michael kaum abwarten. Er richtete es so ein, dass er mit Sonja im Malersaal zurückblieb.

»Wollen wir heute Abend was zusammen machen?«

»Wenn du willst«, antwortete sie leichthin. Michael glaubte allerdings, ein leichtes Zögern wahrgenommen zu haben.

»Fein«, fuhr er trotzdem fort, »wir können bei mir was kochen.«

»Ich will aber vorher noch mal nach Hause.«

»Macht ja nichts. – Ich muss sowieso dafür einkaufen.«

… und aufräumen!

»Gut«, sagte Sonja knapp.

Für einen Moment herrschte Schweigen im Raum.

»Ich hoffe«, sagte Michael beunruhigt, »du bist mit mir einer Meinung, dass es nicht gut ist, wenn wir uns dem Geschwätz der ganzen Leute hier ausliefern.«

»Nein, das ist schon okay«, entgegnete sie unbekümmert, schwieg dann aber wieder. Als ob sie gekränkt wäre.

Bewegungslos standen sie voreinander. Michael mochte sein eigenes Verhalten gerade nicht. Es fühlte sich taktisch korrekt, aber kalt und lieblos an.

Sonja sah ihn mit ihrem besonderen Blick in die Augen.

»Es ist nicht leicht für dich hier, was?«, fragte sie dann mit geradezu selbstlosem Verständnis.

Michael wurde es dadurch noch unangenehmer ums Herz. »Ich kann halt nichts daran ändern«, entgegnete er gequält.

Sonja gab ihm schnell einen Kuss auf die Wange. »Den hat keiner gesehen«, versicherte sie.

»Wenn die Umstände wieder stimmen, kriegst du Zinsen darauf«, versprach Michael schuldbewusst.

Und damit waren die Dinge wohl entschieden.

Abend

Sie hatten sich schließlich für 18 Uhr verabredet. Das wäre an und für sich genug Zeit gewesen, dass Michael all seine Vorbereitungen hätte erledigen können. Er war einkaufen gegangen, hatte zu Hause ein schnelles Butterbrotgegessen – und war dann selig auf einem seiner Sesselchen weggeschlummert.

Nun war es doch schon recht spät. Er freute sich sehr auf diesen Abend mit Sonja. Das frostige Mittagsgespräch, das sich so unangenehm entzweiend angefühlt hatte, saß ihm noch in den Knochen. Eifrig kämpfte er in der Küche zunächst mit den Krümeln, dem Altpapier und dem Abwasch. Dann kam er in den Flur und sah den Kleiderhaufen unter der abgerissenen Garderobe.

Der hat jetzt lange genug da gelegen.

Er nahm zwei Jacken, hängte sie vorsichtig auf und hoffte, dass ihm das Brett nicht gleich wieder entgegenkam. Dann griff er nach der nächsten – und fühlte plötzlich etwas Festes. Mit vor Irritation gerunzelter Stirn schob er einen Wintermantel beiseite.

Vor ihm lag der Rucksack von Peter.

Michael konnte nicht glauben, was er sah.

Wie kommt der hierher?

Dann machte etwas klick in seinem Kopf.

Peter zu Besuch – mit Rucksack – beim Abschied nicht mehr – war auf dem Boden abgestellt – das abreißende Garderobenbrett darüber …

Und noch etwas ergab plötzlich Sinn.

›Ich krieg noch was von dir‹!

Fassungslos saß Michael umgeben von Kleidungsstücken auf dem Boden. Was er nun machen sollte, wusste er nicht. Die Eltern anrufen oder das Theater oder diesen

Kriminalpolizisten? Nachdenklich nahm er den Rucksack in die Hände.

Der hat die ganze Zeit hier bei mir gelegen ...

Und dann überkam Michael so etwas wie ein heiliger Schauer: Irgendeine Bestimmung hatte ausgerechnet ihm diesen Rucksack in die Hände gespielt. Das war kein Zufall. Er fühlte sich im Recht, hineinschauen zu dürfen.

Was er zutage beförderte, war nichts Spektakuläres: Eine Wasserflasche; eine komplett schwarz angelaufene Banane; ein Mäppchen mit ein paar Stiften; eine Mütze – und Peters Textbuch von Amphitryon. Schon anhand dessen Vorderseite erkannte Michael, dass Peter zu den Kollegen gehört hatte, die in ihr Buch Notizen zu machen pflegten. Als Michael dann aber die erste Seite umblätterte, verschlug es ihm doch ein wenig die Sprache.

Viele Schauspieler machten sich an ihren Text Anmerkungen zur Rolle oder zu einzelnen Szenen. Meistens beschränkte sich das auf ein paar Sätze. Peter aber hatte sein Buch mit Notizen übersät. An den Rändern drängten sich dicht an dicht die Zeilen in seiner kleinen, krakeligen Handschrift. Zu beinahe jedem Wort, das er sprechen sollte, hatte er eine Erläuterung vermerkt, teilweise dann auch wieder durchgestrichen. Es gab lange Passagen und dazwischen kurze Bemerkungen, teilweise eingekringelt oder sonst wie hervorgehoben. Seite um Seite ging das so, das ganze Buch hindurch. Er hatte einfach überall seine Gedanken notiert. Sogar dort, wo seine Figur in der betreffenden Szene gar nicht vorkam. Es gab keinen Zweifel: In diesem Buch stand mehr Text in Peters Handschrift als gedruckt.

Wenn das den Zustand in Peters Kopf wiedergibt, dann war es maßlose Informationsüberflutung, die ihn am Schluss beim Spielen so gelähmt hat.

Betroffen klappte Michael das Buch zu. Während er

noch nachdachte, fiel sein Blick auf die Vorderseite des Skriptes. Peter hatte dort vor allem Probenzeiten und -daten aufgeschrieben. Und wie Michaels Blick nun darüber strich, blieb er plötzlich an etwas hängen, das ihn wie elektrisiert aufzucken ließ.

Da stand hingekritzelt: ›Dienstag nach Bühnenprobe Höhentraining mit Majestät.‹

*

Fahrig klapperte Michael in seiner kleinen Küche an den Töpfen auf dem Herd herum, während Sonja am Tisch saß und ihm zuschaute.

»Das ist der Durchbruch«, rief er aus. »Endlich habe ich etwas, das beweist, dass Peter nicht allein im Schnürboden war. Das beweist, dass er doch nicht Selbstmord begangen hat!«

Trotz aller Aufregung hatte er begonnen, für Sonja ein Abendessen zu kochen. Doch die Gedanken rauschten durch seinen Kopf. Endlich war da ein Lichtstrahl in das Dunkel gedrungen, in dem er in den letzten Tagen keinen Weg hatte finden können.

»Endlich etwas Greifbares.«

»Und du bist sicher«, fragte Sonja und beugte sich zum wiederholten Mal über Peters Textbuch, »dass Peter mit ›Dienstag‹ die bewusste Abendprobe meinte, von der er ausgeladen wurde?«

»Was heißt sicher?«, antwortete Michael viel zu laut. »Tatsache ist, dass Peter sich mit irgendwem zu einem ›Höhentraining‹ getroffen hat – oder treffen wollte! Das lässt alles in einem neuen Licht erscheinen!«

»Wieso? Meinst du doch, den hat da jemand runtergeworfen?«

»Jetzt, wo erwiesen ist, dass jemand bei Peter war, halte ich das nicht mehr für ausgeschlossen!«

»Mh«, machte Sonja. »Und wer ist diese ›Majestät‹ nun?«

»Ich kenne niemanden im Haus, der so genannt wird. Es kann aber doch eigentlich nur einer sein.«

»Wer?«

»Paul-Georg Hammich natürlich!« Die Aufregung in Michael nahm weiter zu. »Schon allein, weil er immer so wichtig tut, passt der Spitzname. Außerdem spielt er im Stück so was wie eine Majestät.«

»Ich dachte, Jupiter ist ein Gott?«

»Ja, aber so was Ähnliches halt.«

»Mh«, kam es wieder von Sonja. Nachdenklich zupfte sie an ihrer Unterlippe. »Wer kommt noch infrage?«

»Wieso, wer noch?«

Sonja schien längst nicht so überzeugt zu sein wie Michael. »Ich finde, du solltest nicht voreilig Urteile fällen.«

»Ja, das stimmt. Aber Paul-Georg hat diese merkwürdige Abschiedsbotschaft in den Schnürboden gelegt!« Michael goss Nudeln ab und verbrühte sich ein wenig dabei. Er merkte es kaum.

»Einen Beweis, dass er es war, hast du nicht«, entgegnete Sonja. »Eigentlich gibt es nicht mal einen Beweis dafür, dass die Botschaft nicht doch von Peter ist.«

Michael ließ sich nicht beirren.

»Aber ich habe einen Beweis, dass Peter nicht allein in den Schnürboden wollte und dass er denjenigen, der dabei war, ›Majestät‹ genannt hat. Und der muss gefunden werden. Auf jeden Fall!«

»Und die Frage ist, wer es alles sein könnte. Außer Paul-Georg.«

Michael kratzte sich am Kopf. Sonjas methodisches Vorgehen war sicher richtig. Aber es machte die Sache komplizierter.

»Na gut«, versuchte er ihre Denkweise aufzunehmen. »Auf wen könnte der Name ›Majestät‹ passen? Es könnte natürlich der tatsächliche Herrscher unseres Hauses sein – das wäre dann der Intendant. Scheint mir aber unwahrscheinlich, dass der Alleroberste mit dem bedeutungslosen Schauspieler Peter Zurnfelde in den Schnürboden gestiegen sein soll. Dann könnte es natürlich auch Theo Fleischer sein. Der benimmt sich wahrhaftig manchmal wie eine Majestät. Und er wäre sicherlich zu irgendwelchen wahnsinnigen Experimenten fähig. Aber er war ja bewiesenermaßen gar nicht da.« Michael war beinahe fertig mit kochen. »Ansonsten kann es – ach, jeder andere sein: Arnd, Thomas Kister, Ernie Unterbäuerter, Hektor, Pappi … ›Majestät‹ könnte auf viele passen. Aber bei niemandem außer bei Hammich ist ein Zusammenhang zu erkennen.«

»Du vergisst Frauen.«

»Was, wieso?«

»Na, ›Majestät‹ muss sich nicht unbedingt auf einen Mann beziehen, es könnte auch eine Frau gemeint sein.«

Michael stöhnte auf. Diese Tatsache hatte er noch gar nicht bedacht. »Das würde den Kreis ja ins Unendliche erweitern …«

Trotz der ganzen Anspannung versuchte sich Michael nun ein wenig zusammenzunehmen, denn der Moment war gekommen, in dem er Sonja Spaghetti mit in Weißwein geschmorten Tomaten, Parmesan und Rucola servierte. Er nutzte die Gelegenheit, sie zu küssen, was deutlich länger ausfiel, als ursprünglich beabsichtigt. Diese Nähe war schön – sie hatte nichts mehr von der frostig-verunsichernden Entzweiung von heute Mittag. Und es tat so gut, dass er seine Gedanken teilen konnte, dass sie zuhörte, ihn keineswegs für verrückt erklärte, sondern sogar mitdachte.

Irgendwann kamen sie doch noch zum Essen. »Ich dachte immer, Rucola gehört in den Salat«, gestand Sonja, »aber ich sehe, er passt auch hervorragend in den Hauptgang.«

»Ja, das Rezept klingt etwas gewöhnungsbedürftig, ist aber richtig gut.«

Schließlich war es Sonja, die wieder zum Thema zurückkehrte. »Diese Majestät muss wer sein, der schon vor der bewussten Leiterprobe gewusst hat, dass Peter an Höhenangst litt.«

Michael hielt inne. »Stimmt. Die Verabredung muss mindestens einen Tag vor Peters Zusammenbruch getroffen worden sein. Ab dann war das Textbuch ja bei mir in der Wohnung.« Er überlegte, was ihm sonst noch einfiel. »Peter war überzeugt, dass Fleischer von seiner Höhenangst wusste. Und schon vor einiger Zeit hatte er wohl was mit ›auf eine Leiter raufgehen‹ angedeutet. Im Aufzug. Hammich hat das da vermutlich mitbekommen und Peter daraufhin Hilfe angeboten.«

»Und warum hätte er das tun sollen? Und wieso stürzt Peter dann in den Tod?«

Michael sank zurück. Das konnte er auch nicht erklären. Und auch nicht, wie die fingierte Abschiedsbotschaft dazu passte.

Sonja hatte noch mehr einzuwenden. »Außerdem redest du schon wieder von Hammich. Mach nicht den Fehler, alle anderen außer Acht zu lassen.«

Grübelnd stocherte Michael in seinen Spaghetti herum. »Man müsste vor allen Dingen herausfinden, wer von Peters Höhenangst gewusst hat.«

»Aber wie?«, fragte Sonja ernst. »Direkt hingehen und

jeden fragen? Wenn tatsächlich jemand mit Peter oben im Schnürboden war, hat er das bis jetzt nicht zugegeben, weil er es verbergen will. Da wird er kaum bereitwillig darüber plaudern wollen.«

Michael war ratlos. Er hatte keinen Schimmer, wie man so etwas geschickt anstellen konnte.

»Ist doch alles überhaupt nicht schwer«, sagte er mit triefender Selbstironie. »Ich mache ein ganz Furcht einflößendes Gesicht und frage jeden Mitarbeiter, was er mit Peter gemacht hat.«

»Was er oder sie mit Peter gemacht hat«, korrigierte Sonja halb amüsiert, halb streng.

»Er oder sie«, wiederholte Michael ergeben. »Beim Anblick des Textbuchs wird der Täter sowieso erkennen, dass wir schon alles wissen.«

»Selbstverständlich. Er wird sofort beichten.«

»Er oder sie«, verbesserte Michael trocken.

Beide mussten lachen.

Ob sie weiß, wie gut mir das tut?

»Um das zu schaffen«, kicherte Sonja weiter, »musst du ja auch nur wundersame Buchvermehrung hinkriegen.«

»Warum das denn?«

»Weil die Polizei es dir kaum überlassen wird.«

Michael wurde plötzlich ernst.

»Was ist?«, fragte sie verdutzt.

Michael sah vor seinem geistigen Auge, wie dieser dauergrinsende Kriminalhauptkommissar Degenhardt das Textbuch aus seinen Händen empfing.

»Du wirst es doch der Polizei geben, oder?«, setzte Sonja nach.

»Ich weiß nicht.«

Sonjas Augen weiteten sich zu Untertassengröße. »Du musst!«, rief sie aus. »Du kannst es nicht einfach behalten.«

»Wenn ich zur Polizei gehe, wird sie Peters kleine Notiz kaum von ihrer Überzeugung abbringen, dass es Selbstmord war.«

»Das weißt du nicht.«

Sie hat recht.

»Aber sie werden die Notiz kaum als Beweis für irgendetwas anerkennen«, fantasierte Michael weiter. »Wenn sie schon etwas erfahren, soll es mehr sein, als eine wilde Spekulation aufgrund einer Kritzelei!« Sonja sah ihn starr und ungehalten an. »Ja, du hast recht, ich will damit nicht zur Polizei gehen. Noch nicht!«

»Und was willst du stattdessen tun?«

»Ich weiß es nicht.« Michael fuhr sich unbeherrscht durch die Haare. »Ich weiß nur, dass sich irgendetwas in mir dagegen sträubt, dieses Textbuch wegzugeben.«

»Dann mach dir halt eine Kopie.«

»Nein! Darum geht es nicht.« Michael rang nach Beherrschung. »Irgendwie habe ich das Gefühl, dass es dieses Buch ist, was ich brauche. Dass es mir in die Hände gefallen ist, weil ich damit etwas anstellen soll. Dass es meine Verantwortung sein soll, der Wahrheit auf die Sprünge zu helfen.«

»Aber das tust du am besten, wenn du es der Polizei gibst.«

»Ich weiß doch, dass du eigentlich recht hast. Aber es ist so ein Gefühl! Ich habe die ganze letzte Woche damit zugebracht, mir das Gehirn zu zermartern, wieso Peter diesen schrecklichen Tod gefunden hat. Jetzt endlich habe ich eine Chance, dieser herzlosen Theatermeute zu zeigen, dass Peter nicht ein Schwächling und Säufer war. Aber was ich vorzeigen kann, ist noch zu wenig. Ich brauche etwas Durchschlagendes.« Wieder sah er den Polizeibeamten vor sich und spürte die abstoßende Nüchternheit und Ignoranz, die von ihm ausging. »Nur mit diesem Buch kann ich Licht in das Dunkel bringen. Bitte, lass mich das versuchen. Ich will es der Polizei ja gar nicht für immer vorenthalten. Ich will nur eine Chance, um für mich selbst – und für Peter – etwas zu erreichen. Bitte. Ich brauche nur ein wenig Zeit.«

Sonja schien an Wehrhaftigkeit zu verlieren, wollte aber noch nicht ganz aufgeben. »Was brauchst du denn unbedingt dieses Buch dazu?«

»Da steht doch eine Menge drin – so unglaublich viel, wie ich es noch nie in einem Textbuch gesehen habe. Vielleicht sind da noch andere Hinweise drunter, die uns weiterhelfen.«

»Uns?«

»Uns, ja. Ich will doch hoffen, dass wir das gemeinsam durchstehen.«

Sonja sagte nichts mehr. Abwechselnd verzog sie den linken und rechten Mundwinkel und schien mit sich selbst zu kämpfen.

»Also gut. Wenn es dir so wichtig ist, kannst du meinetwegen eine Weile darüber brüten. Auch wenn das sehr unkorrekt ist. Aber in spätestens zwei Tagen gehst du damit zur Polizei!«

Michael lief zu ihr hinüber, nahm sie in den Arm und wollte sie küssen.

»Spätestens in zwei Tagen!«, wiederholte sie beinahe unwirsch. »Nicht dass du denkst, dass ich das länger durchgehen lasse. Ich bin keine Nebenhererledigung.«

Michael hielt in der Umarmung inne und schaute sie verdutzt an. Sonjas Zeitlimit fand er zwar störend, was ihn aufhorchen ließ, war aber etwas ganz anderes.

»Sonja, du bist für mich keineswegs eine Randfigur. Und ich habe auch in keinster Weise vor, dich irgendwie herumzuschieben oder auszutricksen.« Er musste schlucken und legte seinen Kopf an ihre Stirn. »Du bist mir wirklich unglaublich wichtig!« Für die nächste Aussage brauchte er einen Augenblick. »Ich glaube, ich habe mich ernsthaft in dich verliebt.«

Diesmal war sie es, die ihn küsste.

Der Rest ihrer Spaghetti sollte nicht mehr aufgegessen werden. Nicht allzu lange später schliefen sie miteinander.

Michael gab sich diesmal mehr Mühe.

Es gefiel ihr.

Später fanden sie den Weg hinüber in sein Bett, aber an Schlaf war kaum zu denken.

AMPHITRYON
Dass ein Betrug vorhanden ist, ist klar,
Wenn meine Sinn' auch das fluchwürdige
Gewebe noch nicht fassen. Zeugen doch
Jetzt ruf ich, die es mir zerreißen sollen.
… Dann werd ich auf des Rätsels Grund gelangen.

Heinrich von Kleist
Amphitryon
II. Akt, 2. Szene

9

Morgen

Michael hatte es irgendwann in der Nacht mit einer letzten Willenshandlung geschafft, den Wecker zu stellen. Diesmal klingelte er also, warf ihn und Sonja rechtzeitig aus dem Bett und es blieb endlich Zeit für ein Frühstück. Immer wieder wuschelte ihm Sonja durch die Haare oder kuschelte sich von hinten an ihn. Michael gefiel es.

Beim Essen besprachen sie, wie es den Tag über weitergehen sollte.

»Heute werde ich herausfinden«, erklärte Michael entschlossen, »wer diese geheimnisvolle ›Majestät‹ ist. Ich glaube ja immer noch, dass es sich um Paul-Georg handelt. Aber da du natürlich recht hast, dass ich die anderen nicht außer Acht lassen sollte, werde ich mit möglichst vielen zu reden versuchen.« Michael hörte sich, aber eigentlich sah er nicht wirklich einen Sinn darin, sich auf andere als Paul-Georg Hammich zu konzentrieren. Zu siegesgewiss trat der gegenüber der Hausleitung auf. Und zu sehr spielte ihm dabei ein Selbstmord von Peter in die Hände. Dumm war allerdings, dass ausgerechnet Hammich heute nicht zur Probe bestellt war.

»Wie willst du vorgehen?«

»Allgemein nachhorchen, wie jeder so mit Peter in Kontakt stand. Kein überirdischer Plan, aber ein möglicher Anfang, um dem rätselhaften Mittäter auf die Spur zu kommen.«

»Oder der Mittäterin!«, berichtigte Sonja.

»Ja, oder der Mittäterin.«

»Vielleicht fragst du erst mal ganz harmlos, was Peter am besten gegen seine Höhenangst hätte unternehmen sollen.« Sonja belegte sich gerade einen Toast mit Schinken. Michael hatte extra eingekauft. Für sich allein betrieb er den Aufwand eines Frühstücks nie, aber für zwei sehr gerne – und es ausschließlich aus einer Buttermilch bestehen zu lassen, war ihm dann doch ein bisschen zu schrullig.

»Das ist keine schlechte Idee«, stimmte er zu. »Wenn ich die Höhenangst zum Thema mache, kann man vielleicht heraushören, ob sich dazu schon mal jemand genauere Gedanken gemacht hat.« Doch wieder hatte er das Gefühl, sich um das Unwesentliche zu kümmern. »Paul-Georg bleibt natürlich der herausragendste Kandidat. Bei dem, was der so von sich gegeben hat …«

»Reicht das«, zweifelte Sonja, »einen Mitmenschen in die Tiefe zu stoßen?«

»Dazu wissen wir vielleicht noch zu wenig.«

Nicht wirklich überzeugt schlürfte Sonja an ihrem Tee mit Zitrone. »Wen haben wir sonst?«

»Keine Ahnung. Viele.«

»Mir fällt auf Anhieb Svetlana ein. Die ist immer auf Fleischers Seite und damit zwangsläufig gegen Peter. Außerdem ist sie bei allem so kalt und beherrscht. – Oder was ist mit Thomas? Der zeigt keinerlei Empfindung dafür, dass Peter gestorben ist. Oder für irgendwas, was damit zusammenhängt.«

»Ja, man hat ständig den Eindruck, er will allen seine Härte unter Beweis stellen …«

»Und die anderen? Zum Beispiel Stella? Die ist so merkwürdig unentschieden in allem. Vorpreschend, aber dann nicht konsequent.«

Michael kam im Zusammenhang mit ihr noch etwas anderes in den Sinn. »Auf der Abendprobe, zu der Peter ausgeladen worden ist, hat sie ihn vehement verteidigt. Fragt sich, warum? Und ob ihre Einsatzbereitschaft vielleicht viel weiter gegangen ist.«

Die beiden schwiegen. Erstaunt stellte Michael fest, dass es doch möglich war, neben Paul-Georg auch gegenüber ein paar anderen misstrauisch werden zu können.

»Vergiss übrigens mal nicht«, gab Sonja weiter zu bedenken, »dass es noch mehr Leute im Haus gibt, als nur die aus unserem Team.«

»Natürlich«, versicherte Michael überfordert und sah hinab auf Peters Textbuch. Ziellos hatte er darin herumgeblättert, bemüht, keine Krümel hineinzustreuen. Dieses Buch stellte die zweite Aufgabe dar, die er bewältigen musste: herausfinden, ob weitere aufschlussreiche Informationen in ihm standen.

»Verdammt«, fluchte er leise, »dass Peter aber auch diese miserabel zu lesende Krickelschrift haben muss.«

»Zeig mal her«, sagte Sonja und zog sich das Manuskript heran, »ich finde das nämlich gar nicht so schwer zu entziffern. Hier steht zum Beispiel ›Auch wenn Jupiter/Paul-Georg übergroß ist, muss er sich mir unterwerfen‹. – Und hier steht: ›Wenn ich meine Angst nicht ablege, kann ich nicht weiterkommen‹.«

Michael schaute mit ihr in das Buch und schauderte. »Meine Güte. Das scheint ja fast so was wie ein Tagebuch zu sein.«

»Das machen nicht alle so?«

»Bestimmt nicht. Das Buch von Tim ist immer völlig leer, nur seinen Text streicht der farbig an.«

Sonja nickte und blätterte weiter durch die Seiten.

»Weißt du was?«, überlegte Michael, »wie wäre es, wenn *du* dir das Buch vornimmst und versuchst herauszufinden, ob da noch etwas Bedeutsames drin steht?«

Sonja schaute ihn erst erstaunt an. Dann zuckte sie mit den Schultern. »Vielleicht ist das sogar ganz interessant.« Dann aber schien sich ihr ein anderer Gedanke aufzudrängen. »Du, Michael, ist das nicht alles ein bisschen arg fantastisch? Ich meine, du benimmst dich, als gehörtest du zu TKKG. Aber du bist doch kein Detektiv. Es ist doch gar nicht deine Aufgabe, dich um so was zu kümmern.«

»Doch, das ist es! Niemand wollte mir bisher Glauben schenken, dass Peter sich nicht selbst umgebracht hat. Nicht einmal du. Und spätestens seit diesem beschissenen, angeblichen Abschiedsschreiben ist die Sache für alle endgültig klar. Aber einer da draußen weiß mehr – und schweigt. Und den will ich finden! Außer mir wird es niemand tun. Und dann bleibt Peter auf ewig ein Versager, und obendrein ein mögliches Verbrechen ungesühnt. Es muss für alles, was passiert ist, Gründe geben, und die will ich finden. Die Wahrheit.«

»Gut. Aber egal ob ich dir helfe oder nicht: Du bringst das Textbuch übermorgen zur Polizei!«

»Hör mal: Das ist ziemlich wenig Zeit. Es muss komplett durchgelesen werden. Und wir müssen nebenher noch arbeiten.«

»Das ist mir egal. Ich gebe dir bis übermorgen. Alles was darüber hinausgeht, ist unverantwortlich. Ist es im Grunde auch so schon. Und wenn du nicht selbst gehst, gehe ich!« Sie sah ihn unnachgiebig an. »Ich meine es ernst!«

»Ist ja gut, ich hab's verstanden.« Dieses Limit ließ ihnen nicht viel Spielraum. Zeit gab es auf jeden Fall nicht zu vergeuden. Michael schaute auf die Uhr. »Wir müssen los! Lass alles stehen, darum kümmere ich mich später. Schau nur, dass du alles Wichtige mitnimmst. Vor allem Peters Textbuch.« Er selbst hatte bereits seinen Rucksack in der Hand und kontrollierte, ob alles drin war. »Textbuch, Kladde,

Geld –« Plötzlich zuckte er unter einer Erkenntnis zusammen. »Das Handy …«

»Was?«, fragte Sonja verständnislos.

»Peters Handy wird seit seinem Tod vermisst. Die Polizei hatte mich mehrmals danach gefragt. Aber es war nicht in seinem Rucksack.«

»Bist du sicher?«

»Ich hab überall reingeschaut, übersehen haben kann ich es nicht.«

»Komisch.«

Vormittagsprobe

Wieder kamen sie gemeinsam in der vierten Etage an. Sonja verzog sich aber gleich nach links in die Teeküche. Michael war es recht, wenn er nicht mit ihr zusammen gesehen wurde.

Im Malersaal lief Arnd wie üblich inspizierend über die Bühnenschräge. Außerdem saß Helga bereits hinter ihrem Souffleusenpult und kaute an einem Apfel. Michael besah sich beide und fragte sich, ob er jetzt wirklich Zeit damit verbringen sollte, sie zu befragen. Den ganzen Weg hierher hatte er sich darüber Gedanken gemacht, wie er Paul-Georg Hammich unauffällig zu sprechen kriegen konnte. Am Abend würde er ihn auf jeden Fall sehen, aber bis dahin dauerte es so lange. Michael war kribbelig, er wollte etwas tun, er wollte anfangen. Nach all den Tagen der Dunkelheit brannte nun Tatendrang wie ein Licht in ihm.

Er entschied sich schließlich, Arnd und Helga doch in ein Gespräch über Peter zu verwickeln. Übung konnte ihm für sein Gespräch mit Hammich nur helfen. Und Sonja hatte doch auch darauf gedrängt, niemanden auszuklammern.

Aber wie beginnen?

Arnd kam auf ihn zu. »Wir müssen uns noch kurz für die Dispositionssitzung morgen früh abstimmen.«

Michael nickte unwillig. Beide schauten sich durch die Planung der nächsten Woche.

»Du kannst da auch gleich«, ergänzte Arnd, »diese Tonaufnahme mit dem Unterbäuerter organisieren. Theo will übrigens, dass die noch morgen Nachmittag stattfindet.«

Michael machte sich schnell eine Notiz. In Gedanken war er die ganze Zeit woanders.

Ich muss mein Thema anbringen. Und zwar so, dass mir die Reaktionen etwas möglichst Aussagekräftiges verraten. Aber wie macht man das?

Helga kam mit ihrem Apfelkitschen und suchte den Mülleimer. Michael hatte nun beide Kollegen für eine Sekunde beisammen. Er musste jetzt etwas machen. In der Eile kam er nur auf einen Überrumpelungsangriff.

»Was hätte Peter gegen seine Höhenangst unternehmen können?«

»Was?« Arnd sah kurz von seiner Tasche auf.

»Was hätte er tun können, um seine Angst zu überwinden?«

»Gar nischt«, sagte Helga bekümmert, »gegen so etwas kann man gar nischt machen.«

»Wieso willst du wissen, was er hätte tun sollen?«, staunte Arnd.

»Es interessiert mich halt. Ich frage mich, ob er nicht etwas getan hat, um zu verhindern, dass es zu einem zweiten Zusammenbruch kommt.«

»Kann ich mir nicht vorstellen«, erwiderte Arnd.

»Ich mir auch nicht.« Helga zog die Nase hoch.

»Ich mir irgendwie schon«, widersprach Michael. »Ich denke, es wäre doch möglich, dass Peter in seiner Situation versucht hat, einen Ausweg zu finden und sich vielleicht sogar Hilfe geholt hat.«

Arnd sah ihn verständnislos an. »Klar, möglich ist das. Aber das hätte ihm doch nicht wirklich geholfen.«

Helga war ebenfalls skeptisch. »Der arme Peter hat doch so zu kämpfen gehabt. Und – naja ...« Sie druckste ein wenig herum. »... in letzter Zeit auch so viel getrunken. Na, da kann man gleich gar nischt machen.«

Arnd schnaubte verächtlich Luft aus.

»Na, was denn?«, verteidigte sich Helga. »Das haben wir doch alle gerochen!«

»Als ob das was ausgemacht hätte«, blockte Arnd ab. »Tut hier doch jeder mal!« Abrupt wandte er sich der Spielfläche zu und ließ die beiden einfach stehen.

»Nicht wahr«, schwenkte Helga gleich zu Michael, »der Peter hat schon oft nach Schnaps gerochen, oder?«

Michael stammelte etwas Ausweichendes und zog sich zur Tür zurück.

Das war kein gelungener Versuch. Ich habe viel zu viel selbst geredet. Und die beiden auch auf andere Themen ausweichen lassen.

Vor der Tür des Malersaals standen mittlerweile Thomas Kister und Stella Kammer rauchend zwischen Bühnenteilen aus irgendeinem abgespielten Stück. Ein paar Meter entfernt saß Lars Langenich auf einem Stuhl, aß ein Brötchen und lernte seinen Text. Svetlana Beer, die bestellt war, fehlte noch.

Michael blieb im Türrahmen stehen und fragte sich, ob er einen zweiten Versuch starten sollte. Spätestens wenn er mit Paul-Georg sprechen würde, musste er in der Lage sein, seine Auskünfte entschieden und doch unauffällig einzuholen.

»Der Fleischer kann bei den Proben einfach keine Gefühlszustände erschaffen«, jammerte Stella gerade.

»Natürlich kann er das nicht«, bestätigte Thomas. »Der hat doch keine Gefühle. Wie soll er da welche auf die Bühne bringen?«

Noch einmal suchte Michael eine Möglichkeit, sein Thema einfließen zu lassen. Diesmal musste es zielführender geschehen. Und in jedem Fall bedächtig.

»Eigentlich muss eure ganze Szene«, dozierte Thomas weiter, »doch erst einmal vor Liebe überborden, sonst ist doch gar keine Fallhöhe da.«

»Fallhöhe ist im Moment kein schönes Wort«, platzte Michael dazwischen.

Die beiden Schauspieler sahen ihn an.

»Ich meine nur«, ergänzte Michael etwas verwirrt über sein eigenes Vorpreschen, »wegen der Ereignisse von letzter Woche. Wegen Peter …«

Wo hab ich mich denn jetzt schon wieder hinmanövriert?

Thomas schaute zunächst verdutzt, dann floss ein spöttisches Lächeln über sein Gesicht. »So habe ich das nicht gemeint. Mit Fallhöhe meine ich den Abstand zwischen zwei extremen Gefühlen einer Figur.«

»Aber ich meine es nicht so«, beharrte Michael (und ärgerte sich insgeheim, dass Thomas glaubte, ihn da noch belehren zu können).

»Was ist denn mit dir?«, fragte Stella verständnislos.

»Finde ich aber auch«, pflichtete Thomas bei. »Tagelang kein Wort über den Vorfall, und jetzt plärrst du irgendwas zwischenrein?«

»Ja, das beschäftigt mich halt. Vor allem frage ich mich,

ob Peter nicht das Problem seiner Höhenangst irgendwie hätte wegtrainieren können.«

»Wie denn wegtrainieren?«, fragte Stella vollkommen verständnislos.

»Meinst du«, konnte sich Thomas nicht beherrschen, »er hätte noch mal auf eine Leiter hochklettern sollen, um zu gucken, ob er wieder runterfällt?«

»Er ist nicht runtergefallen«, entgegnete Michael düster.

Thomas hörte gar nicht zu. »Das hätte ihm sicher was gebracht.«

»Vielleicht hat ihm ja einer geholfen.« Michael hoffte, damit endlich etwas ins Rollen zu bringen. Aufmerksam beobachtete er die Reaktionen seiner Gegenüber.

Stella schüttelte den Kopf. »Wie denn geholfen?«

»Meinst du, ihm hätte irgendwer Händchen auf der Leiter gehalten?«, spottete Thomas.

»Und wer soll denn das gewesen sein?«

»Bestimmt keiner von uns«, antwortete Thomas mit plötzlich aufkommendem Groll. »Hast du doch neulich in der Zeitung gelesen: Peter ist von seinen Kollegen gemobbt worden.«

Stella verdrehte die Augen. »Fang nicht wieder damit an.«

»Warum nicht? Nach wie vor finde ich es zum Kotzen, dass wir da blöd angemacht worden sind und nicht der, der in Wahrheit an allem schuld ist. Und auf den wir die Ehre haben, gerade zu warten.«

»Schon. Aber es nützt doch nichts«, widersprach Stella. »Für diese Artikel möchte man irgendwem die Knochen brechen. Aber den Fleischer werden wir nicht los. Egal, wozu er Peter getrieben hat.«

»Wieso ist das denn eigentlich alles so wichtig?«, wollte

mit einem Mal Lars von seinem Platz aus wissen. Alle drehten sich zu ihm um.

»Ach, guck an«, erfreute sich Thomas, »du bist ja anwesend. Ich dachte, du bist nur ein eifriger Textlerner.«

»Bin ich auch. Aber ich bin deshalb nicht taub.«

Michael dachte über seine Befragung nach.

Thomas weicht allem aus, denkt bei Höhentraining aber auch nur an Leitern. Stella versteht überhaupt nichts – oder will uns das glauben lassen. Und Lars ist neugierig.

Erstaunlicherweise hatte er aber das Gefühl, dass irgendetwas an der Art von Lars merkwürdig war. Als wäre er verspannt. Plötzlich fiel Michael etwas ein.

Lars hatte doch am Samstag vor der Vorstellung eine Auseinandersetzung mit Tim. Wie war das gleich? ›Du sitzt ganz schön in der Scheiße!‹

»Ich bin ja nur ganz erstaunt«, meinte Thomas gerade, »dass du in der Lage bist, noch an etwas anderes zu denken, als an deine Familie.«

Michael betrachtete Lars genauer, der steif auf seinem Stuhl saß. Und wurde plötzlich heiß von einer Erkenntnis erfasst: Lars hatte etwas zu verbergen! Der Streit mit Tim, dessen Abbruch und das anschließende eisige Schweigen – es war eigentlich nicht zu übersehen! Wirkte der Schauspieler nicht auch blass und verknittert?

»Lass meine Familie aus dem Spiel«, wehrte der sich grade.

»Lass ich ja, lass ich ja«, grinste Thomas breit und baute sich provokativ auf. »Ich kann es halt nur nicht nachvollziehen, wie man sich ständig nur mit Frau und Kindchen befassen kann.«

In diesem Moment kam Svetlana Beer heran. Wie immer mit kurzen, festen Schritten, ihre Tasche unter den Arm geklemmt.

»Was ist denn hier los?«, reagierte sie auf das Gehabe von Thomas.

»Piesacken tut er mich«, erklärte Lars. »Aber wenn die eigene Frau weit weg in Bremen wohnt, kann man sich unter Familiensinn natürlich nichts vorstellen.«

»Tja, weißt du«, entgegnete Thomas, »so ein Abstand kann auch Vorteile haben.« Aber Michael hatte das Gefühl, als ob seine Lässigkeit einen Sprung bekommen hätte.

»Meine Güte«, staunte Svetlana ohne Lächeln, »was habt ihr denn am frühen Morgen für Gespräche?«

»Kommt alles nur«, knurrte Thomas und deutete auf Michael »weil der da von Peter angefangen hat.«

Svetlana schaute halb interessiert und halb besorgt zu Michael herüber. »Ach, ja?«

»Ja. Ich wollte wissen, ob sich Peter nicht vielleicht Beistand bei irgendwem hätte holen können.« Dann versuchte er auf Svetlanas Reaktion zu achten.

»Aha«, machte die Schauspielerin und runzelte die Stirn. »Michael, ich glaube nicht, dass es dir gut tut, wenn du darüber nachdenkst, ob du für Peter etwas hättest tun können.« Michael entglitten die Gesichtszüge. »Letztendlich war es *sein* Wille, der nicht gereicht hat, um etwas zu verändern. Und das, wo doch ein starker Wille hier absolut unentbehrlich ist. Er hätte ihn in sich finden müssen. Daran ist er so dramatisch gescheitert, wie ich es auch nicht erwartet hätte.« Svetlana war nahe vor Michael getreten. »Glaub mir: Du hättest nichts verhindern können. Das hätte er nur selbst gekonnt.«

Michael hörte aus der Schauspielerin vor allem strenge Disziplin sprechen. War es möglich, dass sie versucht hatte, ihren Theaterdrill auf Peter zu übertragen? Mit einem Höhentraining, das außer Kontrolle geraten war?

»Gräm dich nicht«, sprach Svetlana weiter. »Ich hatte mir da auch meine Gedanken gemacht. Aber dem Peter war nicht zu helfen. Ich weiß es genau. Ihm fehlte es an Entschlossenheit.«

»Amen«, schloss Thomas ab.

Sonja war mit zwei Kannen Kaffee um die Ecke gekommen. »Alles gut bei euch?«, fragte sie und schaute vorsichtig zu Michael hinüber.

»Alles gut«, antwortete Svetlana. Mit betonter Wärme bedachte sie erst Sonja, dann Michael mit einem Blick, um anschließend kommentarlos in den Proberaum zu gehen.

Was weiß diese Frau und was denkt sie?

Sonja schenkte Kaffee aus, die Kollegen redeten inzwischen über ihre Enttäuschung, die Vorstellungen am Wochenende gespielt zu haben. Thomas fragte sich immer noch, worin Paul-Georgs Plan bestanden hatte.

Michael schüttelte all seine Verwirrung ab und sah sich nach Lars um. Dass der irgendetwas hatte, war vielleicht wichtig. Man musste mehr darüber herausbekommen.

»Sag mal«, sprach ihn Michael an, »wie denkst denn du darüber?« Er ließ sich keine Regung entgehen und tatsächlich schien in den Blick von Lars etwas Wachsames zu treten.

»Denken – worüber?«

»Was hätte Peter noch tun können?«

»Was er hätte tun können, ach ja. – Weiß nicht.«

Michael war mit der Antwort nicht zufrieden. »Aber irgendwas beschäftigt dich doch an der Sache?«

Der Ausdruck im Gesicht von Lars änderte sich nur unmerklich. »Wieso?«

»Ich meine, weil du dich vorhin so interessiert eingemischt hast.«

Waren da Schweißperlen auf der Stirn von Lars?

»Mein Gott, redet doch über was anderes«, unterbrach Thomas beinahe genervt. »Zum Beispiel noch mal über die Bedeutung von Familiensinn.«

Lars quittierte das mit einem sauren Lächeln und wandte sich demonstrativ seinem Textbuch zu.

»Michael, kommst du mal?« Arnd stand in der Tür und winkte Michael in den Probenraum. »Mit deinem Gerede bringst du nur wieder Unruhe unter die Schauspieler. Und auf die nächste Hysteriewelle kann ich echt verzichten.«

Michael nickte beiläufig, war in Gedanken aber bei Lars.

Irgendetwas hat der doch!

Arnd war noch nicht fertig. »Du bist es doch, der normalerweise immer die Produktion beschützen will. Dann hör auf, sie zu gefährden.«

Wieder nickte Michael. Insgeheim verdrehte er jedoch über den wichtigtuerischen Ton seines Kollegen die Augen.

Kurz darauf kam Sonja wie zufällig vorbei. »Und?«, raunte sie leise.

»Weiß nicht«, gab er gedämpft zurück. »Alles weitere später.«

Theo Fleischer kam hereingeeilt. Kurz blieb er stehen und warf einen Blick in die Runde. Sonja und Michael ignorierte er dabei absichtlich. »Wir fangen an. Zweiter Akt, Szene zwei.«

*

Nach einem langen, anstrengenden und pausenlosen Vormittag hoffte Michael, dass die Probe zum Ende kommen würde und er sich in Ruhe mit Sonja besprechen konnte.

»Das soll es für jetzt gewesen sein«, schloss Theo Fleischer endlich, »wir machen heute Abend da weiter. Oder, Michael?«

Michael schreckte hoch. »Was?«

»Was ist für heute Abend vorgesehen?«, fragte der Regisseur ungehalten.

»Äh, Moment –« Michael begann fahrig in seiner Dispokladde zu blättern.

»Wir sind auf der Bühne heute Abend«, schaltete sich Arnd sachkundig ein, »vorgesehen, war zweiter Akt ab Beginn.«

»Ach, ja. Danke«, entgegnete Theo Fleischer gefasst. »Bei dieser Planung werden wir es natürlich belassen.«

Michael war verunsichert. Der Regisseur wurde entgegen seiner üblichen Art trotz einer Unaufmerksamkeit nicht laut. Und erst recht machte er daraus keinen Gegenschlag für die ihm neulich zugefügte Niederlage. Was hatte er nur vor? An Michaels Nerven zerren? Arnd hatte jedenfalls mal wieder demonstrieren können, dass ihm die Theatermaterie in jeder Faser steckte.

»Moment«, schaltete sich in diesem Moment Stella ein, »soll das heißen, dass wir heute Abend auf der Bühnen proben?«

»Ja«, gab Theo Fleischer ungerührt von sich, »steht so auch auf dem Tagesplan. Müsstest du mal lesen.«

Stella starrte ihn fassungslos an. »Aber, da ist vor ein paar Tagen Peter gestorben!«

»Und?«, entgegnet der Schauspieldirektor. »Willst du jetzt nie wieder auf die Bühne gehen?«

»Wir haben da sogar schon spielen müssen«, bemerkte Lars mürrisch.

Theo Fleischer wurde ungehalten. »Ließ sich nicht verhindern, das hatten wir doch bereits.«

»Aber so eine Probe lässt sich verhindern!«, begehrte Stella auf und begann hilflos mit den Händen herumzufuchteln. »Ich finde den Gedanken echt gruselig, da spielen zu müssen.«

»Was heißt gruselig?«, mischte sich Thomas ein. »Es vergeht einem einfach jede Kreativität, wenn man rumlatschen muss, wo einer aufgeklatscht ist.«

»Nein, nein, nein, nein, nein!«, unterbrach Theo Fleischer laut. »Die Probe auf der Bühne ist wichtig, um die Fortschritte zu überprüfen. Da müsst ihr eure Gefühle hinten anstellen. Ende der Diskussion.« Und damit ging er schnurstracks aus dem Raum.

Michael hatte sich durch seine ›Sturm‹-Aufführung vom Samstag gar keine Gedanken darüber gemacht, dass es Kollegen gab, die auf die Bühne bis jetzt nicht zurückgekehrt waren. Aber er verstand die Aufregung gut. Diese Probe bedeutete zudem, dass die Assistenten noch einige Zeit mit Einpackarbeiten beschäftigt waren. Sich mit Sonja beraten zu können, verzögerte sich weiter.

Während die anderen gingen, gab selbst Arnd zu, dass er die allgemeine Furcht vor der Bühne verstehen konnte. »Aber ich betreue ja glücklicherweise heute Abend die Vorstellung in der Schlosserei.«

Endlich war Michael mit Sonja allein.

»Hat das gedauert!«, stöhnte er. Eilig berichtete er ihr von dem Misstrauen, das ihn gegenüber Lars ergriffen hatte.

»Mh«, machte Sonja, »warum hast du mir nicht eher von dem Streit zwischen Lars und Tim erzählt?«

»Hatte ich völlig vergessen.«

»Verstehe. Und was heißt das jetzt?«

»Dass es neben Paul-Georg vielleicht einen zweiten gibt, den wir im Auge behalten müssen.«

»Und was ist mit Svetlana?«

»Was soll mit ihr sein?«

»Hast du nicht gehört, was sie gesagt hat? ›Dem Peter war nicht zu helfen. Ich hatte mir da meine Gedanken gemacht.‹ Hat sie also mit ihm etwas vorgehabt, was dann schief gelaufen ist?«

Michael fiel noch etwas anderes ein. »Weißt du, was sie damals während der Bühnenprobe, zu der Peter nicht mehr kommen durfte, zu mir gesagt hat? ›Entweder wird das heute Peters Niedergang oder sein Triumph.‹«

»Da steckt doch was dahinter!«, rief Sonja aus.

»Was Konkretes ist es aber nicht.« Trotzdem war Michael nicht entmutigt. Das eigentümliche Licht der Zuversicht brannte weiter in ihm.

Sonja schien dieses Vertrauen nicht zu haben.

»Führt das alles zu irgendwas?«, zweifelte sie.

»Aber klar doch.«

Und voller Zuneigung nahm er sie in den Arm. Zunächst war sie spürbar überrascht: Nähe innerhalb der heiligen Hallen des Theaters. Dann aber drückte sie ihn an sich.

»Hoppla, wollte nicht stören«, tönte es von der Tür zu ihnen herüber.

Michael und Sonja sprangen augenblicklich auseinander, aber natürlich konnte das nichts mehr verbergen.

Halb im Raum, die Klinke in der Hand, stand Helga und flitzte dann rasch zu ihrem Platz hinüber. »Hab was vergessen. Musste extra noch mal zurück.« Eilig nestelte sie eine braune Lederimitattasche unter ihrem Stuhl hervor. »Konnte ja nicht wissen, womit ihr jungen Leute hier beschäftigt seid. Bin wieder weg. Weitermachen!« Und damit war sie durch die Tür.

»Na, toll!«, war das erste was Michael herausbrachte. »Jetzt weiß es in Kürze das ganze Haus.«

»Glaubst du?«

»Helga ist herzensgut, aber irgendetwas für sich behalten kann die nicht.«

»Na ja«, sagte Sonja leichthin, »es wird uns schon nicht umbringen.«

»Nein«, bestätigte Michael und hatte doch instinktiv das Gefühl, angreifbar geworden zu sein.

»Immerhin«, sagte Sonja, »brauchen wir uns nicht mehr zu verstecken.« Sie kam auf ihn zu und grinste ihn mit ihren zweifarbigen Augen schelmisch an. »Wir können jetzt zum Beispiel weitermachen, wo wir eben unterbrochen wurden. Genau, wie es Helga angeordnet hat.«

Michael schmolz unter ihrem Lächeln zusammen. Sie küssten sich.

»Lass uns gehen«, sagte er schließlich. »Der Nachmittag wird heute kurz werden. Du solltest ein wenig in Peters Textbuch lesen.« Er musste erneut an das Zeitlimit denken, das Sonja ihm gesetzt hatte. »Ich kümmere mich endlich um Paul-Georg.«

Nachmittag

Auf dem Weg zum Ausgang überlegten sie, unter welchem Vorwand Michael bei Paul-Georg Hammich anrufen konnte. Und wie dann etwas über sein wahres Verhältnis zu Peter herauszubekommen war.

Sie hatten den Glaskasten der Pförtnerin fast erreicht, als zu ihrer Verblüffung Hammich die Treppen aus den höheren Etagen hinabgestiegen kam. Der sonst so straffe Schauspieler machte einen ungewohnt matten Eindruck.

»Hallo, Paul-Georg«, rief Michael, doch Hammich reagierte nicht. Auch die Pförtnerin, die hilfsbereit gestikulierte, bewirkte nichts. Mit beinahe mechanischem Schritt tappte der Schauspieler vollkommen in sich gekehrt nach draußen.

»Was hat das denn nun wieder zu bedeuten?«, staunte Michael.

Auch Sonja konnte sich keinen Reim darauf machen.

Michaels Augen verengten sich. »Ich fress einen Besen mit Staubsauger, wenn der nicht gerade aus der Intendanz kommt.« Nachdenklich starrte er die Treppe hinauf. Dort oben war irgendwas geschehen, was den erschütterten Zustand des Schauspielers ausgelöst hatte. »Ich geh zum Intendanten. Ich muss wissen, was all diese merkwürdigen Dinge um Paul-Georg bedeuten. Vielleicht erfahre ich zusätzlich sogar was über sein Verhältnis zu Peter. Oder über seinen geheimnisvollen Plan. Oder die komische Abschiedsbotschaft.« Das Licht der Zuversicht hatte längst in ihm zu pulsieren begonnen.

»Und was mache ich?«

»Du gehst nach Hause. Ohne mich wirst du mehr Ruhe haben, Peters Aufzeichnungen zu lesen.«

Sonja schien zunächst nicht begeistert, Michael zurückzulassen. Aber schließlich willigte sie ein und machte sich mit dem Textbuch auf den Weg.

Michael drehte sich um und begann den Aufstieg in die zweite Etage. Hatte der Intendant ihm nicht gesagt, er könne immer kommen? Dieses Angebot wollte Michael ausnutzen. Innerlich machte er sich auf einen Kampf mit dessen Referentin gefasst und hoffte, dass sich an das Wort des Allerobersten, ihn durchzulassen, selbst Margot Kippelt halten würde.

Er klopfte an die Bürotür.

Es reagierte niemand.

Ohne Erwartung drückte er die Klinke, musste dann jedoch verwundert feststellen, dass nicht abgeschlossen war. Zudem war im Vorzimmer des Intendanten niemand. Und die Durchgangstür zum eigentlichen Büro war nur angelehnt.

Stimmen tönten ihm daraus entgegen.

»... ist genau die Richtung, in die wir die Dinge jetzt weitertreiben müssen«, hörte er den Intendanten energisch sagen. »Langsam löst der Kerl Dinge aus, die nur noch stören.« Hellhörig geworden erstarrte Michael. »Deshalb müssen wir an dem ebenfalls dranbleiben!«

»Ist ja gut, wir bleiben dran.« Das war die missgelaunte Stimme von Theo Fleischer. »Die Frage ist, wie? Bisher hat sich ja nichts ergeben, woraus man dem Typ einen Strick drehen könnte.«

Michael zögerte eine Sekunde, dann schlüpfte er ganz ins Vorzimmer, schloss leise hinter sich die Tür und lauschte mit angehaltenem Atem weiter.

»Wir werden einfach«, fuhr der Intendant fort, »jeden Fehler, und sei er noch so klein, registrieren und ausschlachten müssen.«

»Das machen wir doch schon seit Tagen – ach, Wochen.« Theo Fleischer hörte sich genervt an.

»Und wir werden es auch weiterhin tun. Irgendwann wird mal was dabei sein, womit wir den und seinen Haufen endlich kaltstellen können.«

Die reden da aber nicht von Paul-Georg, oder?

Gespannt war Michael an die angelehnte Tür herangetreten. Unmittelbar auf ihrer anderen Seite sprach der Intendant weiter.

»Irgendetwas müssen wir einfach finden. Sonst wird dieser Widerstand, der uns da ewig entgegenweht, nie aufhören. Die Lage im Haus ist zurzeit verworren genug. Das Geschmiere heute in der Zeitung war schon wieder viel zu viel.«

»Na, den Urheber *davon* haben wir ja gerade abgewürgt. Der ist mir ja echt auf den Zeiger gegangen. ›Es kann noch ganz schön unangenehm für euch werden.‹ Und dann diese schleimige Händelei. Ekelhaft. Aber das ist ja erledigt.«

Michael versuchte alles zu begreifen, was er da hörte – aber das war nicht möglich.

»Es ist nicht klar«, mahnte der Intendant, »wer für die Zeitungsartikel verantwortlich ist.«

»Nicht?« Theo Fleischers Stimme klang verblüfft. »Ich dachte, das kann auch nur *er* gewesen sein. Hast du das nicht auch geglaubt?«

Die Betonung des letzten Satzes irritiere Michael. War der Intendant gemeint?

»Ist doch jetzt egal«, antwortete der. »Wir müssen uns wieder um unser ursprüngliches Problem kümmern. Ja, stöhn nicht, die Kämpfe hören niemals auf. Wir müssen etwas finden, was man auch gegen *den* verwenden kann. Ihr beide müsst auf alles aufpassen.«

Michael verstand plötzlich: Da saß noch eine weitere Person im Büro.

»Wenn das die einzige Möglichkeit ist …«, war Theo Fleischer gähnend zu vernehmen.

»Ist es, wenn wir lästigen Personen was anhängen wollen. Also wirst du schön deine Augen und Ohren offen halten und auf alles Bedeutsame achten. – Und du auch.« Damit war die dritte Person gemeint, doch von der war wieder kein Wort zu hören.

»In Ordnung«, willigte Theo Fleischers knapp ein, »aber ich bin echt müde, ich werde jetzt gehen.«

Hinter der Tür kam Bewegung auf.

Michael schreckte hoch und geriet in hektische Aktivität. Schnell öffnete er die Ausgangstür und glitt zurück in den Flur, wo ihn glücklicherweise niemand sah, huschte zur Treppe und dann hinab. Erst bei der Pforte gönnte er sich etwas Ruhe und dachte nach.

So recht wusste er gar nicht, ob er verblüfft, neugierig oder empört sein sollte.

Was ist das denn jetzt für eine Intrige, die die da aushecken? Und gegen wen genau richtet sie sich? Und wer war die dritte Person beim Intendanten? Seine Vorzimmer-Margot?

Es hatte gar nichts mit seiner Sorge um Peter zu tun, aber dieses zufällig belauschte Gespräch beschäftigte ihn. Wen hatte Theo Fleischer mit ›den haben wir abgewürgt‹ gemeint? Es schien sich um jemanden zu handeln, der den Chefs in die Quere gekommen und jetzt zurechtgestutzt worden war. Konnte doch eigentlich nur Hammich sein.

Aber wer war dann derjenige, um den es hauptsächlich ging? Derjenige, den sie ›loswerden‹ wollten? Hier hatte Michael keine gescheite Idee.

Und was meinte der Intendant mit ›das Geschmiere heute in der Zeitung‹? Gibt es etwa einen neuen Artikel?

Michael ahnte mit einem ganz schlechten Gefühl, dass da wieder nichts Gutes drinstehen würde. Angestrengt dachte er nach, wie er sich Klarheit verschaffen konnte. Dann lief er noch eine Treppe hinab, betrat den kleinen zugerümpelten Gang und bog zur Kammer der Requisite ab.

Simon und Fränk bauten gerade eine Möwe mit ausgebreiteten Schwingen.

»Sagt mal«, begann Michael ohne weitere Einleitung, »gab es da heute einen neuen Artikel in der Zeitung?«

»Na klar«, antwortete Fränk verwundert, »hast du den nicht gelesen? Ist zwar nur ein Einspalter, aber trifft ganz schön.«

Simon deutete zu einem Tisch, auf dem die Zeitung lag. Der Kulturteil war aufgeschlagen.

Die Überschrift des besagten Artikels lautete jedoch ›Schauspielleitung ohne Mitgefühl‹. Und überrascht las Michael, dass es um die Ereignisse der Aufführungen vom Wochenende ging. Punkt für Punkt waren alle Zusammenhänge dargestellt: Das vorgebliche Versprechen der Intendanz, auf alle Vorstellungen zu verzichten, die unerwartet angesetzten Aufführungen zum Wochenende und der erfolglose Protest der Mitarbeiter und des Personalrates. Michael fragte sich, woher die Presse von all dem mal wieder wusste. Dann war jedoch von einem anonymen Mitarbeiter der Bühnen die Rede, der mit dem Satz zitiert wurde: ›Wir stehen nicht nur alle unter Schock, sondern wurden auch noch absichtlich getäuscht.‹

Am Ende stand schließlich, dass sich der Personalrat über die Vorgehensweise offiziell bei der Kulturdezernentin beschwert hatte, der Person, die sogar dem Intendanten und dem Schauspieldirektor übergeordnet war. Sie habe auf die Vorgänge ›mit Befremden‹ reagiert.

Michael ließ die Zeitung sinken und dachte nach. Deshalb hatte Fleischer wohl gestern Abend so unvorhergesehen zum Kulturamt gemusst. Und da er dafür sogar die Probe hatte ausfallen lassen, musste es ziemlich dicke Luft gegeben haben.

Klar, dass so etwas die Chefs ärgert. Erst eine Standpauke von der Kulturdezernentin bekommen und dann auch noch alles breit in der Zeitung ausgewalzt sehen. Das ist definitiv nicht im Sinne des Intendanten.

»Ganz schöner Knaller, was?«, fragte Fränk mit vor Freude glänzenden Augen.

»Schon«, bestätigte Michael. »Allerdings wird wieder nicht klar, wer der Zeitung immer das Insiderwissen weitergibt.«

»Stimmt«, räumte Fränk ein. »Auch wenn es diesmal hilfreich war, unangenehm bleibt es.«

Gut, der Artikel steht nicht im Zusammenhang mit Peter – zumindest nicht direkt. Aber immer noch verstehe ich nur die die Hälfte von dem, was ich da im Büro mitgehört habe.

Ein weiteres Mal versuchte er alles zu sortieren: Dass es diesen ominösen Zeitungsinformanten gab, war ja schon bekannt gewesen. Aber war der identisch mit einem von den beiden, über die vorhin im Büro des Intendanten gesprochen worden war? Demjenigen, der bereits ›abgewürgt‹ worden war, oder dem anderen, den die oben ›loswerden‹ wollten? Der würde nichts zu lachen bekommen in nächster Zeit, da war sich Michael sicher.

Plötzlich durchfuhr ihn ein Gedanke: Ging es etwa um ihn? Der Schauspieldirektor war momentan ja nicht gerade gut auf ihn zu sprechen. Kurz wurde Michael heiß. Doch dann fasste er sich wieder. Erstens schienen die ihre Bürointrige schon zu lange zu spinnen. Zweitens müssten sie sich wegen ihm nicht solche Mühe machen. Doch der Schreck saß noch in ihm. Und das entfachte plötzlich Zorn.

Wie kommen die eigentlich zu so was? Es ist doch unmöglich, dass Leute in verantwortlicher Position einen Mitarbeiter aus dem Haus mobben wollen!

So etwas fühlte sich überhaupt nicht nach einem Zusammenhang an, in dem er vorkommen wollte. – Aber er war dabei!

»Dieses Theater wird doch einfach beschissen geleitet!«, entfuhr es ihm angewidert.

Die beiden Requisiteure hielten das offenbar für eine Reaktion auf den Artikel.

»Hast recht«, bestätigte Fränk bissig. »Die von der Intendanz möchte man manchmal auspeitschen, auf kleiner Flamme rösten, häuten und in flüssiges Blei werfen.«

»So als Anfang zumindest«, ergänzte Simon.

Michael hörte gar nicht richtig zu. Er hatte Kopfschmerzen bekommen. Dieses geheime Gespräch war bedeutsamer, als er zunächst geglaubt hatte.

»Wir wollten jetzt übrigens was essen«, gab Simon bekannt. »Willst du mitkommen?«

»Sollte ich wohl«, antwortete Michael. Vielleicht war es Hunger, der ihm Druck im Schädel bereitete.

Simon nickte, legte die ausgestopfte Möwe beiseite und seufzte schicksalsergeben.

»Schauen wir, was sie heute in der Kantine angerichtet haben.«

Auf dem Weg dorthin beschäftigte Michael die Frage, was der Unbekannte, der weggemobbt werden sollte, eigentlich getan hatte, dass die Intendanz so hart gegen ihn vorzugehen glaubte. Es musste etwas sein, was bedrohlich für sie war.

»Sagt mal«, wandte er sich an seine beiden Begleiter. »Wer könnte unserer Hausleitung richtig Schwierigkeiten machen?«

Die Requisiteure schauten sich verwundert an.

»Die Kulturdezernentin vielleicht?«, riet Fränk.

»Ja, und wer sonst noch?«

»Keine Ahnung.«

Und da Fränk ihn mit absolutem Unverständnis, aber leider auch mit Neugierde ansah, beließ es Michael schnell dabei.

Sie kamen in die Kantine, in der erstaunlicherweise kein Mensch war. Durch die Fenster, die aus langen, schmalen Segmenten bestanden und unwillkürlich an Fabrikhalle erinnerten, konnte Michael aber sehen, dass alle draußen saßen. Da das ungewöhnlich schöne Wetter anhielt, war im Hof mittlerweile eine ganze Reihe Biertische und -bänke aufgestellt worden. Die drei holten sich was zu essen und suchten sich draußen unter wiederholtem Mahlzeit-Gewünsche einen Platz. Michael sog das Sonnenlicht in sich auf. Jede Gelegenheit, sich ihm auszusetzen, nahm er gerne wahr.

Simon stocherte auf seinem Teller herum. »Meine Güte, das schmeckt wie toter Intendant.«

Fränk blickte erstaunt zu seinem Kollegen hinüber. »Interessant. Was du schon alles mal probiert hast.«

»Sagt mal«, wandte Michael sich an die beiden Requisiteure, »mit wem würde der Intendant in seinem Büro zusammensitzen, wenn er was zu planen hätte?«

»Mit Theo Fleischer«, sagte Fränk, »und mit der Kippelt.«

»Ist die heute nicht den ganzen Tag in Bonn?«, warf Simon ein. »Ich meine, so was gehört zu haben.« Und dann grinste er verschwörerisch zu Michael hinüber. »Falls du also aus einem ganz zufälligen Grund mitbekommen hast, dass jemand beim Intendant im Büro war, wird sie es nicht unbedingt gewesen sein.«

Michael nickte und nuschelte eine unverständliche Antwort.

Die beiden Requisiteure sahen sich bedeutungsvoll an.

»Jetzt erklär doch mal«, beugte sich Fränk vor, »was du uns die ganze Zeit für merkwürdige Fragen stellst.«

Michael schwieg jedoch beharrlich. Er mochte die beiden Requisiteure, allerdings fand er nicht, sie in das Büroerlebnis schon einweihen zu können. Hier draußen schon gar nicht. – Dann aber schüttelte er sich. Er kam mit seinen Nachforschungen in Sachen Majestät gar nicht weiter. Darauf musste er sich viel eher konzentrieren. Den Zusammenhang zu Paul-Georg finden. Wenn es ihn gab. Michael schwirrte der Kopf. Das pulsierende Licht der Zuversicht begann allmählich verwirrend zu flackern.

Irgendwo zwischen den Essenden klingelte ein Telefon. Thomas Kister stand aus der Menge auf und verschwand mit seinem Handy am Ohr im Haus, einen ungewöhnlich zornigen Ausdruck im Gesicht. Michael wunderte sich ein wenig, doch es brachte ihn auch auf den Gedanken, Sonja anzurufen.

Zumindest ein paar Dinge muss ich sofort mit ihr besprechen.

Schnell aß er zu Ende und brachte sein Geschirr in die Kantine. Um ungestört reden zu können, fiel ihm wieder nichts Besseres ein, als das Haus zu verlassen und vor dem Eingang die drei Stufen hinabzugehen. Gerade hatte er sein Handy aus der Tasche gekramt, da wurde ihm plötzlich bewusst, wann er das letzte Mal so vor der Pforte gestanden hatte: Als er Peter nach der abgesagten Abendprobe versucht hatte anzurufen. Das war genau vor einer Woche gewesen.

Michael vergrub den Kopf in den Händen. Er wollte keinen Schmerz spüren! Und wenn da tatsächlich jemand sein sollte, der Ursache für das war, was er gerade fühlte, dann sollte derjenige eine Wirkung zu spüren bekommen!

Undeutlich war im Hof irgendwo eine aufgeregte Stimme zu hören. Michael beachtete sie nicht, sondern wählte endlich Sonjas Nummer. Sie war nach dem zweiten Klingeln am Apparat. Befreit erzählte er ihr, was oben im Büro des Intendanten geschehen war und versuchte, so genau er konnte, wiederzugeben, was er gehört hatte. »Die haben irgendwen ›abgewürgt‹, so hat es Theo Fleischer genannt. Jemand, der ihnen offenbar gedroht hat.«

»Keine Frage, wer das ist«, entschied Sonja. »Kann ja nur Paul-Georg Hammich sein. Nach dem, was wir vorhin von ihm gesehen haben.«

»Nicht wahr? Das habe ich auch sofort gedacht. Und

vielleicht ist mir jetzt auch klar geworden, was sein großer Plan war.« Er erzählte ihr von dem neuen Zeitungsbericht, den er gelesen hatte. »Wie es aussieht, wollte Hammich diesen Artikel platzieren und damit die Hausleitung unter Druck setzen.«

Sonja zögerte. »Quatsch.«

»Wieso?«

»Weil der Artikel frühestens gestern hätte erscheinen können, also in jedem Fall *nach* dem Wochenende, an dem ihr die verhassten Vorstellungen spielen solltet. Und um die zu verhindern, ging es ja.«

»Ah …«

»Und Paul-Georg müsste wirklich sehr dumm sein, wenn ihm nicht klar gewesen wäre, dass er mit so einem Angriff nur erreicht, dass sich die Fronten verhärten und alle Verhandlungen abgebrochen werden. Er muss was anderes vorgehabt haben.«

Michael dachte nach.

Wieder hörte er die aufgeregte Stimme irgendwo im Innenhof. Diesmal verstand er auch etwas.

»Du tust einfach, was ich dir sage …«

Es war Thomas Kister, der irgendwo zwischen den abgestellten Frachtcontainern und geparkten Autos herumzulaufen und ebenfalls zu telefonieren schien. Er klang sehr aufgebracht.

»… ich rege mich überhaupt nicht auf, du regst dich auf …«

Michael schenkte dem keine Beachtung, sondern setzte sein Gespräch mit Sonja fort. »Aber, dass Hammich etwas unternommen hat, um die Hausleitung von den Wochenendvorstellungen abzubringen, steht fest. Und zwar etwas, das so krass war, dass sie darauf noch krasser reagiert haben. Und ich bleibe dabei, dass es sich um etwas handelt, das im

Zusammenhang mit Peter steht. Paul-Georg ist doch einer, der nicht sehr zimperlich ist. Was, wenn er so weit gegangen ist, Peters Selbstmord absichtlich herbeizuführen, um ihn dann taktisch ausnutzen zu können?«

Sonja blieb die Luft weg. »Meinst du, das wäre wirklich möglich?«

Michael überlegte, zu was er Paul-Georg fähig hielt. »Er hat auf jeden Fall genug Gewalt in sich. Und eine gewisse Maßlosigkeit in der Durchsetzung seiner Meinung auch.«

»Weißt du noch«, erinnerte sich Sonja zögernd, »was Paul-Georg damals in der Kantine von sich gegeben hat? Am Nachmittag vor Peters Tod? Man müsse ihn notfalls auf die Leiter zwingen, weil er sonst den Hausfrieden stört.«

»Stimmt!«, stieß Michael hervor. »Dass mir das nicht selbst wieder eingefallen ist.«

»Das war an meinem ersten Tag«, wiegelte Sonja ab, »deshalb weiß ich das besonders gut.«

»Aber das ist doch jetzt wirklich ein Hinweis, dass er was mit dem Tod von Peter zu tun hat. Dass er es war, der sich mit Peter getroffen hat, um ihn zu irgendetwas zu bewegen. Zu etwas, das ihm nützt. Und was mir gerade selbst noch einfällt: Auf der großen Ensembleversammlung wollte Hammich ständig eine Bestätigung dafür haben, dass sich Peter selbst umgebracht hat.«

Vor Michael schien eine Ahnung der Zusammenhänge aus der Dunkelheit aufzutauchen. Er musste schlucken. Die Möglichkeit, vielleicht zu wissen, wer auf Peter eingewirkt hatte, machte ihn nervös.

»Ich hab befürchtet, dass du solche Schlüsse ziehst«, gab Sonja zu. »Aber ist es nicht viel wahrscheinlicher, dass Paul-Georg ganz normale Lösungen sucht, um endlich was gegen den Fleischer zu erreichen? So was wie mit allen zum Personalrat zu gehen?«

»Ja, aber da ist doch irgendwas mit seinem geheimnisvollen Plan.«

»Es kommt mir halt nur abwegig vor, dass Hammich einen hinterhältigen Mord von langer Hand im Voraus geplant haben soll, bloß um dann sagen zu können, ›da seht mal, wie unfähig unser Schauspieldirektor ist‹.«

»Sicher ist das abwegig, aber doch nicht ausgeschlossen. Sind nicht alle Morde für Außenstehende völlig wahnsinnig?«

Michaels Blick fiel auf die Fassade des Theaterkomplexes. Zum ersten Mal wurde ihm bewusst, wie schäbig die Verklinkerung aussah. Große Flächen hoben sich farblich ab und sahen aus, als wären sie geflickt. Beinahe 50 Jahre nach der Errichtung schien sich der Bau bereits in Auflösung zu befinden.

»Einigen wir uns drauf«, bot Michael an, »dass wir immer noch nicht beweisen können, wer die Majestät ist, und dass neben Paul-Georg auch andere infrage kommen könnten.«

»Gut«, stimmte Sonja zu. »Was ist mit Svetlana?«

»Was hast du denn, dass du sie ständig so verdächtig findest?«

»Weiß nicht. Die geht mir mit ihrer unnahbar kühlen Art auf die Nerven.«

»Das ist nun aber auch kein Grund.«

»Ja, stimmt. Aber vielleicht hat sie trotzdem was damit zu tun. Es ist etwas Radikales, Unnachgiebiges an ihr. Wenn es darum geht, mit wem Peter sein Höhentraining veranstaltet hat, scheint sie mir dafür sehr wohl infrage zu kommen.«

»Ja … Möglich …« Michael blieb skeptisch. »Aber, wenn schon, ist doch Lars ein viel sinnvollerer Kandidat. Zu verheimlichen hat der auf jeden Fall was. Wenn ich nur wüsste, worüber der sich neulich mit Tim gestritten hat.«

»Frag Tim.«

»Ach. Wenn man den mal zum Reden kriegen würde. Wahrscheinlich kriegt man das noch eher aus Lars selbst raus.«

»... hatte dir so was von deutlich gesagt, dass du aufpassen sollst ...«

Michael hörte wieder das Wüten von Thomas Kister bis zu sich herüberschallen. Plötzlich wurde er aufmerksam. Sollte dieses Gespräch vielleicht auch im Zusammenhang mit Peters Tod oder anderen Machenschaften im Haus stehen? Dann fragte er sich allerdings, ob er nicht allmählich anfing, überall Gespenster zu sehen.

»Und was ist jetzt mit den anderen?«, fragte Sonja.

»Welchen anderen?«

»Na, zum einen gibt es doch jemanden, auf den sich die Hausleitung gerade neu eingeschossen hat. Über dem sich so etwas wie eine Verschwörung zusammenbraut.«

»Verschwörung, so kann man das wohl nennen.«

»Und du bist dir sicher, dass es sich dabei nicht um Hammich handelt?«

»Ziemlich. Die im Büro haben gesagt, dass sie schon seit Wochen etwas gegen ihr Opfer zu unternehmen versuchen. Hammichs Revolutionsversuche laufen aber noch längst nicht so lange. Und wer sollte bei Hammich denn ›sein Haufen‹ sein? Ich glaube aber ehrlich gesagt auch nicht, dass dieses Verschwörungsopfer etwas mit unserer Majestät zu tun hat.«

»Ich dachte nur, dass man eigentlich dagegen was unternehmen müsste. Immerhin soll da jemand fertiggemacht werden. Das kann man doch nicht einfach so zulassen.«

»Da hast du allerdings recht.« Gleichzeitig überkam Michael eine gewisse Mutlosigkeit. All diese Rätsel auf einmal zu lösen, war zu viel.

»Dann bleibt noch die Frage«, fuhr Sonja fort, »wer die dritte Person war, die mit im Büro saß.«

»Oh ja. Darüber habe ich mir natürlich auch schon den Kopf zerbrochen. Muss jemand sein, der sich bei der Hausleitung anzubiedern versucht und für dessen berufliches Fortkommen so was Vorteile bringt. Was im Prinzip auf wirklich jeden im Haus zutrifft.« Michael stieß erschöpft Luft aus. »Noch so ein Rätsel, das wir jetzt nicht lösen können.«

Wieder war Thomas Kisters äußerst erregte Stimme zu hören. »Tut mir leid, ich kann mir diesen Schwachsinn nicht länger antun.« Wenige Augenblicke später kam er in Sicht. Mit wild verdüsterter Miene lief er strammen Schrittes an Michael vorbei, würdigte ihn keines Blickes und verschwand im Haus.

Michael fragte sich erneut, ob dieses aufgeregte Getue vielleicht bedeutsam war. Es irritierte ihn, Thomas Kister, der sonst immer so eine lässige Haltung zur Schau stellte, derart aggressiv und unbeherrscht zu erleben.

»Was gibt es bei dir Neues?«, versuchte er sich auf Sonja zu konzentrieren.

»Nichts. Peter hat in sein Buch wirklich viel geschrieben. Oft so Theaterzeug, aber das meiste klingt vor allem wahnsinnig verängstigt. ›Hier weiß jeder wo es langgeht, nur ich nicht‹ und so Sachen. Einiges ist auch ganz schön wirr: ›Mein Hirn drückt schwer auf meinen Hals‹ zum Beispiel. Unglaublich, was für Einblicke man da von jemandem bekommt, wenn man so etwas zu lesen kriegt.« Michael glaubte einen faszinierten Schauer zu spüren, der durch sie ging. »Was Nützliches war jedenfalls nicht mehr dabei. Auch nicht noch mal das Wort Majestät. Ich hab bisher allerdings nicht viel geschafft.«

»Egal. Lies einfach weiter, bis du wieder herkommen musst. Ich werde sehen, was ich mache. Paul-Georg nehm ich mir heute Abend endlich vor. Bis dahin hab ich jetzt wohl etwas Ruhe. Wir sehen uns dann später auf der Bühne.«

»Vergiss mich nicht bis dahin.«

In Michael stieg freudige Wärme auf. »Niemals.«

Abendprobe

Michael hatte keine Ruhe gehabt, er hatte den Nachmittag in diversen Büros verbringen müssen. Im Gang war er der Leiterin der Statisterie begegnet, die bezüglich Amphitryon ein Meer von Fragen gehabt hatte, die von Michael geklärt werden mussten. Jetzt stand die Bühnenprobe unmittelbar bevor. Dort würde auch Paul-Georg Hammich sein. Und diesmal wollte Michael mit ihm sprechen. Es musste endlich etwas passieren. Es musste weitergehen. Er betrat die Bühne, auf der der übliche Trubel herrschte.

Als Hektor Schmitz eintraf und Michael an seinem Pult stehen sah, entglitten ihm die Gesichtszüge.

»Was machst du denn hier? Wartest du auf mich?«

»Nein. Ich stehe doch immer hier. Warum sollte ich auf dich warten?«

»Weiß auch nicht, weiß auch nicht.« Hektor begann fahrig an den Knöpfen seines Pults zu fummeln und wollte offensichtlich so tun, als wäre alles ganz normal.

Was ist denn jetzt los?

Unübersehbar hatte Hektor ein schlechtes Gewissen. Aber aus welchem Grund? Michael wurde bewusst, dass sich Hektor schon bei ihren letzten Begegnungen merkwürdig benommen hatte. Und hatte er nicht auch gesagt, wenn Peter Höhenangst habe, müsse man dagegen etwas unternehmen?

Doch Michael konnte das nicht weiterverfolgen, da in dieser Sekunde der Bühnenmeister etwas klären wollte. Noch während er mit ihm redete, tauchte Paul-Georg auf. Schwerfällig schlurfte er vorbei, blieb ein paar Meter entfernt stehen und lugte auf die Bühne.

Der ist wirklich wie vor den Kopf geschlagen.

»Hey, Paul-Georg«, rief Michael hinüber, ignorierend, dass der Bühnenmeister neben ihm gerade auf eine Antwort wartete, »wie geht's denn?« Das war keine sonderlich geschickte Frage, aber Michael musste auf jeden Fall Verbindung aufnehmen.

Hammich drehte langsam den Blick in Michaels Richtung und schnaubte verächtlich aus. Dann wendete er sich ab, um die Bühne wieder zu verlassen.

»Kann ich dir irgendwie helfen?«, wollte Michael hinter ihm her.

Doch neben ihm drängte der Bühnenmeister auf eine Antwort.

Dann erschien wie aus dem Nichts auch noch Sonja, die von der Pforte kam und einen älteren Mann im Schlepptau hatte, der behauptete, heute als Statist für die Probe vorbeigeschickt worden zu sein.

Paul-Georg ist doch gleich über alle Berge!

»Nicht heute«, erklärte Michael unwirsch, da er erst nachmittags zur Statisterie alles organisiert hatte. Damit wollte er Paul-Georg nach, der schon zur Tür hinaus war.

Aber der Bühnenmeister hielt ihn penetranterweise fest. Eilig beantwortete Michael ihm seine Frage, doch dann stand der ältere Statist im Weg, bestand mit einer naiven Gewissheit darauf, herbestellt worden zu sein. Michael sagte ihm schnell und deutlich, dass es sich um ein

Missverständnis handeln müsse. Sein Gegenüber wollte nicht aufgeben. »Junger Mann, ich hab mir alles genau aufgeschrieben.«

An dieser Stelle mischte sich auch noch Hektor Schmitz ein, was die Situation keinesfalls vereinfachte. Als der Statist dann aber anfing, von der Ausbezahlung von Probengeld zu sprechen, platzte Michael der Kragen. »Verdammt, kapierst du's nicht? Wir sind hier mit Wichtigerem beschäftigt als mit dir. Lass uns in Ruhe und geh nach Hause! Wir können keine Leute brauchen, die nicht zuhören.« Damit drehte er sich schroff um und stürmte endlich von der Bühne. Aus dem Augenwinkel nahm er noch Sonjas fassungsloses Gesicht wahr. Draußen im Gang war wie befürchtet von Paul-Georg keine Spur mehr zu sehen.

Mist.

Rasch lief Michael an den drei sinnloserweise nebeneinanderliegenden Zugängen zum Konversationsraum vorbei zu der Stelle, an der der Gang nach rechts um die Ecke bog: Niemand zu sehen. War Hammich schon vorher ins Treppenhaus?

Paul-Georgs wehrloser Zustand ist doch Gold wert. Den muss man ausnutzen!

»Scheiße!«, entfuhr es ihm.

»Was ist denn?«, tönte es aus dem Konversationsraum.

Hoffnungsvoll steckte Michael seinen Kopf hinein. Drinnen saßen Lars und Svetlana. Beide an verschiedenen Enden des Tisches. Svetlana war in ihr Textbuch versunken, Lars hatte neugierig den Kopf gehoben, ließ ihn aber gleich wieder sinken, als er sah, wer da kam.

Michael war zunächst enttäuscht. Kurz hatte er gehofft, Paul-Georg hier zu finden. Doch dann zögerte er. Lars war immerhin einer, der ihm auch schon aufgefallen war.

Und Sonja fand Svetlana so Misstrauen erweckend. Sollte er jetzt wenigstens versuchen, von diesen beiden mehr zu erfahren?

Noch während er nachdachte, drifteten ihm jedoch die Gedanken ab.

Warum habe ich diesen armen Mann eben so von oben herab behandelt?

Sonjas Blick hatte Bände gesprochen: Das war kein Verhalten, wie es ihr an ihm gefiel. Michael wunderte sich über sich selbst.

Er schreckte hoch, als er merkte, dass Lars aufgestanden war, um zu gehen.

»Warum ist das alles so ätzend, was im Zusammenhang mit Peters Tod passiert?«, rief er hastig in seine Richtung.

Lars erstarrte und sah Michael an. Als die Pause zu groß wurde, raffte er sich schnell auf und ging tatsächlich.

Michael runzelte die Stirn.

Er wird wirklich hellhörig bei dem Thema, meidet aber auch jede Konfrontation. Ich muss herausfinden, was das bedeutet. – Aber dafür brauche ich erst eine anständige Taktik.

Svetlana hatte überhaupt nicht reagiert. Viel zu sehr war sie in ihr Manuskript vertieft. Michael entschied, wenigstens dem Argwohn von Sonja nachzugehen. Entschlossen setzte er sich zu der Schauspielerin.

»Du?«, begann er. Gestört blickte sie auf und sah ihn leicht ungehalten an. Michael versuchte, sich nicht beirren zu lassen. »Was hast du heute gemeint mit ›dem Peter war nicht zu helfen‹?«

Svetlanas Miene wurde etwas weicher. »Was hätte ich denn meinen sollen?«

Erstaunlich, dass alle immer mit einer Gegenfrage antworten.

»Na ja, das hat sich so entschieden angehört. Was macht dich da so sicher?«

Ernst legte Svetlana ihren Text aus der Hand. »Die Erfahrung macht mich so sicher. Peter hatte nur eine Chance, um seine zerrüttete Situation zu überwinden: Einen Befreiungsschlag. Der Verlust seiner Rolle war eine schlimme Niederlage, die er aber noch in einen Triumph hätte verwandeln können. Manche Menschen müssen erst ganz unten sein, um daraus die Kraft zu ziehen, sich zu überwinden.«

»Meinst du damit, es war gut, dass Peter so viel Stress hatte?«

»Nein, das habe ich nicht gesagt. Du musst mir nicht das Wort im Mund herumdrehen. Ich sagte, Peter hätte aus seiner Misere aus eigener Kraft herauskommen können.«

»Findest du schlimm, dass ihm das nicht gelungen ist?«

Svetlana sah Michael einen Augenblick lang beinahe erstaunt an. »Ich finde schlimm, dass er gestorben ist.«

»Und du denkst nicht, dass Peter in seinen Bemühungen, dem Regisseur gerecht zu werden, nicht hätte scheitern dürfen?«

»Um den Regisseur geht es doch gar nicht.«

Michael glaubte sich verhört zu haben. Eine solche Aussage aus dem Munde von Svetlana, die doch immer so streberhaft war?

»Sondern es geht worum?«

»Dass Peter zu sich selbst und zu seiner persönlichen Form von Glück findet.«

»Glaubst du, er hätte da hingelangen können, wenn er etwas gegen seine Höhenangst unternommen hätte?«

Svetlana lachte impulsiv auf. »Ich weiß nicht, was du immer mit dieser fixen Idee hast. Auch um seine Höhenangst geht es doch gar nicht.«

Michael fragte sich, ob so jemand sprach, der diese Höhenangst zu bekämpfen versucht hatte. »Worum geht es denn?«

»Es geht darum, dass Peter in einem Theaterbetrieb gearbeitet hat. Und du da nur überleben kannst, wenn du in der Lage bist, echte innere Stärke zu entwickeln. Und die musst du allein aus dir hervorbringen. Ganz allein bist du damit.«

Erstaunt stellte Michael fest, dass von Svetlana mit einem Mal eine merkwürdige Melancholie ausging. »Wird man, wenn man versucht das zu schaffen, nicht einsam und verhärtet?«

... so wie du?

Eine Zeit lang war Stille. Svetlana legte die Hände auf ihre Augen und wischte fest darüber. Erschöpfung lag in dieser Geste.

»Du kannst deinen Weg nur für dich selbst finden«, sagte sie schließlich, ohne ihre Augen zu öffnen. »Ein Schauspieler muss kreativ sein und sich auseinandersetzen, ganz einfühlen, Sinnlichkeit verbreiten. Dabei stößt er notgedrungen auf Begrenzungen: durch den Regisseur, die Mitspieler, deren Kunstbegriff, deren Vorstellungen vom Beruf, vom Leben, von Gemeinschaft. Ständig muss man sich in diesem Spannungsfeld zurechtfinden und seinen Weg suchen. Für Sensibelchen ist da kein Platz. Auch wenn die Kunst eigentlich Sensibilität verlangt. Man muss eine hohe innere Stabilität haben, Durchsetzungsvermögen. Und Selbstvertrauen.« Sie öffnete ihre Augen. »Dem Theater muss man sich ganz und gar hingeben, wenn man gut sein will, Qualität leisten will. Absolute Selbstdisziplinierung. – Und dann sind es doch nicht die wirklich Kreativen, die aufsteigen, sondern die mit der stärksten Durchsetzungskraft.« Mit einem Mal verstummte sie.

»Und das muss so sein?«, fragte Michael.

Svetlana sah ihn beinahe wehmütig an. »Ich bewundere deine jugendliche Frischheit. Deine Aufrichtigkeit. Deinen suchenden Geist. Manchmal kann man geradezu neidisch werden.«

In einer der drei Türen erschien Sonja. »Ach, hier bist du«, rief sie mit ungewöhnlich lauter Stimme. »Auf der Bühne wollen alle was wissen und ich kann nicht helfen. Und du sitzt hier und quatschst. Jetzt komm, ich bin doch allein.«

Michael war bereits schuldbewusst aufgesprungen und folgte ihr. »'tschuldigung, hatte vergessen, dass Arnd bei seiner Vorstellung ist.«

Sonja muffelte eine Antwort, die nicht zu verstehen war.

Michael klärte auf der Bühne, was zu klären war. Sonja blieb an seiner Seite, sprach aber kein weiteres Wort. Als schließlich wieder etwas Ruhe eingekehrt war, platzte es aus ihm heraus.

»Svetlana können wir von der Liste streichen! Sieht nicht so aus, als ob sie Interesse gehabt hätte, Peter zu bearbeiten. Deren Denken bewegt sich in ganz anderen Sphären.«

Sonja sagte nichts, sondern schaute an ihm vorbei.

»Was hast du denn?« Gleich bekam er aber eine Ahnung. »Bist du immer noch sauer über den Vorfall mit dem Statisten? Ich hab mich wohl ein bisschen schlecht benommen.«

»Du hast dich nicht nur schlecht benommen, du hast auch einen ganz großkotzigen Tonfall gehabt. Vor Kurzem hast du dich noch mächtig aufgeregt, als sich Arnd ganz ähnlich aufgeführt hat. Hast du dir das trotzdem bei dem abgeguckt? Findest du das normal? Lerne ich noch mehr solche Züge an dir kennen?«

Michael war sprachlos. Keiner sagte etwas.

Stella kam über die Bühne.

»Na ihr zwei beiden?« Dabei zwinkerte sie verschwörerisch, als wollte sie sagen ›Ich weiß doch Bescheid.‹ In Michael keimte leichtes Grausen auf: Der Tratsch über ihn und Sonja hatte schon die Runde gemacht!

Nicht jetzt.

Stella warf aber nur einen Blick auf die Bühne, erstarrte, schien von Peters Todesort ganz erfasst zu sein, drehte sich um und flüchtete regelrecht.

»Ich muss noch was erledigen«, murmelte Sonja und ging ebenfalls.

Michael fröstelte. Die zarte Verbindung zu ihr hatte eine ernsthafte Erschütterung erlebt. Und Sonja hatte auch noch recht.

Ich übernehme, ohne es zu merken, ein Verhalten, das vor Abfälligkeit strotzt, obwohl ich es eigentlich nicht richtig finde. Ist das so im Berufsleben?

Unwohl blickte er sich auf der Bühne um, auf der die Technik beinahe fertig war. Die Probe würde bald losgehen. Wie zufällig erschien Lars Langenich in der Nähe und blieb grundlos stehen, während Michael vor sich hinstarrte. Irgendwann drehte der Schauspieler sein rundes Gesicht zu ihm.

»Dich scheint das mit Peter ja mächtig zu beschäftigen«, begann er ohne Vorwarnung.

Michael brauchte eine Sekunde bis er sich auf diese neue Situation eingestellt hatte.

Jetzt spricht der mich schon von selbst drauf an.

Doch ehe er etwas erwidern konnte, sprach Lars weiter. »Warum?«

Michael zögerte. Begann Lars *ihn* auszufragen? Er versuchte zu verstehen, was das bezwecken sollte, und sah den Schauspieler stumm an.

Das schien Lars zu verunsichern. »Was ist?«

»Dich scheint das aber auch zu beschäftigen.«

»Mich?« Lars bekam unschuldige, erstaunt große Augen. »Aber nicht im Geringsten. Nur: du hast heute schon zwei Mal damit angefangen, da dachte ich halt …«

Michael beobachtete Lars genau. »Aber, da ist doch noch etwas anderes mit dir.«

Lars leckte sich über die Lippen. »Mit mir ist nichts. Was sollte denn sein?«

Michael fragte sich, wie er weiter vorankommen konnte. Dann hatte er eine Eingebung.

Provozieren.

»Das weißt du ganz genau. Nun sag schon.«

Die Gesichtszüge von Lars zogen sich langsam zu einer wütenden Miene zusammen. »Es gibt nichts zu sagen! Ich wollte mich einfach erkundigen, wie es dir geht. Aber wenn du nur irgendwelche blöden Sprüche absonderst, müssen wir nicht drüber reden.« Damit rauschte er davon. »Hab ich doch gar nicht nötig …«

Michael sah ihm nach.

War das jetzt echter Ärger oder der Versuch, mit Empörung abzulenken?

Ihm fiel noch etwas anderes ein: Lars hatte sich genau hier, an dieser Stelle, an dem Abend, als Peter von der Probe ausgeladen worden war, sehr nachdrücklich nach seinem Verbleib erkundigt. Hatte das eine Bedeutung?

Immerhin, stellte Michael mit leichter Befriedigung fest, wurden seine Befragungen ergiebiger: Bei Lars schien er schon sehr nah an einem entscheidenden Punkt zu sein. Auch das Gespräch mit Svetlana vorhin war ergebnisreich verlaufen. Fehlte nur endlich Paul-Georg!

Hektor meldete laut, dass Theo Fleischer im Saal nach seinem Assistenten rief.

Hektor muss ich mir auch noch vornehmen. Wann soll ich das nur alles schaffen?

Erst einmal würde er sich um die Probe kümmern müssen. Michael atmete tief durch und machte sich auf den Weg hinab in den Saal.

Als Theo Fleischer ihn kommen sah, verzog er unwillig das Gesicht. »Wo ist Arnd?«

»Hat Vorstellung in der Schlosserei.«

»Na, großartig!«, stöhnte der Regisseur.

Michael versuchte das wegzustecken und wartete auf einen Auftrag oder Ähnliches. Theo Fleischer beachtete ihn jedoch zunächst nicht.

»Steh da nicht so blöd rum«, gab er schließlich von sich. In diesem Moment kam Sonja in den Zuschauerraum. »Nee, du jetzt nicht auch noch hier. Du bleibst heute hinter der Bühne und wenn was schiefläuft, hilfst du da. Abmarsch.«

Sonja zögerte kurz und drehte dann, ohne mit Michael einen Blick zu tauschen, wieder ab.

»Und du«, wandte sich Theo Fleischer barsch an Michael, »setzt dich zum Regiebuch-Schreiben ein paar Plätze weg von mir.«

Michael unterließ jede wahrnehmbare Reaktion auf diese sonderbare Anweisung.

Es wurde eine zähe Veranstaltung.

Zwar war eigentlich der komplette zweite Akt angesetzt worden, doch Theo Fleischer biss sich geradezu zornig gleich an der ersten Szene fest. Unzufrieden ließ er sie ein ums andere Mal wiederholen. Michael verstand nicht, warum der Regisseur so viel Zeit mit dem Einstudieren einer ungeprobten Szene vergeudete, anstatt das bisher gearbeitete am Originalspielort zu überprüfen. Und hinter der Bühne warteten alle auf ihre Auftritte.

Irgendwann hatten sie immerhin die Szenen zwei und drei des zweiten Aktes kurz durchgespielt, waren bei Szene vier aber erneut stecken geblieben, da auch die noch nie geprobt worden war. Endlich waren sie von der Uhr und einem mahnenden Bühnenmeister zum Ende bewegt worden. Theo Fleischer hatte zunächst Kritik verkünden wollen, weswegen Michael die sechs Schauspieler rasch in den Konversationsraum beordern ließ. Dann hatte es sich der Regisseur jedoch anders überlegt, Michael in bellendem Tonfall mit ein paar Ansagen beauftragt, die er weitergeben sollte, und war anschließend mal wieder hastig abgerauscht.

Allein kam Michael also in den Konversationsraum. Am Tisch saßen Paul-Georg, der Verdrießlichkeit zur Schau stellte und verdächtig nach Schnaps roch, Thomas und Stella, die sich lebhaft unterhielten, sowie Svetlana. Lars hatte am Tisch keinen Platz mehr bekommen und sich auf eine der roten Polsterbänke an der Wand verdrückt, Tim F. Engels kauerte wie üblich abgesondert von den anderen links in der Ecke auf dem Sofa.

Michael ging durch den Raum und setzte sich erst einmal neben Lars auf die Polsterbank. Mit ihm waren Sonja und Hektor reingekommen, die neben ihm Platz nahmen.

Das dringlichste in Sachen Majestät war, endlich die offenen Fragen mit Paul-Georg zu klären. Allerdings war da auch noch Lars Langenich. Michael drehte den Kopf nach rechts und betrachtete ihn von der Seite, wie er mit großen Augen die Unterhaltung der anderen verfolgte, die Arme über seinem pummeligen Leib verschränkt. Spürte Lars den Blick von Michael? Es schien, als ob er absichtlich nicht zurückschauen wollte. Er wich Michael aus, seitdem der begonnen hatte, über Peters Todesfall Fragen zu stellen. Und was wusste Tim F. Engels darüber? Michaels Augen wanderten weiter bis zu dem Winkel mit dem blauen Sofa. Tim saß vorgebeugt, stützte den Kopf auf beide Hände und wirkte wie immer stumpf und müde mit seinen von Ringen umkränzten Augen. Ihm hatte Michael bisher noch überhaupt keine Fragen stellen können. Als dann Hektor neben ihm begann, irgendwas vor sich hinzusummen, fiel Michael wieder ein, dass ja auch der Inspizient etwas zu verheimlichen versuchte.

Bestürzt stellte Michael fest, wie viele lose Enden das Knäuel seiner Nachforschungen eigentlich gerade hatte.

Einzig Svetlana glaubte er abhaken zu können. Seit ihrem kurzen Gespräch vor der Probe hatte er einen neuen Eindruck von ihr gewonnen: Sie hielt es zwar für unabdingbar, sich einer gnadenlosen Disziplin zu unterwerfen, die Willensstärke dafür jedoch für nicht erlernbar – und hatte sich deshalb kaum mit Peter befasst. Während Michael sie betrachtete, fiel ihm auf, dass sie seit diesem Gespräch mit ihren Gedanken ganz weit weg zu sein schien.

Und was war mit den Übrigen? Mit Stella? Und mit Thomas? War es nicht möglich, dass auch sie als Majestät in Betracht kamen? Gut, Michael konnte bei den beiden keinen Grund für einen Verdacht sehen. Lediglich dass sich Thomas mit irgendwem am Telefon stritt, hatte er erfahren, aber sagte das etwas aus? Im Moment hing der Schauspieler jedenfalls wieder lässig im Stuhl und gab die üblichen Kommentare von sich.

Das ist alles Quatsch! Ich muss mich auf Paul-Georg konzentrieren!

Plötzlich bekam er eine Idee: Vielleicht konnte er bei einem Bier etwas aus ihm herausbekommen! Etwas getrunken schien er ja schon zu haben, fehlte das lockere

Ambiente einer Feierabendrunde. Und da sich niemand während der Probe komplett hatte verausgaben müssen (Paul-Georg war sogar bestellt worden, ohne überhaupt dranzukommen), konnte man möglicherweise alle ganz leicht dazu anstiften.

Jetzt oder nie.

Betont harmlos fragte Michael, ob man nicht noch was trinken gehen wolle. Und zu seinem Glück schien Paul-Georg der Gedanke zu gefallen. Dann traf sein Blick den von Lars.

»Und wohin?«, fragte der.

»›Kleine Glocke‹«, entschied Michael. Rasch richtete er aus, was Theo Fleischer ihm aufgetragen hatte, dann zerstreuten sich die Schauspieler, um sich umzuziehen. Er blieb mit Sonja und dem Inspizienten zurück.

»Meinst du, ich kann auch mitkommen?«, fragte Hektor wehmütig. »Könnte ein Bier vertragen.«

»Klar. Die anderen werden sich sicher an deiner Gesellschaft erfreuen.«

Michael war sich bewusst, dass in diesem Satz eine gewisse Ungenauigkeit steckte. Richtig befreundet war nämlich niemand mit dem eigentümlichen Hektor. Aber unterhaltsam fanden ihn alle.

»Na, gut«, sagte Hektor, »dann geh ich schnell und sag zu Hause Bescheid.«

Er verließ den Raum und Michael war mit Sonja allein.

»Fabelhaft«, wandte er sich an sie, »bei einem Bier kann ich Paul-Georg sicher aushorchen.«

»Ja. Aber ich werde nach Hause gehen.« Sonja ergänzte, dass sie müde sei und auch froh wäre, noch mal in ihre eigenen vier Wände zu kommen. Michael hatte aber den Eindruck, dass die kurze Auseinandersetzung von vorhin der wahre Grund war. Plötzlich war er bedrückt.

Beide mussten auf der Bühne noch ein paar Dinge organisieren, dann schlugen sie den Weg Richtung Ausgang ein. Sie schwiegen. Sonja schien tieferen Gedanken nachzuhängen. In Michael wuchs die Angst, dass etwas ernsthaft zwischen ihnen stehen konnte.

Sie verließen das Theater, gingen ein paar Schritte und mussten sich dann trennen. Sonja wollte zur U-Bahn und Michael hinüber zur Kneipe.

»Dann bis morgen«, sagte er.

»Ja«, war alles, was sie antwortete – und machte sich auf ihren Weg.

Der bittere Geschmack in diesem Abschied war überdeutlich.

Die ›Kleine Glocke‹ war übersichtlich und gemütlich. Das Ambiente setzte sich zusammen aus einer Mischung von holzvertäfelter Bürgerlichkeit und elegant-farbenfrohem Künstlertum.

Als Michael eintrat, sah er Paul-Georg allein an einem Tisch sitzen. Vor ihm ein Kölsch und ein bereits leeres Schnapsglas.

Das ist die einmalige Chance! Ich kann Paul-Georg alleine sprechen.

Mit leichter Nervosität, aber auch großer Entschlossenheit setzte er sich zu ihm und bestellte ebenfalls ein Kölsch, was Paul-Georg nutzte, um einen zweiten Schnaps zu ordern.

Ich versuch es mal wie bei Lars – Direktheit scheint ja was zu bringen.

»Hast du Peter geholfen, etwas gegen seine Höhenangst zu unternehmen?«

Paul-Georg schaute verdutzt. »Junge«, blies er Michael dann eine Alkoholfahne ins Gesicht, »du fällst ja nicht mit der Tür ins Haus, sondern gleich mit einer ganzen Zugbrücke.« Er nahm einen ordentlichen Schluck Kölsch und bestellte, da ihm gerade sein Schnaps gebracht wurde, gleich noch ein neues. »Wie kommst denn du auf so was?«

Natürlich – eine Gegenfrage.

»Weil du neulich in der Kantine – und zwar am Nachmittag, bevor Peter gestorben ist – gesagt hast, dass so etwas nötig wär.«

Paul-Georg musste einen Augenblick in seiner Erinnerung kramen. »Stimmt, da hab ich so was gesagt.«

»Und, hast du es dann getan?«

»Nein.« Ungehalten trank Paul-Georg sein Glas aus. »Wieso hätte ich das tun sollen?«

»Vielleicht, weil es in deinem Plan gegen die Hausleitung einen Sinn ergeben hätte?«

»Quatsch! Wär Verschwendung gewesen.«

Michael zog irritiert den Kopf zurück. »Wieso Verschwendung?«

»Weil der doch ein hoffnungsloser Fall war. Der Weichling. Sich am Schluss selber umbringen ist doch wirklich die dämlichste aller Lösungen!«

Michael verschlug es für einen Moment die Sprache über so viel Kaltschnäuzigkeit, schluckte aber hinunter, was er am liebsten gesagt hätte. Er durfte Paul-Georgs Gesprächsbereitschaft auf keinen Fall gefährden.

»Ist denn nicht genau sein Tod etwas, was man gegen die Hausleitung verwenden kann?«

Paul-Georg verzog das Gesicht. »Weil's Druck schafft? Hab ich anfangs auch gedacht …«

»Und?«

»Nützt nichts«, pflaumte Hammich. »Jetzt hab ich andere Sorgen.«

Michael juckte es zu fragen, welche das seien. Aber er wollte lieber bei seinem Thema bleiben.

»Und du hast nicht trotzdem versucht, Peter zu irgendetwas zu verleiten?«

»Nein. Warum hätte ich?« Dann erstarrte Paul-Georg. »Sag mal, was sind denn das für Fragen? Willst du mir irgendwie die Schuld für Peters Tod geben?«

Das wäre möglich.

»So meine ich das nicht. Ich frage mich nur, wie es so weit hat kommen können.« Und dann erfand Michael aus dem Stegreif schnell eine Begründung für seine Fragen. »Ich mache mir Gedanken über Peters Tod und würde mir wünschen, es könnte mir jemand etwas über seine letzte Zeit erzählen.«

Paul-Georg glaubte zu begreifen und seine Miene bekam fast einen gönnerhaften Ausdruck. »Ach, so. Ja, so was ist schwer zu verstehen. Weißt du, Peter war an und für sich ein netter Kerl. Nur Mumm hatte er keinen in den Knochen.« Er trank einen Schluck Bier. »Ist doch so: Wenn man etwas wirklich erreichen will, dann schafft man es auch.«

Michael nickte beiläufig. Paul-Georg schien sich tatsächlich um ganz andere Dinge als um Peter Gedanken gemacht zu haben. Einen wichtigen Punkt gab es aber noch.

»Du hast nicht diese Abschiedsbotschaft platziert?«

»Was'n für 'ne Abschiedsbotschaft?«, nuschelte Hammich.

»Na, diese Nachricht, die alle als Beweis dafür halten, dass Peter Selbstmord begangen hat.«

»Ach so, die. Nein, das war ich nicht. Wieso überhaupt ich? Die ist doch von Peter.«

Michael reagierte nicht, sondern überlegte wieder. Auf fast alles ging Paul-Georg mit völliger Ahnungslosigkeit ein. Und sie war definitiv nicht gespielt. Das war eindeutig.

Trotzig wehrte sich in Michael etwas dagegen, die Verdächtigung gegen Hammich fallen zu lassen. Er war sich so sicher gewesen, dass nur der wuchtige Schauspieler in der Absicht, etwas gegen die Hausleitung auszurichten, mit Peter in den Schnürboden hatte steigen können. Michael konnte diesen Gedanken, der ihn den ganzen Tag beherrscht hatte, doch nicht einfach ziehen lassen. Irgendetwas war ganz sicher mit Paul-Georg.

»Was war das denn für ein Plan, den du gegen die Wochenendvorstellungen anbringen wolltest?«

Auf Hammichs Gesicht entstand ein gequältes Lächeln. »Das ist die Frage, die ich heute von allen gestellt bekomme.« Leise schüttelte er den Kopf, kippte seinen zweiten Schnaps und war nicht mehr zum Reden zu bewegen. Rief nur nach neuem Bier.

Michael war verwirrt. Aber bevor ihm irgendetwas einfallen konnte, trafen Thomas und Stella ein. Kurz darauf kam auch Svetlana mit Hektor. Wie er allerdings erfuhr, hatte ausgerechnet Lars doch nicht mitkommen wollen. Die ›Kleine Glocke‹ sei ihm zu schraddelig und außerdem müsse er heute unbedingt noch Frau und Kind sehen, hieß es. Unwillkürlich hatte Michael aber wieder das Gefühl, dass Lars ihm ausweichen wollte. Weniger überraschte ihn dagegen, dass auch Tim nicht kommen würde. Der war bei solchen Zusammenkünften nie dabei.

Alle orderten ihre Getränke. Thomas fragte spitz in Michaels Seite hinein, wo denn sein Anhang sei. Der Tratsch um ihn und Sonja schien wirklich schon die Runde gemacht zu haben. Im Moment erfüllte das Michael mit Bitterkeit. Zu seinem Glück drehten sich die Gespräche jedoch sofort um andere Dinge.

Er versuchte sich wieder zu konzentrieren. Falls Paul-Georg Hammich wirklich nicht die Majestät sein sollte, hatte das etwas Dramatisches zur Folge: Jemand anders musste es dann sein. Der vermutlich auch diesen unmöglichen Abschiedsschrieb im Schnürboden platziert hatte. Und vielleicht saß er – oder sie – hier mit am Tisch. Michael musste also neu anfangen und jeden noch einmal genau unter die Lupe nehmen. Aber wie? Er sah von einem zum anderen.

»Haben wir's also hinter uns gebracht«, ächzte Thomas gerade, »Fleischer und seine immer wieder erfreulichen Bühnenproben. Echt: Der kann nicht inszenieren, der kann kein Theater leiten, der hat nicht mal Humor. Ich verstehe wirklich nicht, was der überhaupt an einem Haus unserer Liga zu suchen hat.«

»Trink ein Bier«, schlug Paul-Georg vor, den eigenen Blick bereits glasig, »dann wird dir alles klarer werden.« Und damit orderte er auch gleich welches.

»Ich fand viel schlimmer«, schauderte Stella, »überhaupt auf dieser Bühne zu sein. Ich musste immer wieder daran denken, dass ich nur ein paar Meter von der Stelle entfernt stehe, an der Peter gestorben ist.«

»Und dann noch mit dem Typen proben, der dran schuld ist«, ergänzte Thomas.

Svetlana tauchte kurz aus der Versunkenheit auf, in der sie nach wie vor steckte. »Glaubst du tatsächlich, dass die Zusammenhänge so sind?«

Thomas schaute abschätzig zu ihr hinüber. »Was heißt glauben? Der hat den Peter derart fertiggemacht, dass der nicht mehr anders konnte. Ist doch quasi bewiesen.« Die anderen am Tisch stimmten zu. »Und so jemandem ist man hoffnungslos ausgeliefert.«

Svetlana nippte schweigend an ihrem Rotwein.

Michael hatte gebannt zugehört. Ohne dass er etwas hatte tun müssen, war das Gespräch von ganz allein auf sein Thema gekommen. Schnell wollte er es in eine für ihn nützliche Richtung dirigieren.

»Auch mir geht Peters Tod nicht mehr aus dem Kopf.«

Stella nickte. »Offenbar. Du redest heute ziemlich viel davon.«

»Ja, tu ich. Habt ihr euch denn nicht auch Gedanken gemacht, wie das alles hat passieren können?«

Thomas Kister ging auf die Frage gar nicht ein. »Ist schon klar, dass du eine besondere Verbindung zu dem Thema hast.« Und der Blick, den er Michael zuwarf, war nicht mitfühlend, sondern abschätzig.

Die anderen am Tisch sahen ihn ähnlich funkelnd an. Michael hatte mit einem Mal wieder dieses merkwürdige Gefühl, für irgendetwas geächtet zu werden. Es war dasselbe Gefühl, das ihm in der vergangenen Woche schon entgegengeschlagen war.

»Was ist denn?«, fragte er gereizt in die Runde.

»Na«, lehnte sich Thomas mit süffisantem Ausdruck zurück, »dann erzähl doch mal, was du so für dich rausgeschlagen hast.«

Michael wusste nicht, worauf das abzielte und gab nur einen konsternierten Blick von sich.

»Komm«, trieb ihn Thomas weiter an, »du hast doch irgendeine Gegenleistung dafür bekommen, dass du nach dem Tod von Peter so schön den braven und arbeitswilligen Mann gemimt hast.«

»Ich habe keine Gegenleistung für irgendetwas bekommen.«

»Ach«, wischte Thomas die Antwort weg, »das glaubt dir doch keiner.« Doch als er Michaels geistloses Gesicht sah, musste er beinahe lachen. »Nein, im Ernst? Du hast, nachdem der Leitung beinahe eine Revolution ins Haus stand, umsonst den Musterknaben gegeben, der ach so fleißig Frieden in der Arbeit sucht? Mann, bist du naiv.«

»Das hatte ich aber auch anders vermutet«, pflichtete Stella bei. Die übrigen am Tisch nickten.

Michael wusste nicht, wie ihm geschah. Das Gespräch, das er herbeiführen wollte, hatte auf einmal ihn selbst zum Mittelpunkt. Nur langsam formte sich in seinem Hirn eine Ahnung, was alle überhaupt meinten: Der Intendant hatte ihn nach der chaotischen Ensembleversammlung auf der ersten Probe bekanntlich vorgeschoben, um wieder Frieden ins Team zu kriegen. Offenbar waren aber alle davon ausgegangen, dass Michael sich dafür mit einer Gegenleistung hatte bezahlen lassen.

Thomas schien es ernsthaft zu belustigen, dass dieser Pakt nicht stattgefunden hatte. »Das war ja ein billiges Vergnügen für den Chef.«

»Was hätte ich denn machen sollen?«, stammelte Michael. »Der hat mich einfach überrumpelt.«

»Ja, das kann er gut. Aber dagegen musst du dich zur Wehr setzten, was entgegenstellen. In unserer Welt kommt man doch nur weiter, wenn man immer was für sich rausschlägt. Du hättest was draus machen müssen. Nur so funktioniert's.«

»Mensch«, schaltete sich nun ausgerechnet Hektor ein, »so ist das Leben doch nun einmal. Du musst was für dich erreichen. Du musst Forderungen stellen. Wie Thomas sagt: Nur so funktioniert's.«

»Verstehe ich auch nicht«, gab Stella kund. »Ich war mir absolut sicher, dass ihr irgendeine Absprache hattet. Dass du deine erste eigene Inszenierung versprochen bekommen hattest.«

Michaels Mund wurde trocken. Hätte er tatsächlich einer

eigenen Inszenierung auf diese Weise näher kommen können? Wäre das tatsächlich ein möglicher Schritt raus aus dem elenden Assistentendasein gewesen? Hatte er tatsächlich diese Chance ungenutzt vorüberziehen lassen? Jetzt, wo er sich alle Förderung durch Theo Fleischer vermutlich für immer und ewig verscherzt hatte?

Wenn das wahr sein sollte, dann beiße ich mich auf ewig in den Arsch.

»Ist eh zu spät«, stellte Hektor sachkundig fest.

»Nicht unbedingt«, widersprach Stella, »wenn er gleich zum Intendanten geht und nachverhandelt, kann er vielleicht noch etwas bewirken.«

»Er müsste«, ergänzte Thomas, »damit argumentieren, dass Proben- und Spielbetrieb mit der Hilfe seines Vorbildes wiederhergestellt sind.«

»Ja, das müsste er«, war sich Hektor nun auch sicher.

Michael blickte ungläubig von einem zum andern. Sie sprachen über ihn, als wäre er gar nicht da. Und richtig sicher war er nicht, ob sich nicht alle nur einen Spaß machten.

»Glaubt ihr wirklich, das wäre richtig?«

»Natürlich ist es das«, antwortete Thomas bestimmt. »Nur so funktioniert's. Sag mal, taktisches Geschick hast du wohl gar nicht, was?«

Michaels Blick traf den von Svetlana.

»Gewissermaßen«, sagte sie mit Ruhe, »seid ihr ja schon einen Pakt miteinander eingegangen, wenn du auch unwissentlich.«

»Genau«, bestätigte jetzt wieder Thomas. »Und dieser Pakt ging von der Leitung aus! Das musst du ihnen vorhalten.«

Michael war überfordert und gleichzeitig entflammt von der Möglichkeit, die sich ihm da offenbarte. Dass selbst

Svetlana nicht widersprach, nahm er zudem als Bestätigung, dass es sich nicht um einen Witz handelte.

Eine Weile feilten die Kollegen weiter aus, wie Michael dem Intendanten gegenübertreten sollte.

»Aber pass auf«, schaltete sich irgendwann Paul-Georg mit mittlerweile recht schwerer Zunge ein, »dass der dich nicht gleich *wieder* über den Tisch zieht. Da drin ist der großartig. Ist mir gerade erst passiert.«

»Ach«, entgegnete Stella hellhörig, »wieso denn?«

»Wegen diesem Fernseh-Mehrteiler«, gab Paul-Georg unverständlich zurück. Erst als die Kollegen nicht aufhörten zu drängen, gab er widerstrebend noch ein paar Auskünfte. »Ich versuch doch schon seit Langem, für ein paar Wochen beurlaubt zu werden, um eben bei dieser Filmsache mitzuspielen. Aber jetzt will die Intendanz mich doch nicht gehen lassen. Angeblich weil ich aus dieser neuen Uraufführung, wo ich besetzt bin, nicht mehr rauskann. Alles Quatsch – die wollen nicht.« Und damit trank er ein weiteres Kölsch leer.

Alle am Tisch hörten ihm gebannt zu. Deshalb war Paul-Georg heute den Tag über so merkwürdig betreten gewesen und ließ sich gerade volllaufen.

»Ist ja nichts Neues«, verdrehte Thomas die Augen, »dass die immer eine Riesensache aus Sonderurlaub machen. Tun so, als ob alles furchtbar kompliziert wäre, wollen aber nur erleben, wie du ihnen erst in den Arsch kriechst und dann die Füße küsst, wenn sie dir gnädigerweise doch entgegenkommen.«

»Und diesmal«, japste Stella, »geben sie dir gar keine Beurlaubung, weil du dich gegen diese elenden Vorstellungen am Wochenende gewehrt hast?«

»Ja«, kam es mit einem Rülpser als Antwort, »die wollen mich abstrafen.«

»Was hast du denn eigentlich genau unternommen?«, fragte Thomas, und nicht nur ihm stand die Neugierde ins Gesicht geschrieben.

»Ach, als neulich, als auf einmal diese Vorstellungen angesetzt waren und der Intendant vor seinem Büro nicht mit uns geredet hat … also bin ich – sind wir alle – zum Personalrat.«

»Ja«, ging Thomas ungeduldig dazwischen, »so weit wissen wir das. Die haben dann einen bösen Brief an das Kulturamt geschickt.«

»Genau«, ächzte Paul-Georg, »war gute Vorarbeit das, hat mir 'ne Menge Wumms mitgegeben.«

»Und zusätzlich«, mischte sich Michael ein, denn diese Folgerung drängte sich ihm förmlich auf, »hast du der Zeitung noch ein paar Tipps für ihren Artikel gegeben.«

»Nee«, schüttelte Paul-Georg tumb den Kopf, »war ich nicht.« Dann lachte er meckernd. »Schade eigentlich, so gesehen 'ne gute Idee …« Die kritischen Blicke der Kollegen schien er nicht wahrzunehmen. »Das mit diesem Mehrteiler wär 'ne richtig tolle Sache gewesen, vielleicht endlich mein Durchbruch. Meine letzte Chance wahrscheinlich. Bin ja nun nicht mehr der Jüngste. Und auch finanziell hätte das ordentlich was gebracht. Tja, jetzt ham'se schon wen anders. Weg ist die Rolle!«

»Das ist ja gemein«, stammelte Stella.

Eine Weile war es still am Tisch. Dann bestellte Paul-Georg laut eine Runde Schnaps für alle.

»Aber, das kann nicht sein«, widersprach Thomas schließlich. »Die zerstören dir deine Karriere! Dagegen kannst du vorgehen!«

»Wir werden dir auch helfen«, rief Stella aus. »Du hast schließlich an uns alle gedacht, als du dich für uns eingesetzt hast, und kein bisschen an dich!«

Paul-Georg grinste mit verschwommenem Blick. »Na ja, ich wollte schon das mit meiner Beurlaubung endlich klarmachen.« Mittlerweile hatte er Mühe, Sätze ordentlich zu formulieren. »Die vom Fernsehen drängten auf eine Zusage. Und deswegen bin ich unserer Hausleitung ja so auf die Pelle gerückt. Ich hatte gehofft, dass die mich endlich gehen lassen, wenn ich denen entgegenkomme.«

Wieder war es still am Tisch. Diesmal weil alle versuchten, den Sinn hinter Paul-Georgs Worten zu begreifen, den sie doch intuitiv schon erfasst hatten.

»Verstehe ich dich recht?«, war Svetlana die Erste, die etwas sagte. »Du hast zunächst Druck gegen die Hausleitung aufgebaut und dann versprochen, sie nicht länger zu bedrängen, wenn du deine Beurlaubung bekommst?«

Paul-Georg sagte nichts, grinste sie aber stolz an.

Alle waren fassungslos.

Nur Thomas schlug Paul-Georg kumpelhaft auf die Schulter. »Hast die versucht auszutricksen!«

Hektor brachte es jedoch auf den Punkt. »Das ist dann wohl nach hinten losgegangen.«

»Stimmt genau!«, röhrte Paul-Georg mit heiterer Verzweiflung.

Die bestellte Runde kam. Svetlana und Hektor verzichteten und so nahmen Paul-Georg und Thomas auch deren Schnäpse.

Stella schüttelte es vor lauter Ablehnung. »Paulemann, alles immer nur in Bezug auf sich zu sehen, ist totale Scheiße!«

»Unfassbar«, bestätigte Svetlana mit gefährlich leiser Stimme. »Erst die Gemeinschaft einschwören und in Wahrheit dann doch nur auf eigene Rechnung arbeiten.«

»Man kann im Leben alles erreichen, wenn man will«, lachte Paul-Georg als Antwort und stieß mit Thomas auf das besondere Unwohl des Intendanten an. Der Rest am Tisch trank nicht mit. Stattdessen wurde der Schauspieler mit düsteren Blicken bedacht.

»Na«, räumte Stella schließlich ein, »blöde Säcke bleiben die da oben natürlich trotzdem.«

»Also, sieh dich vor«, sagte Thomas und schaute mit bereits glasigem Blick zu Michael hinüber, »wenn du morgen zum Intendanten gehst.«

*

Michael lag zu Hause in seinem Bett und konnte nicht schlafen.

Die biertrinkende Runde hatte sich nach und nach aufgelöst. Als Michael aufbrach, waren nur noch Thomas und Paul-Georg übrig und zu nichts anderem als markigen Männersprüchen mehr fähig gewesen.

Jetzt lag Michael eingewickelt in seine Decke und der ganze Tag zog an ihm vorüber. Vor allem alles, was mit Paul-Georg zusammenhing. Michael musste es wohl schlucken: Der lautstarke Schauspieler war nicht die Majestät. Er war zwar auffällig durch seine großen Töne, hatte an Peter aber keinen Gedanken verschwendet, sondern sich in einem fort um sich selbst gekümmert.

Auch Svetlana war auszuschließen, da war er sich sicher.

Michael wälzte sich auf die andere Seite.

Aber es gab irgendwo da draußen die Majestät. Und als Peter starb, war sie bei ihm gewesen. Falls diese Person nun wirklich auch Peters ›Abschiedsnachricht‹ platziert hatte, musste sie einen Nutzen davon haben, wenn sein Tod als Selbstmord feststand.

Aber wer war es? Wer?

Lars war auffällig geworden. Zwischen ihm und dem

Todesfall gab es eine Verbindung, das stand fest. Aber wie sollte es Lars möglich gewesen sein, den ängstlichen Peter in den Schnürboden hinaufzubringen? Ein Bild von den beiden stieg plötzlich aus Michaels kreisenden Gedanken auf, in dem sie dort oben zwischen Scheinwerfern und anderem Technikgerät herumkraxelten. Es sah absurd und zugleich gefährlich aus.

Und ausgerechnet Tim wusste darüber Bescheid? Oder war er sogar darin verstrickt? Sollten oben am Ende gleich beide Schauspieler an Peter herumgezerrt haben?

Und was war mit Hektor, der Michael gegenüber auf einmal so betreten war? Sollte wirklich er gemeinsam mit Peter vom Schnürboden aus in die Tiefe geschaut haben? Aber Hektor hatte doch nicht ernsthaft irgendetwas in Sachen Höhenangst zu vermitteln. Andererseits: So naiv selbstbewusst, wie er konstruiert war, spielte das sicher keine Rolle.

Michael bohrte den Kopf ins Kissen.

Thomas und Stella hatten bisher nichts von sich gegeben, aufgrund dessen er sie hätte verdächtigen können. Und was war mit Arnd? Den gab es auch noch.

Ach, und Helga – na, die kann man als Majestät wohl ausklammern. Die ist ja nicht mal in der Lage, sich selbst zu etwas anzuleiten.

Auch Mitarbeiter außerhalb des Amphitryon-Teams kamen noch infrage.

Viel zu viele Möglichkeiten. Statt eines leitenden Lichts der Zuversicht, herrschte jetzt wirres Geflacker in Michael.

Er wälzte sich wieder herum.

Theo Fleischer und der Intendant strickten im Übrigen an Intrigen, die sich gegen Paul-Georg auf der einen und gegen irgendeine unbekannte Person auf der anderen Seite richteten. Und daran war noch ein Dritter beteiligt.

Michael hatte auch erfahren, dass er selbst in die Machenschaften der Hausleitung hineingezogen worden war – und zwar mehr, als er gemerkt hatte. Und dass er eine Chance, auf seinem Berufsweg voranzukommen, nicht ergriffen hatte.

Ich hab mich über den Tisch ziehen lassen.

Dann überwältigte ihn ein noch stärkeres Gefühl: Er hatte sich heute mit Sonja gestritten – möglicherweise sogar ernsthaft verkracht, er wusste es nicht. Er musste morgen versuchen, das irgendwie zu reparieren.

Was wird das geben.

Er spürte auf einmal, wie leer das Bett war, in dem er lag.

Unermesslich lange zeigte die Müdigkeit kein Erbarmen. Doch endlich sank Michael in Schlaf hinab. Was ihm zuallerletzt durch den Kopf spukte war nur noch eins.

Ich muss mit dem Intendanten reden. Nur so funktioniert's.

CHARIS
Entsetzlich! solltet Ihr getäuscht Euch haben?

ALKMENE
Ich mich getäuscht!

CHARIS
Hier in dem Zuge, mein ich.

ALKMENE
Ja in dem Zug meinst du – so scheint es fast.

CHARIS
Und also –?

Heinrich von Kleist
Amphitryon
II. Akt, 4. Szene

10

Morgen

Die abnormen Temperaturen herrschten immer noch – waren inzwischen sogar gestiegen. Die Morgensonne strahlte Michael an, während er in die Pedale trat. Sie wärmte sein Gesicht – seine Stimmung wärmte sie nicht.

Sein Streit mit Sonja ließ ihn nicht los. Der Begegnung mit ihr sah er mit großen Hoffnungen, aber auch mit genau so vielen Befürchtungen entgegen.

Zusätzlich zerrte an ihm, dass er beschlossen hatte, heute zum Intendanten zu gehen und sich aufgrund seiner unfreiwilligen Mithilfe am Hausfrieden eine eigene Inszenierung zusichern zu lassen. Über Nacht war in ihm die Entschlossenheit gereift, dass er diese Möglichkeit für sein berufliches Weiterkommen auf keinen Fall ungenutzt lassen durfte. Doch die Vorstellung, dem Intendanten gegenüber Forderungen zu stellen, fühlte sich in etwa so an, wie sich in einen Hagelsturm stellen zu wollen. Die Kollegen hatten ihm gestern Abend zwar genug Ratschläge gegeben, wie er das Gespräch durchführen sollte, aber wirklich wohl fühlte er sich nicht. Trotzdem wollte er es nach der Vormittagsprobe versuchen.

Seine Nachforschungen, wer die Majestät war, gerieten bei all dem beinahe in den Hintergrund. Gleichzeitig versetzte ihn genau das aber auch in Aufruhr. Viel zu lange dauerte das doch schon, viel zu viel Zeit verging, viel zu sicher konnte sich sein Gegner doch fühlen.

Aufgewühlt stemmte sich Michael in die Pedale. Es war Mittwoch und er war früher dran als sonst. An diesem Tag fand vor den Proben immer die sogenannte Regiesitzung statt, eine wöchentliche Runde, bei der sich alle Leiter der Abteilungen einfanden, um die Planung der kommenden Woche zu besprechen. Die letzte Sitzung war wegen Peters Tod ausgefallen.

Als Michael dann den Bau der städtischen Bühnen erreichte, zog es seinen Blick unwillkürlich die Fassaden hinauf. Der wuchtige Bühnenturm mit den schräg aufragenden Seitenbauten aus Schalbeton wirkte wie ein Bunker, wie eine Festung, in der etwas verschlossen lag, was nicht hergegeben wurde.

Geschützt durch ein Labyrinth, in dem sich die Lebenswege verschlingen.

Dass zusätzlich alles leise vor sich hin erodierte, gab dem Ganzen auch noch etwas Hinfälliges, Antiquiertes. Michael überlegte, ob er nicht mal gehört hatte, dass das Opernhaus im Volksmund ›Grabmal des unbekannten Pharaos‹ hieß.

Dann war es mit seinen Gedankenkaspereien schon wieder vorbei. Nicht mehr lange und er würde auf Sonja treffen. Und irgendetwas würde dann passieren. Vorher musste er erst zur Regiesitzung, für die er im Moment wirklich überhaupt keinen Sinn hatte.

Gerade noch rechtzeitig traf er um 9:15 Uhr im Erfrischungsraum ein, wo alle anderen bereits versammelt waren. Die Chefs der Abteilungen Bühnentechnik, Ton, Licht, Requisite, Maske, Kostüm, Hausverwaltung und Disposition saßen in einem mittelgroßen Kreis beisammen. Die für die Sitzung namensgebende Regie wurde durch die Assistenten vertreten. Betriebsbüroleiterin Brigitta Krud eröffnete die Runde, erinnerte zunächst an den tragischen Todesfall und fügte hinzu, dass die Beerdigung von Peter morgen in Koblenz stattfinden werde.

In Michael krampfte sich etwas zusammen. Er wollte gerne bei dieser Beerdigung dabei sein, wusste aber, dass das nicht möglich sein würde.

Wann soll ich mich denn mal von Peter verabschieden?

Brigitta Krud ging zum Tagesgeschäft über, verlas die Planung der nächsten Woche und die Anwesenden meldeten sich dann und wann zu Wort. Michaels Blick fiel gerade noch rechtzeitig auf eine Notiz und er kündigte an, dass für Amphitryon eine Tonaufnahme mit Ernie Unterbäuerter stattfinden müsse – und zwar heute.

»Das geht auf keinen Fall«, entgegnete Pappi strikt. »Wir sind mit den Abmischungen für dieses Musikprojekt in der Halle Kalk beschäftigt. Ich kann dir frühestens am Freitag einen Termin anbieten.«

Michael zuckte die Schultern und notierte, was Pappi ihm ansagte. Dann war die Versammlung beendet.

Michael machte sich auf den Weg zum Malersaal. Jetzt war es so weit. Er würde Sonja treffen.

Nervös auf seiner Unterlippe kauend öffnete er im vierten Stock die Aufzugstür. Kaum hatte er den kurzen Flur betreten, sah er Sonja links in der kleinen Küche stehen. Sie kochte gerade wieder mal Kaffee und klapperte mit einigen nassen Tassen herum. Michaels Herz schlug schnell. Als Sonja ihn sah, hielt sie inne, verzog den Mund zu einem betrübten Lächeln.

»Na?«, sagte Michael hilflos.

»Hallo«, antwortete sie.

Eine kurze Pause entstand, in der Michael nicht wusste, wie es weitergehen sollte. Dann gab er sich einen Ruck.

»Was ich gestern zu dem alten Statisten gesagt habe, hat mich selbst entsetzt«, sagte er aufrichtig. »Das ist nichts, wozu ich stehen kann.«

Sonjas Blick nahm einen beinahe erschreckten Ausdruck an. Sie sah zu der Tasse hinab, die sie in der Hand hielt.

»Das ist gut«, stammelte sie. Als sie wieder aufschaute, war sie völlig aufgelöst. »Ich weiß auch nicht, warum mich das so verstört hat. Ich glaube, weil ich dich viel zu sehr mag ...«

Michael hielt es nicht mehr aus und zog sie an sich. Es war ihm egal, dass sie jeder hätte sehen können. Auch Sonja drückte ihn fest. Sie wollten sich gar nicht mehr loslassen. Michael merkte, wie unerträglich es ihm wäre, Sonja zu verlieren. War jetzt alles wieder in Ordnung?

Lange standen sie so.

Irgendwann – die Probe rückte näher – versuchten sie so etwas wie Alltagsgeschäftigkeit und widmeten sich gemeinsam dem Kaffee. Beinahe albern plapperten sie herum. Dass dieser Streit offenbar vorüber war, hielt Michael für ein gutes Vorzeichen für seine andere Unternehmung, die er heute vorhatte. Sonja wusste davon noch gar nichts. Er begann ihr vom vergangenen Kneipenabend zu erzählen und was er über Paul-Georgs Alleingang erfahren hatte. Bevor sie das jedoch genauer besprechen konnten, öffneten sich die Türen des wenige Meter entfernten Aufzugs und ein sichtlich verschlafener Arnd kam heraus. Als er die beiden gemeinsam sah, verzog er den Mund zu einem lästerhaften Grinsen.

»Ich möchte euch zwar nur ungern trennen, aber ich befürchte, ich brauche den Michael im Probenraum.«

»Ich komme.«

Bevor Michael ihm folgte, warf er Sonja einen schicksalsergebenen ›Es weiß halt schon jeder‹-Blick zu. Dann ging er mit seinem Kollegen hinüber in den Malersaal. Während sie dort die Requisiten auspackten, wollte Arnd wissen, was die Regiesitzung ergeben habe, und als Michael ihm mitteilte, dass der Tonaufnahmetermin mit Ernie erst am Freitag sein würde, zog er die Brauen hoch.

»Da wird der Theo aber große Augen kriegen.«

Michael wurde jedoch etwas anderes bewusst: Er war mit seinem Kollegen allein. Und er musste unbedingt seine Nachforschungen in Sachen Majestät voranbringen. Und da er nach dem Ausscheiden von Paul-Georg nun doch alle Mitarbeiter dafür in Betracht ziehen musste, war das jetzt eine gute Gelegenheit. Von der Ausstrahlung her war Arnd als Majestät absolut ein Kandidat.

Inzwischen dachte Michael nur noch kurz darüber nach, wie er beginnen sollte. »Arnd, wer könnte Peter geholfen haben, etwas gegen seine Höhenangst zu erreichen?«

»Fängst du wieder damit an? Ich habe schon mal gesagt, dass das stört.«

Michael beobachtete genau. Sein hochgewachsener Kollege sah mit steiler Falte auf der Stirn zu ihm herab.

»Trotzdem«, ließ Michael nicht locker. »Nur angenommen: Wer könnte Peter geholfen haben?«

Sichtlich widerstrebend ging Arnd auf das Gedankenspiel ein. »Was weiß ich. Vielleicht Stella. Die ist doch immer so besorgt um alle. Und sie hat den Peter am Abend, als es passierte, ja noch so groß in Schutz genommen.«

Michael nickte nachdenklich. Arnd bestätigte da etwas, was er selbst ja auch schon in Erwägung gezogen hatte. Vielleicht musste man Stella in dieser Hinsicht wirklich genauer überprüfen. Doch zunächst kehrte Michael zu Arnd zurück.

»Was ist mit dir?«

»Was soll mit mir sein?«

Immer diese Gegenfragen.

»Hast du ihm geholfen?«

»Nein«, antwortete Arnd knapp. »Wieso soll denn ausgerechnet ich mit Peter was am Hut gehabt haben?«

»Ich frag ja nur. Ich mache mir Gedanken über Peters Tod und würde mir wünschen, es gäbe jemanden, der mir über seine letzte Zeit etwas erzählen könnte.«

Habe ich das nicht gestern schon mal gesagt?

Arnd fuhr sich nachdenklich über die hohen Geheimratsecken. »Svetlana hat recht. Du machst dir zu viele Gedanken. Das ist nicht gut. Du musst aufpassen, dass dich das nicht depressiv macht. – Peter konntest du nicht helfen, das musst du einfach einsehen.« Dann wurde er streng. »Darüber wird nicht mehr geredet. Du darfst nicht ausfallen, hörst du? Ich werde das jedenfalls nicht weiter unterstützen.« Entschlossen wandte er sich ab.

Michael fragte sich, wie er das einordnen sollte: War Arnd ausgewichen oder auf seine Art wirklich besorgt? Michael ging hinaus und sah sich nach Sonja um. Sie saß einige Meter entfernt in der sogenannten Montagehalle zwischen allerhand gestapeltem Podestmaterial auf dem Boden und las irgendwas. Doch er kam nicht dazu, mit ihr zu reden, denn Helga erschien und nahm ihn mit Fragen zur Probenplanung in Beschlag. Kurz darauf trafen Svetlana und Stella ein.

Schließlich kam auch Theo Fleischer. Er schien guter Laune zu sein, als er alle in den Saal scheuchte. Michael jedoch bedachte er mit einem derart eisigen Blick, dass er sich noch mehr bedroht fühlte als die letzten Tage. Sonja, die von ihrem Leseposten kam, wurde vollends ignoriert.

»Wir waren gut gestern«, eröffnete der Regisseur die Probe. »Vor allem ist meine Planung aufgegangen. Und das, obwohl mein Assistent nicht in der Lage war, mich abzuhalten, zu viel Zeit an neue Szenen zu verlieren.« Er warf einen abfälligen Blick auf Michael, der den Vorwurf perplex entgegennahm.»Jedenfalls müssen wir heute früh nur die Szene mit Svetlana und Stella ein wenig verbessern – und dann können wir in der zweiten Hälfte des Vormittags zum ersten Akt zurückgehen.«

Stella erschrak. »Das war heute, wo wir den Text vom ersten Akt wieder können müssen?«

»Ganz genau, Prinzesschen«, antwortete der Regisseur.

Prinzesschen?

Michael wurde hellhörig. Konnte jemand, der ›Prinzesschen‹ genannt wurde, nicht auch die ›Majestät‹ sein? War das noch ein Hinweis auf Stella? Mit zusammengekniffenen Augen blickte er zu der Schauspielerin.

Inzwischen wurde Theo Fleischer von Arnd der Tonaufnahmetermin für Freitag bekannt gegeben, den Michael mitgebracht hatte. Mit einem Ruck drehte sich der Schauspieldirektor zu Michael um. Blanker Hass stand ihm ins Gesicht geschrieben. Michael wusste, dass nun eine der gefürchteten Schreiattacken kommen würde. Doch zu seiner Überraschung hielt Theo Fleischer mitten im Einatmen inne. »Das ist ja nicht wahr«, gab er dann mit einem schmalen Lächeln von sich. Dann wurde sein Ausdruck gefasst und hart. »Das kann ich nicht akzeptieren. Das hier ist Chefproduktion! Du gehst jetzt sofort zum Tonleiter und sagst, dass das noch heute sein muss. Und wenn der sich standhaft weigert, gehst du zum Intendanten.«

Arnd fühlte sich offenbar übergangen. »Soll ich das nicht besser machen?«

»Neineinein!«, entschied Theo Fleischer. »Das muss der Michael machen. Das wirkt viel besser. Los, mach dich gleich auf.«

Im rumpelnden Aufzug auf dem Weg nach unten musste Michael erst mal nachdenken. Ganz offensichtlich wurde er wieder in irgendwelche Machtkämpfe eingespannt. Er verstand zwar nicht, was das Rumgezerre um diesen dämlichen Aufnahmetermin bedeuten sollte, es machte ihn aber erneut ärgerlich. Diese ständigen Kraft- und Machtproben gingen ihm allmählich gehörig auf den Geist.

Allerdings gab ihm sein Botengang die Gelegenheit, sehr früh und unproblematisch zu seinem Gespräch mit dem Intendanten zu kommen. Augenblicklich verspannte er sich. Es musste ihm gelingen, den Intendanten davon zu überzeugen, dass ihm eine Anerkennung zustand, denn das war die vermutlich einzige Möglichkeit, trotz Theo Fleischers Feindschaft, aus dem Assistentendasein aufzusteigen.

Unten angekommen, lief er schnellstmöglich zur Kammer der Tontechnik. Doch sie war verschlossen und auf Klopfen öffnete auch niemand. Damit war es entschieden: Pappi hatte ihm deutlich gesagt, wie er die Terminlage sah, also war es wohl nicht wirklich nötig, ihn jetzt lange zu suchen. Er konnte gleich zur Intendanz gehen. Irgendein Teil seines Denkens wusste zwar, dass dieses Vorgehen nicht ganz astrein war, aber er achtete nicht darauf. Eilig machte er sich auf den Weg in den vorderen Gebäudeteil und dort hinauf in den zweiten Stock. Wieder hatte Michael den Eindruck, als ob es hier absonderlich ruhig sei. Vielleicht war es Einbildung, aber auf jeden Fall fachte es seine Aufregung weiter an. Mit pochendem Herz klopfte er an die Tür der Intendanz, woraufhin ein »Herein« ertönte.

Michael trat in das Vorzimmer und sah sich diesmal wieder Margot Kippelt gegenüber, die hinter ihrem Schreibtisch saß, schön in der Durchgangsschneise zum Chefbüro.

»Ja, was?«, fragte sie knapp und beinahe unwirsch.

»Ich muss zum Intendanten – Theo Fleischer schickt mich.« Michael war froh, diesen Grund vorschieben zu können. Er würde ihm unnötig lange Diskussionen ersparen.

»In welcher Angelegenheit?«, fragte Margot Kippelt jedoch ungerührt.

»In Sachen Tontechnik.«

»Was willst du da beim Intendanten. Klär das mit der Abteilung.«

»Nein. Ich muss das dem Intendanten sagen!« Michaels Stimme wurde schrill vor Anspannung.

»Jetzt werd nicht frech! Wer hier wann und warum mit Goetz Tandler redet, entscheide ich.«

Der Theaterleiter erschien im Türrahmen zu seinem Büro.

»Worum geht es denn?«, fragte er, da er Michael offenbar gehört hatte.

»Irgendwas mit der Tonabteilung«, erwiderte Margot Kippelt würdevoll.

Neugierig blickte der Intendant zu Michael. »Komm rein«, entschied er dann. Hinter ihm schloss er die Tür und fragte noch im Stehen. »Was ist passiert?«

Michael erläuterte rasch die Vorgänge um den Aufnahmetermin. Der Intendant hörte zu und reagierte, sehr zu Michaels Überraschung, nicht mit irgendeiner energischen Anweisung, sondern lief hinter seinen Schreibtisch und begann, ohne sich zu setzten, eine längere Notiz zu schreiben. Michael blieb im Raum stehen.

Gebeugt über seine Papiere verfiel der Intendant ins Grübeln. Erst nach einer halben Ewigkeit schaute er beinahe überrascht auf.

»Ist gut, du kannst gehen. Ich werde alles Weitere mit Theo besprechen.«

Michael atmete tief ein. »Da ist noch etwas, was diesmal *ich* besprechen wollte.«

»So?« Der Intendant sank in seinen Bürosessel. »Dauert's länger? Willst du Platz nehmen?«

Ohne die nötige Ruhe dafür setzte sich Michael auf einen Stuhl beim Schreibtisch. Der Theaterleiter, diesmal in einem weinroten Hemd, die Ärmel salopp bis zum Ellbogen hochgekrempelt, blickte ihn aufmerksam an. Sein haarloser, glatter Kopf und die energische Nase schienen ihm heute aber etwas seltsam Lebloses zu geben.

»Tja also«, begann Michael, »es ist wegen meiner Hilfe bei dem Durcheinander letzte Woche.«

»Hilfe?«, unterbrach der Intendant mit Skepsis. »Was denn für Hilfe?«

»Na ja, Arbeitsfrieden und Spielbetrieb sind ja wieder hergestellt«, beeilte sich Michael, »und das geht bis zu einem gewissen Grad auf mein Konto.«

Der Intendant hörte zu – kniff dabei die Augen konzentriert zusammen.

Michael hatte sich den nächsten Satz zurechtgelegt. »Ich wurde von Ihnen ja eingespannt in die Taktik, ein Vorbild an Dienstwilligkeit zu sein. Ich war dadurch erst etwas überrumpelt, jetzt aber muss ich darüber noch mal reden!«

»Okay«, gab der Intendant ruhig von sich.

»Okay«, wiederholte Michael und stellte fest, dass er Schweißperlen auf der Stirn hatte. »Also, Peters Tod ist mir sehr nahe gegangen. Auch, dass ausgerechnet ich ihn auf der Bühne gefunden habe.« Unverhofft blitzte das schon fast vergessene Bild des zerschmetterten, leblosen Körpers vor Michaels geistigem Auge auf. Das kam jetzt wirklich völlig unpassend – er versuchte es wegzuschieben. »Sein Tod kostet mich so viel Kraft. Und wegen all dem, dachte ich, dass man doch auch mir mal etwas Gutes tun sollte.«

Ich kann das nicht.

Der Intendant schaute nur. Sein Gesicht zeigte einen Ausdruck zwischen Erstaunen und Amüsement.

Michael schluckte schwer. Er wusste, dass er nun mit dem herausrücken musste, was er wirklich wollte. »Jedenfalls bin ich hier, weil es etwas gibt, das ich gerne hätte, und das mir unter diesen Umständen vielleicht zugestanden werden kann.«

»Aha«, machte der Intendant unaufgeregt. »Und das wäre?«

»Ich möchte eine eigene Inszenierung bekommen.«

Es war heraus. Michael hatte zumindest das überstanden. Jetzt kam es darauf an, wie es weiterging.

Der Intendant ließ sich Zeit mit seiner Antwort, die dann sehr bedächtig kam. »Ich bin erstaunt über dich.« Diese Worte ließ er erst einmal im Raum stehen. Dann wiederholte er sie. »Ich bin erstaunt über dich, weil ich nicht erwartet hätte, dass du derart berechnend sein könntest. Ich habe dich immer für einen sensiblen jungen Mann gehalten, aber was du da abziehst, ist ja fast schon erschreckend gefühlskalt.«

Irgendetwas in Michael zog sich zusammen. Das war eine Antwort, die er nicht erwartet hatte.

Der Intendant blieb gefasst. »Du hast dir da eine gnadenlose Strategie zurechtgelegt, wenn du den Tod eines Kollegen anführst. Aus so einem Unglück Kapital schlagen zu wollen, halte ich für den Gipfel der Unmenschlichkeit.«

Zwei Dinge wurden Michael klar: Dem Intendanten ging es nur darum, ihn wieder loszuwerden. Aber was er sagte, stimmte trotzdem: Michael hatte Peter für eine Strategie missbraucht. Ihm wurde schummrig.

»Was hast du dir dabei gedacht?«, wurde er von seinem Gegenüber mit wohldosierter Strenge gefragt.

»Ich habe gedacht … also, dass …« In Michaels Kopf war kein Gedanke zu greifen. »Ich wollte nur mal fragen.«

»So«, bestätigte der Intendant. »Das sehe ich, dass du das nicht zu Ende gedacht hast. Dass du dir nicht im Klaren darüber bist, was du dem Peter nachträglich da eigentlich antust.«

Heiße und kalte Schauer fuhren Michael über die Haut.

Er hat recht, er hat recht.

Der Intendant sprach weiter. »Außerdem weißt du, dass das, was du willst, gar nicht möglich ist. Ich lasse höchstens einmal pro Spielzeit einen Assistenten inszenieren. Und als nächstes ist Arnd dran. Der macht dann ›Die Maßnahme‹ von Brecht. Schon allein deshalb ist dein Vorschlag sinnlos. Aus humaner Sicht ist er aber völlig inakzeptabel. Ich werde dem auf keinen Fall entsprechen.«

Michael war immer noch benommen.

Ich tue Peter etwas an! Ich benutze Menschen für mein eigenes Fortkommen!

»Ich habe wirklich genug zu tun mit der ganzen Angelegenheit«, fügte der Theaterleiter hinzu. »Gerade muss ich eigentlich Briefe an die Kulturdezernentin und den Personalrat schreiben. Da brauche ich so Auftritte wie deinen wirklich nicht.«

»Ja, ja. Natürlich«, beeilte sich Michael zu sagen. »Ich gehe einfach wieder.« Und er stand schon auf.

Raus hier.

»Tu das. Und überleg dir in Zukunft zwei Mal, ehe du einen Kollegen ausnutzt – noch dazu einen verstorbenen!«

Michael nickte mit schwindelndem Kopf und stakste durch den Raum.

Nur raus hier.

Er erreichte die Tür und verließ eiligst das Intendantenbüro. Fahrig hetzte er im Treppenhaus die Stufen hinab.

Aber statt sich auf den Weg zurück zum Probenraum zu machen, lief er bis zur Pforte, stürmte durch die Ausgangstür hinaus und sprang auf die Straße. Dort hielt er immer noch nicht an. Ohne darüber nachzudenken, lief er weiter, einem ihn überkommenden Drang folgend. Im grellen Sonnenlicht die Krebsgasse hinab in Richtung Schildergasse.

Doch als er sie erreichte, hielt er auch nicht an. Er rannte nur noch. Rannte, was seine Beine hergaben. Ohne jede Rücksicht. Rannte mit starrem Blick in die Einkaufsmeile hinein, die selbst zu dieser Vormittagszeit gut gefüllt war. Vorbei an Fashionshops, Straßencafés und dem Leierkastenmann. Er achtete nicht auf die Menschenmengen, denen er ausweichen musste. Ignorierte das einsetzende Seitenstechen. Er rannte und rannte.

Seine Beine begannen zu schmerzen, als er mit Höchsttempo den Bierbrunnen am Kaufhof passierte. Sein Körper hielt der Anstrengung kaum stand. Doch er raste über die Hohe Straße hinweg und am Gürzenich vorüber. Zerrte das letzte aus sich heraus. Mit rasselndem Atem, überquerte er den Heumarkt mit dem halben Denkmal, rannte die Markmannsgasse hinab, vorbei am Hänneschenschaufenster, und erreichte schließlich mit allerletzter Kraft das Rheinufer.

Mit wegbrechenden Beinen und rasendem Herzschlag, berstend vor Atemnot, klammerte er sich an das Geländer der Promenade. Die Luft stach in den Lungen, sein Kopf schien platzen zu wollen. Und während er begann, aus allen Poren zu schwitzen, bemühte er sich, nicht auch noch ohnmächtig zu werden.

Viel Zeit verging, bis sich der Aufruhr in seinem Körper abzuschwächen begann. Und nur allmählich kam auch sein Denkvermögen wieder in Gang.

Ich werde mir nie wieder unter Missachtung von Wehrlosen einen Vorteil verschaffen!

Nur knapp war er an einem Riesenfehler vorbeigekommen. Michael mochte sich gar nicht vorstellen, wie sein Leben weitergegangen wäre, wenn er jetzt den Einstieg in die Intrigenwelt gefunden hätte. Fast sollte er so etwas wie Dankbarkeit empfinden über den Verlauf des Gesprächs mit dem Intendanten.

Aber tatsächlich war es ihm peinlich.

Nach und nach konnte Michael wieder die Umwelt um sich herum wahrnehmen und zulassen, die warme Sonne zu spüren. Unweit von ihm stand das Türmchen mit der Pegelanzeige. Die Zeiger standen auf 9,90 Meter, was nicht sein konnte, da der Rhein gar kein Hochwasser führte. Michaels Blick glitt über den Strom, der überraschend schön wirkte. Er lag als silbrig glänzende Bahn vor ihm, ruhig, breit und majestätisch. Gelassen tuckerten die Schiffe darauf entlang.

Und Leute waren am Ufer unterwegs, gar nicht wenige, alltäglich geschäftig. Alle waren auf irgendeinem Weg. Während Michael sie betrachtete, überkam ihn plötzlich eine merkwürdige Art von Erkenntnis: Jeder dieser Menschen trug eine lange und verschlungene Lebensgeschichte in sich. Die meisten davon kreuzten sich nie. Aber wenn doch, konnte man so vieles dabei verursachen.

Und zum größten Teil merkt man es gar nicht.

Michael schauderte.

*

Lange hatte er am Rhein gestanden, sich irgendwann aber wieder auf den Rückweg gemacht.

Als er das Theater betrat, hatte er im Eingangsbereich mit einem Mal das Gefühl, dass es innerhalb dieser Mauern beklemmend und abstoßend geworden sei. War das Einbildung? Er selbst sah wahrscheinlich sehr mitgenommen aus – roch wohl auch etwas streng. Zudem war er erschöpft und durstig. Seine Beine kündigten bereits jetzt einen ungeheuren Muskelkater an.

All diese Aufregung, all diese Gefühlsverwirrung und Panik nur, weil er unbedingt seinem Leben einen entscheidenden Kick hatte geben wollen. Michael schaute unwillkürlich die Treppe hinauf, als könne er dadurch bis zur Intendanz im zweiten Stock sehen. Erst jetzt fiel ihm auch sein ursprünglicher Auftrag wieder ein.

Dass die so verbissen ihr besonderes Augenmerk auf die Tonabteilung und da vor allem auf Pappi richten.

Und dann machte bei Michael ganz plötzlich etwas klick.

Pappi – natürlich: Von ihm war gestern bei der geheimnisvollen Besprechung im Intendantenbüro die Rede gewesen!

Wie elektrisiert stand Michael da.

Pappi konnte, als ausgesprochen engagiertes Mitglied des Personalrates, für die Hausleitung empfindlich unbequem werden. Der Brief an die Kulturdezernentin bewies es eindrucksvoll. Nach dem, was Michael inzwischen über den Machtgebrauch in diesem Haus gelernt hatte, war er sicher, dass so jemand bekämpft wurde. Der verweigerte Termin zur Tonaufnahme sollte wohl als Beleg dafür herhalten, wie unkooperativ und unhaltbar Pappi sei.

In Michael kochte Ärger hoch. Wegen der Art, in der da gegen einen Mitarbeiter vorgegangen wurde, wegen der Art, in der da jedes Mittel heilig zu sein schien, wegen der Art, in der er selbst schon wieder in Intrigen mithineingezogen wurde.

Eine derartige Ablehnung fühlte er, einen derartigen Drang, diese Machenschaften zu durchkreuzen, dass ihm sein Entschluss, dem entgegenzutreten, wie eine Selbstverständlichkeit vorkam. Er würde Pappi vor dem, was sich über ihm zusammenbraute, warnen. Zornig machte er sich auf den Weg zur Tonkammer. Doch sie war immer noch verschlossen. Das zweite Mal an diesem Tag stand er in dem dunklen Treppenhaus vor der schäbigen Eisentür. Diesmal dachte er jedoch genauer nach, wie es weitergehen sollte.

Pappi konnte überall sein, es hatte keinen Sinn, ihn zu suchen. Am Nachmittag waren die Chancen größer, an den üblichen Erholungsstationen auf ihn zu stoßen. Es erschien Michael besser, erst mal wieder im Proberaum aufzutauchen.

Er hatte keine Ahnung, wie lang er weg gewesen war, aber als er die vierte Etage erreichte, kamen ihm einige seiner Kollegen entgegen – es war Probenpause. Auch Sonja war auf dem Weg, neuen Kaffee zu kochen.

»Wo warst du denn so lange?«, fragte sie verwundert. »Der Fleischer hat sich schon x-mal darüber mokiert, dass du einfach nicht zurückkommst. – Du siehst aus, als hättest du versucht, einen Büffel zu epilieren.«

»Lass uns woanders darüber reden. Ist komplizierter.« Und damit zog er sie zur Küche.

Seinen ruhmlosen Paktierversuch mit dem Intendanten erwähnte er erst mal nicht. Wenn Sonja schon gestern auf seine verbale Entgleisung dem alten Statisten gegenüber so entsetzt reagiert hatte, würde es bei dieser Unüberlegtheit sicher noch ärger werden. Aber er berichtete ihr, dass es Pappi sein musste, den die Theaterleitung mit ihrer Verschwörung anzugreifen versuchte.

»Ah«, machte Sonja. »Klingt schlüssig. Auch die Bemerkung von ›dem und sein Haufen‹ macht so einen Sinn, wenn man sie auf den Personalrat bezieht.«

»Und jetzt muss ich Pappi unbedingt warnen!«

Sonja nickte.

Wieder öffnete sich in diesem Moment der Aufzug hinter den beiden. Lars kam heraus, der für die zweite Halbzeit der Probe bestellt war. Er entdeckte Michael und seine Züge verhärteten sich. Reglos blieb er einen Wimpernschlag lang stehen. Dann grüßte er ein wenig zu freundlich und machte sich rasch in Richtung Probenraum davon.

Michael spannte sich an. Dieser Auftritt erinnerte ihn daran, dass da eine mögliche Majestät fortwährend versuchte, etwas zu verbergen. Versuche, die glücklicherweise nie ganz gelangen (endlich mal ein Vorteil der extrovertierten Schauspielernatur).

»Sonja, sei mir nicht böse, aber ich glaube, ich muss mir jetzt unbedingt den Lars zur Brust nehmen. Lass uns später weiterreden.«

Michael folgte dem Schauspieler. Doch obwohl der kaum Vorsprung hatte, war er verschwunden. Michael fluchte. Er sah Lars weder im Bereich vor dem Proberaum noch als er den Saal betrat. Dafür wurde er dort von Theo Fleischer empfangen, der die Pause tatsächlich einmal nicht genutzt hatte, um in sein Büro zu gehen.

»Ach, sieh mal an, wer sich da auch wieder die Ehre gibt. Sag mal, hast du inzwischen an deinem Haus gebaut, oder was?«

Beinahe unwillig sah Michael den Schauspieldirektor an und hatte doch kaum Augen für ihn. Angespannt fragte er sich, warum Lars nicht zu finden war.

»Ging nicht schneller«, erklärte er knapp. »Ich bin aber direkt zum Intendanten und hab die Botschaft überbracht.«

»Moment!«, unterbrach der Schauspieldirektor. »Bevor du beim Intendanten warst, hast du nicht mit dem Tonchef geredet?«

»Konnte ich nicht, er war nicht zu finden.«

»Ich hatte dir das ausdrücklich aufgetragen!«, schrie Theo Fleischer ohne weiteren Anlauf los. »Die Weigerung muss eindeutig feststehen! Und nur du wirkst völlig unbedarft, wenn du nachhakst!«

Michael hatte keine Kraft, diese Auseinandersetzung jetzt zu führen. »Ich habe das Manöver der Beseitigung schon nicht gefährdet ...«

Augenblicklich verstummte der Schauspieldirektor. Er war sich eindeutig unsicher, wie Michael das gerade gemeint hatte. Außerdem schien ihm zu dämmern, dass er selbst zu verraten begann, einem taktischen Plan nachzugehen.

»Was schreist du denn so?«, fragte Stella erstaunt von der Bühnenschräge herab.

Theo Fleischer zögerte. »Nichts«, sagte er dann gepresst und ging strammen Schrittes einfach hinaus.

»Hast ja eine große Wirkung, so wie der türmt«, stellte Stella bewundernd fest. Auf der Schräge des Probenbühnenbilds suchte sie irgendetwas zwischen den herumliegenden Requisiten.

Michael fixierte sie. Die Sache mit ›Prinzesschen‹ fiel ihm wieder ein.

Jetzt war er endgültig überfordert. Lars war und blieb unsichtbar, der Mensch, der immer wahrscheinlicher die Majestät zu sein schien. Aber hier stand Stella, auf die heute auch schon zweimal ein Verdachtsmoment gefallen war. Wenigstens sie sollte er sich vorknöpfen.

»Stella«, fragte er so dezent, dass sie ihn auf der Schräge noch hören konnte, aber andere im Raum nicht alles mitbekamen, »weißt du was davon, dass Peter versucht hat, sich die Höhenangst abzutrainieren?«

Die Schauspielerin hielt verdutzt inne und bemühte sich armrudernd, auf der abschüssigen Fläche das Gleichgewicht zu halten.

»Da weiß ich nichts drüber.« Für einen Augenblick schaute sie gedankenvoll zu Michael hinab. Eigentlich hatte sie schon Probenschluss, schien aber nicht in Eile zu sein. »Das Thema scheint dich wirklich unheimlich zu beschäftigen. Ich hab auch Probleme, wieder Ordnung in meine Gefühle zu kriegen. Genau wie du. Das Ganze ist ein einziges Drama ...«

Michael sah erstaunt zu der Schauspielerin hinauf. Zum ersten Mal versuchte ihm jemand nicht auszuweichen oder uneindeutige Antworten zu geben. Stella hatte nicht mal eine Gegenfrage gestellt. »Ja, das Ganze ist schrecklich. Und ich möchte versuchen, es richtig zu verstehen.«

Stella nickte. Gleichzeitig ging ein Schauer durch sie. »Einer von uns musste sterben ...«

Michaels Kiefermuskeln verhärteten sich. »Und in dem Zusammenhang hat jemand eine besondere Bedeutung.«

»Ich weiß doch längst, was du meinst. Und auch, von wem du redest.«

Michael starrte die Schauspielerin an, während sie rasch zu ihm herabbalanciert kam. Wusste sie wirklich, um was es ging? Wie deutlich durfte er jetzt werden? Gedämpft fuhr er fort. »Es gibt da etwas, das den Tod von Peter in einem ganz anderen Licht erscheinen lässt.«

Stella nickte verschwörerisch. »Du scheinst auf den Fleischer ja auch mächtig Eindruck zu machen.«

»Nein, es war gar nicht der Fleischer. Es muss in eine andere Richtung gehen.«

Stella nickte wieder und gestikulierte beinahe beschwörend. »Hat aber mit dieser Ungerechtigkeit hier zu tun, nicht wahr? Mit dieser Ausnutzung und diesem Desinteresse. Manchmal hat man das Gefühl, die lutschen dich aus. So was führt zwangsläufig zu so Katastrophen wie mit Peter.«

Michael hatte nicht das Gefühl, dass ihn Stella richtig verstanden hatte, aber trotzdem fühlte er sich mit ihr auf einmal seltsam verbunden. Aufmerksam sah er ihr in die Augen. »Es gibt ein paar Dinge, die ich herauszufinden versuche. Die wichtig für all das sind.«

»Warum nur du allein? Je mehr es sind, desto besser ist es doch. Ich bin auf jeden Fall zu allem bereit, um mit den Umständen hier mal aufzuräumen. Und du scheinst da ja gerade einen Energieschub zu haben. Wär doch blöd, wenn der sinnlos verpufft.« Dann setzte Stella ein schiefes Grinsen auf. »Wo du doch dem Fleischer gerade so schön Kontra geben kannst …«

Michael war verwirrt. »Vor allem glaube ich nicht, dass Peter Selbstmord begangen hat. Das ist das Wichtigste. Und das müssen alle endlich begreifen.«

Stellas Augen weiteten sich langsam. »Ich verstehe. Das musst du mir genauer erzählen.« Plötzlich fuhr sie jedoch auf. »Sei mir nicht böse, aber ich muss schon die ganze Zeit dringend aufs Klo. Bin gleich wieder da.« Rasch lief sie hinaus. Michael schaute ihr verdutzt hinterher.

Im Raum waren Helga, Arnd und der mittlerweile eingetroffene Tim, doch die schienen von allem nichts mitbekommen zu haben. In Gedanken noch ganz bei Stella, verließ er ebenfalls den Saal.

Draußen sah er Sonja gleich links hinter dem Durchgang zur Montagehalle am Boden sitzen, genau wie schon heute Morgen. Wieder war sie völlig vertieft und las. Er ging die paar Schritte zu ihr hinüber und erstarrte. Was sie da las, bemerkte er erst jetzt: Es war Peters Textbuch!

Hastig beugte er sich zu ihr hinab und klappte ihr das Buch zu. »Sonja! Du kannst das doch nicht ausgerechnet hier lesen! Wenn das jemand sieht!«

»Es wird aber niemand sehen«, verteidigte sie sich verblüfft und auch ein wenig verärgert. »Erstens sitze ich im Abseits, zweitens erkennt ja niemand, was für ein Buch das genau ist.«

»Da wär ich mir nicht sicher, so wie das vollgeschrieben ist. Mittlerweile ist das halbe Ensemble vorbeigekommen.« Michael fragte sich, ob es nicht sogar das ganze Ensemble war. »Lies hier auf keinen Fall weiter!«

Sonja sah Michael für einen Augenblick ungehalten an, dann packte sie unter Augenrollen das Textbuch in ihre Tasche.

»Wieso machst du das denn überhaupt jetzt?«

»Weiß nicht«, maulte sie. »Ich habe gedacht, es würde dir helfen. Viel Zeit ist nicht mehr da. Außerdem habe ich gestern Abend noch lange drin gelesen und muss einfach immer weitermachen.« Etwas hilflos suchte sie nach der passenden Formulierung. »Diese ganzen krausen Notizen sind wie eine Schatzkarte zu Peters Seele. Es ist so unfassbar traurig, was einem daraus entgegenspricht. Diese Verzweiflung und diese wahnsinnige Verängstigung. Ich habe das Gefühl, eine echte Verbindung zu Peter zu bekommen.«

»Verstehe«, sagte Michael betroffen, »Du bekommst die gesamte Gewalt seines Zustands auf einen Schlag.«

»Ich habe noch nie die Worte eines Toten gelesen«, gab sie schwach zurück.

Michael verstand, wie sie es meinte, gleichzeitig stieg ein idiotischer Gedanke in ihm auf.

Kleist ist doch auch tot. Und der hat tatsächlich Selbstmord begangen.

In seinem Kopf schien es allmählich zu schwirren. Discolicht in Dunkelheit. Er hoffte jedenfalls, dass Sonjas unbekümmerter Umgang mit dem Textbuch keine Schwierigkeiten zur Folge haben würde.

Sonja musste dann in die Teeküche, Michael zurück in den Probenraum.

Kaum hatte er ihn betreten, da rauschte hinter ihm Theo Fleischer wieder herein. In seinem Windschatten kam zudem Stella zurück. Der Regisseur blieb vor Michael stehen und sah ihn mit unverhohlener Häme an.

»Hört mal«, sagte er laut in die Runde, »ich glaube unser Michael ist unter die Strategen gegangen.« Dann erzählte er, was er offenbar gerade in der Intendanz erfahren hatte: Dass Michael in dem Gespräch mit dem Theaterleiter versucht hatte, etwas für sich herauszuschlagen. Sichtlich versetzte es ihn in gute Laune, dass Michael dabei kläglich abgeschmettert worden war.

Michael hörte fassungslos zu und war nur froh, dass Sonja draußen zu tun hatte. Die Tatsache, dass alle anderen von seiner unreflektierten Aktion erfuhren, war demütigend genug. Andererseits machte ihn Theo Fleischers Respektlosigkeit auch zornig.

Dann jedoch riss ihn etwas ganz anderes hoch: Noch während Theo Fleischer redete, sah er Lars hinter der Schräge hervorkommen. Michael schimpfte sich einen Idioten! Dass er nicht darauf gekommen war, dass sich der Schauspieler einfach hinter dem Probenbühnenbild versteckt hatte, war ihm unbegreiflich. Fast gleichzeitig wurde ihm bewusst, dass Lars dadurch das Gespräch mit Stella zumindest teilweise angehört haben musste und er fragte sich, ob dabei etwas Wichtiges verraten worden war.

Lars schien jedenfalls immer noch verkrampft zu sein: Mit flackerndem Blick bemühte er sich sichtlich, möglichst normal zu wirken. Er wurde immer verdächtiger.

»Scheinst ja richtig was erreicht zu haben«, schloss Theo Fleischer vergnügt seinen Bericht.

»Du hast dem echt die Stirn geboten«, plapperte Stella an Michael gewandt drauf los. Sie machte einen geradezu verzückten Eindruck.

Theo Fleischers Grinsen fror ein. Offenbar hatte er erwartet, dass sein Bericht Entrüstung hervorrufen würde. Stattdessen trat das Gegenteil ein.

»Ich finde es großartig, dass du so was versuchst«, fuhr Stella ungeniert fort. »Und auch alles andere, was du gerade betreibst.«

»Was wird denn das jetzt hier?«, ging der Schauspieldirektor dazwischen. »Ein Workshop für betriebsschädigendes Verhalten?«

»Och«, gab Stella mit blitzenden Augen von sich, »es macht durchaus Eindruck, wenn mal einer Kontra gibt.«

»Aha?«

Theo Fleischers Häme war verpufft. Dann kam Sonja herein, um eine Thermoskanne auf den Regietisch zu stellen. Dem Schauspieldirektor schien das den letzten Funken Geduld zu rauben.

»Was steht ihr denn alle so rum?«, rief er barsch. »Lasst uns weiterarbeiten.«

Michael setzte sich folgsam an seinen Platz, Arnd und Sonja taten es ihm nach. Der Regisseur registrierte es von der Saalmitte aus.

»Moment«, entgegnete Tim mit rauer Stimme, »muss mich erst umziehen.« Und damit stakste er umständlich zu der Trennwand, hinter der er und einige andere ihre Probenkostüme deponiert hatten.

»So was musst du in der Pause machen und zum Probenbeginn fertig sein«, rief ihm der Regisseur nach. Er entdeckte Stella, die nach wie vor irgendetwas suchte. »Was machst du noch hier? Du hast doch frei. Geh endlich nach Hause!« Dann begann er auf und ab zu laufen und dabei halblaut vor sich hinzuschimpfen. »Ein Drecksladen ist das. Nichts funktioniert, wie es soll.« Alle Anwesenden zogen gequält die Köpfe ein. »… zum Wahnsinnigwerden! Das hat nichts mit Professionalität …« Endlich kam Tim im Probenkostüm zurück. »Ah«, warf ihm der Regisseur mit triefender Ironie entgegen, »welch Freude, dass du schon arbeitsbereit bist.« Weitere Beschimpfungen folgten. Zufällig kreuzte sich Theo Fleischers Blick mit dem von Michael. »Was guckst du denn so blöd?«, geiferte er ihm sofort entgegen.

Michael mochte sich nicht wieder alles gefallen lassen. »Ich guck nur irgendwohin. Willst du mir daraus jetzt auch noch ein Problem machen?«

Arnd, zwei Plätze neben ihm, vergrub in stummer Verzweiflung den Kopf in den Händen.

Theo Fleischer war auf den Regietisch zugeschossen und explodierte im Stehen. »Du scheiß Klugscheißer du«, schrie er. Es wirkte, als ob er gleich zuschlagen wollte. »Was willst du überhaupt? Unzuverlässig sein, aber dann eine Belohnung aushandeln wollen? Du führst Aufträge gar nicht aus! Gespräche, die ich dir auftrage! Wo warst du denn so lange? Requisiten und Bühnenproben vergessen! Und dann spielst du den Held und reißt sie dir selber unter den Nagel! Aber ich kann so was ertragen, mir macht das gar nichts aus!«

Überfahren versuchte Michael in diesen wirren Mix aus Vorwürfen einen Sinn hineinzubringen.

Völlig unerwartet mischte sich Tim ein. »Jetzt lass aber mal den Michael in Ruhe. Der kann nichts für das Chaos der letzten Tage.«

Blitzschnell drehte sich Theo Fleischer um und griff dabei das Nächsterreichbare vom Tisch. Es war die volle Thermoskanne. Sie wurde durch den Raum geschleudert, traf Tim hart an der Brust, prallte ab, fiel krachend auf den Boden und blieb liegen.

Danach war es erst einmal mucksmäuschenstill im Raum. Nur Theo Fleischer atmete laut. Einige lange Sekunden passierte nichts.

Dann drehte sich Tim um und ging hinaus.

»Ich warne euch«, keuchte der Regisseur drohend in den Raum hinein. »Wehe, es sagt jetzt einer was. Wehe, es sagt jetzt einer was!« Er sah sich bebend vor Anspannung um, dann stürmte er ebenfalls aus dem Probenraum.

Endlich kam Bewegung in die Kollegen. Lars schüttelte tranceartig den Kopf, Stella machte hinter Theo Fleischer einen Stinkefinger her, Helga begann halblaut zu schimpfen, Sonja sah sich ungläubig nach Michael um – und Arnd sprang plötzlich auf.

»Mensch, wenn der Theo den Tim am Aufzug trifft, gibt das Tote!« Damit lief er ebenfalls hinaus.

Und Michael besah sich das alles und hätte sich am liebsten kaputtgelacht.

Alle versuchten in den nächsten Minuten auf ihre Weise wieder Fassung zu finden: Stella lobte in höchsten Tönen Michaels mutige Standhaftigkeit, Lars blieb sprachlos, Helga brabbelte vor sich hin, Sonja prüfte mit Michael die ruinierte Thermoskanne, um sie dann wegzuwerfen. Keiner wusste genau, was nun weiter passieren sollte.

Michael fragte sich, ob er sich jetzt Lars vorknöpfen sollte, stellte aber fest, dass die Attacke noch zu sehr in ihm saß.

Nach einer gefühlten Ewigkeit erschien Arnd endlich wieder und berichtete, dass von Tim glücklicherweise nichts mehr zu sehen gewesen war. Er habe Theo Fleischer dann in dessen Büro gebracht. Und die Probe sei für heute Vormittag beendet.

Sofort stürmte Lars zur Tür hinaus. Michael sah ihm unzufrieden nach.

»Und wie wird's weitergehen?«, fragte Helga bestürzt und zog die Nase hoch.

Alle sahen Arnd an.

»Was weiß ich«, antwortete er überfordert. »Heute Abend wird sicher Probe sein.«

»Dieses ganze Durcheinander ist zu viel für mich«, gab Helga dumpf von sich.

»Wird sich entheddern«, entgegnete Michael und wusste gar nicht, was genau er meinte.

Nachmittag

Verspannt saßen Michael und Sonja am hinteren Ende der Kantine auf der Wandbank und versuchten die Last, die das rabiate Probenende ausgelöst hatte, aus den Knochen zu bekommen. Sie hatten den langen, schlauchartigen Raum für sich allein. Die wenigen, die zu dieser frühen Mittagszeit schon etwas essen wollten, saßen draußen in der Sonne.

Den Probenraum hatten alle Kollegen rasch verlassen: Stella mit Handy in der Hand, Helga etwas ziellos und Arnd sichtlich aufgewühlt.

»Ich muss jetzt ins Fitnessstudio«, hatte er gesagt, obwohl er eher ausgesehen hatte, als ob er Bauchweh habe.

Michael schüttelte fassungslos den Kopf und versuchte zu verstehen, was zu Theo Fleischers wahnwitzigem Kannenwurf geführt hatte. In dessen fast schon hysterischer

Beschimpfungsarie war durchgeblitzt, dass es ihn doch ernstlich getroffen haben musste, bei Sonja abgeschmettert zu sein. Und ausgerechnet mit Michael hatte sie etwas angefangen. Er hatte geahnt, dass es Ärger geben würde. Mit einem körperlichen Angriff hatte er allerdings überhaupt nicht gerechnet. Durch die Fenster der Kantine sah Michael, dass Helga im Hof einigen Mitarbeitern ganz aufgeregt etwas erzählte. Er ahnte, was es war.

»Um Fleischer brauchen wir uns keine Sorgen zu machen. Um den werden sich schon andere kümmern. Wir müssen jetzt unbedingt in Sachen Majestät weiterkommen.« Er fuhr sich mit den Händen durch das Gesicht. »Dass mir Lars immer wieder entwischt, ärgert mich langsam wirklich. Mit Stella habe ich reden können. Aber das war eher verwirrend. Keine Ahnung, ob sie neben ›Prinzesschen‹ auch ›Majestät‹ genannt wird. Stattdessen scheint sie hier gerne einen Aufstand erleben zu wollen.« Er erzählte, wie Stella davon geredet hatte, einmal ›aufräumen‹ zu wollen.

»Welchen Grund aber hätte sie, um an Peter herumzudoktern?«, überlegte Sonja.

»Na ja, sie hat sich dadurch, dass sie ihn bei der berühmten Bühnenprobe so vehement verteidigt hat, ganz schön aus dem Fenster gelehnt. Was ist, wenn sie deshalb nicht hinnehmen konnte, Peter scheitern zu sehen? Wenn sie deshalb irgendetwas mit ihm zu erreichen versucht hat?«

»Und dann in ihrer turbulenten Art zu weit gegangen ist«, sinnierte Sonja. »Was wissen wir von den anderen?«

»Tja«, machte Michael. »Nicht viel, würde ich sagen. Tim habe ich noch nicht gesprochen, und dass, wo er doch derjenige ist, der was Genaueres über Lars weiß. Arnd ist zu keinem Nachdenken über Peters Tod bereit. Er hat Sorge, es könnte mich depressiv werden lassen. Von Thomas wissen wir nur, dass er sich am Handy gestritten hat. Vielleicht ist das wichtig, vielleicht auch nicht.«

»Immerhin hast du da erlebt, dass er nicht dauernd so entspannt ist, wie er sich gerne gibt. Fragt sich doch, zu was er sonst noch fähig ist.«

Michael musste ihr recht geben. Möglicherweise hatte Thomas innere Abgründe, die man nicht ermessen konnte. »Ich sehe bei ihm nur den Grund nicht, aus dem er sich in Peters Fall hätte einmischen sollen. – Bei Lars sehe ich den allerdings auch nicht.«

»Was werden wir jetzt tun?«, fragte Sonja ratlos.

»Endlich aus Lars etwas herausbringen?«, riet Michael. »Offene Baustellen gibt es jedenfalls mehr als genug. Hast du eigentlich in den Aufzeichnungen von Peter mittlerweile irgendetwas Interessantes gefunden?«

Sonja seufzte. »Nichts, was uns weiterhelfen würde. Klingt alles ziemlich einsam und verwirrt. Man bekommt das Gefühl, als ob Peter außer diesen Papierseiten niemanden gehabt hätte, dem er seine Sorgen hätte anvertrauen können.« Michael musste schlucken. Sein schlechtes Gewissen meldete sich, Peter zu schnell aus seiner Wohnung rauskomplimentiert zu haben.

Beide verfielen in grübelndes Schweigen.

Noch immer hatte Michael von seinem groben Versuch, dem Intendanten einen Vorteil abzupressen, nichts erzählt. Aber ihm war klar, dass er es früher oder später sagen musste.

»Ich muss jetzt endlich Pappi finden«, stieß er aus. »Auch so etwas, um das ich mich kümmern muss. Ist das alles verworren!«

Durch die Hoftür kamen Simon und Fränk herein. Eigentlich wollten sie wohl weiter ins Haus, aber Michael rief ihnen durch die Länge des Raums nach.

»Habt ihr Pappi gesehen?«

»Vorhin war er draußen«, rief Fränk zurück. »Ist aber schon vor einer Weile gegangen. Weiß nicht, wohin.« Er zögerte, dann kam er auf Michael zu. »Jetzt ist der Fleischer also völlig durchgeknallt.«

Simon konnte nur ratlos den Kopf schütteln. »Ich frage mich, wie der so alt geworden ist, ohne vorher erschlagen zu werden.«

»Scheint unter einem besonderen Schutz zu stehen«, vermutete Fränk, »so als Satans geistig behinderter kleiner Bruder ...« Er grinste Michael schief an. »Und ausgelöst wurde das, weil du dich der Schreierei von Fleischer mal entgegengestellt hasst. Hätte von dir auch keiner gedacht.«

Über Michaels Gesicht ging ein Schatten. Das spielte natürlich darauf an, dass alle dachten, er hätte nach Peters Tod ein Geschäft mit dem Intendanten abgeschlossen. Inzwischen wäre das sogar beinahe wahr geworden. Unsicher schielte er zu Sonja.

»Was wird diese Aktion von Fleischer denn für Folgen haben?«, erkundigte sie sich.

»Gute Frage«, gestand Fränk. »Normal wäre ja, wenn Tim-F-Punkt Anklage erheben würde. Beim Intendanten, beim Personalrat oder bei sonst wem. Wie es heißt, ist er aber einfach nach Hause gegangen.«

»Im Probenkostüm«, wusste Simon zu präzisieren. »Würde mich nicht wundern, wenn dieser Sauertopf keinen Mucks tut.«

Alle vier waren sich einig, dass das eigentlich nicht sein durfte.

»Irgendwann ist das Maß voll«, fand Simon. »Sogar im durchgeknallten Theaterbetrieb. Selbst eine langweilige Kanne kann zu Verletzungen führen. Noch dazu, wenn sie randvoll und schwer ist.«

Fränk runzelte ungewöhnlich ernst die Stirn. »Wieso kommen eigentlich immer die größten Hohlköpfe an die höchsten Positionen?«

»Die wirklich Fähigen sind zu sensibel, um sich dahin zu boxen«, entgegnete Michael.

»Genau«, bestätigte Fränk. »Diejenigen, die Wahrheit und Verantwortung außer Acht lassen, bauen unsere ganze Welt. Und deshalb bröckelt die auch so marode vor sich hin.«

»So wie dieses Haus«, schloss Simon trocken.

»Super, wenn sich dem mal einer entgegenstellt«, grinste Fränk wieder schief zu Michael.

Der war unangenehm berührt. »Seid mir nicht böse, aber ich muss jetzt dringend Pappi finden.«

Sie brachen auf. Michael und Sonja gingen in Richtung Pforte.

»Kommst du mit suchen, oder willst du nach Hause?«, fragte er.

Sonja war unentschieden. »Ich hab das Gefühl, ich sollte die Aufzeichnungen von Peter endlich mal in Ruhe lesen. Aber wenn ich dir hier helfen kann?«

Michael schüttelte den Kopf. Ihn beschäftigte allerdings noch etwas anderes. »Ich bin heute Abend beim ›Sturm‹. Der Gedanke, dass du dem Fleischer auf der Probe ohne mich begegnen wirst, gefällt mir gar nicht.«

Sonja gab Michael einen Kuss. »Mach dir keine Sorgen. Wenn der mir blöd kommt, gehe ich einfach weg. Und Arnd und die anderen sind ja auch da.«

Michael war keineswegs beruhigt.

Gerade wollten sie sich voneinander verabschieden, als Michael eine SMS bekam. Gestört kramte er sein Handy heraus. Doch noch bevor er sie lesen konnte, erstarrte er und sein Herz krampfte sich zusammen.

»Was ist denn?«, fragte Sonja, als sie sein Gesicht sah.

Überfordert schüttelte Michael den Kopf und schaute ungläubig auf den Namen, der im Display angezeigt wurde: Die Nachricht kam von Peter!

Ein kalter Schauer setzte sich feucht und klamm auf seine Hände. Entpuppten sich gerade die Ereignisse der letzten Tage als schrecklicher Irrtum? Für lange Sekunden versuchte er damit zurechtzukommen.

Endlich rief er mit steifen Fingern die eigentliche Botschaft auf.

`Lass die Toten ruhen und bleib bei den Lebendigen!`

Nur dieser eine Satz.

Michael las ihn ein zweites Mal. Dann wurde er zornig. Unfähig, ein Wort herauszubringen, zeigte er Sonja, was ihn da erreicht hatte.

Sie sah ihn sprachlos an.

Beinahe wär Michael im Eingangsbereich explodiert. Aber stattdessen packte er Sonja und zerrte sie nach draußen, zog sie energisch über die Straße auf den gegenüberliegenden Bürgersteig.

»Irgendjemand erlaubt sich da einen Scherz mit uns!«, stieß er wild hervor. »Irgendjemand tut so, als würde Peter eine Nachricht aus dem Jenseits schicken!«

Auch Sonja überschlug sich fast vor Aufregung. »Die Person muss Peters Handy mitgenommen haben, als sie mit ihm in dessen letzten Nacht zusammen war! Darum wird es auch vermisst.«

»Es muss die Majestät sein!«

»Und wir müssen ihr schon verdammt nahe sein!«

»Wenn sie so eine Verzweiflungstat begeht!«

Sonja hielt inne. »Aber das soll eine Drohung sein!«

Michael hatte kein Ohr dafür. »Da ist jemand in heller Panik und versucht gleichzeitig rotzfrech zu sein. Ich muss wissen, wer das ist!«

Sonja reagierte nicht. Aber etwas veränderte sich in ihrem Blick. »Ruf an.«

»Was?«

»Die Majestät hat die SMS von einem Handy aus geschickt. Du kannst sie darauf zurückrufen.«

Michael verstand. Augenblicklich drückte er die Anruftaste. Nach wenigen Sekunden kam das Freizeichen.

Es klingelte einmal. Zweimal. Dreimal. Viermal.

Michael standen Schweißperlen auf der Stirn.

Dann wurde tatsächlich abgenommen!

Niemand meldete sich. Michael sagte ebenfalls nichts, sondern lauschte. Lange Sekunden vergingen, in denen beide Seiten eisig schwiegen und Michael im Telefon nichts hörte, als Verkehrslärm, ähnlich dem, der ihn umgab.

Dann gab es ein kurzes Rascheln und die Leitung war unterbrochen.

»Ich hab ihn drangehabt!«, schrie Michael auf. »Ich hab ihn wirklich drangehabt! Gleich noch mal. Diesmal kriegt der was zu hören!«

Wieder drückte Michael die Anruftaste. Doch augenblicklich ging die Mailbox dran. Das Handy am anderen Ende war ausgeschaltet worden.

»Scheiße! Aber ich hab ihn wirklich drangehabt!« Michael war völlig außer sich. »Ich hab ihn drangehabt! Ich war ihm ganz nahe!« Eine Zeit lang konnte er sich überhaupt nicht beruhigen. »Ich krieg dich! Ich krieg dich!«

Schließlich war es Sonja, die ihn wieder einigermaßen zur Vernunft bringen konnte. »Was tun wir denn jetzt?«

Michael blieb ratlos stehen und zuckte die Schultern. »Keine Ahnung.«

»Du musst es der Polizei sagen.«

Michael blieb die Spucke weg. Das war definitiv nicht das, was er sich vorgestellt hatte. Unbeherrscht drehte er sich ab und starrte ins Schaufester eines Jagdausrüsters auf Lodenbekleidung in Dunkeloliv und Waldgrün.

Sonja blieb unbeirrt. »Du machst dich strafbar, wenn du das nicht anzeigst. Schon allein, weil sie dich mehrfach gefragt haben, wo das Handy ist.«

»Und wenn ich es ihnen sage, was machen sie dann?«, wehrte sich Michael. »Auch diese SMS besagt doch nichts. Selbst wenn sie wüssten, wer sie geschrieben hat, könnte derjenige sich immer noch herausreden. Aber sie wissen es ja nicht einmal.«

»Handys kann man doch orten.«

»Nur wenn sie angeschaltet sind. Das hier ist aus.«

»Trotzdem muss du deinen Alleingang beenden.«

»Nein.« Michael wurde plötzlich ruhig und entschieden. »Das geht jetzt zu weit. Da denkt jemand, er könnte mich verarschen. Außerdem scheine ich der Lösung ja schon recht nah zu sein. Jetzt will ich auch herausfinden, wer hier auftritt wie König Karl.«

»Und wie?«

»Weiß ich nicht, aber da wird mir was einfallen. Ich werde das auf keinen Fall anderen überlassen, die mir sowieso nicht glauben und die Sache am Ende noch fallen lassen.«

Michael sah vor seinem geistigen Auge das lähmende Lächeln des Kriminalkommissars und hörte ihn sein monotones ›Gut‹ sprechen. Dass sich dieser Mann für eine schwammige SMS und einen Telefonschweiger interessieren würde, konnte er sich schlicht nicht vorstellen.

Mit festem Blick schaute er Sonja an. Und sie widersprach für den Moment nicht weiter.

Schließlich ging Sonja nach Hause und er kehrte in den Bau der städtischen Bühnen zurück, um sich auf die Suche nach Pappi zu machen. Während er durch die Flure lief, kochte es allerdings weiter in ihm. Er war sich sicher, dass diese SMS eine Reaktion auf sein energisches Befragen der Ensemblekollegen war. Und vielleicht auch auf die Tatsache, dass Sonja mit Peters Textbuch gesehen worden war.

Aber wer war es gewesen? Wer?

Ihm fiel einfach nur Lars ein. Hinter dem Äußeren seiner Behäbigkeit musste etwas Monströses hausen. Doch Michael würde das aufdecken. Geradezu begierig erwartete er den Moment.

Ich krieg dich!

Falls der große Unbekannte gehofft hatte, ihn mit dieser SMS eingeschüchtert zu haben, so hatte er das genaue Gegenteil erreicht. Michael war so entschlossen wie lange nicht. Zusätzlich verschaffte es ihm eine gewisse Genugtuung, dass auf der Gegenseite ganz eindeutig Verängstigung herrschte.

Während Michael weiterbrütete, lief er quer durch das ganze Haus. Aber auf die Schnelle fand er Pappi nicht. Weder in der Tonkammer noch auf der Bühne, beim Materiallager oder in der Kantine. Dann musste er ein paar organisatorische Dinge erledigen – unter anderem gab er Ernie Unterbäuerter den Aufnahmetermin für Freitag durch, an dem sich wohl nichts mehr ändern würde.

Vorstellung

Michael begann früh mit seinen Kontrollgängen vor der Aufführung. Ihm war das verdächtige Verhalten von Hektor wieder eingefallen. Welche Verbindung der Inspizient zu Peters Tod hatte, musste er auch endgültig klären. Schnell bemühte er sich, seine Pflichten abgearbeitet zu bekommen.

In den Garderobengängen schien alles normal. Er konnte zwar einige der Schauspieler nirgendwo entdecken, bekam aber von den Ankleidern gemeldet, dass sie da seien. Trotzdem wunderte er sich – es war so ungewöhnlich ruhig in den Fluren. Sein Kontrollgang über die Bühne wiederum brachte nichts Außergewöhnliches.

Dann postierte er sich nicht direkt ans Inspizientenpult, sondern etwas entfernt auf die Seitenbühne. Endlich kam Hektor, legte seine Sachen ab und nahm seine Gerätschaft in Betrieb. Michael bemerkte er nicht. Das war der Moment. Möglichst leise lief Michael auf den beschäftigten Hektor zu. Der schallschluckende Teppich, der überall in den Hinterbühnenbereichen ausgelegt war, half ihm. Hektor war völlig überrascht, als Michael plötzlich neben ihm stand.

»Ach, hallo«, hauchte er wie ertappt.

Michael hatte das Gerede um den heißen Brei herum satt. »Hektor, ich muss dich sprechen. Es geht um Peter.«

»So?«, machte der Inspizient furchtsam.

»Ja. Es scheint fast so, als ob du wegen irgendetwas ein schlechtes Gewissen hast.«

»Ich? Nein.« Dann wandte sich Hektor seinem Pult zu und drückte irgendwelche Knöpfe. »Ich muss mich jetzt um meine Arbeit kümmern. Tut mir leid.«

Michael sah, wie sinnlos das Treiben des Inspizienten war. »Komm, du hast doch mit irgendetwas Probleme.«

»Ich hab keine Probleme.« Dann merkte er wohl, wie hilflos das klang. »Was ist das überhaupt für eine Art, mich so was zu fragen? Das ist doch unmöglich! Ich und schlechtes Gewissen! Unmöglich ist das, unmöglich!« Währenddessen hatte er begonnen, wild in seinem Textbuch rumzublättern, immer vor und zurück.

Michael starrte Hektor an und wurde wütend. Ausgerechnet von ihm wollte er sich nun wirklich nicht auch noch verarschen lassen.

»Hör auf«, stieß er hervor. »Ich weiß, dass du etwas verheimlichst, und ich weiß, dass es im Zusammenhang mit Peters Tod steht.« Hektor hielt inne. Michael legte nach. »Wenn du etwas angestellt hast, wird es früher oder später sowieso rauskommen.«

Der Inspizient ließ die Arme sinken, wirkte auf einmal sehr unglücklich.

Michael wurde klar, dass es etwas Schwerwiegendes sein musste, was Hektor begangen hatte. Äußerlich versuchte er ruhig zu bleiben und legte, statt Druck zu machen, nun etwas Wärme in seine Stimme. »Weißt du, wenn irgendetwas Schlimmes passiert ist, muss dir doch auch jemand zur Seite stehen. Und du weißt, dass ich es gut mit dir meine. Vielleicht ist es ja besser, wenn du mir sagst, was du auf dem Herzen hast.«

Der Inspizient schien mit sich zu ringen. Michael schwieg. Die Stille ertrug Hektor nicht lange.

»Weißt du, *ich* war es, der es ihm gesagt hat.«

»Was hast du wem gesagt?«

»Na, dem Peter.« Hektor zögerte. »Er hat mich mal gefragt, wie man eigentlich in den Schnürboden kommt.«

»Über die Leitern in den beiden Portalen doch wohl, nehme ich an.«

»Eben nicht. In den Schnürboden kommt man über die

beiden Treppenhäuser in den Seitenflügeln. Und über den kleinen Aufzug hinten auf der Bühne. Aber den Schlüssel dafür haben nur die Techniker.«

»Aha …«, machte Michael verdutzt. Er hatte sich immer gefragt, wie Peter die Leitern hatte hinaufkraxeln können, die in den Portaltürmen nach oben führten und dann im Gewirr der Arbeitsstege verschwanden. Offenbar war das also gar nicht nötig. »Und wohin führen dann diese Leitern?«

»Nur die Portaltürme hinauf. Und dann auf einen Galeriegang, der die beiden Portalhälften verbindet.«

Michael schaute unwillkürlich in die Höhe und überlegte, wie die Wege dort verlaufen mochten. »Und wenn man bis ganz nach oben will, geht das nur über diese hinteren Treppenhäuser?«

»Ja. Dieselben, die im Haus auch noch in andere Bereiche führen.«

»Und das hat Peter dich gefragt?«

»Ja.« Plötzlich wurde Hektor wieder ganz kleinlaut. »Weißt du, ich hätte nie gedacht, dass ich ihn damit dazu bringe, etwas derart Schreckliches zu tun.«

Michael nickte verständnisvoll. Dann erst realisierte er, was Hektor da gesagt hatte. »Moment. Du hast ein schlechtes Gewissen, weil Peter durch dich wusste, wie er in den Schnürboden kommt? Darum warst du so unruhig die letzte Zeit?«

»Ja, sicher«, antwortete Hektor verzweifelt. »Ich bin doch schuld.«

»Das ist alles?« Hektor nickte stumm. »Und du hast auch noch nie was von einer Majestät gehört?«

»Was für eine Majestät?« Für einen Augenblick war in Hektors Augen grenzenlose Leere zu sehen. Dann siegte wieder sein Leid. »Nur wegen mir hat Peter doch da hochkommen können, um dann seinen letzten Schritt zu –« Er konnte nicht weitersprechen, stand kurz vor dem Weinen.

Dieser von sich selbst eingenommene Naivling glaubt tatsächlich, er hätte Peters Entscheidung herbeigeführt. Und wegen so etwas die ganze Aufregung.

Michael versuchte, Hektor zu beruhigen und ihm klar zu machen, dass diese Information nicht der Grund für Peters Tod sei. Hektor fing sich ein wenig und blieb unglücklich an seinem Pult sitzen.

Michael machte sich auf den Weg in Richtung der Garderoben. Er war enttäuscht. Und vor allem war er immer noch nicht weitergekommen. Müdigkeit stellte sich ein. Er merkte, dass – auch durch seinen Gewaltsprint zum Rhein – die allgemeine Erschöpfung zunahm. Immerhin war das ›Verhör‹ von Hektor Schmitz ganz ordentlich verlaufen und er konnte ihn als Täter ausschließen. Michael wurde besser darin.

Ohne rechtes Ziel war er in die erste Etage zu den Damengarderoben hinaufgestiegen. Zu seiner Verwunderung stellte er fest, dass hier niemand war. Er ging eine Etage höher. Bei den Herren war die Situation ähnlich: kein einziger Schauspieler. Nur ein paar Ankleider, die wie üblich einige Kostüme herumtrugen, die sie für schnelle Umzüge hinter die Bühne bringen mussten. Überall war es beinahe wie ausgestorben!

Ein wenig beunruhigt stieg Michael die Treppe wieder hinab. Doch bei der Requisite war auch niemand!

Was ist denn bloß los?

Kopfschüttelnd betrat Michael wieder die Bühne. Wenigstens war es für diese Uhrzeit normal, dass hier nur Hektor an seinem Pult saß, immer noch einsam und niedergeschlagen.

Man gelangt über Treppen in den Schnürboden.

Unwillkürlich wanderte Michaels Blick hinauf. Was war an diesem Abend letzte Woche dort oben nur geschehen?

Plötzlich sah er Bilder vor seinem geistigen Auge: Lars, wie er mit Peter im Schlepptau die Treppen hochstieg. Und dann? Stattdessen zog plötzlich Arnds Gestalt vor Michael auf, der den vor der Brüstung des Galerieganges zurückweichenden Peter anherrschte, dass sein Verhalten am Theater nicht tragbar sei. Aber das war doch kein Grund, dass jemand in die Tiefe fiel. Oder stimmte eher das Bild von Stella, die mit Peter im Arm an den Abgrund trat? Und wenn Thomas sich zu Handgreiflichkeiten hatte hinreißen lassen? Im Kontrast zu seiner coolen Art und mit vor Erregung verzerrtem Gesicht? Nur warum sollte sich irgendwer von denen mit Peter befasst haben? Warum? Die Bilder waren wie Blitze, die in der Dunkelheit aufgrellten. Letztendlich erhellten sie nichts.

Hektor begann an seinem Pult zu sprechen und verkündete über die Durchrufanlage das sogenannte erste Zeichen – also, dass die Vorstellung in einer halben Stunde beginnen würde.

Langsam empfand Michael doch etwas Unruhe über die verschwundenen Schauspieler. Vielleicht war ja jemand im Konversationsraum? Michael ging an Hektor vorbei und verließ die Bühne. Als er dann jedoch den Gang betrat, hielt er verdutzt inne. Vor den drei Türen des Konversationsraums drängten sich unglaublich viele Menschen. Von drinnen schlugen ihm Stimmen entgegen. Nicht nur fast alle Kollegen, die wegen des ›Sturms‹ im Haus waren, hatten sich versammelt – zum größten Teil schon in Kostüm und Maske –, auch diejenigen, die eigentlich Proben sollten und viele Kollegen der technischen Abteilungen waren dabei. Offenbar hatten sich alle, denen es möglich war, hier spontan zusammengefunden. Der Konversationsraum war überfüllt. Hineinzukommen war nicht möglich.

Überrascht blieb Michael am ersten der drei Eingänge stehen. Drinnen wurde über die Attacke von Theo Fleischer gegen Tim debattiert. Gerade ereiferten sich einige Kollegen, dass man gegen ein solch inakzeptables Verhalten vorgehen müsse. Der Schauspieldirektor war natürlich nicht anwesend, sehr wohl aber Tim. Und zu Michaels Freude außerdem Pappi, der bisher den Ausführungen der Schauspieler zugehört hatte.

»Ich muss leider widersprechen. Was ihr vorschlagt, ist nicht möglich. Ich stimme ja zu, dass man das Verhalten von Fleischer nicht durchgehen lassen kann, aber ihr könnt nicht erwarten, dass der Personalrat euch Deckung gibt, wenn ihr euch ab jetzt weigern wollt, mit Fleischer zusammenzuarbeiten.«

Empörte Reaktionen kamen von den Versammelten.

»Aber wir können doch nur etwas erreichen«, übertönte Paul-Georg die anderen, »wenn sich alle gemeinsam für dasselbe Ziel einsetzten, alle füreinander.«

»Das sagt ja der Richtige«, tönte es aus einer Ecke.

Paul-Georg verstummte augenblicklich.

»Der Personalrat kann zwar rechtliche Schritte einleiten«, redete Pappi weiter, »aber wir können nicht eine generelle Arbeitsverweigerung unterstützen.«

»Und warum?«, wollte jemand wissen. »Der Fleischer ist eine ständige Gefährdung.«

»Nein, ist er nicht«, antwortete der Tonchef. »Der Fleischer ist nicht unzurechnungsfähig – ich hab heute ein langes Gespräch mit ihm gehabt. Wir müssen das wohl oder übel als einmaligen Ausrutscher betrachten.«

Immerhin hatte Michael eine Antwort, weshalb er Pappi

nicht hatte finden können. Er war beim Schauspieldirektor gewesen.

»Na, was für einen Deal mit der Leitung hast du denn, dass du den Fleischer derart in Schutz nimmst?«, fragte Thomas Kister mit einem bösen Lachen.

Pappis Augen verengten sich. Zum ersten Mal sah Michael, dass er ernsthaft zornig wurde. »Ich habe überhaupt keinen Deal. Dass jemand wie du nur auf so etwas kommt, ist allerdings bezeichnend. Mir geht es darum, dass es keinen Sinn hat, eine Kriegserklärung an die Hausleitung zu machen.« Dem Tonchef schlug allumfassende Ablehnung entgegen – etwas was sonst nie vorkam.

»Na, wenn du meinst«, gab Thomas von sich. Jetzt grinste er nicht mehr.

In diesem Moment machte Tim einen seiner seltenen Einwürfe. Er schien erstaunlich aufgebracht zu sein. »Du willst uns also unser natürliches Recht auf Kampf gegen das reaktionäre System verweigern?«

Pappi seufzte. »Ich will euch nichts verweigern, gerade dir nicht. Ich will euch nur klarmachen, dass ihr vom Personalrat bei so einer Aktion keine Unterstützung bekommen werdet.«

Tim zögerte und drängelte sich dann unter heftigem Kopfschütteln durch die Anwesenden zur Tür.

»Ich habe hier nichts mehr verloren«, gab er mit kalter Verachtung von sich.

»Genau!«, ertönte es von einigen Seiten her und noch weitere Kollegen standen auf. In dem Durcheinander entdeckte Stella plötzlich Michael.

»Da ist der Michael«, rief sie. »Fragen wir ihn doch, wie er zu der ganzen Sache steht. Er ist es doch, der mit seinem Widerstand gegen den Fleischer die Dinge in Bewegung setzt.«

»Genau«, meinte Svetlana Beer lebhaft. »Mich hat er neulich auch schon zum Nachdenken gebracht. Komm doch mal rein zu uns.«

Ob es das ungewöhnliche Engagement der sonst so gefassten Schauspielerin war oder die Tatsache, dass alle ihn erwartungsvoll anschauten und eine Gasse für ihn bildeten – Michael setzte sich nach kurzem Zögern tatsächlich in Bewegung und ging in den Raum hinein. Jetzt erst sah er, wie voll und eng es hier drinnen eigentlich war. Mindestens 40 Hausangestellte drängten sich um den Tisch, auf dessen anderer Seite Pappi stand und sich über die kahle Kuppe seines Kopfes wischte.

»Na schön«, sagte er mit einem müden Blick. »Vielleicht ist es ja hilfreich. Sag uns doch einfach, ob du einen Streik gegen Fleischer nicht auch unklug findest.«

»Was ist denn hier los?«, ertönte es in diesem Moment von einer der Türen her. Dann drängte sich Arnd unsanft herein und schaute entgeistert in die Runde. Er machte einen mitgenommenen Eindruck und schien offenbar völlig überfordert zu sein. »Paul-Georg, Svetlana! Theo sitzt im Probenraum und wartet auf euch.«

Durch den Raum ging verächtliches Schmunzeln.

»Tja«, erwiderte Svetlana bestimmt, »da wird er noch warten müssen. Hier geht es gerade um wichtigere Dinge.« Wieder stellte Michael fest, dass durch die Schauspielerin eine Veränderung gegangen war. Sollte das wirklich mit dem Gespräch zusammenhängen, das er neulich mit ihr gehabt hatte?

»Was denn für wichtigere Dinge?«, echote Arnd.

»Wir planen Konsequenzen gegen Fleischer wegen seiner Attacke gegen Tim!«, antwortete Paul-Georg vollmundig.

Arnd schaute ihn nur fassungslos an. »Aber doch nicht jetzt. Wir haben Probe!«

Einige im Raum lachten über diesen Ausruf.

»Bist ein pflichtbewusster Regieassistent«, entgegnete Paul-Georg mit herablassendem Mitleid, »ihr lasst euch ja immer alles gefallen.«

»Nicht alle«, rief Stella dazwischen, »Michael stellt sich gegen die.«

Pappi versuchte mit angestrengter Miene, das Gespräch wieder einzufangen. »Genau, und ich möchte jetzt mal zu einem Ende kommen. Es wäre daher gut, Michael, wenn du uns einfach deine Meinung verrätst. Auf sie wird im Moment ja offenbar viel Wert gelegt.«

Alle Augen richteten sich auf Michael. Wieder einmal spürte er den lauernden Blick des Untiers. Er wollte gerade zu einer ausweichenden Antwort anheben, da fiel ihm etwas Besseres ein. »Ich weiß zwar nicht, was ich zu dem Ganzen sagen soll. Ich weiß aber, dass ich heute etwas erlebt habe, das ganz und gar abstoßend war. Und ich weiß auch, dass derjenige, der dafür verantwortlich ist, damit am Ende nichts erreichen wird.« Er hoffte, damit dem großen Unbekannten – falls er denn hier sein sollte – klarzumachen, dass er in Michael keinen Gegner hatte, der einfach aufgeben würde. Erstaunt stellte er nebenbei fest, mit welch fester Stimme die Dringlichkeit ihn sprechen ließ.

Alle im Raum nickten leicht – sie glaubten natürlich, die Worte seien auf Theo Fleischer bezogen.

Michael war das ganz recht. Dann fiel ihm noch etwas ein, und diesmal sprach er über den Tisch hinweg direkt zu Pappi. »Ich weiß außerdem, dass es Leute gibt, die vorsichtig sein müssen, denn ihnen steht ein Unwetter bevor.« Michael war sich nicht sicher, ob Pappi verstanden hatte, was er ihm andeuten wollte – aber deutlicher zu werden, hatte er sich nicht getraut.

»Aha«, sagte Pappi aber nur leicht irritiert.

Die Versammelten stimmten jedoch wieder zu. Michael machte das bewusst, worum es hier gerade noch mal ging.

»Was ihr ansonsten vorhabt, kann ich nicht beurteilen. Man sollte vielleicht nichts überstürzen.« Alle blickten ihn auf einmal verwundert an. Dieser Abschluss verwirrte alles Vorherige. Michael war es egal. Er hoffte, dass seine Botschaften bei den Richtigen angekommen waren.

In diesem Moment knackte es in der Durchsprechanlage. Die sonore Stimme von Hektor Schmitz meldete sich. »Es ist 19.15 Uhr. Ich gebe das zweite Zeichen. Noch eine Viertelstunde bis zum Beginn der Vorstellung im Schauspielhaus.«

»Wir müssen aufhören«, sagte Ernie Unterbäuerter bestimmt. Alle Anwesenden nickten.

»Ich will sehen«, schloss Pappi schnell an, »dass wir möglichst bald den Vorfall noch mal besprechen können.«

Die Zusammenkunft löste sich auf. Michael sah zu Pappi hinüber und hoffte, dass er jetzt endlich die Gelegenheit finden würde, ihm von dem belauschten Gespräch bei der Intendanz zu berichten. Auf den Tonchef redeten jedoch etliche Leute ein. Michael entschied, zu warten, bis er Pappi allein abpassen konnte.

»Michael«, hörte er plötzlich hinter sich. »Was soll das alles hier?«

Arnd hatte sich zu ihm durchgedrängelt.

»Ich weiß auch nicht«, gab Michael zurück. »Keine Ahnung, wie diese Versammlung zustande gekommen ist.« Ihm fiel auf, wie mitgenommen sein Kollege aussah. »Was ist los mit dir?«

»Ach«, wischte Arnd die Frage unwirsch weg. »So was schlägt mir immer auf den Magen. Aber meine Befindlichkeit ist überhaupt nicht von Bedeutung. Der Chef wird toben, wenn er das hier mitbekommt!« Michael erfuhr, dass der Regisseur im Proberaum auf die Schauspieler gewartet hatte und irgendwann beleidigt in sein Büro gegangen war. Dort wollte er bleiben, bis die Darsteller ihre Arbeit wieder aufzunehmen gedachten. »Ich geh wohl mal nach ihm schauen«, schloss Arnd. »Sieht ja nicht so aus, als ob noch geprobt wird.« Rasch verließ er den Konversationsraum. Und Michael merkte zu spät, dass auch Pappi inzwischen hinausgegangen war.

Scheiße.

Er stürzte nach draußen. Hier standen etliche Mitarbeiter herum und besprachen das, was gerade geschehen war. Pappi war nicht zu sehen. Mit hängenden Schultern stand Michael in dem schäbigen Gang, der sich zusehends leerte. Er hatte keine Möglichkeit, den Tonchef zu suchen, der wahrscheinlich schon auf dem Weg nach Hause war. Michael kniff die Lippen zusammen und akzeptierte notgedrungen, dass er das Gespräch mit Pappi wieder verschieben musste.

Plötzlich war Michael ganz allein. Alle anderen hatten sich verzogen, um sich auf die Vorstellung vorzubereiten. Er ging in den Konversationsraum zurück und ließ sich erschöpft auf das blaue Sofa fallen.

Was für ein Tag.

Müde dachte er darüber nach, was heute alles geschehen war. Es war überwältigend. Mit zunehmend schwerer werdendem Kopf hörte Michael die üblichen Durchsagen an sich vorbeiblubbern.

Wer die Majestät war, wusste er immer noch nicht. Lars oder Arnd, Stella, Thomas – und warum eigentlich nicht doch auch Paul-Georg? Und natürlich Tim. Immerhin hatte ihm das Gespräch mit Hektor eine grundlegende Information geliefert. – Aber im Ganzen war da Dunkelheit.

Allmählich fielen Michael die Augen zu – er ließ es geschehen. Unbewusst bekam er mit, dass die Aufführung begann.

Nacht

Sie hatten miteinander geschlafen. Ungestüm und erfüllend.

Nackt lagen Michael und Sonja bei ihr zu Hause auf dem Bett.

Gemeinsam waren sie nach Michaels Vorstellung, die im Anschluss an den Tumult im Konversationsraum völlig unkonzentriert gelaufen war, zu ihr gefahren. Sonja wohnte in einer WG in Ehrenfeld und hatte dort ein kleines Zimmer. Es war schlicht, farbenfroh und behaglich eingerichtet. Sie hielt Ordnung – ganz anders als Michael. Es gab, abgesehen von einem Schreibtisch mit freier Arbeitsplatte, mehrere Bücherregale, die mit allerhand Nippes dekoriert waren, einen beinahe antiken Kleiderschrank und eben das Bett.

Ganz allmählich waren beide, nachdem sie ihre Körper ein wenig entheddert hatten, ins Reden gekommen. Und endlich hatte Michael ihr gebeichtet, was er morgens beim Intendanten herauszuschachern versucht hatte. Zu seiner Erleichterung hatte sie mit Anteilnahme zugehört und keine Vorwürfe gemacht. Von diesem Erlebnis war er dann auf die Zustände am Haus gekommen. Während Sonja ihm sacht über den Bauch strich, den Kopf auf seiner Schulter, wurde Michael vehementer.

»Das ist, zu was einen das Gehabe an diesem Theater führt«, schnaubte er. »Ich will das nicht mehr. Eine Falschheit nach der anderen. Der Umgang hier ist fern von jedem menschlichen Miteinander. Regelrecht brutal.«

»Was meinst du mit ›menschlichem Miteinander‹?«, fragte Sonja und ließ ihre Hand weiter über seine Haut gleiten.

»Respektvoll sein – rücksichtsvoll auf andere zu achten. Irgendwie erlebe ich das hier nicht mehr. Ständig versucht die Hausleitung ihre Interessen durchzusetzen – ohne Erbarmen und durch Ausnutzen der Mitarbeiter. Ständig wird an einem rummanipuliert.« Seine Abneigung wuchs mit jedem Satz.

»Du scheinst ganz erstaunt darüber zu sein.«

»Stimmt. Dass es so viel offene und versteckte Ungerechtigkeiten gibt, und so viel Ignoranz, das war mir bisher nicht klar.« Seine Hand, die bislang an ihrer Hüfte gelegen hatte, glitt hinauf bis zu ihrer Brust. Sonjas kreisende Finger erreichten die Haare unterhalb seines Nabels. »Ich meine, schau dir das doch an: Fleischer ist ein Kotzbrocken ohnegleichen und überlebt nur, weil der Intendant zu ihm hält. Der Intendant selbst hat sich als aalglatter Ränkeschmied herausgestellt, der sich für keinen Trick zu schade ist. Die Schauspieler wiederum leiden zwar, denken andererseits aber nur an ihre Haut. Und die übrigen Mitarbeiter hängen irgendwie dazwischen und mischen teilweise noch mit.«

»Das klingt«, versuchte Sonja ein Art Zusammenfassung, »als ob du dich gar nicht dazugehörig fühlst.«

»Weiß nicht.« Sie hatte den wunden Punkt getroffen. »In der Tat frage ich mich inzwischen, ob ich unter solchen Bedingungen arbeiten und leben möchte. Es kann doch nicht sein, dass das derart kräfteraubend abläuft.«

»Ich dachte, die Arbeit ist hier immer so?«

Unter Michaels Hand war auf der Mitte ihrer Brust eine kleine harte Erhebung entstanden.

»Bestimmt nicht!« Doch er musste sich korrigieren. »Grundsätzlich ist ein Theater natürlich schon ein besonders heftiger Arbeitsplatz. Gerade hier ist jeder Einzelkämpfer. Alle in diesem Riesenbetrieb sollen am selben Strang ziehen, müssen sich ganz nah kommen, können sich aber unter Umständen privat gar nicht riechen. Das ist doch für künstlerisches Schaffen eine geradezu absurde Voraussetzung. Natürlich bemühen sich alle, verständnisvoll füreinander zu sein. Aber im Grunde bleibst du auf dich selbst gestellt.« Sein Tasten nach ihrer Brust wurde lebhafter. »Und der Druck, der dabei auf jedem lastet, ist enorm, weil es immer um Leistung geht. Ständig ist einer da, der dich und dein Tun beurteilt. Natürlich haben die Bosse auch ihren Druck. Und dann drängeln und nötigen sie, überfordern, sind selbst überfordert und kaschieren es mit Blenderei. Weil aber jeder immer nur das tut, was alle anderen auch immer tun, klagt jeder, aber es ändert sich nie etwas. Alle spielen einfach weiter mit.« Michael war völlig in Fahrt geraten. »Sechs oder sogar sieben Tage die Woche pumpen alle das letzte aus sich raus und wenn es dann im Sommer für sechs Wochen in den Jahresurlaub geht, sind alle völlig kaputt.«

Seine Hand war inzwischen ihren Rücken hinabgeglitten und suchte dort weiter. Sonjas tastende Finger spielten nicht mehr nur mit seinen Haaren.

»Was kannst du tun?«, fragte sie.

»Wie wehrt man sich, wenn man in einem übermächtigen Spiel steckt, in dem man nicht die gleichen Chancen bekommt?«

»Was wäre die Alternative?«

»Weiß nicht. – Die freie Theaterszene von Köln?«

»Und da geht es anders zu?«

»Da hat man noch den Willen, Wahrheit zu suchen«, war seine orakelhafte Antwort. »Dort geht es meist persönlicher und unmittelbarer zu. Alle sind irgendwie gleich. Weißt du, in einem Betrieb von unserer Größe wird doch vor allem die einmal gefundene Position verteidigt. Aber die Wahrheit zu finden – in der Kunst, aber auch im Leben – ist zweitrangig.« Sonja schwieg und Michael wusste, dass schwer zu verstehen war, was er meinte. »Jedenfalls sind in der freien Szene die Mittel viel beschränkter und das Leben kaum gesichert. Führt oft genug dazu, dass man sich selbst auszubeuten beginnt.«

»Und? Ist das ein Leben, das du für dich möchtest?«

»Wäre schon eine heftige Entscheidung, um den Zuständen zu entkommen. Es ist hier nur alles so bedrängend. So gewissenlos auf Gegeneinander ausgerichtet.«

Sonja schwieg, während sie geistesabwesend ihre Hand entschiedener zugreifen ließ.

»Weißt du, das ist überall so«, sagte sie schließlich.

»Was?«, fragte Michael verwirrt.

»Dass die Menschen in Arbeitszusammenhängen stehen, die ihnen nicht gefallen. Auch irgendein Büroangestellter hat mit Druck zu kämpfen. Überall gibt es Chefs, denen man vorwirft, sie könnten ihren Job nicht richtig machen oder würden zu harte Forderungen stellen. Überall gibt es Kollegen, mit denen man nicht gut arbeiten kann, aber muss. Das Spiel wird überall gespielt.«

Michael schwieg. Sonja hatte recht. Erschreckt fragte er sich, ob er den Kontakt zur Außenwelt schon so übermäßig verloren hatte, dass er seinen Theaterkosmos für besonders einzigartig hielt.

»Dann spielen eben alle bei einem beschissenen Spiel mit.« Ihm fiel noch etwas anderes ein. »Hier ist alles heftiger, weil die Leute so extrovertiert sind.«

»Wenn Menschen zusammenkommen, gibt es immer Auseinandersetzungen.«

Wieder dachte Michael nach – während seine Finger eine Stelle bei ihr fanden, an der sie hineingleiten konnten. Nur undeutlich nahm er wahr, wie still sie auf einmal hielt.

»Auch wenn stimmt, was du sagst, und sich ein Schauspielbetrieb nicht so sehr von anderen Betrieben unterscheidet …« Michael versuchte an einen Gedanken heranzukommen, der irgendwo in seinem Hirn rumspukte und nicht zu greifen war. »Da ist etwas, was am Theater anders sein sollte. Weswegen es gerade hier anders zugehen sollte.« Es ließ ihm keine Ruhe. »Weißt du, diese ganz spezielle Arbeit hier ist …« Es fiel ihm nicht ein. »Sie ist … – Mann, da muss ich doch drauf kommen!«

Wieso sollte sich der Theaterbetrieb von einer x-beliebigen anderen Arbeitsstelle unterscheiden?

Er wusste, dass die Antwort bedeutungsvoll war.

Aber er kam nicht mehr dazu, sie zu finden. Entschlossen bewegte Sonja ihren Kopf an ihm hinab.

AMPHITRYON
Hund! ich trete alle Knochen
Dir ein, wenn sich das Haus mir öffnet.

MERKUR
Freund, weißt du was? Ich rat dir, dass du gehst.
Du reizest mir die Galle. Geh, geh, sag ich.

AMPHITRYON
Du sollst, du Niederträchtiger, erfahren,
Wie man mit einem Knecht verfährt,
Der seines Herren spottet.

MERKUR
Seines Herrn?
Ich spotte meines Herrn? Du wärst mein Herr?

Heinrich von Kleist
Amphitryon
III. Akt, 2. Szene

11

Morgen

Zwei völlig schlaftrunkene Gestalten saßen am Tisch.

Michael und Sonja mussten heute zeitig im Theater sein, da am Vormittag auf der Bühne geprobt werden sollte. In der Gemeinschaftsküche von Sonjas WG waren sie nun bemüht, in den Tag zu finden. Michael musste lachen, dass Sonja ihm eine Buttermilch zum Frühstück besorgt hatte. Sie selbst aß Cornflakes.

Ansonsten war er entschlossen, heute endlich Lars zur Rede zu stellen. Diesmal sollte er auf keinen Fall ausweichen können. Vielleicht gelang es ihm auch mit Tim zu sprechen, der ja zu wissen schien, womit Lars nicht rausrückte. Die Tage der Majestät waren gezählt. Außerdem wollte er die Unterredung mit Stella fortsetzen. So leidenschaftlich, wie sie gestern Mittag bekundet hatte, gegen die Ungerechtigkeit im Haus angehen zu wollen, fragte sich Michael, ob er mit ihr gemeinsam nicht die ganzen intriganten und selbstsüchtigen Vorgänge im Haus bekannt machen könnte. Gerade jetzt, wo eine passende Stimmung losgebrochen war. Und wenn die redegewandte Stella doch so aktionshungrig war.

Natürlich musste Michael heute auch unbedingt Pappi endlich zu fassen kriegen. Wieder mal eine Menge Vorhaben.

Die Planungen wurden unterbrochen, als Michaels Handy klingelte. Es war Arnd. Michael konnte sich überhaupt nicht erklären, was sein Kollege so früh von ihm wollte.

»Ja, also«, begann Arnd bedrückt, »ich kann heute Morgen nicht zur Probe kommen. Ich bin krank.«

Michael stöhnte innerlich auf. Ohne Arnd verdoppelte sich die Arbeitslast – besonders bei einer Bühnenprobe.

»Was hast du denn?«, fragte er und bemühte sich, so viel Mitgefühl hineinzulegen, wie er aufbringen konnte.

»Irgendwas mit Magen-Darm«, erwiderte Arnd hilflos. »Hab die ganze Nacht gekotzt und so weiter. Ist auch immer noch nicht vorbei.«

»So«, gab Michael zurück. »Hast du Fisch in der Kantine gegessen?«

»Was?«

»Vergiss es. Du kommst also nicht.«

Arnd klang geradezu verzweifelt. »Es tut mir leid. Zu fehlen ist furchtbar unprofessionell.«

»Ist schon gut, ich werde das hinkriegen. Sonja ist ja da.«

»Ich habe das Gefühl, so was von zu versagen.«

Michael schloss ergeben die Augen. Aus Arnd sprach der eiserne Geist der Theaterdisziplin. Als Entschuldigung, nicht zu einer Probe zu kommen, wird nur der eigene Tod akzeptiert. Wenn überhaupt. Alle werden schließlich mitaufgehalten. Diese Gefühlskälte war schlimm genug – aber die hiesige Theaterleitung trieb sie noch in die Perversion.

»Ist gut«, sagte Michael deshalb betont milde. »Mach dich nicht so fertig. Versuch dich zu erholen. Das ist doch das Wichtigste.«

Arnd versprach, Michael über seinen Zustand auf dem Laufenden zu halten. Dann war das Gespräch zu Ende.

Michael fluchte. Dieser Zusatzstress war ungünstig. Warum musste in dieser Produktion nur ein Bühnenbildner engagiert sein, der ständig abwesend war und seine Ausstattungsassistentin einfach mitnahm? Wahrscheinlich hielt er es mit Theo Fleischer auf Dauer auch nicht aus.

Und die Probe würde nach den ganzen Tumulten gestern sicher sehr strapaziös werden.

Etwas aus dem nächtlichen Gespräch kam Michael wieder in den Sinn: Die Frage, die offen geblieben war.

Warum sollte am Theater etwas anders laufen, als an jedem anderen Betrieb?

Dann wurde er von noch etwas ganz anderem erfasst: So wie sich Arnd gerade schon bei einer einfachen Unpässlichkeit benommen hatte, musste Peter in seinen Augen doch ultimativ versagt haben. Ein Grund, dass er sich näher mit ihm befasst hatte? Ergab keinen rechten Sinn, aber Michael beschäftigte der Gedanke.

Als sie aufbrechen wollten, merkte Michael, dass Sonja an einem Gedanken zu nagen schien. Sie war so merkwürdig still. Michael fragte, was los sei.

Sie hielt mit allem inne, holte entschlossen Luft und machte eine Ansage, die keine Widerrede zuließ. »Du musst heute zur Polizei. Die vereinbarte Zeit ist um. Noch länger etwas zu verheimlichen, ist nicht richtig. Erst das Textbuch, jetzt die SMS. Das geht so nicht weiter.«

Michael wusste, wie recht sie hatte. Trotzdem widersprach er. »Ich habe doch gesagt, dass das nichts nützt. Die können mit all dem doch gar nichts anfangen …«

»Du weißt nicht, was für Gedanken die sich machen. Und es ist strafbar. Also mach dich nicht unglücklich. Und verabredet ist außerdem verabredet.«

Michael dachte noch an etwas anderes: Der große Unbekannte konnte eine Bedrohung werden. War es nicht vielleicht gut, wenn die Polizei von ihm wusste?

Er sah Sonja eine Zeit lang an, dann ertrug er ihren unbeirrten Blick nicht mehr. »Ist gut. Sobald die Vormittagsprobe vorbei ist, rufe ich diesen Degenhardt an.« Er musste schwer schlucken, aber vielleicht war es besser so. Sonja gab ihm einen Kuss. Es war entschieden.

Draußen waren die Temperaturen seit gestern noch weiter gestiegen. Sonja beobachtete das mit zunehmender Skepsis. Michael freute sich über jedes bisschen Sonne, dass er mal abbekam.

Sonja sah ihn von der Seite her an. »Das Wetter ist doch unnatürlich.«

»Merke ich schon gar nicht mehr. Ich komme einfach nicht aus dem Theater raus.«

Die Doppeldeutigkeit des Satzes fiel ihm erst danach auf. Wieder ging ihm die Frage von gestern durch den Kopf.

Warum sollte das Arbeiten am Theater anders laufen, als an jedem anderen Betrieb?

Er kam immer noch auf keine Antwort.

*

Wieder einmal sah sich Michael im Schauspielhaus voll Ungeduld nach Lars um. Er wollte ihn unbedingt finden. Als er mit Sonja jedoch die Bühne betrat, wurde er sofort in Beschlag genommen. Der diensthabende Requisiteur der Frühschicht fand sich in den Requisiten nicht zurecht, die Probendekoration war nur halb aufgebaut, und eine Gewandmeisterin suchte bestimmte Schauspieler für Anprobentermine.

Michael begann sofort, das Chaos zu vermindern.

Tatsächlich waren wohl einige Requisiten im Proberaum vergessen worden. Arnd schien schon gestern Abend nicht mehr ganz fit gewesen zu sein. Sonja erklärte sich bereit, sie zu holen. Vom Bühnenmeister erfuhr er, dass es beim Aufbau der Probendekoration zu Verzögerungen gekommen war und dass sie heute in einer halben Kulisse würden spielen müssen.

Da wird sich der Fleischer aber freuen ...

Genau der kam gleich darauf auf die Bühne gehetzt. Viel zu früh, wie Michael fand. Der Regisseur schien jemanden zu suchen. Schließlich kam er mit sichtlichem Missvergnügen auf Michael zu.

»Wo ist Arnd?«

»Hat sich krankgemeldet.«

»Auch das noch.« Der Schauspieldirektor sank zusammen und machte den Eindruck, als fühle er sich wirklich gestraft. Dann wurde er ungehalten. »Wieso weiß ich das denn nicht?« Michael hatte keine Antwort. »Egal. Ich habe das Programm für heute früh geändert. Ich will nicht die ganze Meute vom ersten Akt hier sehen. Nur Svetlana und Paul-Georg sollen kommen. Dem Rest kannst du absagen. Sollen nach Hause gehen!«

Diese Ansage erhöhte Michaels Vorbereitungsstress um ein Vielfaches. Er blies die Backen auf und ließ geräuschvoll Luft entweichen.

Theo Fleischer missverstand das vollkommen und explodierte aus dem Stand. »Gibt's damit auch schon wieder ein Problem?«

Michael zuckte zusammen und schüttelte den Kopf.

»Also«, herrschte ihn der Regisseur an, »dann mach dich dran, das zu regeln!« Damit wandte er sich ab und ging hinab in den Zuschauerraum.

Meine Güte, ist der angeknackst.

Die Ereignisse der letzten Zeit schienen beim Schauspieldirektor Wirkung zu zeigen.

Michael hastete von der Bühne. Gleich im Flur vor dem Konversationsraum liefen ihm Stella und Paul-Georg über den Weg. Er informierte sie über die Änderung.

Stella war einigermaßen entsetzt. »Ich habe mich aus dem Bett gequält, um jetzt nach Hause geschickt zu werden?«

»Ich vermute«, antwortete Michael, »das ist eine Reaktion auf den gestrigen Abend.«

»Ja, das glaube ich gerne!«, grinste Stella hämisch. »Der will natürlich nicht sehen, wie sich die ganze Truppe gegen ihn stellt.«

»Sagt es allen, die ihr seht«, entgegnete er jedoch und eilte weiter. »Ich versuche, die anderen abzufangen.«

Damit lief er ins nächste Treppenhaus und durch bis zur Pforte. Er hoffte, Lars noch zu finden. Der würde doch sicher augenblicklich weg sein, wenn er von der Probenabsage erfuhr.

»Wer von den Schauspielern ist schon im Haus?«, fragte er die Pförtnerin. Neben Stella und Paul-Georg hatte sie auch Lars gesehen. Michael bedankte sich und lief weiter zu den Künstlergarderoben. Der Muskelkater zog in seinen Beinen. In den Garderoben traf er keinen der Schauspieler. Weitersuchen wäre eine uferlose Aufgabe, also kehrte er zur Bühne zurück. Dort traf er Sonja, die die vermissten Requisiten gebracht hatte.

»Nur das Briefbündel, das Svetlana immer mit sich rumschleppen muss, konnte ich nicht finden.«

Michael runzelte die Stirn. »Dann muss ich selbst noch mal rauf. Es liegt bestimmt irgendwo da, wo Svetlana mit ihm spielt.« Rasch klärte er Sonja über die geänderte Planung auf.

In diesem Moment rief Theo Fleischer nach ihm. Der Regisseur schien die ganze Zeit im leeren Zuschauerraum zu sitzen – auch wenn es noch reichlich Zeit bis zum Probenbeginn war. Michael eilte über die Bühne hinab in den Saal.

Theo Fleischer ließ ihn gar nicht erst herankommen. »Sag mal, was soll das denn da auf der Bühne sein?«, blaffte er ihm schon auf einem Viertel des Weges entgegen. »Etwa unser Bühnenbild? Soll das so bleiben?«

Von der Dekoration stand zwar die Schräge, aber das Holzrahmen-Häuschen mit den Schiebetüren fehlte völlig. Michael erklärte schnell, dass die Technik nicht genügend Zeit hatte, um alles komplett aufzubauen.

»Scheiße«, schrie ihn der Regisseur an. »Wie kannst du zusehen, wenn die so was machen? Und jetzt ist es natürlich zu spät!« Er starrte zur Bühne und schoss wenigstens noch einen Vorwurf ab. »Der Arnd würde so was nicht hinnehmen.«

Michael drehte sich um und ging zurück hinter die Bühne.

Arnd würde ein größeres Geschrei drum machen. Aber wenn die Technik nicht genug Personal hat, könnte der auch nichts ändern.

Stella und Paul-Georg standen inzwischen beim Inspizientenpult, außerdem Svetlana. Lars leider nicht.

»… wenn man nur wüsste, was man tun sollte«, gab Paul-Georg eifrig von sich. »Sich widersetzen oder auf eine offizielle Aktion warten.«

»Echt krass von Pappi, uns gestern derart auszubremsen!«, schimpfte Stella. »Diese Probenänderung heute Morgen ist doch wieder reine Schikane. Ich wäre voll dafür, dem Fleischer die kalte Schulter zu zeigen. Dass sich Pappi aber auch herausnimmt, eine Aktion derart strikt abzulehnen. Der ist vom Personalrat nicht mal Vorsitzender.«

»Aber auf ihn hören alle«, bemerkte Svetlana sachlich. »Und solange keine endgültige Entscheidung gefallen ist, bleibt uns wohl nur übrig, zu proben. Wenn das auch keinen Spaß macht.«

»Scheiße«, entfuhr es Paul-Georg. »Pappi lässt uns völlig allein. Kümmert sich nur um seinen eigenen Kram.«

»Mh – ja«, erwiderte Stella reserviert. Paul-Georg schwieg sofort.

Michael bat Hektor Schmitz, den geänderten Probenablauf im Haus durchzurufen, damit es wenigstens alle irgendwie erfuhren. Den drei Schauspielern konnte er nicht weiter zuhören. Theo Fleischer rief schon wieder aus dem Saal nach ihm. Wieder lief er also von der Bühne nach unten. Sein Muskelkater von der gestrigen Rennerei meldete sich allmählich empfindlich. Der Regisseur gab allerdings nur seine Planung für den Vormittag bekannt.

»Wir fangen nachher an mit erster Akt, Szene vier. Scheiße, eigentlich müssten wir längst den dritten Akt beginnen.« Einen kurzen Augenblick blieb es still. Dann stellte der Regisseur so beiläufig wie möglich eine Frage. »Wie ist die Stimmung hinter der Bühne?« Michael machte eine unbestimmte Geste. Theo Fleischer nickte düster. »Alles nur wegen diesem Chef von der Tontechnik. Gestern hat er wieder die ganze Belegschaft aufgehetzt. Wirklich unglaublich, wie der hier die Arbeitsmoral untergräbt …«

Michael fragte sich, woher Theo Fleischer eigentlich zu wissen glaubte, was am vergangenen Abend genau geschehen war. Dass die Schauspieler ihrerseits auf Pappi sauer waren, schien ihm jedenfalls nicht bekannt zu sein.

Der Regisseur war inzwischen auf einen ganz anderen Gedanken gekommen. »Sag mal, ist eigentlich mit der Tonaufnahme für morgen alles geklärt?«

»Ich denke doch«, antwortete Michael – und wusste im selben Moment, dass die Formulierung ein Fehler war.

»Was heißt ›ich denke doch‹?«, fauchte der Schauspieldirektor. »Wenn da morgen irgendetwas schiefgeht, werde ich wild!« Michael fragte sich, ob eine Steigerung tatsächlich möglich war. »Jetzt geh und sorg mir dafür, dass es da keine Überraschungen geben wird!«

Michael quälte sich ein weiteres Mal zur Bühne hinauf. Auf der Seite blieb er dann erst einmal stehen. Es gab überhaupt keinen Grund, hektisch zu werden: Der Termin für die Aufnahme war fest verabredet und Ernie Unterbäuerter verständigt. Stattdessen fiel ihm ein, dass er ja noch zum Probenraum wollte, um dieses verloren gegangene Bündel Requisitenbriefe zu holen.

Unverzüglich verließ er die Bühne und lief eiligst im Treppenhaus nach oben. Als er die Tonkammer erreichte, kam ihm unvermittelt Pappi daraus entgegen.

»Mensch«, stieß Michael atemlos hervor, »dich such ich doch schon die ganze Zeit. Ich muss unbedingt mit dir sprechen.«

»Aber nicht jetzt, wir haben es eilig.« Pappi folgten zwei Kollegen der Tontechnik.

Rasch entschied Michael, hier besser nicht von einem heimlich belauschten Gespräch anzufangen. Wage deutete er nur die Dringlichkeit an.

Pappi nickte. »Komm nach deiner Probe zu uns. Ich werde hier sein und du kannst mir in Ruhe sagen, um was es geht.«

Michael willigte ein und lief weiter. Zumindest die Aufgabe, Pappi zu warnen, würde er bald abgeschlossen haben.

Eilig hastete er durch die Flure. Als er den Aufzug bestieg und sich notgedrungen dessen rumpelnder Langsamkeit hingeben musste, konnte er kurz durchschnaufen. Plötzlich wurde ihm bewusst, dass Peter heute beerdigt wurde! Völlig unerwartet überkam ihn diese Erkenntnis. Und er wusste nicht einmal zu welcher Uhrzeit. Er nutzte den kurzen Moment und schickte Peter ein paar Gedanken hinüber – wo auch immer sich noch etwas von ihm befinden mochte. Mehr war ihm jetzt nicht möglich.

Dann dachte er an die Eltern, deren gequälte Gesichter er gleich wieder vor Augen hatte. Der Gedanke daran, wie sehr sie litten, weil irgendjemand ihren Sohn einfach ausgelöscht hatte, bereitete ihm beinahe physische Schmerzen.

Ich werde herauskriegen, was die wahre Ursache für all den Kummer ist!

Er erreichte die vierte Etage. Als er gerade den Proberaum aufschloss, kam zu seiner völligen Überraschung Lars Langenich aus dem Montageraum herangeeilt. Beim Anblick von Michael prallte er zurück.

»Ich such was. Mein Textbuch. Hatte ich hier vergessen. Aber ich kam ja nicht rein.« Rasch schlüpfte er an Michael vorbei in den Saal.

Michael nickte grimmig und wurde sich dieser perfekten Chance bewusst, mit Lars ein Wörtchen reden zu können. Doch der Schauspieler blieb kaum stehen.

»Ist wohl nicht hier. Mach's gut.« Damit war er schon wieder durch die Tür.

Michael musste beinahe schmunzeln über so viel offensichtliche Panik. Doch es war ihm viel zu ernst. Er nahm das vergessene Bündel Requisitenbriefe, das glücklicherweise genau da lag, wo er es vermutet hatte – ein Hoch auf sein Szenengedächtnis. Keine 30 Sekunden nach Lars lief er ebenfalls den Gang zurück. Lars wartete unruhig auf den Aufzug. Als er Michael kommen sah, verdüsterte sich seine Stimmung sichtlich. Bemüht versuchte er, ihn nicht anzuschauen. Michael erlag der Versuchung und kostete diesen Moment aus. Schweigend ließ er Lars ein bisschen zappeln.

Viel zu schnell kam dann der Fahrstuhl. Als beide einstiegen, war es mit einem Mal Michael, der Angst bekam, dass dieser ungestörte Augenblick schneller vorbei als genutzt sein könnte. Deshalb kam er, als sie losfuhren, sofort zur Sache.

»Lars, was für ein Problem hast du?«

Der Schauspieler blinzelte ihn nur wortlos an. Erst nach geraumer Zeit entgegnete er etwas. »Wieso?«

Michael stand absolut nicht mehr der Sinn nach Spielchen. »Komm schon. Du hast ein Problem – das sieht man zehn Kilometer gegen den Wind. Und es steht im Zusammenhang mit dem Tod von Peter. Gib doch alles zu.«

Lars blinzelte wieder nur, jedoch um einiges nervöser. Für ein paar Atemzüge sagte er nichts.

»Was denn?«

Michael erkannte, dass Lars versuchte, die langsame Aufzugsfahrt mit Pausen zu füllen, um Zeit zu schinden. Sobald sie am Ziel angekommen waren, würde er sicher Fersengeld geben. Außen glitten die Stockwerke an ihnen vorbei. Wortlos starrte Michael zu dem Schauspieler hinüber. Die Hilflosigkeit machte ihn geradezu rasend. Nur noch wenige Momente und sie würden angekommen sein.

In einer plötzlichen Eingebung machte er einen entschlossenen Schritt zu der Leiste mit den runden, silbernen Etagenknöpfchen. Schnell griff er daran, ohne dass Lars hinter ihm sehen konnte, was genau er tat. Mit einem leichten Ruck blieb der Aufzug stehen und das surrende Geräusch seines Motors erstarb. Grimmig drehte sich Michael wieder zu Lars, der ihn erschrocken anfuhr.

»Was hast du gemacht?«

»Ich habe dafür gesorgt«, antwortete Michael so souverän er konnte, »dass du mir eine Antwort auf meine Frage geben kannst.«

»Du bist ja vollkommen wahnsinnig!« Lars drängte sich an Michael vorbei zur Knöpfchenleiste und drückte panisch irgendwelche Etagen. »Mach, dass er weiterfährt!«

»Dann rede endlich.« Michael bebte vor Spannung und war gleichzeitig ganz ruhig. Er würde es hier lange aushalten. Lars konnte ihm nicht mehr entkommen.

Und wenn du tatsächlich den Tod von Peter verschuldet hast, dann gnadet dir auch kein Gott mehr.

Ruckartig drehte sich Lars um. Er schien völlig in Angst aufzugehen.

»Ich habe es korrigiert«, presste er hervor. »Du kannst mir nichts mehr vorwerfen. Das kann keiner mehr.«

Völlig unerwartet sprang er plötzlich vor und stieß Michael mit Gewalt quer durch den Fahrstuhl. Der war so überrascht, dass er nichts entgegenzusetzen hatte und heftig gegen die Wand hinter sich schlug. Verblüfft sah er zu Lars – glühender Hass lag jetzt in dessen Augen.

»Es war ein Fehler. – Aber du wirst es genauso vorbei sein lassen, wie alle!« Lars kam weiter auf Michael zu, der wich zurück. Sie liefen im Kreis. »Keiner kann mich überführen!«

Erstarrt hörte Michael zu. Und begann sich zu fürchten. Hatte Lars gestern am Handy nur angstvoll geschwiegen, stand er inzwischen kurz davor, die Kontrolle zu verlieren.

»Wenn du mich verrätst«, rief der Schauspieler und schnappte nach Michaels Hals, dass der sich energisch entwinden musste, »wenn du meinem Kind dadurch Schaden zufügst, dann kannst du was erleben. Und jetzt wäre ich froh«, schrie er los und stürzte sich erneut auf Michael, »WENN DU MICH HIER RAUSLASSEN WÜRDEST!«

»Ist ja gut, ist ja gut!«

Michael flüchtete zur Aufzugsleiste und mit einem knappen Griff kippte er den Stopp-Schalter wieder in die Ausgangsposition zurück. Leise vibrierte der Aufzug und das übliche Dröhnen ertönte. Als wäre nichts gewesen, setzte er seine Fahrt fort. In der ersten Etage riss Lars die Tür auf, stürzte hinaus und rannte nach links in den langen Gang.

Michael hatte das Gefühl, als wäre er nur knapp dem Tod entkommen. Einen Augenblick lang hörte er noch die schnellen Schritte des Schauspielers – dann war er alleine.

*

Aufgeregt und völlig ziellos irrte Michael durch die Gänge des Theaters.

Was mache ich denn jetzt? Was mache ich denn jetzt?

Lars hatte ein Geständnis abgelegt! Wenn Michael alle Einzelheiten auch nicht richtig sortiert bekam – die Aussage war eindeutig. Endlich wusste er, wer die Majestät war.

Aber was soll ich denn jetzt machen?

Er brauchte einen Beweis. Aber den hatte er nicht. Es gab keinen Zeugen.

Es sei denn, Tim erzählte ihm endlich, was er wusste! So schnell er konnte, lief Michael die Treppe hinauf zu den Herrengarderoben in den zweiten Stock. Deutlich spürte er wieder die Nachwirkungen seines Gewaltmarathons von gestern und musste sein Tempo verlangsamen. Aber die Garderobe, die sich Tim mit einigen anderen teilte, war leer. Ihn sonst irgendwo im Haus suchen zu gehen, war ein reines Glücksspiel.

Was mache ich denn jetzt?

Er musste mit Sonja reden, hastete die Treppe wieder hinab. Doch auf der Bühne war sie nicht zu sehen. Mehrmals lief Michael die schmalen Bahnen rund um die Spielfläche hinauf und hinab. Nur einige Arbeiter hantierten hier noch.

Ich muss doch irgendwas machen. Es muss mit Lars doch etwas passieren. Jetzt gleich!

Wieder fiel ihm nur Tim ein. Unwirsch riss er sein Handy heraus und versuchte, ihn telefonisch zu erreichen. Aber natürlich ging nur die Mailbox ran. Tim hatte eine anonyme Standardansage laufen. Hilflos versuchte Michael nachzudenken.

»Wo ist mein Assistent?«, schallte harsch die Stimme von Theo Fleischer aus dem Zuschauerraum. »Ich will den hier im Saal sehen!«

Michael stand in Sichtweite des Inspizientenpults und Hektor sah fragend zu ihm rüber. Doch zum ersten Mal kam Michael seinen Dienstpflichten nicht nach, schüttelte nur unwillig den Kopf und lief ein paar Meter in den Hinterbühnenbereich – immer noch sein Handy in der Hand. Unschlüssig starrte er drauf, als wäre auf ihm die Antwort zu finden, was er nun machen sollte. In blindem Aktionismus wählte er plötzlich die Nummer des Handys von Peter. Was er sich davon versprach, wusste er nicht. In jedem Fall ging ebenfalls nur die Mailbox ran. Michael legte auf.

Irgendwo ging eine Tür. Sonja war zu hören.

»Was ist denn die Unterbühne?«

»Der sieben Meter tiefe Bereich unter dem, was du hier als Bühnenboden siehst«, antwortete die Stimme des Bühnenmeisters.

Rasch spurtete Michael auf den Eingang zu, durch den Sonja offenbar gerade wieder hereingeführt wurde.

»Da geht es noch sieben Meter tiefer?«, fragte Sonja überrascht. »Und was ist da unten?«

»Na ja, eigentlich gehören da Hubpodeste rein, die man motorgetrieben hoch- und runterfahren kann. Als das Haus 1962 gebaut wurde, hat man aber kein Geld mehr dafür gehabt, und so sind die sieben Meter unter der Bühne jahrzehntelang frei geblieben. Da unten ist nichts! Eine Riesenhalle, vollkommen leer. Für manche Stücke öffnen wir

Klappen im Boden, bauen eine Treppe drunter und schaffen so zusätzlich Auf- und Abgänge.«

Sonja bemerkte Michael, der sie inzwischen erreicht hatte. »Hey, hast du gewusst –« Sie verstummte, weil sie sofort sah, dass mit Michael etwas nicht stimmte.

»Komm mal mit«, sagte er und zog sie ein paar Meter weiter. »Lars hat gestanden!«, zischte er ihr dann halblaut zu. In aller Eile berichtete er, was im Aufzug geschehen war. Sonja war erschrocken über den Gewaltausbruch. Aber Michael hielt sich daran nicht auf. »Ich muss jetzt beweisen, dass es Lars war! Aber der ist abgehauen und Tim nicht zu fassen!«

»Wo ist mein Assistent, verfluchte Scheiße?«, schrie Theo Fleischer aus dem Saal.

Kurz wollte Michael wieder nicht darauf reagieren, wusste dann aber, dass er keine Ruhe mehr haben würde. Er verdrehte die Augen, warf Sonja einen verzweifelten Blick zu und lief rasch auf die Hauptbühne.

»Ach, sieh an, dich gibt es ja noch«, ätzte ihm der Regisseur entgegen. »Ist für die Tonaufnahme alles organisiert?«

»Ja!«, stieß Michael hervor. Das anschließende ›verdammt noch mal‹ konnte er so gerade runterschlucken.

»Ruf mir die Schauspieler ein! Falls die Mimen heute mal da sind.«

Verdutzt stellte Michael fest, dass wirklich schon Probenbeginn war. Die Zeit war verflogen. Doch Svetlana und Paul-Georg kamen von selbst auf die Bühne, als hätten sie die Aufforderung gehört. Helga huschte nach.

»Aha«, rief ihnen der Regisseur entgegen. »Also. Gestern seid ihr einfach nicht zur Probe erschienen! Ihr wisst, dass das am Theater ein ganz ungeheuerlicher Vorgang ist. Ihr werdet deshalb die Probe jetzt nachholen.«

»Also, Theo«, begann Svetlana zu sprechen, »du sollst wissen, dass eine Zusammenarbeit mit dir im Moment nur schwer zu unterstützen ist.«

Michael hatte genug. Auf das nun beginnende Gefecht konnte er verzichten, die Zeit besser nutzen. Mit einem unauffälligen Kopfnicken lotste er Sonja weg von der Bühne auf die Seite.

»Was machen wir jetzt mit Lars?«

»Ich weiß nicht. Was hat er im Aufzug noch mal genau gesagt?«

Hastig wiederholte Michael, was er im Kopf hatte. Sonja hörte zu und dachte nach.

»… ich scheiß auf sich gut fühlen«, war der Schauspieldirektor aus dem Saal zu hören, »dafür sind wir nicht am Theater …«

»Ich verstehe nicht, was Lars da geredet hat«, gab Sonja zu bedenken. »Das ergibt doch alles keinen Sinn.«

»Ja, es ist verworren, nichts Handfestes, und letztlich kein Beweis für nichts. Es muss uns endlich gelingen, etwas Unmissverständliches aus ihm herauszuholen.«

»… in jedem Fall«, kam Svetlana gerade zum Ende, »solltest du dir um die Zukunft deiner Arbeit einmal Gedanken machen. Von mir aus können wir jetzt mit der Probe beginnen.«

Michael bekam mit, dass sie nach hinten auf die Schräge ging. Ungläubig steckte er seinen Kopf auf die Bühne. Dass die gewandelt und widerständig gewordene Schauspielerin nun proben wollte, verwirrte ihn. Paul-Georg hatte die ganze Zeit stumm herumgestanden, folgte Svetlana aber bereitwillig. Dass er ihr nicht widersprach, war wohl auf seine geschwächte Akzeptanz im Ensemble zurückzuführen. Er suchte Anschluss. Ungewöhnlich auch, dass Theo Fleischer jetzt durch den Saal bis nach vorn an die Rampe kam, um sich von hier aus in die Vorbereitungen einzumischen, bemüht, die Lage zu dominieren. Verdattert registrierte Michael all diese Veränderungen.

»Geh runter da«, herrschte ihn der Regisseur an. »Du wirst nicht dafür bezahlt, dass du im Weg rumstehst.« Wenigstens das war beim Alten geblieben. »Und das Mädel bleibt hinter der Bühne. Notstopfen zu sein dürfte sie ja kennen.«

Michael warf Sonja, die hinter ihm gestanden hatte, einen bedeutsamen Blick zu. Die Herabwürdigung übergingen beide, aber dass sie die Überführung von Lars nicht weiter vorantreiben konnten, sich der Arbeit fügen mussten, störte furchtbar. Unwirsch stieg Michael die kleine Treppe hinab und lief bis zum Regietisch in der Saalmitte. Wirr blätterte er in seinem Textbuch.

Völlig unerwartet hatte er plötzlich das Gefühl, dass irgendwo in der Dunkelheit der Sitzreihen hinter ihm jemand war. Schnell drehte er sich um und starrte mit aufgerissenen Augen in die Schatten des Zuschauerraums. Was ihn zu der Empfindung brachte, war ihm nicht klar. Auch nicht, ob sie stimmte. Zu sehen war nichts.

Dann rief Theo Fleischer schon wieder ungeduldig nach ihm.

Michael lief zurück zur Bühne.

Die Probe rollte an.

Nachmittag

Die Bühnenprobe war quälend lang geworden. Michael war in Gedanken ständig bei Lars gewesen und hatte sich gleichzeitig angestrengt der nervösen Arbeit der beiden Schauspieler widmen müssen. Endlich hatte es ein Ende gefunden und Theo Fleischer war aus dem Saal gerauscht.

Michael war begierig, seine Beratung mit Sonja fortzusetzen, und während die Techniker der verschiedenen Abteilungen auf der Bühne zusammenpackten, wartete er, bis sie endlich von ihrem Posten in den Zuschauerraum kam, um ihre Sachen zu holen.

»Hätte ich gewusst«, maulte sie, »dass ich die ganze Probe hinter der Bühne vergammeln darf, hätte ich mir meinen Apfel mitgenommen. Nanu?« Sie schaute starr in ihre Tasche. »Warst du hier dran?«

»Nein. Ich wusste nicht einmal, dass dein Zeug da liegt.«

»Irgendjemand hat sich an meiner Tasche zu schaffen gemacht.«

»Bist du sicher?«

»Absolut. Die wurde eindeutig durchwühlt.«

Schlagartig fiel Michael wieder ein, dass er vorhin das Gefühl gehabt hatte, jemand sei im Saal. Sein Puls ging schneller.

»Ist Peters Textbuch noch da?«

Sonja schüttelte den Kopf. Michaels Augen weiteten sich.

»Ich hab es zu Hause liegen lassen«, antwortete sie jedoch. »Ist mir vorhin erst bewusst geworden. Hab mich schon geärgert.«

»Aber genau danach muss gesucht worden sein! Das heißt, Lars hat das Theater doch nicht verlassen!« Aufgebracht starrte Michael in den Zuschauerraum, als ob es da noch etwas zu entdecken gäbe. Aber natürlich war da niemand mehr.

»Wie kann das denn sein?«, fragte Sonja fassungslos. »Warst du nicht ständig am Regietisch?«

»Ach, es ging heute so viel hin und her.« Immer noch starrte Michael in den Saal. »Hätte ich mal besser aufgepasst. Ich hätte Lars erwischen können. Das Textbuch muss für ihn eine Bedrohung sein.«

»Mh«, machte Sonja. »Ich versteh nur einfach nicht, was Lars eigentlich mit Peter zu schaffen hat.«

»Ich doch auch nicht!«, entgegnete Michael unwillig. »Es muss bei Lars etwas geben, was wir nicht wissen. Etwas Schwerwiegendes.« Unkontrolliert drückte er mit Daumen und Zeigefinger an seiner Nase herum. »Ich muss Lars endlich stellen!«

»Mh«, machte Sonja wieder. Sie schien skeptisch zu bleiben.

»Was tu ich denn jetzt? Verdammt! Ich könnte bei Lars vorbeifahren. Aber er wird wohl kaum mit mir reden. Oder ich schaffe es endlich, Tim zu sprechen.«

»Hör auf an deiner Nase rumzudrücken«, schimpfte Sonja, »die wird sonst noch grün und blau.« Michael sah überrascht zu ihr hinüber. Ihre Heftigkeit war ungewöhnlich. Sonja fasste sich. »Das ganze wird bedrohlich. Lars hat dich heute fast verprügelt! Und als Majestät muss er schon Peter gegenüber gewalttätig geworden sein. Jetzt kommt er uns unbemerkt nahe. Es ist einfach nötig, dass du zur Kripo gehst!«

Auch Michael spürte die Bedrohung. Aber nach wie vor sträubte sich etwas in ihm. »Erst müssen wir uns um Lars kümmern.«

»Nein, erst zur Polizei gehen! Es gibt keine andere Reihenfolge!«

Michael seufzte. »Gut, ich rufe gleich an.«

»Ich fahr nach Hause, hol das Textbuch und wir treffen uns am Präsidium.«

Michael schaute sie einen Augenblick lang an. »Hast du es wenigstens fertig gelesen?«

»Ein paar Seiten fehlen mir noch.«

»Dann lies es zu Ende, bevor du es mitbringst. Möglicherweise ist ja doch ein handfester Beweis für das zu finden, was Lars getan hat.«

»Ja, gut. Werde ich machen.«

Michael war trotzdem unzufrieden. Aus unbestimmtem Grund hatte er das Gefühl, nicht das Richtige zu tun. Und die Vorstellung, gleich mit dem Kriminalkommissar reden zu müssen, gefiel ihm gar nicht.

Beide mussten sich noch um ein paar Dinge auf der Bühne kümmern. Danach brachte Michael Sonja zur Pforte. Erst hier fiel ihr ein, dass sie das Gespräch mit der Polizei gerne mitbekommen wollte. Michael willigte ein, sofort anzurufen, allerdings nicht im Haus. Draußen vor dem Künstlereingang liefen jedoch zu viele Leute herum, weil im Hof Rangierfahrten stattfanden und Container aufgeladen wurden. Deshalb gingen sie die Krebsgasse ein Stück bis zur Ecke, an der der Opernhauskomplex zu Ende war. Auf der anderen Straßenseite begann die Hektik der Innenstadt – Einkaufspassagen –, hier, am Anfang der Glockengasse, war es geradezu tot. Beide schwitzten ein wenig, es war mittlerweile drückend und schwül geworden.

Michael suchte in seinem Handy die Nummer von Hauptkommissar Degenhardt und wählte. Als der sich meldete, hörte Michael ihn sogar noch durch das Telefon freundlich lächeln. Sonja schaute ihn auffordernd an. Seufzend sagte Michael also, dass er das Textbuch von Peter gefunden hatte.

»Aha«, gab der Kriminalkommissar von sich. »Und wie lange ist das her?«

»Nicht lange«, stotterte Michael, der auf diese Frage gar nicht vorbereitet war.

»Aha«, kam es wieder vom anderen Ende. »Haben Sie das verschwiegen?« Michael wusste nicht, was er antworten sollte. »Unterstehen Sie sich, in die Polizeiarbeit einzugreifen. Selbstjustiz hat in unserem Staat nichts zu suchen. Ist das klar.«

»Ja.«

»Strafvereitelung oder Begünstigung sind Vergehen, die mit Freiheitsstrafe geahndet werden.«

Michael wurde es flau im Magen. Er hatte weder die SMS noch den Verdacht gegen Lars erwähnt. Peters Rucksack hatte er auch noch zu Hause.

»Sie wollen sicher, dass ich Ihnen das Manuskript vorbeibringe?«, fragte er so beiläufig er konnte.

Zu Michaels Überraschung schien der Beamte beinahe zu seufzen.

»Schon, aber das ist… schwierig heute. Wir haben hier gerade viel …« Er unterbrach sich und eine irritierende Pause entstand. »Jedenfalls geht das im Moment nicht. Aber es eilt ja auch nicht. Ich werde mich morgen bei Ihnen melden und wir machen dann aus, wann Sie herkommen.«

Überdeutlich spürte Michael, dass dem Beamten eigentlich kein bisschen an Peters Textbuch gelegen war. Er hatte nur aus Prinzip geschimpft. Michael musste die Galgenfrist, die ihm durch den Aufschub verliehen worden war, unbedingt nutzen! Er musste dem Polizisten morgen etwas vorlegen, was er keinesfalls ignorieren konnte. Es musste ihm gelingen, mehr über Lars zu erfahren! Ansonsten konnte er sich darauf einstellen, dass der Kommissar alles einschlafen lassen würde.

»Denken Sie ja nicht«, mahnte der Kriminalbeamte jedoch scharf, »Sie wüssten, wie wir unsere Arbeit machen. Sie wissen es nicht.«

Dann beendeten sie das Gespräch.

»Gut«, sagte Sonja mit tiefem Ausatmen. »Dass wir den jetzt informiert haben, erleichtert mich.«

»Und wir haben etwas Zeit gewonnen. Du musst jedenfalls nicht sofort das Textbuch holen.

Stattdessen müssen wir unbedingt herausfinden, wie wir Lars nachweisen können, was er mit Peter gemacht hat. Oder wenigstens den Grund dafür.«

»Aber was willst du tun?«

»Tja«, machte Michael verkniffen.

Hilflos starrte er die Glockengasse hinab zu dem hässlichen und fehlgeplanten Fußgängerübergang, der das Theaterparkhaus mit der Oper verband. Dahinter konnte er seitlich die Front des 4711-Stammhauses sehen, das wie immer tat, als wäre es nicht ein Nachkriegsbau, sondern mittelalterlich – und mit Gebimmel und Miefigkeit Touristen anlockte. Überall sah Michael nur Fassaden oder Irrtümer.

»Ich rufe jetzt noch mal bei Tim an. Vielleicht erreiche ich ihn ja doch endlich.«

»Versuch's«, bestätigte Sonja.

Wieder nahm Michael sein Handy und wählte diesmal die Nummer von Tim. Eigentlich hatte er nicht viel Hoffnung. Umso überraschter war er, als das Gespräch tatsächlich angenommen wurde.

»Ja?«, meldete sich Tim knapp und gewohnt mürrisch.

»Hier ist Michael«

»Hab ich gesehen. Ich nehme an, du rufst wegen der Abendprobe an.«

»Äh, nein. Ich wollte dich etwas fragen.« Michael schaute zu Sonja, die alles aufmerksam mitverfolgte. Was konnte er jetzt preisgeben und was besser nicht? Wie wissend musste er auftreten, um etwas zu erreichen? Diese Chance durfte ihm in jedem Fall nicht auch wieder durch die Finger gleiten. »Letzten Samstag vor der Vorstellung hast du dich mit

Lars gestritten. Ich hab euch dabei überrascht. Ich weiß inzwischen von den Zusammenhängen zwischen Lars und dem Tod von Peter. Aber mir fehlt der letzte Beweis. Deshalb möchte ich, dass du mir sagst, worum es bei dem Streit ging.« Gebannt wartete Michael auf eine Antwort. Sonja hielt ihr Ohr mit ans Handy. Tim am anderen Ende schwieg jedoch. Aus Verwirrung, Abneigung oder sogar Angst?

»So, du weißt das also?«, knurrte er schließlich. »Warum sprichst du mit Lars nicht selbst darüber?«

»Das habe ich versucht. Er weicht mir nur aus.«

»Dann werde ich dir natürlich auch nichts sagen.«

Michael schloss die Augen. Es durfte nicht sein, dass er schon wieder gegen eine Wand prallte. Er musste doch mal irgendwo Erfolg haben. Die Zeit drängte. Verspannt versuchte er nachzusetzen. »Hör zu, ich weiß, dass Peter nicht Selbstmord begangen hat. Und was ich herauszukriegen versuche ist wichtig.«

Am anderen Ende wieder Schweigen.

Michael wurde mit einem Mal bewusst, dass er keine Ahnung hatte, ob Tim nicht vielleicht selbst in die ominösen Vorgänge verstrickt war. Konnte es nicht sogar sein, dass es sich in Wahrheit bei Tim um den Täter handelte? Und es Lars war, der davon wusste, und von Tim bedroht wurde? Was, wenn Michael Tim mit diesem Anruf provozierte oder gerade in die Enge trieb?

Am anderen Ende wurde tief eingeatmet.

»Ich verstehe nicht, was das eine mit dem anderen zu tun hat«, sagte Tim knapp. »Aber ich werde dir dazu nichts sagen. Tut mir leid, Genosse.« Nach einer kurzen Pause fügte er unerwartet mild etwas hinzu. »Dein Kampf gegen das System ist sehr konkret. Das imponiert mir.«

Michael schwieg beinahe unwillig. Dass von Tim nun so etwas kam, verwirrte ihn. Wovon wollte er ablenken?

Ein weißer Caddy bog in die Glockengasse ein, auf dessen Seite ›Gebäudesanierung S. Kracht‹ stand.

»Was anderes«, wechselte Tim unvermittelt das Thema, »bleibt es heute Abend tatsächlich bei der Probe mit allen im Malersaal?«

»Ja«, antwortete Michael überfordert. Und dann skeptisch. »Wirst du kommen?«

»Das werden wir sehen.«

Tim hatte sicher am wenigsten Lust, dem Schauspieldirektor zu begegnen und am meisten Grund, die weiteren Proben zu boykottieren. Aber Michael wollte das jetzt nicht zu seinem Thema machen.

»Tschüss«, sagte Tim jedoch unvermittelt – und legte auf.

Michael schaute verblüfft auf sein Handy. Dann rollte er erbittert mit den Augen und steckte es weg. Dieses abrupte Ende sah dem mitteilungsfeindlichen Schauspieler ähnlich. Und Michael hatte wieder das Nachsehen. Mutlos sah er Sonja an.

Sie überlegten, ob sie versuchen sollten, Lars anzurufen. Aber das kam ihnen überhaupt nicht Erfolg versprechend vor. Michael dachte noch einmal darüber nach, bei ihm vorbeizufahren und eine Konfrontation zu erzwingen. Aber Sonja war strikt dagegen. Unverkennbar geriet sie bei der Vorstellung in Sorge. Schließlich entschieden sie, die Zeit bis zur Abendprobe zu nutzen, um sich eine sinnvolle Strategie zu überlegen.

Darüber brütend gingen sie zurück zum Theatereingang. Als Michael mit Sonja die drei Stufen zur Pforte hochsteigen wollte, kam ihnen Stella Kammer entgegen, die gerade in ihr Handy tippte.

»Was machst du denn immer noch hier?«, staunte Michael. Die Schauspielerin war vormittags ausdrücklich von der Probe ausgeladen worden. Trieb sie sich seitdem im Haus herum?

»Ein paar Kollegen und ich haben die ganze Zeit in der Kantine gesessen. Wir überlegen, was wir mit dem Fleischer machen und wie wir Pappis Zurückhaltung finden.« Stella wedelte mit den Armen und schien vor Energie zu sprühen. »Thomas war dabei. Und Ernie. Und die Hanna Seemeyer.«

»Thomas ist auch im Haus?«, entgegnete Michael irritiert.

»Jaja. Der muss in der Kantine sein.«

»Was habt ihr beschlossen?«, erkundigte sich Sonja.

»Noch nichts. – Und was macht ihr gerade?«

Michael sah Stella einen Augenblick lang an. Ihm fiel ein, dass er mit ihr noch mal reden wollte, um einen Weg zu finden, sein Wissen um die Intrigen der Theaterleitung publik zu machen.

»Wir kümmern uns um die Umstände von Peters Tod. Um all die undurchschaubaren Zusammenhänge, die aufgetaucht sind.«

»Die gibt es allerdings. Hab ich ja eben erst mit den anderen besprochen.«

»Aber mir geht es nicht um Pappi oder Fleischer. Es geht um die unglaublichen Machenschaften bei Peters Tod.«

»Ach, Michael«, erwiderte Stella kopfschüttelnd. »Du bist viel zu fixiert auf das Thema. Mit wirklich jedem hast du mittlerweile darüber gesprochen. Aber das bringt doch nichts.«

Michael war perplex. »Ich dachte, du bist da meiner Meinung? Gestern warst du doch noch voller Tatendrang.«

Stella verzog mitleidig den Mund. »Ja, aber jetzt geht es um Wichtigeres. In der Kantine eben, das war richtig cool.« Kurz sah sie zu Sonja hinüber, die das Gespräch stumm verfolgte. »Da läuft jetzt die Show.«

Verblüfft sah Michael sie an. Konnte man wirklich von einem Tag auf den anderen so sprunghaft in seinen Ansichten sein? War ihr Verhalten einfach nur blöde oder verdächtig?

Plötzlich wurde ihm auch wieder bewusst, dass Stella ›Prinzesschen‹ genannt worden war. Und dass er noch gar nicht herausgefunden hatte, ob das bedeutungsvoll war. Gleichzeitig spürte er, dass er keine Geduld mehr hatte, weitere offene Fragen zu ertragen.

»Stella, bist du schon mal von irgendwem ›Majestät‹ genannt worden?«

Die Schauspielerin schaute zuerst verblüfft, dann platzte aus ihrem Mund ein Lachen heraus. »Was, Majestät? Nein, bisher nicht. Aber du darfst gerne damit anfangen.«

Ihre Reaktion war unbeschwert und spontan gewesen. Michael wechselte einen Blick mit Sonja, die leise die Augenbrauen hob. Dann schaute er Stella wieder an. Was er immer noch nicht verstand, war ihr plötzlicher Meinungsumschwung.

»Und wenn ich wirklich etwas weiß«, sagte er als letztes Angebot, »das die Dinge in anderem Licht darstellt? Wenn das nur herausgearbeitet werden muss?«

»Ja«, entgegnete Stella leichthin, »dann mach das doch.« Sie lächelte ihn und Sonja freundlich an – und ging.

Ohne recht aus ihr schlau geworden zu sein, sah Michael hinter ihr her. Konnte sich die Schauspielerin, nach einem ihrer impulsiven Vorstöße, am Ende nur mal wieder nicht konsequent verhalten?

*

Michael musste sich zunächst um einige organisatorische Dinge kümmern. Betriebsbüro und Beleuchtungsabteilung wollten Termine abstimmen. Er kam nicht dazu, für die Begegnung mit Lars einen Plan zu fassen.

Stattdessen durchfuhr ihn irgendwann siedend heiß, dass er seine Verabredung mit Pappi vergessen hatte! Eilig lief er zur Kammer der Tontechnik. Doch Pappi war schon nicht mehr da. Er sei nach Hause, hieß es. Verärgert hoffte Michael, dass es ihm morgen gelingen würde, ihn zu treffen.

*

Am späten Nachmittag konnte er sich mit Sonja in den Hof der Kantine setzen und etwas essen. Die Hitze begann allmählich richtig unangenehm zu werden, so schwül war es. Da aber außer ihnen nur wenige andere Hausangestellte hier draußen waren, glaubten sie, sich endlich ungestört über Lars Gedanken machen zu können. Die Dringlichkeit zerrte sehr an Michael. Rat- und Tatenlosigkeit war jetzt nicht mehr akzeptabel. Doch Simon und Fränk setzten sich zu ihnen auf die wackelige Bierbank.

»Da ist ja der Held«, begrüßte ihn Fränk. »Du bist seit gestern regelrecht zum Widerstandskämpfer gegen den Fleischer und seinen Wahnsinn aufgestiegen.«

»Ah, so?«

»Ja, ja«, bestätigte Simon, »alle reden nur von dir. Weil du mit deiner Standhaftigkeit endlich mal was ins Rollen gebracht hast.«

Michael verzog die Mundwinkel zu einem bitteren Grinsen. »Schon merkwürdig, dass mich vor Kurzem alle noch für einen verräterischen Raffer gehalten haben.«

»Stimmt«, räumte Fränk ein. »Aber das hat sich ja inzwischen aufgeklärt. Jetzt sind vor allem alle unzufrieden, weil Pappi und der Personalrat nicht gegen Fleischer Revolte machen wollen.«

»Der Fleischer«, übernahm Simon, »lässt euch heute normal proben, oder?«

»Nachher zum ersten Akt sind zumindest alle bestellt.«

Fränk verzog das Gesicht. »Wenn da keiner mit Kannen zurückschmeißt, sollst du also dem Fleischer den Arsch nachtragen, wie immer.«

»Und zwar ganz allein«, seufzte Michael. »Arnd ist krank.«

»Na, toll«, ereiferte sich Simon beinahe beleidigt. »Den erwischt es und ausgerechnet der Fleischer wird einfach nie krank.«

»Natürlich nicht«, hatte zur Abwechslung Michael eine passende Antwort parat. »Viren haben auch ihren Stolz.«

Die beiden Requisiteure schauten verdutzt, Sonja musste lachen.

In diesem Moment bemerkte Michael, dass inzwischen Thomas Kister weiter hinten im Hof herumlief und schon wieder aufgeregt mit jemandem am Handy telefonierte. Gesprächsfetzen drangen herüber.

»... will ich wirklich nichts von dir hören ...«

Michael runzelte die Stirn. Der merkwürdige Streit von Thomas, den er neulich hatte mithören können, war völlig aus seinem Blickfeld verschwunden. Das hier schien eine Fortsetzung zu sein.

»... tu einfach, was ich sage ...«

Diesmal konnte Michael den Schauspieler nicht nur hören, sondern auch sehen. Thomas lief beim Sprechen äußerst erregt und gleichzeitig furchtbar verspannt herum, blieb dann plötzlich abrupt stehen und hieb unbeherrscht vor sich in die Luft.

»... es ist das Allerletzte, was du machst ...«

Michael musste endlich wissen, was das zu bedeuten hatte. Sollte sich Thomas da, ähnlich wie Tim neulich, am Ende ebenfalls mit Lars streiten?

»Mit wem schimpft der da so?«

»Mit seiner Frau«, antwortete Simon leichthin. »Macht

der doch ständig. Mal geht's um den Kauf von irgendeinem Auto, mal um die Marmeladensorte.«

Michael wusste, dass Thomas Kister mit einer Maskenbildnerin verheiratet war, die am Theater in Bremen arbeitete und die er nur selten sah.

»… nein, *du* hörst *mir* zu …«

»Warum macht der das denn hier in aller Öffentlichkeit?«, fragte Sonja betroffen.

»Weil er nicht fertiggegessen hat«, war die lakonische Antwort. »Da steht sein Teller.«

Michael sah Sonja ratlos an. Als sie wenig später ihr Geschirr in die Kantine trugen, hörten sie gerade noch, wie Thomas Kister »Du blöde Fotze!« in sein Handy schrie. Die Aggressivität war beinahe körperlich zu spüren.

»Wenn die das unbedingt so brauchen«, murmelte Michael.

Abendprobe

Sie mussten Milch für den Kaffee der Schauspieler besorgen und begaben sich dann in den vierten Stock. Beide hantierten in der kleinen Küche, als Arnd kurz anrief und mitteilte, dass es ihm immer noch nicht gut ginge und er auch am Abend zu Hause bleiben müsse. Es hörte sich an, als ob er dabei schon wieder im Badezimmer wäre. Michael beendete das Gespräch schnell.

Die ganze Zeit überlegte er, was er mit Lars machen sollte. »Der wird mich nach der Nummer im Aufzug doch meiden wie ein Vampir den Knoblauch. Aber das geht nicht. Nur: eine wirkliche Idee hab ich nicht. Und langsam auch keine Kraft mehr. Das ist doch alles irgendwie aussichtslos.«

Sonja ließ ihren Kaffeekrempel stehen und nahm Michael in den Arm. »Mein Stinke-Knoblauch«, versuchte sie munter zu sein. »Wird alles gut werden.«

»Na ja«, entgegnete Michael resigniert, »die Probe könnte immerhin einen gewissen Unterhaltungswert haben. So wie es im Moment im Haus brodelt, kann das nur heikel werden.«

»Warten wir es ab.«

Michael zuckte die Schultern. »Ich kann ja schon mal einen Verbandskasten besorgen ...«

Kurz darauf machte er sich auf den Weg zum Malersaal hinüber, um die Probe einzurichten. Immer noch suchte er nach irgendeiner Möglichkeit, Lars als Majestät überführen zu können. Dass er nicht wusste, wie, brachte ihn schier zur Verzweiflung! Ratlos zog er im Gehen sein Telefon hervor. Ohne rechten Glauben wählte er die Nummer von Peters Handy. Zu seiner Überraschung ging der Ruf diesmal durch: Er hörte das Freizeichen. Und dann erstarrte er. Das Signal kam nicht nur aus seinem Apparat – er hörte es auch ganz in seiner Nähe irgendwo in den Räumen klingeln!

Jede Faser seines Körpers spannte sich an! Konzentriert versuchte er, das Läuten zu orten. Machte einen Schritt zum Durchgang zur Montagehalle. Sie lag im Halbdunkeln und war vollgestellt mit Rollwagen, auf denen sich mannshoch Podesterieplatten stapelten. Ganz eindeutig kam das Rufsignal von dahinter.

»Hallo?«, rief Michael.

Er hörte den Nachhall seiner Stimme und hektisches Rascheln. Dann verstummte das Klingeln.

Mit ein paar langen Schritten war er im Raum und am ersten Stapel Podesterieteile. In höchster Alarmbereitschaft blieb er dort stehen.

Einen Augenblick lang war es totenstill.

Dann glaubte Michael, dass ihm schwindelig geworden sei. Doch nur einen Sekundenbruchteil später begriff er, dass sich der Stapel tatsächlich auf ihn zu bewegte. Mit einem Aufschrei wollte er zurückspringen, doch es war schon zu spät. Polternd fielen die schweren Holzplatten auf ihn nieder. Er versuchte, sich gegen sie zu stemmen, aber die unteren Platten krachten gegen seine Beine. Andere stürzten über seinen Kopf. Michael konnte sich nicht mehr halten und fiel nach hinten. Ungeordnet donnerten die schweren Podestteile auf ihn, schlugen vor seine Brust, gegen Kopf und Knie. Panisch bemühte er sich zu schützen. Um ihn herum war nur noch Mordsgetöse.

Dann erstarb es. Hastige Schritte waren zu hören, die sich in den Trakt jenseits der Montagehalle entfernten. Eine Tür ging. Vermutlich die ins Treppenhaus. Dann nichts mehr.

Michaels Herz schlug rasend. Er lag begraben unter schweren Holzplatten, konnte sich kaum bewegen.

»Hallo?«, hörte er die Stimme von Sonja. »Was machst du denn da?«

»Hilf mir. Ich liege hier drunter.« Gleichzeitig versuchte er sich gegen das Holzteil zu stemmen, das auf seinem Gesicht lag.

Mit einem Schreckenslaut kam Sonja angelaufen und begann von oben an den Platten zu ziehen, Michael drückte von unten. Sie waren schwer und lagen verkeilt auf ihm. Doch mit gemeinsamer Anstrengung gelang es ihnen schließlich, genug Platz zu schaffen, sodass sich Michael herauswinden konnte. Ängstlich testete er sofort die Funktionen seines Körpers. Sonja stand blass neben ihm. Beinahe überrascht, vor allem aber erleichtert, stellte Michael fest, dass er nicht ernsthaft verletzt war. Seine Beine schienen unter dem Hosenstoff aufgeschürft zu sein, sein Körper hatte überall Prellungen und in Kürze vermutlich jede Menge blaue Flecken, und Sonja sagte, dass er ein paar Schrammen im Gesicht und einen länglichen Riss neben dem rechten Auge hatte. Sonst war ihm offenbar nichts passiert. Trotzdem waren beide völlig entsetzt.

Michael erklärte Sonja, wie dieser Angriff zustande gekommen war und ihre Hilflosigkeit kippte in Panik.

»Ich wusste es. Ich wusste, dass das gefährlich wird. Du musst aufhören! Mit allem!«

»Womit denn aufhören? Ich mach doch gar nichts. Ich werde einfach angegriffen. Das war Lars! Der muss eine Riesenangst haben! Wollte sicher wieder nach Peters Textbuch suchen!«

Michael sah zornsprühend in die Richtung, in die sein Gegner verschwunden sein musste.

»Willst du ihm jetzt auch noch hinterherlaufen?«, überschlug sich Sonja.

»Wie denn? Der ist doch längst über alle Berge. Das hat überhaupt keinen Sinn mehr.«

Mühsam versuchte sich Sonja unter Kontrolle zu bekommen. »Und jetzt?«

»Ich habe absolut keine Ahnung. Ich kann mal wieder nichts tun!«

»Du musst den Vorfall melden! Irgendeine Stelle muss doch für die Sicherheit der Angestellten im Haus zuständig sein. Du hättest dir alle Knochen brechen können!«

»Ich muss unsere Majestät endlich überführen. Das ist es.«

Sonja schnappte nach Luft. »Du willst immer noch TKKG spielen!«

»Was soll ich denn sonst machen? Irgendwem sagen ›Mich hat einer mit einem Bretterstapel angegriffen‹? Ich kann niemanden anschuldigen. Habe keine Zeugen. Ich bin nicht mal richtig verletzt.«

»Welch ungeahnte Kräfte in Lars«, meinte Sonja dann wirr. »So einen ganzen Stapel Holzplatten umzuwerfen.«

»In heller Panik können selbst schwächere Leute zu so etwas fähig sein. Und Lars ist in Panik. Bald macht er einen Fehler!«

Michael wusste nicht, ob er davor Angst haben oder begierig drauf lauern sollte. Mit wackeligen Beinen ging er sich erst einmal waschen.

Die ersten Schauspieler, die in den Probenraum kamen, waren Stella und Svetlana. Michael stand noch unter Adrenalin. Die beiden Frauen nahmen ihn aber in Beschlag, um seine Meinung zu der bevorstehenden Probe zu erfahren. Michael musste staunen, wie neuerdings alle an seinen Ansichten interessiert waren. Die Schrammen in seinem Gesicht kommentierte allerdings niemand. Als nächster betrat Paul-Georg den Saal und versuchte möglichst rasch in das Gespräch hineinzufinden. Unverkennbar war er seinen Kollegen gegenüber immer noch verunsichert. Kurz darauf erschien Thomas Kister, der heute auf der Probe überhaupt nichts verloren hatte. Der Schauspieler gab sich entspannt wie stets und schoss lässig seine üblichen Kommentare ab. Er schien einfach gut darin zu sein, seine überbordende Aggressivität in sich vergraben zu können.

Inzwischen schimpften alle auf Pappi, der mit seiner Zauderei verhindere, dass sich endlich etwas bewege.

Michael erinnerte das daran, dass er morgen versuchen musste, Pappi zu treffen. Wer konnte schon wissen, ob sich diese Verschwörung nicht immer weiter um ihn zusammenzog.

Als Nächstes erschien die hagere und ausgemergelte Gestalt von Tim. Die anderen bestürmten ihn sofort, wollten wissen, wie es ihm gehe und was er jetzt vorhabe. Tim machte ein noch finsteres Gesicht als sonst, schüttelte zu allem den Kopf und ließ seine Kollegen stehen. Abweisend ging er zum Regietisch, setzte sich und schlug demonstrativ seinen Text auf.

Dann tauchte endlich Lars im Türrahmen auf. Er schaute hastig zu Michael, wich dessen schneidendem Blick aus, starrte zu den anderen, blieb aber stehen, wo er war.

Zorn stieg in Michael hoch. Am liebsten hätte er sich auf ihn gestürzt. Die Schuldgefühle von Lars waren förmlich mit Händen zu greifen. Und die Vorstellung, dass dieses Dickerchen ihn vorhin unter einem Stapel Holzplatten begraben hatte, vor allem aber oben im Schnürboden Peters Tod verschuldet hatte, machte Michael schier rasend. Im Aufzug hatte er alles gestanden! Doch wie konnte man ihn dazu bringen, das vor Zeugen zu wiederholen?

Als Letztes kam Helga gemeinsam mit Sonja, die den Kaffee mitbrachte. Alle stürzten sich darauf.

Die Souffleuse war ebenfalls zornig, aber auch von einer abgrundtiefen Gewissheit erfüllt.

»Das, was der Fleischer der Welt antut, wird eines Tages auf ihn zurückkommen, und er kriegt ein Magengeschwür oder Krebs. Wirst sehen.«

Und dann erschien Theo Fleischer, rauschte herein und stellte sich hinter den Regietisch.

»Gut. Ich möchte, bevor wir mit der Probe anfangen, etwas sagen.«

Alle Kollegen im Raum wandten sich ihm frostig zu, regten sich ansonsten aber nicht. Tim missfiel sichtlich, dem Schauspieldirektor am Nächsten zu sein. Mit zusammengebissenen Zähnen sah er von seinem Platz zu ihm hoch.

»Zunächst«, begann Theo Fleischer, »möchte ich noch einmal in Anwesenheit von allen wiederholen, was ich dir, Tim, schon heute Nachmittag am Telefon gesagt habe, nämlich dass ich mich bei dir, Tim, entschuldige. Was ich getan habe, war eine unverzeihliche Tätlichkeit, die ich leider nicht ungeschehen machen kann.«

Niemand reagierte. Mit dem, was der Schauspieldirektor da sagte, hatte keiner gerechnet.

»Auch euch muss ich«, wandte der sich nun an alle, »um Verzeihung bitten. In letzter Zeit lasten Umstände auf mir, die mich einfach die Fassung haben verlieren lassen. Ihr könnt sicher sein, dass so etwas nicht mehr vorkommt. Das war's.« Mit einem Seufzer setzte er sich und sah die Anwesenden geduldig an.

Die Schauspieler wussten nicht, wie sie sich verhalten sollten. Schließlich war es Stella, die schwach etwas entgegenzusetzen versuchte.

»Und du glaubst, dass das ausreicht?«

»Es ist mein fester Wunsch, keine rechtlichen Konsequenzen daraus erwachsen zu lassen. Deshalb kann ich nur alle auffordern, genauso professionell mit der Sache umzugehen. Es wäre das Beste, die Probenarbeit fortzusetzen. Mit Svetlana und Paul-Georg habe ich das heute früh ja schon getan.«

Svetlana verzog den Mund zu einem bösen Grinsen, Paul-Georg schaute betreten auf den Boden. Die Übrigen konnten sich immer noch zu keiner Reaktion entschließen.

»Am Theater«, mahnte der Schauspieldirektor, »muss man doch weitermachen, wenn man dabeibleiben will.«

Schweigen.

Ganz langsam drehte sich Tim auf seinem Stuhl um und sah seine Kollegen fragend an. Als niemand reagierte, entfuhr ihm ein verletztes Auflachen und er schüttelte den Kopf.

Und dann wurde geprobt.

*

Der Regisseur zog eine recht straffe, aber unkomplizierte Probe durch, die von einer merkwürdigen Energie erfüllt war. Michael staunte nur, wie sehr alle wieder mitmachten.

Nach und nach wich das Adrenalin aus seinem Blut. Was blieb, war eine Leere. Er saß hier, schaute Lars bei der Probe zu und schaffte es nicht, irgendetwas in Bewegung zu setzten. Es war zum Verzweifeln.

Theo Fleischer machte überpünktlich noch vor 22 Uhr Schluss und verschwand sofort. Die Schauspieler standen eine Weile beisammen und bestätigten sich lauthals ihre Verunsicherung. Lars hatte das Gewusel genutzt, um zu flüchten. Michael bemerkte es zu spät. Er hatte sowieso keine Idee gehabt, was er mit ihm hätte machen sollen. Dass Tim kurz darauf ebenfalls weg war, belastete ihn schon mehr. Mit ihm ein Wort zu sprechen, war die einzige Hoffnung gewesen, die er sich noch gemacht hatte.

Stumpf trug er mit Sonja wieder Requisiten zusammen, da am folgenden Morgen eine weitere Probe auf der Bühne stattfinden sollte.

Sonja zeigte Nerven.

»Wieso müssen wir denn ständig hin- und herziehen?«, schimpfte sie.

»Weil wir nicht durchgehend auf der Bühne bleiben können, weil da abends Vorstellungen stattfinden«, erklärte Michael mit stoischer Ruhe.

Er spürte, wie sehr ihn alle Kräfte verließen. Der Muskelkater von seinem gestrigen Gewaltsprint zum Rhein biss immer noch in seinen Beinen. Hinzu kamen die Blessuren durch die Holzplatten, die seinen ganzen Körper geschunden hatten. Er hatte kaum Energie, ein bisschen Zuversicht zusammenzukratzen.

Nacht

Müde konnten sich Sonja und Michael auf den Weg machen, das Haus zu verlassen. Im Aufzug brach aus ihm dann die Verbitterung heraus.

»Ich weiß nicht mehr weiter. Außer, dass mich Lars mit Holzteilen attackiert, erreiche ich nichts. Und dabei drängt die Zeit. Morgen muss ich zur Polizei. Und wenn ich denen nichts von Bedeutung vorlege, war alles umsonst.«

»Gibt es eigentlich noch etwas anderes, was belegt, dass Lars die Majestät ist, außer sein unverständliches Gerede im Aufzug?«

Wieder einmal spürte Michael Zweifel aus ihr sprechen. »Nein. Das also auch. Es ist zwecklos. Alles zwecklos. Nichts kann ich beweisen. Ich hab tagelang meine Zeit verplempert.«

»Michael. Alles was du tust, ist doch ein Weg. Du versuchst hartnäckig, der Wahrheit auf den Grund zu gehen und hast eine Menge dabei in Bewegung gesetzt. Und so viel herausgefunden. Das Komplott gegen Pappi zum Beispiel. Das hängt doch alles zusammen. Du bist doch mittendrin.«

Inzwischen war der Aufzug unten angekommen und gemeinsam gingen sie durch den langen Gang mit den kleinen Fenstern, der um diese späte Zeit noch düsterer und unbehaglicher wirkte als tagsüber.

»Es dauert aber alles zu lange.«

»Was hast du erwartet? Du bist kein Detektiv und dein Leben keine Abenteuergeschichte. Dachtest du, das wird ein Spaziergang von fünf Minuten?«

Michael sagte nichts. Schweigend gingen sie die Treppe hinab ins Erdgeschoss. In der Tat hatte er sich alles viel einfacher vorgestellt.

»Vielleicht«, ergänzte Sonja, während sie sich auf die Pforte zubewegten, »ist es jetzt einfach Zeit, dass du die Verantwortung abgibst.«

Michael seufzte. Es war eh nicht mehr zu verhindern. Morgen würde ihn dieser Hauptkommissar zum Gespräch zitieren, Michael würde weitergeben, was er wusste, und hoffen, dass seine Indizien bei dem dauergrinsenden Beamten Handlungsbereitschaft auslösten.

Draußen vor der Tür des Theaters blieben sie stehen.

»Zu wem wollen wir?«, fragte Sonja mild. »Wir können uns doch einen schönen Abend machen.« Ein sinnliches Glitzern blitze dabei aus ihren Augen.

»Du musst unbedingt Peters Textbuch zu Ende lesen«, entgegnete Michael matt.

»Ach, das Textbuch ist doch jetzt nicht mehr so wichtig.«

»Warte mal. Das Textbuch ist die letzte Spur, bei der noch etwas zu holen sein könnte. Und alles, was ich morgen vorweisen kann, entscheidet darüber, was die Polizei unternehmen wird. Es ist also absolut nötig, dass du es heute noch liest.« Er zögerte. »Vielleicht ist es ja besser, wenn ich nicht dabei bin.«

Sonjas Miene gefror. »Meinst du damit, jeder soll allein zu sich nach Hause fahren?«

»Ich denke, das wäre das Beste.«

Sonja sah ihn erst ungläubig, dann gekränkt an. »Gut, wenn du wieder Pflichtbewusstsein über alles andere stellen musst.«

»Das hat doch nichts mit Pflichtbewusstsein zu tun. Es ist halt das Sinnvollste.«

»Eben. Immer die Arbeit, nie das Vergnügen.«

Michael war getroffen.

Mache ich meinen Job schon so lange, dass ich sogar dem Leben nur noch demütig begegne?

»Theater ist die schönste Beschäftigung der Welt«, murmelte er mit verzweifeltem Zynismus. Ihm fiel ein, dass er immer noch nicht die Antwort auf die Frage wusste, warum das Arbeiten am Theater anders laufen sollte als in anderen Betrieben.

»Dann gehe ich jetzt also«, sagte Sonja schließlich.

»Und liest das Textbuch?«

»Ja doch. Soll ich dir morgen sonst noch irgendetwas mitbringen?«

Michael sah sie einen Augenblick lang an. »Eine Flasche Zuversicht, bitte.«

Gemeinsam liefen sie das kurze Stück bis zur Haltestelle Appellhofplatz. In der Zwischenebene trennten sie sich. Sonja ging zum Bahnsteig, auf dem ihre Linien Richtung Ehrenfeld fuhren, Michael auf die gegenüberliegende Seite.

Erst jetzt fiel ihm wieder ein, dass seit gestern Morgen noch sein Fahrrad am Eingang des Theaters stand. Kurz zögerte er, hatte dann aber keine Lust, es zu holen.

Als er unten auf dem Bahnsteig ankam, wunderte er sich, wie viele Menschen hier herumstanden. Die Leute schienen alle in Aufregung zu sein. Einige warfen sich Kommentare zu. Michael bekam mit, dass keine Bahn kommen wollte. Mal wieder eine Störung im Betriebsablauf der KVB. Offenbar war die Verbesserung von Michaels Stimmung für heute nicht mehr vorgesehen.

Er wollte schon zurück zu seinem Fahrrad gehen – da stand ihm plötzlich und unvermutet Tim F. Engels gegenüber. Auch der hagere Schauspieler wartete in seinem üblichen, zerknitterten Anzug darauf, dass endlich eine Bahn fuhr. Nach einem kurzen Gruß drehte er sein verlebtes Gesicht von Michael weg. Es war unverkennbar, dass es ihm missfiel, dem Regieassistenten zu begegnen.

Michael wusste nicht, was er sagen sollte. Obwohl er sich den halben Tag gewünscht hatte, den Schauspieler sprechen zu können, fehlte ihm jetzt, wo er ihm gegenüberstand, jeglicher Antrieb. Er spürte nur noch die Müdigkeit in sich.

Kein Wort fiel.

Nach einer Weile war es dann erstaunlicherweise Tim, der sich genötigt fühlte, etwas zu sagen.

»Das war eine absolut bizarre Probe heute Abend.«

Michael nickte. Dann schwiegen sie wieder und schauten abwechselnd zu der Anzeigentafel, auf der jedoch kein Hinweis über das baldige Eintreffen einer Bahn erscheinen wollte.

Irgendwann fügte Michael etwas hinzu. »Erstaunlich, was der Tod von Peter alles auslöst.«

Nun war es Tim, der nickte. »Das ist wohl dein Thema.«

»Deins auch. Der Angriff von Fleischer ist doch eine weitreichende Folge davon. Und jetzt springt dir niemand bei.«

Der Schauspieler reagierte nicht. Aber irgendetwas schien in ihm zu arbeiten. »Schon bevor du heute Nachmittag bei mir angerufen hast, hatte ich bemerkt, dass dich interessiert, was mit Lars ist«, sagte er dann unvermittelt.

»Ach, ja?«

»Ich kenne Lars länger als du – seit seinem ersten Tag bei uns im Ensemble. Irgendwann habe ich ihn mal zu einer Podiumsdiskussion mitgenommen, und deshalb wusste ich zufällig, mit welchen Menschen er sich da angefreundet hatte. Glaub mir, was er getan hat, ist aus reiner Gedankenlosigkeit geschehen. Er hat nur an seine Familie gedacht.«

Michael klimperte verständnislos mit den Augenlidern. Und dann kehrten die Lebensgeister in ihn zurück. Er versuchte zu verstehen, was das Vergehen, das Lars an Peter begangen hatte, mit der Sorge um seine Familie zu tun haben sollte.

Doch Tim fuhr schon fort. »Die Bezahlung, die er am Schauspiel kriegt, ist nicht gerade satt, wenn man Frau und Baby versorgen muss. Er war nicht in der Lage, den Versuchungen des Kapitals zu widerstehen, sich etwas dazuverdienen zu können.«

Michael verstand immer weniger, wovon Tim redete. »Wie meinst du das?«

Tim sah ihn mit einem langen Blick an. Dann antwortete er knurrig. »Hab ich dich falsch eingeschätzt? Bist du doch noch nicht drauf gekommen, oder willst du es nur aus meinem Mund hören? Es war Lars, der die Zeitung mit Informationen versorgt hat.« Michael bekam große Augen. »Du wirst das sicher für dich behalten können. Ich weiß, dass Lars einen Zeitungsfritzen kennt. Dem hat er alles über Peters Selbstmord erzählt. Woher der Kontakt zu dem anderen Blatt kam, weiß ich nicht. Irgendein Klüngel. Erst als die Artikel erschienen waren, hat Lars dann realisiert, was er angerichtet hatte, und dass da so viel Falsches drin stand. Natürlich hat er sich wieder Einiges zusammengedichtet, was er nicht so genau wusste. Aber die Journaille hat noch selbst was dazu getan. Damit hatte Lars nicht gerechnet. Und auch nicht, dass er plötzlich das ganze Ensemble, ach, das ganze Haus, gegen sich haben würde. Ab da war er ständig in Sorge, entdeckt zu werden. Was man demjenigen, der da unsolidarisch geworden war, alles angedroht hat, wirst du ja mitbekommen haben. Ich selbst war stinksauer auf ihn. Als wir dann aber mit der Intendanz den Kampf um die plötzlich angesetzten Vorstellungen anfingen, habe ich Lars dazu gebracht, dass er diese Zeitungskontakte nutzt, um dem Ensemble noch etwas Gutes zu tun. Quasi als Wiedergutmachung. Das hat dann zu dem zusätzlichen Artikel geführt.«

Michael war so erstaunt über das, was gerade passierte, dass er nur schwer unterdrücken konnte, den Mund nicht offen stehen zu lassen: Tim redete wie ein Wasserfall. Und das Geständnis von Lars bezog sich auf die Artikel!

»So ist das mit Lars …«, murmelte er überfordert.

Tim schwieg eine Weile und nickte nur leicht. »Es ist gewaltig, was entstehen kann, wenn man Verbindungen ausspielt. Wie beim Fleischer.«

Den letzten Satz verstand Michael nicht. Doch der Schauspieler war ins Grübeln gekommen, sein Blick nach innen gerichtet, als ob er Erinnerungen nachgehen würde. »Wir haben«, sagte er schließlich mit schwermütigem Ton, »früher so viele Ideale gehabt. Als ich so alt war wie du, war das Theater ein Ort, an dem man etwas bewegen wollte. Unser höchstes Ziel war, das unterdrückerische System umzustürzen. Wir haben neue Leitungsmodelle organisiert – praktisch ohne Hierarchien. Alles wurde gemeinsam ausdiskutiert und beschlossen. Wir haben uns aufgerieben, um für die Stücke Umsetzungen mit Gesellschaftsrelevanz zu finden. Ich war mit Feuereifer dabei, weil ich dachte, dass Theater etwas bewirken kann, dass wir damit politischen Einfluss nehmen und das Denken in den Köpfen der Menschen verändern. Es war doch alles so klar: Das Faschistische der Herrschenden war derart offensichtlich, dass ich dachte, ein Umsturz kommt ganz von selbst, wenn man die Menschen erst einmal aufgeklärt hat. Heute ist von all dem keine Rede mehr. Die alten Weggenossen vom Theater haben sich angepasst und wollen nur noch auf der ersten Seite vom Feuilleton stehen. Und die Zuschauer kann man auch nicht mehr provozieren. Die sagen ›Ach, wie wahr!‹ und das ist es. Niemand in unserer Gesellschaft engagiert sich mehr. Alle wollen konsumieren und bequem sein. Das ist moderne Dekadenz.«

Michael hatte sich von Tim nie ein rechtes Bild machen können. Jetzt nahm er zum ersten Mal etwas von dessen Persönlichkeit wahr und sah einen enttäuschten, gealterten Idealisten. Irgendwie empfand er das Verhalten von Tim aber inkonsequent. Wie sollte sich denn etwas ändern, wenn man zurückgezogen und schweigend alles über sich ergehen ließ? Dann fragte sich Michael allerdings, ob er selbst nicht auch immer schwieg. Fröstelnd stellte er fest, dass er Bestandteil eines gigantischen Spiels war, dessen Regeln er nie zu beeinflussen versuchte. Ein übermächtiges Spiel, in dem nicht alle die gleichen Chancen bekamen. Jeder bemühte sich ständig, nicht zu verlieren und einen möglichst großen Gewinn für sich herauszuschlagen. Und in diesem Spiel steckte er drin. Permanent.

Nach einer Weile sah er wieder zu Tim hinüber. Eine U-Bahn wollte immer noch nicht kommen.

»Jedenfalls«, versuchte Tim einen Abschluss zu finden, »freut es mich, dass du andere Leitbilder hast als die anderen.« Michael fragte sich, woher Tim das so sicher wissen wollte. »Und dass du dich so sehr um Peters Ruf sorgst.«

Unverwandt sah Michael den Schauspieler an. Ein plötzliches Misstrauen überkam ihn. »Hat Peter dich eigentlich Majestät genannt?«

»Was, Majestät? Nein.«

Das Befremden in Tims Gesicht schien echt zu sein. Michael hatte noch eine andere Idee.

»Weißt du, wen Peter sonst so genannt hat?«

»Nein. Was sind denn das für komische Fragen?«

»Ach, nur so.« Schnell wechselte Michael das Thema. »Was meintest du übrigens vorhin, dass bei Theo Fleischer unangenehme Verbindungen ausgespielt werden?«

»Ja, weißt du das denn auch nicht?«, fragte Tim mit schrägem Blick. »Hast du dich nie gefragt, warum der Intendant so am Fleischer festhält? Wo doch jeder sehen kann, dass der sowohl als Leiter der Schauspielsparte als auch als Regisseur unfähig ist?«

Natürlich hatte sich Michael diese Frage schon gestellt. Jetzt eröffnete ihm Tim, dass Theo Fleischers Vater ein hohes Tier bei Deutschlands größtem Fachblatt für Theaterbesprechungen war. »Unser Intendant hat den Fleischer angestellt, um sich gute Kritiken zu sichern.«

*

Erst später, als Michael im Bett lag, wurde ihm so richtig klar, was Tim ihm alles offenbart hatte. Aufgeregt hatte er noch versucht, Sonja zu erreichen, aber nur ihre Mailbox dranbekommen. Er hatte es bedauert, ihr die neuen Erkenntnisse nur aufsprechen zu können.

Lars war als Majestät weggefallen! Sein Geheimnis war ein ganz anderes!

Aber wer war es dann? Michael war wieder ganz am Anfang. Wirklich alle hatten irgendwann schon mal den Verdacht auf sich gezogen. Jeden konnte er in Erwägung ziehen. Am Ende wohl auch Pappi. Der kümmerte sich doch immer um alle – weshalb nicht um einen depressiven Jungschauspieler, der an Höhenangst litt?

Zusätzlich kam ihm die Majestät immer näher. Der Sturz des Podeststapels saß Michael noch in den Knochen, nicht nur weil ihm jede Bewegung wehtat: Die Bedrohung wuchs! Aber er sah nicht, von wem sie ausging.

Dass ihm auch klar gemacht worden war, wie gut der Intendant und Theo Fleischer das übermächtige Spiel beherrschten, war da beinahe nebensächlich.

Mühsam drehte sich Michael im Bett um.

ALKMENE
Ach!

Heinrich von Kleist
Amphitryon
III. Akt, 11. Szene

12

Vormittag

Das schöne Wetter war vorbei. Über Nacht hatte es sich zugezogen und eine düstere Wolkendecke hing jetzt dicht und schwer über Köln. Nach all dem strahlenden Sonnenlicht wirkte das geradezu bedrückend. Zudem sah es aus, als ob sich die Wolken jeden Moment in Regen entladen wollten. Doch es regnete nicht. Dafür war es empfindlich kühler geworden.

Auch Michaels Stimmung war trüb. Nichts wusste er in Bezug auf die Majestät und die wahren Umstände von Peters Tod. Erbittert sah er dem Treffen mit Hauptkommissar Degenhardt entgegen, konnte sich nicht damit abfinden, ab da die Verantwortung für den Fall los zu sein. Zwar war ihm noch kein Gesprächstermin mitgeteilt worden, aber das war wohl nur eine Frage der Zeit. Zu allem Überfluss hatte er leichte Kopfschmerzen vom Wetter. In der Bahn stritten sich Fahrgäste, die Pförtnerin fuhr ihn an, als er klopfte, um geöffnet zu bekommen – überall lag gereizte Stimmung in der Luft.

Nachdem der Abend gestern so erstaunlich normal verlaufen war, erwartete er vom Ensemble heute nichts mehr weiter. Die Hausleitung würde sich wieder durchsetzen. Mürrisch begab sich Michael zur Bühne, wo diesen Vormittag geprobt werden sollte, ging aber gleich am Inspizientenpult vorbei und durch den verkommenen, weißgetünchten Gang zum Konversationsraum. Dort traf er, wie verabredet, Sonja.

Glücklicherweise waren sie allein. Die Auseinandersetzung von gestern Abend war noch präsent.

»Und?«, fragte Michael vorsichtig. »Hast du Peters Textbuch dabei?« Sonja nickte. »Noch irgendetwas Interessantes darin gefunden?«

Sonja zögerte. Ihre Antwort klang dann beinahe missgönnend. »Ich muss zugeben, dass du möglicherweise recht damit hattest, darauf zu bestehen, dass ich weiterlese.«

Mit einem Ruck straffte sich Michaels Wirbelsäule.

»Nein, wirklich? Du hast was gefunden?«

»Es kam natürlich am Schluss, wie immer. Murphys Gesetz.«

»Es stand tatsächlich was auf der letzten Seite?«

»Nein, nicht auf der letzten Seite. Die letzten Seiten hatte ich schon vorher gelesen, weil ich so etwas befürchtet hatte. Es stand auf einer der Seiten davor, und damit dann doch wieder auf der letzten Seite, die ich gelesen habe. Wie man es macht ist es verkehrt. Murphy kann man nicht austricksen.«

»Was steht da denn nun!«

Statt einer Antwort holte Sonja Peters Textbuch aus ihrer Tasche, schlug es auf und deutete auf eine Stelle zwischen all den Notizen. Dort stand in Peters kritzeliger Schrift: ›Das sagt auch die Tronege-Majestät‹. Auf die Worte wies ein Pfeil an dem stand: ›Haha – gebildet heute‹.

Die beiden sahen sich an.

»Tronege?«, fragte Michael. »Was soll denn das heißen?«

»Ach, dir sagt das auch nichts. Und ich hatte gehofft, du könntest mir das erklären.«

»Nein«, musste Michael zugeben. »Klingt irgendwie skandinavisch oder so.«

»Gibt es einen Skandinavier im Haus?«

»Ich kenne keinen. Aber was heißt das schon, bei 600 Mitarbeitern.«

»Und irgendwas besonders Gebildetes muss es auch noch sein.«

Gebannt starrte er auf die Stelle im Textbuch, auf die Peter diesen merkwürdigen Namen geschrieben hatte. Und dann stieg Kampfgeist in Michael auf. Ein allerletztes Mal vielleicht. »Das ist ein richtig konkreter Hinweis! Damit könnten wir noch hinter die Identität der Majestät kommen! Wenn wir rechtzeitig herausfinden, wofür dieses Wort steht!«

»Wir können im Internet nachschauen«, klappte Sonja entschlossen das Textbuch zu. »Wäre doch gelacht, wenn sich da zu ›Tronege‹ nichts finden ließe!«

»Hervorragende Idee.« Dann verhärtete sich Michaels Miene. »Aber, das schaffen wir jetzt nicht. Gleich fängt die Probe an.«

»Dann machen wir das eben, sobald die Probe zu Ende ist.«

»Das wird knapp, wenn ich am Nachmittag zur Polizei muss.«

»Klappt schon«, wiegelte Sonja ab und funkelte Michael optimistisch an.

Es war noch einmal ein wenig Hoffnung da! Aber dass er sich wieder in Geduld üben musste, war unerträglich.

Zurück auf der Bühne liefen sie Arnd über den Weg. Michael konnte sich kaum auf ihn einlassen.

»Wieder fit?«

Die Frage konnte man sich eigentlich sparen, denn Arnd sah blass und matt aus. Doch er nickte tapfer. »Ich kann zumindest weiter als zwei Meter vom Klo weg.«

Dann erkundigte er sich nach Neuigkeiten. Michael informierte ihn knapp über die Ereignisse des vergangenen Arbeitstages. Auch, dass es trotz der allgemeinen Hysterie am Vorabend eine nahezu normale Probe gegeben hatte.

»Ja, hab ich schon gehört«, entgegnete Arnd düster.

»Trotzdem ist die Produktion kaputt. Was ein tolles Projekt hätte sein sollen, wird nur noch irgendwie fertiggekocht.«

Michael hatte für so was wirklich keinen Sinn. Als Arnd aber die Tonaufnahme ansprach, die am Nachmittag endlich stattfand, fiel ihm ein, dass er dabei Pappi treffen und endlich warnen konnte. Diese Mission hatte er beinahe vergessen. Dann wurde ihm aber bewusst, dass er wahrscheinlich gar nicht hingehen konnte. Er musste sich erst um die Tronege-Frage kümmern und dann wahrscheinlich sofort zur Polizei. Wieder musste er Pappi aufschieben.

Wenn sich dieser Degenhardt wenigstens melden würde. Die Unklarheit behinderte alles!

Ein wenig entfernt war Stella auf der Seitenbühne erschienen. Unlustig sah sie in den Schnürboden hinauf, beschrieb mit dem Blick eine Linie bis hinab zur Bühne und erschauderte. Schließlich bemerkte sie die drei Beisammenstehenden und kam auf sie zu.

»Hat man von Pappi gehört, wie es weitergehen wird?«

Michael hob kurz die Schultern. »Nicht, dass ich wüsste.«

Stellas Reaktion war kaum wahrnehmbar. Sie zuckte kurz und uneindeutig mit den Mundwinkeln und ging dann wieder. Aber natürlich heizte Michaels Antwort ihren Ärger auf Pappi – und wahrscheinlich den aller anderen Kollegen – weiter an. Michael fragte sich, ob er den Tonchef nicht auch darauf aufmerksam machen musste?

Die Probe rückte näher. Arnd war in den Saal zum Regietisch hinabgegangen, Sonja kümmerte sich um die Requisiten, Michael überprüfte auf der Bühne die Einrichtungen. Als er auf der Hinterbühne zwischen den Technikern herumlief, stand er zu seiner Verblüffung unversehens Pappi gegenüber.

»Ich habe unsere Verabredung gestern vergessen. Aber wir müssen das nachholen.«

Pappi nickte. »Also, jetzt gleich sitzen wir vom Personalrat noch mal zusammen. Komm einfach nach deiner Probe vorbei. Aber wirklich diesmal.«

Dass sich das auch in den Nachmittag quetschte, passte Michael gar nicht. Er musste diesen ominösen Tronege-Namen entschlüsseln. Wieder überkam ihn Ungeduld. Er wollte endlich wissen, was dahintersteckte. Wer dahintersteckte!

In diesem Moment wurde es vorn im Zuschauerraum laut. Offenbar war Theo Fleischer eingetroffen, denn seine allseits bekannte Schreistimme drang zu ihnen nach hinten.

»Seid ihr bescheuert? Wollt ihr mir heute wieder dieses kastrierte Bühnenbild da hinstellen?« Man hörte undeutlich den Bühnenmeister antworten, bevor Theo Fleischer dazwischenfuhr. »Ist mir egal, was gestern Abend für eine Vorstellung war. Die Probendekoration ist kacke genug, da könnt ihr nicht noch die Hälfte weglassen!«

Stöhnend vor Unlust ging Michael auf die Hauptbühne vor, um zu sehen, was zu retten war. Dass ihm Pappi folgte, nahm er nur halb wahr.

Der Schauspieldirektor wandte sich gerade an Arnd, der neben ihm stand. »Was ist das für eine schlampige Planung?«

»Keine Ahnung, gestern war ich krank und Michael hat mich heute nicht darüber informiert.«

»Michael!« Theo Fleischer schrie so laut, als müsse er bis in die Kantine gehört werden.

»Ja?«, antwortete Michael mit bemühter Ruhe.

»Was baust du immer für Scheiße? Kannst du nicht ein einziges Mal dafür sorgen, dass wir hier eine anständige Probe abhalten können!«

Michael warf einen Blick hinter sich. Da stand, wie am Vortag, die Schräge, auf der vor allem das angedeutete Häuschen fehlte.

»Wir können«, meldete sich der Bühnenmeister, »nur noch was machen, wenn ihr später anfangt.«

Das löste bei Theo Fleischer die ultimative Hasstirade aus. In nie da gewesener Lautstärke brüllte er alles heraus, was er in sich hatte. »Das ist die größte Ungeheuerlichkeit, die mir je passiert ist …«

Michael versuchte sich vor dem, was nun anstand, zu verschließen. Der Aufstand war einfach vollkommen übertrieben.

»… die miesesten Mitarbeiter landesweit …«

Das Gefühl, das dieses Geschrei im Magen auslöste, war trotzdem unangenehm.

»… habt meinen Anweisungen zu gehorchen und nichts weiter …«

Wirklich treffen konnte ihn diese weitere Demonstration von Machtanspruch nicht. Michael wusste inzwischen ja, aufgrund welchen Geschachers es sich der Schauspieldirektor überhaupt erlauben konnte, wild zwischen den roten Sitzreihen herumzutoben und sinnlos zu explodieren.

»… nicht selber denken, sondern nur, wirklich nur tun, was …«

Michael sah, dass der Kopf des Regisseurs dunkelrot angelaufen war und fragte sich, wie lange der das aushalten konnte.

»… müsst nur ein einziges Ziel im Kopf haben: Niemals die Premiere gefährden!«

Endlich ließ sich der Regisseur in einen der Zuschauerplätze fallen. Es folgte eine längere Pause. Erschöpft fuhr er dann fort. »Heute Abend haben wir hier doch noch eine Probe. Ich erwarte, dass dann wenigstens alles bereitsteht.«

Der Bühnenmeister hatte das Getöse nicht so gekonnt überstanden wie Michael. Getroffen versuchte er Beflissenheit zu signalisieren. »Sicher, das lässt sich machen.«

Theo Fleischer gab Arnd halblaut irgendwelche Anweisungen, die nicht zu verstehen waren.

Pappi trat an die Rampe. »Ich finde, zum derzeitigen Augenblick sollten gerade Sie Ihren Umgangston ein bisschen feinfühliger aussuchen.«

Ohne Anlauf drehte Theo Fleischer wieder bis zum Anschlag hoch. »Ach, du Arschloch – komm du mir nicht auch noch! – Bereite mal lieber die Tonaufnahme für heute Nachmittag vor.«

»Das tut schon der Kollege, der die Aufnahme machen wird.«

Verdutzt hielt der Schauspieldirektor inne. Um dann mit geradezu ätzender Lieblichkeit weiterzusprechen. »Na klar, der Leiter der Tontechnik betreut die Chefproduktion gar nicht persönlich! Ist aber egal. Dich brauche ich sowieso nicht mehr.«

Pappi zog es vor, darauf nicht weiter einzugehen, knurrte nur vor sich hin, während er die Bühne verließ. »Sag du mir nicht, wie mein Job geht.«

Es war ein unglaubliches Spiel, in dem Michael drinsteckte.

Kurz darauf fanden sich auf der Seitenbühne die Schauspieler ein. Svetlana, Thomas, Stella und Lars waren für den Beginn des zweiten Aktes bestellt worden und versuchten schon einmal die Lage zu sondieren. Michael betrachtete sie ruhelos.

Einer davon musste die Tronege-Majestät sein! Einer hatte ihn gestern unter Holzbergen begraben! Einer versuchte mit Drohungen und Angriffen zu verhindern, entdeckt zu werden! Einer hatte oben im Schnürboden an Peter ein Verbrechen begangen, das in einem tödlichen Sturz endete!

Weiterhin wich Lars seinem Blick aus. Michael wusste zwar inzwischen, was sein schlechtes Gewissen auslöste, aber natürlich konnte der Begriff ›Tronege‹ bei ihm trotzdem noch irgendeinen Sinn ergeben. Und das galt auch für die anderen. Für Stella, die sich gerade hervortat, nicht mehr bereit zu sein, weiter auf ein Zeichen von Pappi zu warten. Oder für Thomas, der ihr mit demonstrativer Lässigkeit entgegnete, dass Pappi genau wie die Hausleitung einfach arschig sei. Und wieso nicht auch für Svetlana, in deren Gesicht eine ungewöhnliche Anspannung zu sehen war, als ob sie um die Lösung eines Problems ringe.

Michael ertrug den Anblick der Schauspieler nicht länger und lief ungestüm auf die Bühne. Sonja sah ihm verwundert zu. Wie gerne hätte er ihr gesagt, wie sehr ihn seine Kollegen ankotzten. Lars mit seinem selbstsüchtigen Familienvatergetue. Stella, mit ihren emotionalen Aufwallungen, die nie zu irgendetwas führten. Thomas mit seiner verlogenen Posenhaftigkeit, für die er seine wahre Befindlichkeit woanders abreagieren musste. Aber auch Tim, der gerade nicht da war, jedoch immer nur seinen gescheiterten Träumen nachweinte. Paul-Georg, dessen feiger Egoismus deshalb so schlimm war, weil er eigentlich einen Sinn für Ungerechtigkeiten hatte. Und schließlich Arnd mit seiner elitären Theaterarroganz.

Ich krieg dich, Majestät. Nicht mehr lange …

Würgend versuchte Michael seine Erregung niederzuringen. Helga suchte mal wieder ihr Pult und Hektor stand auf einmal neben ihm.

»Ich hab jetzt erst gehört, was mit Tim passiert ist«, schnaufte er erhitzt. »Unmöglich, so was. Unmöglich. Ich hätte ja so einen Angriff nicht über mich ergehen lassen. Ich hätte dem Fleischer eins auf die Backe gegeben.« Unvermittelt begann er, Boxschläge zu markieren und auf der Stelle zu hopsen, dass sein Bäuchlein ins Wackeln geriet. Seine Bewegungen sahen so gar nicht zum Fürchten aus. »Ja, da guckst du verwundert, ich bin nämlich sehr sportlich. Das glaubt mir nur nie einer, aber jeder, der mir in die Quere kommt, würde was abkriegen.« Er demonstrierte das noch einmal mit einem angedeuteten Schwinger, der an einen Dartwurf erinnerte, und begab sich dann mit stolzgeschwellter Brust zurück an sein Pult.

Michael schaute dem Inspizienten verblüfft hinterher. Irgendjemand hatte Hektor einmal als einen Menschen beschrieben, der sich selbst für ganz normal halte, in Wahrheit aber weit davon entfernt sei.

*

Als die Probe begann, musste Michael alle Aufgebrachtheit gewaltsam beiseiteschieben. Zur Abwechslung war er es, der heute auf der Seitenbühne geparkt wurde, während Sonja neben Arnd im Saal sitzen musste.

Der sonst bei allen übliche Zorn gegen Theo Fleischer hatte sich merkwürdig auf Pappi verlagert. Die Schauspieler schienen über die Situation derart verwirrt zu sein, dass sie tatsächlich wieder mitarbeiteten. Sie tuschelten unzufrieden miteinander, sobald sie mal von der Szene konnten, probten aber doch. Der Schauspieldirektor schien eine Antenne dafür zu haben und hielt sie ständig in Beschäftigung. Widerstand kam so gar nicht erst auf.

Irgendwann erschien unverhofft Paul-Georg, obwohl er gar nicht bestellt war. Er erklärte, es zu Hause nicht auszuhalten, dass er Pappi gesucht und gesprochen, der ihn aber nur weiter vertröstet habe, was Paul-Georg im höchsten Maße empörend fand. Für einen Moment sah es daraufhin aus, als würden er und Stella die Bühne stürmen. Michael konnte das so gerade verhindern und sie in den Konversationsraum umleiten.

Hinterher fragte er sich, warum er das getan hatte. Er musste schon tief drinstecken im Theaterlabyrinth mit seinem Verhaltenskodex.

Um sich um den Begriff ›Tronege‹ zu kümmern, hatte er auf seinem Posten keine Möglichkeit. Geschweige denn, dass er Gelegenheit gehabt hätte, ihn irgendwo nachzuschlagen. Weiterhin musste er versuchen, Geduld aufzubringen. Ein wenig Geduld noch – mehr nicht.

Mittag

Ungeduldig wartete Michael nach der Probe hinter der Bühne auf Sonja, um mit ihr endlich die Tronege-Frage zu lösen. Doch Sonja eröffnete ihm, dass sie von Theo Fleischer angewiesen worden war, bis zu dem Termin der Tonaufnahme irgendwelche Informationen in der Dramaturgie zu recherchieren. Michael war enttäuscht, doch um sie herum herrschte derart wildes Arbeitschaos, dass er sich nicht recht konzentrieren konnte.

Zwar wurde das Bühnenbild nicht abgebaut, da sie am Abend hier weiterproben würden, jedoch sollten an dem Aufbau ja noch Verbesserungen vorgenommen werden – und dem Bühnenmeister war sehr daran gelegen, sein Versprechen einzuhalten. Zu allem Überfluss wollte er Dekorationsteile entfernen, die sich im Unterbühnenbereich befanden. Seine Männer schufteten aufgescheucht und lautstark.

Michael musste sich in Ruhe mit Sonja besprechen können – und da er ahnte, dass im Konversationsraum wieder die Schauspieler saßen, zog er sie ans Ende der Seitenbühne und schlüpfte mit ihr durch eine sechs Meter hohe Tür, hinter der ein Gang mit gigantischen Dimensionen begann. Hier erreichte die allgemeine Trostlosigkeit ihren Höhepunkt – vermutlich, weil man sich beim Bau des Hauses gesagt hatte, dass ihn ja nur einfache Arbeiter betreten würden. Farbe hatte man sich gespart. Nackte Betonwände waren zugestellt mit überfüllten Lagerregalen. Das Licht war fahl.

»Vielleicht ist es ja ganz günstig, in die Dramaturgie zu müssen«, meinte Michael. »Da ist Internetzugang und man kann herausbekommen, was dieses ›Tronege‹ denn sein soll.«

»Da hab ich auch schon dran gedacht«, stimmte Sonja zu.

Michael nickte und versuchte den vollgepackten Nachmittag zu strukturieren. Der Kommissar hatte leider immer noch nicht angerufen. Sie waren gerade dabei zu überlegen, ob nicht einer von ihnen etwas zu essen holen sollte, als von der Bühne her Geschrei zu ihnen drang. Michael horchte auf: Es klang aufgeregt und kopflos.

Beunruhigt lief er mit Sonja zur Hauptbühne zurück. Dort waren Teile der Schräge, die zum Amphitryon-Aufbau gehörte, entfernt worden, um einige große Luken im Holzboden öffnen zu können. Ganz offensichtlich hatten die Techniker dort gerade gearbeitet. Jetzt liefen sie aufgeregt herum, drängten sich an den Löchern oder verschwanden in einem andern, unter dem Michael eine Treppe wusste.

Während er mit Sonja näher kam, rief ihnen einer der Männer mit aufgerissenen Augen entgegen. »Der Pappi ist in die Unterbühne gefallen!«

Michael erstarrte. Entsetzen erfasste ihn.

Sieben Meter. Dann nackter Betonboden.

Scheinbar endlos später lief er los, erreichte eine Bodenöffnung und sprang hinein. Die Treppe darunter schwankte, als er versuchte, so schnell wie möglich hinabzukommen. Sie war aus Gerüstteilen gebaut und schepperte unter jedem seiner Schritte.

Die Halle hier unten war eigentlich atemberaubend: So groß wie die Hauptbühne und annähernd drei Stockwerke hoch. Michael hatte aber keinen Blick dafür. Stattdessen starrte er im Laufen nur nach unten auf das Grüppchen von Menschen, die sich dicht um eine Stelle drängten. Am unteren Ende der Treppe versperrte ihm der Bühnenmeister den Weg.

»Geh da nicht hin. Es stehen schon genug herum.«

Leute fluchten und schrien, einige bemühten sich um den reglosen Körper der Tonchefs, andere rannten an Michael vorbei wieder die Treppe hinauf.

»Der lebt noch!«

»Notarzt ist unterwegs!«

»Wenn was an der Wirbelsäule ist, darf er nicht bewegt werden!«

Michael sah Blut über den Boden fließen. Gelähmt vor Entsetzen stand er am Treppenende und sah den Hilfsmaßnahmen zu. Irgendwann fasste ihn eine Hand weich am Arm und führte ihn wieder die Stufen hinauf.

»Komm, komm«, sagte Sonja mit belegter Stimme, »die anderen tun schon genug.«

»Das kann doch gar nicht sein …«, murmelte Michael heiser. In seinem Hirn überschlugen sich die Gedanken –

etwas, das in den letzten Tagen entschieden zu oft geschehen war.

Oben hatte der Tumult noch zugenommen. Die Nachricht über den Sturz schien sich wie ein Lauffeuer im Haus verbreitet zu haben. Aus allen Winkeln kamen Leute zur Bühne, drängten sich an den Türen und im Zuschauerraum zwischen den roten Sitzreihen. Es wurden immer mehr.

Bühnentechniker berichteten atemlos, dass man nur einen Schrei gehört habe. Gesehen hatte niemand etwas.

Fassungslos hörten alle zu.

»Nicht auch noch Pappi …«

Die Erinnerung an den gewaltsamen Tod von Peter stieg in allen wieder hoch. Dass das Opfer ausgerechnet Pappi war – den Kollegen, auf den momentan so ziemlich jeder im Haus schlecht zu sprechen war – machte die Sache besonders fatal.

Vier Rettungskräfte kamen mit großer Ausrüstung über die Bühne, in ihrem Windschatten der Intendant. Alle verschwanden in der Treppenöffnung im Boden.

Rufe wurden laut. »Wieso war denn da so ein offenes Loch völlig unbeaufsichtigt?«

»Ihr habt nicht aufgepasst!«

Die Verzweiflung der Techniker schlug in Aggression um. »Ihr versteht doch gar nicht, unter welchen Bedingungen hier ständig gearbeitet werden muss!«

Und dann wurde es richtig laut.

Michael hörte fassungslos zu.

»Aber, das war doch kein Unfall, dass Pappi da runtergefallen ist«, zischte er Sonja zu, die überfordert um sich sah.

Michael wusste von der Verschwörung gegen Pappi! Und dass im Büro, neben dem Intendanten und Theo Fleischer noch eine dritte Person gewesen war. Die hatte jetzt versucht, den störenden Pappi auszuschalten. Und zwar auf dieselbe Art wie Peter. Und schlagartig war er sich auf einmal sicher, dass diese dritte Person und die Majestät identisch sein mussten! Todbringend lief sie durchs Haus. Michael musste alle vor ihr warnen!

Einer der Bühnenarbeiter rief, dass unten der verletzte Pappi gerade abtransportiert wurde, weiterhin ohne Bewusstsein. Michael hoffte inständig, dass das schnell ging und Pappi bald besser versorgt werden konnte.

Die Nachricht heizte den Aufruhr weiter an.

»Das kann doch alles gar nicht wahr sein!«, schrie jemand auf.

»Das hätte man verhindern müssen!«, schimpfte ein anderer.

»Was hier passiert ist, war kein Zufall!«, rief Michael in den Lärm hinein.

Alle hielten inne und starrten herüber. »Lasst ihn was sagen.«

Doch obwohl Michael die lauernden Blicke des bösen Tieres spürte, kümmerte er sich diesmal nicht drum. Viel wichtiger war ihm, allen die Wahrheit mitzuteilen. »Es ist nicht einfach, das zu erklären, aber ich bin fest überzeugt, dass es jemanden gibt, der das alles verursacht hat!«

Sonja nickte ihm bekräftigend zu. Erst jetzt wurde ihm bewusst, wie selbstsicher er zu wirken schien.

Doch in diesem Moment setzte das Geschrei wieder ein.

»Genau!«, rief einer. »Das liegt alles an der Hausleitung, die uns ununterbrochen nur unter Druck setzt!«

»Am Fleischer! Der ist schuld, dass da einer runtergefallen ist!«

»Nein, das liegt an der ganzen Chefetage!«

Michael schwindelte. »Das hab ich nicht gemeint.«

In diesem Moment trat der Intendant durch die Bodenöffnung aus der Unterbühne. Sein Gesicht war vor Zorn verzerrt. Er musste alles gehört haben.

»Ihr hört jetzt sofort mit diesem absurden Gefasel auf!« Unter lautstarkem Protest stürmten einige auf ihn zu. »Wagt es nicht – wagt es nicht! Unglaublich, was hier geschieht! Unglaublich!« Michael hatte ihn noch nie so außer sich gesehen. Seine Stimme überschlug sich beinahe, schrillte in höchsten Tonlagen. Hochrot war sein kahler Kopf. »Ihr gebt mir die Schuld, dass ein Kollege beinahe zu Tode stürzt! Und wollt sogar handgreiflich werden!« Es hatte zwar nicht so ausgesehen, als ob jemand den Intendanten wirklich hätte angreifen wollen, doch alle hielten perplex inne. »Den Unfall eines Kollegen derart für die eigenen Zwecke ausnutzen, ist wirklich infam!«

Michael stellte fest, dass ihm vor ein paar Tagen derselbe Vorwurf mit fast den gleichen Worten gemacht worden war.

Ein paar Kollegen versuchten etwas zu erwidern. »Das ist nicht alles Blödsinn, was wir sagen.«

»Ich will nichts mehr hören!«, kiekste der Intendant. »Ich weiß auch gar nicht, was ihr alle hier macht. Habt ihr nichts zu tun, dass ihr schaulustig rumglotzen könnt?«

»Niemand kann doch jetzt arbeiten«, entgegnete ein Kollege der Verwaltung, von denen auch etliche da waren.

»Doch!«, fuhr ihn der Intendant an. »Das ist genau das, was ich von euch verlange! Ein Kollege ist verunglückt, er ist ins Krankenhaus gebracht worden, es gibt nichts mehr zu sehen. Ihr könnt wieder an die Arbeit gehen. Der Betrieb läuft ganz normal weiter!«

Für einen Augenblick herrschte fassungsloses Schweigen.

Dann wagte eine Frau von der Maske schüchtern etwas zu fragen. »Was ist denn überhaupt mit dem Pappi?«

Der Intendant blickte sie kurz an. »Er hat mehrere offene Brüche. Außerdem Kopfverletzungen. Ob die Wirbelsäule gebrochen ist, konnte der Notarzt von außen nicht erkennen. Es ist nicht auszuschließen, dass er bleibende Schäden davonträgt. Falls er überhaupt jemals aus seiner Ohnmacht aufwacht.«

Die Kollegen auf der Bühne und im Zuschauerraum schauten sich erschrocken an.

Der Intendant nutzte diese Pause, um aufzubrechen. »Ihr wisst Bescheid! Jeder geht wieder an die Arbeit. Dienst weiter nach Plan.«

Damit war er verschwunden.

Nur allmählich erwachten alle aus ihrer Starre. Einige gingen sogar – doch lediglich in die nächsten Gänge. Sie fühlten sich missverstanden und nicht ernst genommen. Wut kochte hoch. Sich wirklich an die Arbeit zu machen, daran dachte niemand auch nur im Traum.

Michael hatte dem Geschehen ungläubig zugeschaut. Er wollte schreien. Doch er hatte keine Worte. Dann wollte er losstürmen. Doch ihn lähmte eine entsetzliche Frage: Ob Pappis Sturz nicht hätte verhindert werden können? Wenn er nur schneller zu Ergebnissen gekommen wäre! Wenn er nicht so leichtfertig alles selbst hätte lösen wollen, statt die Polizei einzuschalten!

»Was machen wir denn jetzt?«, blaffte er Sonja viel zu laut an. »Wir müssen doch irgendetwas tun.«

Sonja zuckte überfordert die Schultern.

Michael hielt es auf der Bühne nicht mehr aus. Er griff ihre Hand und zog sie in hilflosem Tatendrang am Inspizientenpult vorbei und hinaus. Weit kamen sie nicht. Im Gang vor dem Konversationsraum versperrten Leute den Gang. Dort, wo er um die Ecke bog. Auch Stella und Paul-Georg, Arnd und Hektor waren unter ihnen.

Erstaunlicherweise war es Svetlana, die geradezu erbittert zu den andern sprach. »Es steht alles im Zusammenhang. Dass ausgerechnet jetzt ein Unfall geschieht, wo die Aggression im gesamten Haus ein Maximum erreicht hat, ist kein Zufall. Wir leiden unter dem Druck, der vor allem von Theo Fleischer ausgeht.«

Michael starrte sie verblüfft an. Hatte Svetlana wirklich ihre Haltung der Leitung gegenüber dermaßen geändert?

In diesem Moment explodierte Paul-Georg und schrie völlig aufgebracht los. »Ich halte das nicht mehr aus. Diese Kämpfe hier. Das macht mich fertig! Dieses ganze Haus, das kaputt ist! Das keine anständige Führung hat! Das ein einziger Saustall ist! Alles hier ist morsch und marode – ein Dreck.« Völlig außer sich fasste er mit beiden Händen die Wand an der Kante, an der der Gang abbog, und rüttelte daran, als wolle er beweisen, dass sie wackelig sei. »Alles hier ist faul, alles ist marode.«

Und dann geschah das Unglaubliche und mit einem dumpfen Geräusch brach unter seinen Händen tatsächlich ein großes Stück Beton aus der Wand.

Völlig verdutzt starrte Paul-Georg darauf. Eine Weile schien er nicht zu verstehen. Dann brach er in beinahe hysterisches Lachen aus.

Michael beobachte den Vorfall mit leisem Schauder, da wurde ihm von hinten auf die Schulter getippt. Als er sich umdrehte, stand da der Intendant. Michael erstarrte und war sofort beunruhigt.

»Komm bitte mal mit in mein Büro«, sagte sein oberster Chef in gefasstem Tonfall, wartete keine Antwort ab, sondern ging gleich voraus, bevor ihn jemand entdeckte.

Michael hatte keinen Schimmer, was das sollte, er hatte für den Intendanten eigentlich überhaupt keine Nerven.

Aber er wusste, dass ihm kaum etwas anderes übrig bleiben würde, als zu folgen.

Er warf Sonja einen Blick zu und wollte schon gehen, da hatte er noch eine Idee.

»Tu solange das«, sagte er halblaut zu ihr, »was wir eigentlich machen wollten, bevor das hier alles losging.« Sonja schien zu verstehen, dass sie sich um den Tronege-Begriff kümmern sollte. Michael versuchte ein verschwörerisches Lächeln und ging los.

»Ruf mich auf dem Handy an, wenn du fertig bist«, rief ihm Sonja nach.

Dann fiel hinter ihm die Tür des Treppenhauses zu. Oben, auf Erdgeschossniveau, holte er den Intendanten ein, der dort offenbar auf seine Referentin gestoßen war.

»Sorg dafür«, hörte Michael ihn sagen, »dass die alle an die Arbeit gehen. Halt dich an die Abteilungsleiter.« Dann setzte er seinen Weg fort.

Michael folgte brav. Die Kollegen unten im Bühnenbereich waren nicht zu beneiden. Wenn Margot Kippelt dort erscheinen würde, konnten sie sich auf was gefasst machen.

Doch dann nahm ihn sein eigentliches Problem wieder gefangen. Sonja musste einfach irgendetwas finden, was sie mit dem Tronege-Begriff weiterbrachte. Sie musste.

Michael bekam fast nicht mit, wie sie das Büro erreichten.

»Setz dich«, wies der Intendant aufs Sofa, ging selbst aber ein weiteres Mal erst zu seinem Schreibtisch.

Ruhelos blieb Michael jedoch stehen. Es verunsicherte ihn, keine Ahnung zu haben, was geschehen sollte. Wieder hatte ihn diese merkwürdige Stille umfangen. In den langen Sekunden, die verstrichen, schien jedes kleine Geräusch hörbar zu sein: Papierrascheln, Stoffreiben, Atmen. Dafür kam heute von draußen nur trübes Licht rein.

»Warum bin ich hier?«, fragte Michael ungeduldig, als ihm die Pause zu lange wurde.

»Ach, tut mir leid«, sagte der Intendant und kam auf ihn zu. »Heute passiert überall so viel. Hier liegt schon wieder eine neue Mitteilung vom Kulturamt.«

Dann trat er zu seiner Sitzgruppe und nahm in einem seiner Sessel Platz. Widerstrebend setzte sich nun auch Michael.

»Ich wollte noch mal mit dir reden«, begann der Intendant. »Unser Gespräch von neulich war ja nicht so schön. Ich habe nachgedacht und frage dich nun, ob du nächste Spielzeit nicht doch eine eigene Inszenierung machen möchtest.«

Michael musste zweimal nachdenken, um sicher zu sein, sich nicht verhört zu haben. Was für ein absurdes Thema, angesichts dessen, was vorhin erst passiert war! Zudem mit diesem völlig unvorhergesehenen Meinungsumschwung.

Da wird wieder das Spiel gespielt.

»Ich denke da«, fuhr der Intendant fort, »an ein Stück von August Strindberg. Könnte ich mir gut vorstellen: ›Fräulein Julie‹.« Michael nickte nur mechanisch. »Das ist sicher alles sehr viel für dich. Deshalb ist es so wichtig, dass man jemanden hat, mit dem man sich besprechen kann. Eine Leitfigur, die einem hilft, wenn man planlos ist. Ich hab das neulich, als du bei mir warst, schon mal angesprochen: Die Meister-Schüler-Beziehung. Die ist entscheidend für das berufliche Werden. Wie sieht es denn aus? Hast du jemanden im Haus gefunden, zu dem du eine solche Vertrauensbeziehung aufbauen könntest?«

Michael sah den Intendanten an. Das ganze hier wurde immer unverständlicher. Gleichzeitig hatte er aber auch das Gefühl, auf der Hut sein zu müssen. Langsam schüttelte er den Kopf.

Der Intendant lächelte schmal. »Das dachte ich mir. Nun, wir können ja mal sehen, ob vielleicht *ich* dir in Zukunft nicht ein wenig unter die Arme greifen kann. Es gibt eine Menge spannender Projekte, die ich demnächst machen werde und bei denen ich Hilfe benötige. Vielleicht hast du ja Spaß daran. Im Gegenzug könnte ich dich bei deinen eigenen Unternehmungen stützen.«

Michael sah sein Gegenüber nur unverwandt an. Ihm war klar, dass das Angebot außerordentlich großzügig war.

»Um noch mal auf ›Fräulein Julie‹ zurückzukommen«, sprach der Intendant lebhaft weiter. »Kennst du das überhaupt? Die Gutsherrentochter Julie im nächtlichen Rededuell mit ihrem Diener? Das ist ein aufregendes Stück, das die Frage nach dem Sinn von Klassenunterschieden und Hierarchien aufwirft. Ein großartiger Stoff für einen spannenden Theaterabend.«

»Sie waren, was eine Inszenierung für mich betrifft, vorgestern entschieden anderen Meinung. Warum jetzt plötzlich so?«

»Ach, weißt du, ich habe gemerkt, dass es vielleicht nicht richtig war, dich abzuweisen. Eigentlich gibt es aber doch gar nichts zu überlegen. Das wird hier am Haus der Start für deine Karriere sein. Endlich ein Weiterkommen nach der harten Zeit der Assistenz.«

Ein merkwürdiges Gefecht setzte in Michael ein.

»Ich weiß nicht«, stammelte er drauflos. »Das Haus, die ganze Struktur, irgendwie ist das doch alles in schlechtem Zustand.«

»Ich weiß, was du meinst. Aber es wird was getan. Gerade eben habe ich es erfahren, auf meinem Schreibtisch liegt die Nachricht: Die Stadt hat beschlossen, das Schauspielhaus abzureißen und neu zu bauen. Hochmodern. Wird unglaublichen Eindruck machen.«

»Es ist doch nicht das Gebäude, das ich meine!«, entfuhr es Michael.

Verblüfft stockte der Intendant und schaute ihn mit einer Mischung aus Amüsement und Ungehaltenheit an. »Na, was meinst du denn dann?«

»Die Arbeitsatmosphäre hier. Dieses ›Jeder nur für sich‹. Und diesen ganzen Druck. Das widerspricht allen Vorstellungen von Menschlichkeit, die ich habe.«

»Menschlichkeit ist hier nicht entscheidend.« Der Intendant schüttelte leise den Kopf, ganz, als ob er bedauere, was er sagte. »Professionalität ist das, was entscheidend ist. Weißt du, ein Betrieb muss vor allem funktionieren, und das kann er nur, wenn man die Kontrolle behält. Und dazu muss man den Einzelnen unter einem gewissen Druck halten. Autorität ist notwendig, damit unser Laden läuft. Das wirst du auch irgendwann begreifen.«

Michael runzelte die Stirn. »Haben Sie mir nicht gerade eben noch ein Theaterstück vorgeschlagen, das sich mit der Frage nach dem Sinn von Hierarchien beschäftigt?«

Michael spürte, dass dieser Gedanke Bedeutung hatte. Und plötzlich wusste er auch welche: Darin steckte die Antwort auf die Frage, die ihn seit Tagen verfolgt hatte. Die Antwort auf die Frage, warum ausgerechnet das Arbeiten am Theater anders laufen sollte als in anderen Betrieben.

Aufgewühlt fuhr er fort. »In unseren Aufführungen werden immer Ideale eingeklagt, als ob wir hier die Gralshüter der Moral wären. Aber schon im eigenen Umfeld wird nichts davon angewendet. Die Werte, über die man nachdenken soll, werden gleich bei uns verraten!«

»Ich bitte dich, die Zeiten, in denen Theater eine moralische Institution war, sind doch vorbei. Heute wollen die Leute Zerstreuung, wie überall. Bei uns soll sie geistvoll und sinnlich sein, aber es bleibt Zerstreuung.« Mild musste der Intendant lächeln. »Früher habe ich ganz ähnliche Ideale gehabt, wie du. Nur: Die Realität kann man nicht ändern. Aber scheitern kann man – auf seinem persönlichen Erfolgsweg. Grübel nicht zu viel über die falschen Dinge. Hierarchie gab es, und wird es immer geben.«

Michael schüttelte energisch den Kopf. »Aber Hierarchie entmündigt.«

»Stimmt. Unsere Aufgabe ist es nur nicht, das zu ändern. Menschen machen gerne das, was man ihnen sagt.« Entwaffnend hob der Intendant die Hände. »Es gibt da keine Wahrheit.«

»Ich dachte, es geht in der Kunst darum, die Wahrheit zu finden. Wie soll das denn woanders laufen, wenn es hier schon nicht läuft?«

Der Intendant rollte ungeduldig mit den Augen und blickte dann auf seinen Schreibtisch.

Michael sah ebenfalls weg und starrte zum Fenster hinaus. Dunkle, schwere Gewitterwolken ballten sich über den Dächern des Theaters. Wetterleuchten flackerte in ihnen. Aber es regnete immer noch nicht. Ihm fiel wieder ein, dass das Schauspielhaus abgerissen werden sollte. Die Vorstellung, dass das Gebäude, in dem er gerade saß, verschwinden würde, war beinahe nicht fassbar.

Inzwischen hatte sich der Intendant gefangen. »Ich hab dir gerade ein Angebot gemacht. Wollen wir darauf zurückkommen?«

Das Festhalten an dieser Offerte gefiel Michael immer weniger. »Ich habe in den letzten zehn Tagen gelernt, dass hier im Haus alles einen Zweck verfolgt. Weshalb wollen Sie mich so an sich binden?«

»Sei mal nicht so misstrauisch.« Um den Mund des Intendanten spielte ein minimales Lächeln. Es gab seinem Ausdruck fast den Anschein von Anerkennung.

Immer dieses Spielen.

»Natürlich bin ich misstrauisch. Ich möchte mit dem, was ich tagtäglich mache, doch im Reinen sein. Aber diese Zuversicht hab ich einfach nicht mehr. Stattdessen begeistern Sie sich für Autorität und Kontrolle, werten Menschlichkeit ab und wollen Druck ausüben.« Nur mit Mühe konnte er sich davon abhalten, laut zu werden. »Ich rede davon, dass bei uns was schief läuft, aber Ihnen fällt dazu nur ein, dass das Schauspielhaus neu gebaut wird. Das ist doch nur der eigenen Eitelkeit ein Denkmal setzen. Das andere zahlen. Hier müssen aber die inneren Werte erneuert werden. Die Inhalte! Nicht die eine Fassade mit einer anderen ersetzt werden!«

Der Intendant hatte ihn unverwandt angeschaut. »Schöne Worte.«

»Die nicht genug sind. Was wir tun, bestimmt, was Wirklichkeit ist.«

»Großartig. Dann lass es doch mal Wirklichkeit werden. Mein Angebot wirst du doch annehmen.«

Michael setzte sich in seinem Stuhl auf. »Ich glaube, ich möchte kündigen.«

Mit offener Verblüffung starrte ihn der Intendant an.

»Ja«, bekräftigte Michael, »ich mag in diesem Haus nicht mehr sein.« Und das war kein leeres Gerede. Seine Entschlossenheit saß tief.

»Gut, lass es uns kurz machen. Sag einfach, was du noch herausschlagen willst.«

»Nein, weg – ich will weg«, antwortete Michael verärgert. »Auch wenn mein Vertrag das so einfach nicht zulässt. Da kann man doch sicher eine Möglichkeit finden.«

»Ja, die wird sich finden lassen«, bestätigte der Intendant beinahe stammelnd. »Aber was willst du denn damit erreichen?«

Michael blickte ihn an. »Ich spiel nicht mehr mit.«

Eine Weile blieb das im Raum stehen. Die Stille war überwältigend. Dann wurde der Intendant ärgerlich.

»Meinst du, ich will immer mitspielen? In dieser Stadt, die sich für so großartig hält. Mit ihrer Provinzpolitik, ihrem Filz, ihren verschlungenen Schachereien.«

»Betreiben Sie nicht selbst Klüngel, so wie der Fleischer zu seiner Position als Schauspieldirektor gekommen ist?«

Die Miene des Intendanten verhärtete sich. »Das gehört nicht hierhin.«

»Das gehört sehr wohl hierhin«, begehrte Michael heftig auf. Er merkte, dass er allmählich keine Lust mehr hatte, sich zurückzuhalten. »Und das ist auch nicht alles. Was ist denn mit dem Komplott, das in diesem Büro zu dritt gegen Pappi geplant wurde?« Er sah, dass in den Blick des Intendanten erst Überraschung, dann Beunruhigung stieg. »Und jetzt liegt er schwerverletzt im Krankenhaus.«

»Da habe ich ja nun keine Schuld dran«, widersprach der Intendant gepresst.

»So?« Michael zeigte seine Ablehnung ganz offen. »Aber schade finden sie es doch wahrscheinlich nicht.«

Der Intendant war sprachlos.

Michael merkte, wie viel Zeit er hier eigentlich verplemperte. Draußen gab es einen Täter zu finden!

Er sprang auf. »Ich muss gehen.«

Als er schon an der Tür stand, rief der Intendant noch etwas durch den Raum. »Pass auf mit deiner Meinung. Du schadest damit allen um dich herum.«

Michael zögerte. Dann plötzlich verstand er. »Jetzt weiß ich, warum sie mich an sich binden wollen: Weil meine Meinung seit Neustem so viel bei den Mitarbeitern zählt. Es ging um ihren Vorteil. Wieder mal. Wie bei Fleischer. Ist es nicht so?«

Michael betrachtete das Gesicht des Intendanten, das keine Regung zeigte. Aber er wusste auch so, dass er recht hatte.

Nachmittag

Nur kurz genoss Michael im Treppenhaus das Gefühl, alles richtig gemacht zu haben. Doch er musste endlich Gewissheit über die Tronege-Majestät bekommen.

Eilig lief er zur Pforte hinab. Hier standen wieder eine Menge Mitarbeiter beisammen. Das Bild glich dem vom Tag nach Peters Tod. Aber neben Erschütterung war diesmal noch Empörung zu spüren.

Unweit des Pförtnerglaskastens standen Fränk und Simon.

»Na«, riefen sie ihm entgegen, »bist du auch geflüchtet?«

»Geflüchtet?«, entfuhr es Michael verständnislos. Eigentlich hatte er gar keine Zeit, bei ihnen stehen zu bleiben.

»Sicher«, erwiderte Fränk. »Wir sollen doch wieder an die Arbeit. Diese metzelnde Helfersbratze vom Intendanten hat ganz schön gewütet. Und auf der Bühne schuften sie jetzt tatsächlich. Aber sie können nicht, wie sie sollen: Solange die Polizei und das Amt für Arbeitsschutz nicht da waren, darf auf der Bühne keiner richtig rumräumen. Da kann Arnd meckern, wie er will.«

»Aber ihr«, ergänzte Simon zynisch grinsend, »werdet dort heute noch eine feine Abendprobe veranstalten.«

Michael starrte ihn ungläubig an. »Das kann doch nicht wahr sein. Die Tonaufnahme sollen wir am Ende dann wohl auch gleich machen?«

»Natürlich«, fuhr Simon liebenswürdig fort. »So hat es die Kippelt befohlen.«

Michael fiel nichts mehr dazu ein.

Draußen vor dem Theater war es durch die schweren Gewitterwolken ungemütlich dunkel geworden. Aber es regnete immer noch nicht.

»Mit euren Schauspielern«, fügte Simon hinzu, »werdet ihr allerdings Spaß haben. Die hocken gerade bei der Bühne und heizen ihren Hass auf Fleischer an.«

»Recht haben sie«, ereiferte sich Fränk. »Wie der vor eurer Probe wieder rumgeschrien hat. Kein Wunder, dass hier alle am Rad drehen und in Gruben fallen. Ich hoffe, bei der nächsten Sintflut kriegt diese Beulengeburt keine Karte für die Arche.«

Michael hielt es nicht aus. »Pappis Sturz war kein Unfall! Und Peters Sturz kein Selbstmord! Es gibt jemanden, der das getan hat. Ich weiß das sicher. Ich weiß nur nicht, wer es ist.«

»Du weißt das sicher?«, fragte Fränk skeptisch.

»Ja. Der- oder diejenige ist mir mehrmals in die Quere gekommen. Als Name, mit einer SMS, einer durchwühlten Tasche und einem Podesteriestapel!«

»Was, was, was?« Die beiden Requisiteure sahen Michael an, als hätte er nicht alle Tassen im Schrank.

»Ist egal«, entgegnete er schnell, »hab keine Zeit, das zu erklären. Ich muss endlich Sonja finden. Wisst ihr, wo sie ist?«

»Deine Liebste?«

Trotz seiner inneren Unruhe konnte Michael kurz die wohlige Wärme spüren, die dieses Wort auslöste. Wie wichtig war ihm Sonja geworden.

»Nein«, fuhr Fränk aber schon fort. »Hab sie nicht gesehen. Was hat sie denn damit zu tun?«

»Sie wollte klären, was das mit diesem ›Tronege‹ auf sich hat.« Dann sah er, dass seine Antwort wieder nur Verständnislosigkeit auslöste. »Vergesst es, ich versuch sie einfach zu finden.« Er lief los. Planlos schlug er den Weg zur Kantine ein. Erst dann erinnerte er sich, dass er Sonja ja anrufen sollte. Er blieb stehen und zückte sein Handy. Nach kurzem Klingeln meldete sie sich.

»Wo bist du?«, fragte er ohne Einleitung.

»Weiß nicht. In irgendeinem Büro irgendwo in der Verwaltung. Ich glaub, hier war ich noch nie. Und wo bist du?«

»Zwischen Pforte und Kantine. Ich muss auch gleich zu dieser Tonaufnahme. Die soll wohl tatsächlich stattfinden. Bin gespannt, was Ernie dazu sagt. Hast du was herausgefunden?«

»Ja, ja. Ich habe ›Tronege‹ im Internet gesucht. Wirklich gebildet: Das scheint die korrekte mittelhochdeutsche Schreibweise für ›Tronje‹ zu sein. Eine Figur aus der Nibelungen-Sage.«

»Du meinst ›Hagen von Tronje‹?«

»Genau.«

»Hagen von Tronje?« Hastig versuchte Michael, einen Sinn darin zu entdecken. Dann war er enttäuscht. »Löst nichts bei mir aus.«

Lähmend machte sich Resignation breit.

»Wieder eine Spur ins Leere …«, murmelte Michael. Draußen kollerte langgezogen ein dumpfer Donner und ließ alles merklich erzittern.

Nachdem sie eine Weile nichts gesagt hatten, bemühte sich Michael irgendwie Bodenhaftung zu bekommen.

»Vielleicht sollten wir das in der Kantine weiterbesprechen. Und was essen.« Er hatte überhaupt keinen Appetit. »Komm einfach hin. Vielleicht fällt uns noch was ein. Viel Zeit haben wir zwar nicht – dann darf ich mich schon wieder mit dem Herrn Fleischer und dem Herrn –«

Ein Gedanke durchfuhr Michael.

Folgegedanken schossen nach und entbrannten in seinem Kopf geradezu ein Feuerwerk. Es ging alles so schnell, dass es ihm beinahe wehtat.

»Hallo? Hallo?«, rief Sonja. »Was ist denn?«

»Moment, Moment«, entgegnete Michael aufgeregt. Einer Eingebung folgend rannte er zurück zum Ausgang. Hastig fragte er die Pförtnerin, ob sie gestern jemand Bestimmtes ins Haus hatte kommen sehen.

Sie hatte.

Michael erstarrte, während draußen ein weiterer Donner vorbeizog.

»Ich weiß, wer es ist«, sprach er heiser ins Handy. Auch Sonja hatte es gehört.

Dann rannte er los. Lief die Treppe hinab und die Flure entlang.

Endlich! Zehn Tage lang hatte er sich gesehnt, eine Lösung zu finden. Jetzt war sie da!

Im Laufen fiel ihm ein, dass Sonja immer noch am Handy war. »Komm zur Bühne! Bring Hilfe mit! Trommel zusammen, wen du finden kannst. Und wenn es der Intendant ist.« Ohne eine Erwiderung abzuwarten beendete er die Verbindung.

Er erreichte die Bühne. Tatsächlich lief die technische Mannschaft hier rum, beschäftigte sich mit kleineren Räumarbeiten, durfte aber wohl nicht auf der Hauptbühne an die Probendekoration von Amphitryon ran. Hektisch schaute sich Michael um. Es waren etliche Menschen unterwegs. Bühnenarbeiter, Beleuchter, Dekorateure. Nur wen er suchte, fand er nicht.

Hektor Schmitz kam auf ihn zu. »Michael, Bester. Ist das nicht alles ganz furchtbar?«

Mit einer unmissverständlichen Geste gab Michael zu verstehen, dass er keine Nerven für Small Talk hatte. »Wo ist …?«

Er sprach nicht zu Ende, weil er entdeckt hatte, wen er suchte. Er ließ Hektor stehen und lief auf die Seitenbühne bis vor das meterhohe Tor. Sein Gegenüber hantierte gerade an seinem Handy, sah ihn aber kommen und ließ es sinken. Dann standen beide voreinander.

Michael hatte ein plötzlicher Impuls hergetrieben. Nun wusste er nicht, was tun. Er hörte nur sein eigenes, keuchendes Atmen, spürte sein Herz rasen und starrte wortlos in die Augen, die ihn da arglos anblickten. Beinahe wollte er es nicht wahrhaben.

»Arnd Hagenreuther.«

»Was ist?«, fragte sein Kollege erstaunt.

Michaels Mund war trocken geworden. Fieberhaft versuchte er, einen Anfang zu finden.

»Was denn?«, wiederholte Arnd ungeduldig.

»Dein Nachname«, begann Michael unkoordiniert, »fängt an wie ›Hagen von Tronje‹.«

Arnd sah ihn mit einer Mischung aus Verständnislosigkeit und Unwillen an.

»Aber vielleicht«, tastete sich Michael vor, »sollte ich dich, angesichts deiner meist herablassenden Art, eher ›Majestät‹ nennen.«

Für einen Augenblick bewegte sich Arnd nicht mehr. Es schien, als setzte sein Herz für einen Schlag aus.

In Michael verhärtete sich etwas. »Peter hat dich immer so genannt, nicht wahr?«

Arnd reagierte nicht, was stärker als eine Antwort war.

»Du hast Peter in der Nacht, in der er starb, getroffen!«

Statt darauf einzugehen kam ein Ausweichmanöver. »Was ist denn mit *dir* los?«

»Ich weiß es! Du hast ihn getroffen.«

»Ich bin dir doch keine Rechenschaft schuldig«, erwiderte Arnd mit Empörung und wollte an Michael vorbei.

Aber Michael stellte sich ihm in den Weg. »Weich mir nicht aus! Sag mir, was du mit Peter in der Nacht, in der er starb, gemacht hast.« Arnd prallte vor Michaels Entschlossenheit regelrecht zurück. »Wo hast dich mit ihm getroffen? Hier?« Michael wies unbestimmt durch den Bühnenbereich. »Oder dort?« Seine Rechte zeigte hoch zum Bühnenturm.

Arnd schielte an ihm vorbei zu den Menschen, die etwas entfernt arbeiteten. Noch hatte offenbar keiner bemerkt, was hier auf der Seite geschah.

»Nein«, presste er dann gedämpft hervor.

»Nein, ich habe ihn nicht getroffen? Nein, ich habe ihn nicht da oben getroffen?«

»Wie kommst du überhaupt auf so was?«, wich Arnd wieder aus, wirkte aber eher wie ein Tier, das verzweifelt einen Unterschlupf sucht.

»Ich weiß alles, was du getan hast!«, blaffte Michael laut. Das war glatt gelogen, er ahnte kaum, wie die Dinge zusammenhingen, aber es traf Arnd sichtlich. Sein Gesicht wurde aschfahl. »Hör zu, ich wollte Peter nur etwas Gutes tun«, raunte er, merklich um wenig Aufsehen bemüht.

»Etwas Gutes? Dort oben? Was soll das denn gewesen sein?« Michael kümmerte sich nicht im Mindesten darum, leise zu sein.

»Also«, versuchte Arnd noch einmal Souveränität zu finden. »Lass uns in Ruhe drüber reden. Es ist alles halb so schlimm. Aber jetzt hab ich keine Zeit. Später sag ich dir alles.«

Er versuchte erneut an Michael vorbeizukommen, der

stellte sich ihm wieder in den Weg, doch Arnds Wille war diesmal entschiedener. Michael musste kräftiger gegen seinen durchtrainierten Kollegen angehen. Ein kleines Gerangel entstand. Michael hielt ihn an den Oberarmen fest, Arnd versuchte ihn abzuschütteln.

»Hey«, schrie Michael. »Sag mir, was du mit Peter gemacht hast!« Endlich schauten einige Kollegen von der Hauptbühne zu ihnen herüber. »Was hast du damit zu tun, dass er da runtergefallen ist?«

Die Bühnenarbeiter wurden hellhörig.

Da war Arnds Mund plötzlich ganz nah an Michaels Ohr. »Ich schwöre, ich dreh dir den Hals um, wenn du nicht sofort die Klappe hältst«, zischte er.

Michael merkte, dass er gegen Arnd nicht mehr lange ankam. Er merkte aber auch, dass Aufmerksamkeit viel größeren Eindruck auf ihn machte. Deshalb wurde er noch lauter.

»Erklär uns, was du mit Peter gemacht hast, kurz bevor er gestorben ist!«

Arnd wehrte sich heftig gegen den klammernden Michael. Sie schwankten und ruderten herum. Dann fielen sie der Länge nach auf die Bühne.

»Arnd, du Verpisser!«, schrie Michael wie besessen und versuchte ihn vom Aufstehen abzuhalten.

Einige Bühnentechniker kamen herbeigerannt. »Hey, hey, hey!«, riefen sie. »Ganz ruhig, Jungs.«

Und dann fühlte sich Michael von etlichen Händen gepackt.

»Seid ihr verrückt geworden?«, rief der Bühnenmeister.

Michael wurde von Arnd weggezerrt und kam auf den Füßen zu stehen. Er sah, dass Arnd versuchte sich davon zu machen.

»Der haut ab!«, brüllte Michael und wand sich unter

dem kräftigen Griff mehrerer Techniker, die glaubten, seine Hitzigkeit ausbremsen zu müssen.

»Ganz ruhig, ganz ruhig!«, ermahnte ihn der Bühnenmeister.

Michael schrie immer weiter. »Nicht mich festhalten!«

Arnd lief schon über die Bühne auf den hinteren Ausgang zu.

Michael wurde nun wirklich zornig.

»Ihr Idioten!«, schrie er die Männer an. »Er hat Peter auf dem Gewissen! Er hat Pappi in die Grube gestoßen! Arnd! Bleib stehen!«

Arnd hatte den Ausgang erreicht.

Doch er prallte auf einige Leute, die ihm von dort entgegenkamen.

»Wo willst du hin?«, fauchte eine furiengleiche Stimme.

Es war Sonja.

Und dann kam Arnd zurückgerannt, um zum Ausgang am Inspizientenpult zu kommen. Mit Abstand folgten Sonja in Begleitung des Intendanten, Margot Kippelt und einiger anderer.

»Er darf nicht entkommen!«, schrie Michael.

Und während die Übrigen verdutzt umherblickten, konnte er sich aus den Griffen befreien und hinter Arnd herrennen. Gerade als der die Klinke der Bühnentür in der Hand hatte, erreichte ihn Michael und fasste nach seinem Arm. Doch Arnd fuhr herum und schleuderte ihn gegen die Wand, dass er heftig mit der Schulter aufschlug.

»Was ist hier los?«, bellte in diesem Moment der Intendant und kam auf sie zugeschossen. Seine Stimme war so herrisch, dass Arnd und Michael verdutzt aufschreckten. »Ich will wissen, was hier los ist!« Dann sah er Michael an. »Und angegriffen wird hier niemand!«

»Arnd ist an Peters Tod schuld. Und an Pappis Unfall.«

Düster blickten alle Umstehenden zu Arnd. Nervös blinzelte er zurück.

»Das besprechen wir in meinem Büro«, kommandierte der Intendant. »Mitkommen.«

»Wir kommen!«, versicherte Michael. Grimmig sah er zu Arnd. »Dann wird sich ja erweisen, wie die ganzen Stürze zustande gekommen sind.«

Etwas in Arnd veränderte sich. Unvermittelt stürmte er wieder los, rannte, bevor jemand etwas tun konnte, in die einzig mögliche Richtung, die frei geblieben war – auf die Bühne zu.

»Bleib stehen!«, schrie Michael ebenfalls wieder und setzte ihm nach.

Arnd witschte zwar gekonnt um das Portal herum, von der Bühne kamen ihm aber einige allerletzte Nachzügler der Technik entgegengelaufen.

»Haltet ihn fest!«, rief Michael.

Arnd realisierte, dass er an den Männern nicht vorbeikommen würde und versuchte den letzten verbleibenden Ausweg zu nehmen: Er sprang auf die Eisenleiter, die im Inneren des Portals befestigt war. Hastig hechtete er die Sprossen hoch. Fast im gleichen Moment zögerte er, weil ihm wohl klar wurde, dass das natürlich das Unsinnigste war, was er machen konnte. Aber da war es schon zu spät. Michael war direkt hinter ihm und begann nun ebenfalls hochzuklettern. Arnd konnte nicht mehr zurück. Weiter hastete er hinauf. Dann blieb er in mehreren Metern Höhe auf einer kleinen Zwischenplattform stehen.

»Was soll die Scheiße?«, fluchte Michael unter ihm auf der Leiter. Ihm schmerzten die Glieder. Noch immer wirkte der Muskelkater von seinem Spurt zum Rhein. Und die Prellungen vom Podesteriestapel und dem Wurf gerade gegen die Wand spürte er auch.

Die anderen von unten riefen zu ihnen hinauf.

»Wo wollt ihr denn hin?«

»Die Leiter geht doch nur zur Portalbrücke hoch. Und von da geht es auf der anderen Seite nur wieder hierher runter.«

Voller Hektik sah sich Arnd von seiner kleinen Plattform aus um – aber er hatte sich in eine Lage manövriert, die nur eine Richtung zuließ. Er kraxelte wieder auf die Leiter.

»Arnd!«, rief Michael und blieb kurz auf seiner Sprosse stehen. »Das bringt doch nichts!«

Doch Arnd kletterte weiter und Michael versuchte, trotz Schmerzen, zu folgen.

Die Rufe von unten wurden immer lauter. Der Intendant bellte Befehle hinauf auf, die keiner hörte.

Arnd war inzwischen auf der oberen Portalebene angekommen. Die war in 14 Metern Höhe und führte als ziemlich schmaler Steg über die gesamte Bühnenbreite. Entlang der Brüstung hingen dicht an dicht die Scheinwerfer. Unterhalb des Stegs ging es nur hinab. Darüber erstreckte sich der Bühnenturm mit weiteren Umlaufgalerien an den Wänden.

Arnd rang nach Luft und sah zu Michael hinab. Der war fast oben. Arnd drehte sich ab und begann den Steg entlangzulaufen. Schwer donnerten seine Schritte auf dem schwingenden Boden. Als Michael gerade auf die Portalbrücke hinaufgeklettert kam, rutschte Arnd auf einer herumliegenden Farbfilterfolie aus und stürzte. Er kam auf alle viere nieder.

Michael sah seine Chance, rannte so schnell er konnte los – und krachte aus vollem Lauf mit dem Kopf gegen einen Scheinwerfer. Taumelnd ging auch er nieder, grelles Hämmern im Schädel.

Wenige Meter entfernt rappelte sich Arnd gerade hoch

und sah sich nach seinem Verfolger um. Er schien zu überlegen, wie es weitergehen sollte.

»Ihr beendet das jetzt augenblicklich!«, hörten sie von unten den Intendanten heraufkreischen. »Ich will das nicht länger sehen!« Seine Rufe verhallten unbeachtet.

»Was hast du denn vor?«, keuchte Michael und hielt sich den schmerzenden Kopf. »Du kannst doch nirgendwohin.« Arnd sagte nichts, atmete schwer und starrte auf Michael hinab. »Lass uns gehen. Das hier oben bringt doch nichts.«

»Du hast doch keine Ahnung«, entfuhr es Arnd wild.

Für einen Moment schauten sich die beiden an.

»Arnd, Michael!«, rief von unten der Intendant. »Wenn ihr zwei nicht runterkommt, schalten wir euch da oben das Licht aus!«

Michael arbeitete sich wieder auf die Füße hoch. Arnd wich zurück. Michael bewegte sich auf ihn zu. Arnd drehte sich ab und rannte erneut die enge Portalbrücke entlang. Michael versuchte so schnell es ging zu folgen, doch der Schmerz stach noch in seinem Kopf. Arnd erreichte das Ende der Galerie. Von hier führte nur eine weitere Leiter wieder hinab. Er zögerte.

Michael kam näher.

Da entdeckte Arnd offenbar etwas. Behände kletterte er links auf die Brüstung des Stegs. Jenseits davon lag – ein kurzes Stück entfernt – eine anderer Arbeitsgalerie. Eigentlich war sie nicht zu erreichen – aber Arnd sprang!

Man hörte das Scheppern von Scheinwerfern und anderen Metallgegenständen. Dann stand er auf der Galerie, sah kurz zurück, rannte nach rechts und verschwand hinter einem Gewirr von Gestängen. Doch gleich gab es ein dumpfes Rumpeln. Erneut schien er über irgendetwas gefallen zu sein. Man hörte ihn stöhnen.

Michael erreichte die Stelle, an der Arnd gesprungen war. Der Abstand bis zur anderen Galerie betrug keinen ganzen Meter – nicht wirklich viel für einen Sprung, aber doch genug Platz, um abzustürzen. Der Bühnenboden kam erst in einer Tiefe, die fünf Stockwerken entsprach. Und Michael war schwindelig, weil sein Kopf noch dröhnte. Kurz zögerte er – dann traf er eine Entscheidung und kletterte ebenfalls auf die Brüstung. Er sah nicht in die Tiefe hinab (wusste aber, wo sie war), nahm seinen Mut zusammen, spannte sich an –

Da ging mit einem Mal tatsächlich das Licht aus, so wie es der Intendant angedroht hatte. Die gesamte Bühne lag im Dunkeln. Nur hier und da glimmten fahle Notbeleuchtungslämpchen.

»Kommt *endlich* runter!«, überschlug sich der Intendant.

Michael wurde unsicher, blickte noch einmal zu der Galerie hinüber, die er jetzt kaum sehen konnte. Dann überlegte er nicht mehr – und sprang.

Jenseits der Brüstung, auf die er zustürzte, war nur Schwärze und nichts, an dem er sich orientieren konnte. Einen kurzen Moment glaubte er, ins Leere zu fallen. Doch dann schlug er polternd auf den Boden der Galerie auf und stauchte sich die Handgelenke.

Aber er hatte es geschafft!

So schnell es ging sprang er auf.

»Also, es reicht!«, kreischte unten wieder der Intendant. »Ich schicke jetzt ein paar Männer, die euch holen!«

»Nein!«, schrie Michael über die Brüstung. »Nicht noch mehr Leute hier rauf. Besetzt nur alle Ausgänge!« Kurz schaute er hinab und sah undeutlich, dass mehrere Gestalten losliefen. Aber ihm blieb keine Zeit, darüber nachzudenken, welcher Anweisung sie folgen wollten. Er musste Arnd finden.

Zwischen dessen und seinem eigenen Sprung hatten nur Sekunden gelegen. Michael hatte aber keine Ahnung, wo er sich inzwischen befinden konnte. Die Galerie war im Gegensatz zur Portalbrücke ein geradezu breiter Balkon an einer der Seiten des Bühnenturms und lag in beinahe kompletter Finsternis.

Michael machte tastend ein paar Schritte. Er war hier noch nie gewesen. Und irgendwo vor ihm, so hoffte er, musste Arnd sein. Allerdings nur, falls er nicht schon durch eine der Türen hatte flüchten können.

»Arnd?«, fragte Michael in die Dunkelheit hinein.

Keine Antwort.

Endlose Sekunden vergingen.

Dann klapperte irgendwo eine Tür. »Alle Ausgänge sind besetzt!«, rief ein Bühnenarbeiter.

Michael fragte sich, woher er das so genau wusste, nahm dann aber an, dass er ein Funkgerät mit Clip im Ohr bei sich trug. Das brauchten die Techniker oft während den Vorstellungen, um sich leise zu verständigen.

»Gut«, antwortete Michael laut. Es erfüllte ihn mit einer gewissen Befriedigung, dass die Techniker ihm folgten und nicht dem Intendanten. »Bleibt auf jeden Fall, wo ihr seid, verlasst nicht eure Tür. Habt ihr gehört – bleibt, wo ihr seid!«

Dass keine Reaktion kam, nahm Michael als Einverständnis.

»Arnd?«, wandte er sich wieder der Dunkelheit zu. »Hast du gehört, du kommst hier nicht mehr weg.« Es war nichts auszumachen. »Licht an!«, brüllte Michael.

Doch von unten war nur unverständliches Zetern des Intendanten zu hören, der sich die Herrschaft über die Situation wohl nicht noch weiter aus den Hand nehmen lassen wollte.

Es blieb dunkel.

»Arnd«, sprach Michael tapfer in die Schwärze, »sag, wo du bist, dann gehen wir zusammen runter und beenden diesen Quatsch.«

Langsam tastete sich Michael die Galerie vor, die Hälfte hatte er hinter sich.

»Arnd?«

Michael wurde unruhig, weil er so gar nichts hörte. Sollte sein Kollege doch schon über alle Berge sein?

Doch dann vernahm er auf einmal einige Meter vor sich leises Rascheln.

»Arnd. Da bist du ja. Ich komme jetzt zu dir!«

Michael konnte nicht sehen, was da vor ihm war, aber er ging einfach entschlossen in die Richtung des Geräuschs.

Das Rascheln wurde stärker, hinzu kamen auf einmal rappelndes Metallscheppern und dann noch ein Scharren. – Doch das kam von außerhalb der Galerie!

Michael erstarrte. Er beugte sich über die Brüstung und witterte nach draußen in die Dunkelheit. Wieder war das Scharren zu hören.

»Ich glaube, der versucht außen am Gestänge in die Galerie unter uns zu klettern«, rief einer der Bühnenarbeiter. Panik lag in seiner Stimme.

Das ist doch vollkommen wahnsinnig!

Auch unten auf der Bühne schienen sie etwas gemerkt zu haben. Aufgeregte Rufe waren zu hören.

»Los!«, schrie Michael. »Sofort die unteren Ausgänge besetzen!«

»Sind schon unterwegs.«

Michael war völlig klar: Nur ungeheure Angst konnte Arnd zu so einem Irrsinn antreiben. Und nur dank seines trainierten Körpers war er dazu überhaupt in der Lage. Völlig undenkbar, ihm nachzuklettern. Stattdessen drehte sich Michael um und lief zum nächsten Ausgang. Ein Techniker stand dort in der Tür. Als er spürte, dass da jemand auf ihn zukam, breitete er wie ein Torwart die Arme aus. Doch Michael gab sich zu erkennen, drängte sich behände vorbei und stürmte die enge Treppe hinab.

Eine Etage tiefer öffnete er die nächste Tür und hechtete auf die untere Galerie hinaus. Undeutlich nahm er wahr, dass hinter ihm ein weiterer Techniker ankam und in der Tür stehen blieb.

An der Galeriebrüstung versuchte Michael die Position von Arnd zu erspüren. Er hörte rappelnde Geräusche von irgendwo über sich, doch bevor er sie genau orten konnte, begann der Techniker hinter ihm in sein Funkgerät zu sprechen.

»Macht euch unsichtbar«, blaffte er den Mann an. »Bewacht weiter die Ausgänge, aber von außen. Schließt die Türen.« Er hörte, wie der Mann hinter ihm noch einmal halblaut in sein Funkgerät sprach und sich zurückzog. Dann polterte es irgendwo vor ihm in der Dunkelheit. Für eine Sekunde glaubte Michael, Arnd sei abgestürzt. Der Höhenunterschied zwischen der oberen und dieser Galerie betrug zwei Meter. Somit waren sie zwölf Meter über dem Boden. Kurz sah Michael vor sich wieder das Bild des zerstörten Körpers von Peter. Doch plötzlich spürte er, wie von der Brüstung her ein Körper auf ihn zugestürzt kam. Ehe er das recht begriffen hatte, war es Arnd gelungen, sich vorbeizudrängen und zur nächsten Tür zu stürmen.

Hektisch versuchte Michael ihn zu greifen, sprang ihm nach. Arnd hatte die Tür schon erreicht und riss sie auf. Doch er prallte auf den Techniker, der ihn gleich zu fassen versuchte. Michael kam von hinten dazu. Heftig rangen alle drei miteinander. In der Dunkelheit wusste keiner, wer nach wem griff. Nur deshalb konnte Arnd sich entwinden – plötzlich sprang er nach rechts weg. Augenblicklich versuchte Michael ihm zu folgen, merkte aber, dass der Techniker dieselbe Idee hatte.

»Nein, zurück! Einer muss an der Tür bleiben!«

Der Mann blieb stehen und Michael lief weiter. Doch er hatte keine Ahnung, wie weit Arnd gekommen war. So schnell er konnte, rannte er die Galerie entlang. Sie führte, im Gegensatz zu ihrem darüber liegenden Gegenstück, einmal entlang der Wand um das gesamte Innere des Bühnenturms herum. Arnd konnte inzwischen an jeder Stelle dieses Umlaufs sein.

Aber entkommen konnte er nicht mehr. Die Ausgänge waren bewacht – und weiter hinabzuklettern, war in keinem Fall möglich. Unter ihnen öffnete sich nur die Tiefe.

Ich krieg dich!

Nach einigen Metern blieb Michael atemlos stehen und versuchte in die Dunkelheit zu lauschen. Irgendwo hörte er keuchendes Atmen – doch Arnd schien zu merken, dass es verräterisch war und verstummte. Rasch lief Michael in die Richtung, aus der er etwas gehört zu haben glaubte. Aber es gab in dieser dunklen Schwärze viel zu wenig Anhaltspunkte. Außerdem hatte er Angst, irgendwo gegenzustoßen. Sein Kopf tat immer noch weh.

Also blieb er an der ersten Biegung der Galerie wieder stehen um zu lauschen. – Nichts war zu hören.

»Arnd«, fragte Michael mit möglichst fester Stimme in die Weite hinein. »Wo bist du denn?«

Ein leises Rumpeln war zu hören. Es schien von weiter weg zu kommen. Sofort rannte Michael los. Am liebsten wäre er überall gleichzeitig gewesen. Doch nach wenigen Schritten stolperte er und musste anhalten. Noch einmal versuchte er die Richtung zu peilen. Aber es war schon wieder viel zu still.

Fieberhaft dachte Michael nach. Es konnte nicht sein, dass er die ganze Zeit darauf hoffte, dass Arnd eine unachtsame Bewegung machte. Er musste ihn dazu verleiten, sich zu verraten. Ihn zum Sprechen bringen.

Ich krieg dich!

»Arnd, war es hier?«, redete er drauflos. »Hier auf dieser Galerie oder eins höher?« Er lauschte. »Ich meine, wo du dich mit Peter getroffen hast.«

Keine Reaktion.

Michael fragte sich, ob man ihn auch unten auf der Bühne hören konnte. Dann war irgendwo vor ihm etwas. Wieder lief er darauf zu – diesmal bemüht, selbst kein Geräusch zu machen. Es wollte ihm nicht recht gelingen. Er hielt wieder an. Da war nur das Keuchen seines Atmens. Inständig flehte er, dass Arnd endlich ein anständiges Zeichen von sich gab. Wie konnte er ihn dazu bringen?

»Ich meine, war es hier, wo du Peter runtergeworfen hast?«

»Ich hab ihn nicht runtergeworfen!«, ertönte plötzlich eine überhastige Antwort.

Michael erstarrte in der Bewegung. Es überraschte ihn, dass die Stimme aus einer ganz anderen Richtung kam, als er erwartet hatte. Sie schallte über den Abgrund zu ihm herüber. Arnd musste auf der gegenüberliegenden Seite des Umlaufs sein.

»Doch«, rief er dann so überzeugend er konnte. »Natürlich hast du.«

»Das kannst du gar nicht wissen«, kam es von Arnd zurück.

Michael war längst wieder losgelaufen. So schnell er konnte versuchte er Arnd zu erreichen. Nachdem er eine Galerieecke genommen hatte, versuchte er noch einmal zu lauschen. Hatte Arnd dieses Manöver mitbekommen?

»Aber, es stimmt also«, redete Michael weiter. »Du hast dich mit Peter hier oben getroffen und ihn dann hinuntergestoßen.« Erst nachdem er das ausgesprochen hatte, wurde ihm bewusst, wie unfassbar das eigentlich klang. »Warum hast du das getan?« Einem inneren Drang folgend begann er wieder zu laufen – aber Arnd erreichte er natürlich nicht. Keuchend und ratlos blieb er wieder stehen. »Warum hast du das getan?«, wiederholte er aufgebrachter. »Und warum vorhin ein zweites Mal mit Pappi?« Das war das andere Unfassbare. »Warum Pappi? Sag's mir. Warum ausgerechnet Pappi? Er hat dir nichts getan.«

Arnd schwieg beharrlich.

Mit einem Mal konnte Michael nicht mehr an sich halten und schrie plötzlich ungebremst los.

»Sag mir sofort, warum ausgerechnet Pappi!«

»Der stand vor einer der offenen Bühnengruben«, kam beinahe wie auf Befehl die Stimme von Arnd. »Keine Ahnung, was der da überhaupt zu suchen hatte.«

Michael rang um Beherrschung. Sein Gegner schien es geschafft zu haben, den Abstand gleich zu halten, sodass sie sich nach wie vor auf den einander gegenüberliegenden Galerieseiten befanden. Michael musste sich endlich etwas einfallen lassen. Immerhin – provozieren schien man Arnd zu können.

»Was hast *du* denn auf der Bühne zu suchen gehabt?«, rief er über den Abgrund hinweg.

»Ich war da«, ertönte Arnds Stimme aus der Entfernung, »weil Theo keine weiteren Ausfälle mehr dulden konnte. Ich war da, um die unverzichtbaren Korrekturen an der Probendekoration zu beaufsichtigen.« Es war erstaunlich, wie viel er auf einmal redete. Aber er hörte sich auch aufgekratzt und herablassend an. Es klang nicht gut. »An einem normalen Haus wäre so was gar nicht notwendig. Aber das versteht du sicher alles nicht.«

Michael zögerte einen Augenblick. Dann setzte er sich nach links in Bewegung und versuchte, langsam und behutsam über die Galerie zu kommen. So richtig hatte er sonst keine Idee.

»Aber was hat Pappi dir getan?«

Schweigen.

»Hey, warum Pappi?« Michael merkte, dass es ihm unmöglich war, seinen Zorn niederzuringen. »Was hat er getan, dass du ihn unbedingt schwer verletzen musst?«

»Er ist der Schlimmste – er ist derjenige, der den allgemeinen Widerstand und diese ganzen geheimen Versammlungen organisiert. Er steht immer auf der Seite, die gegen uns ist.«

»Angesichts der Tatsache, dass in den letzten Tagen alle verärgert darüber waren, dass er von jeder Protestaktion abgeraten hat, ist das, was du sagst, geradezu absurd.« Dann hatte Michael eine Eingebung. »Du hast das gar nicht mitbekommen! Du warst einen Tag krank. Du hast noch geglaubt, dass er zur Meuterei anstiftet. Dem war nicht so.«

Arnd schwieg. Doch diesmal, so schien es, aus Verwirrung. Michael nutzte das, um sich auf ihn zuzubewegen.

»Trotzdem«, kam es schließlich doch von Arnd, »er hat für uns alles ständig schlimmer gemacht!«

»Du bist doch irre! Dass durch Pappis Sturz erst recht alles schlimmer wurde, siehst du wohl nicht.«

Arnd schwieg wieder.

Michael schien ihm nicht näher kommen zu können. Er versuchte es damit, in die Richtung, aus der er bisher gekommen war, zurückzugehen. Währenddessen fragte er sich, wieso Arnd eigentlich dauernd in der Mehrzahl sprach. Dann blieb er plötzlich mit einem Ruck stehen.

»Natürlich: Du meinst den Intendanten und Fleischer. Du warst der dritte im Büro! Du bist es, der mit denen unter einer Decke steckt, mitmischt bei deren Machenschaften und Attacken. Gemeinsam habt ihr euch gegen Pappi verschworen. Sein Sturz war ein von euch geplanter Anschlag!«

Arnd lachte verächtlich. »Das nun nicht gerade …«

»Du willst mir doch nicht erzählen, du hättest dir das allein ausgedacht!«

Arnd schwieg schon wieder – doch diesmal machte es Michael klar, dass es sich tatsächlich so verhielt: Arnd hatte im Alleingang gehandelt.

»Aber wie? Hast du zufällig hinter Pappi gestanden und ihn einfach gestoßen?«

Arnd gab keine Antwort. Aber er widersprach auch nicht.

Michael war so fassungslos, dass er einen Augenblick lang nichts sagen konnte.

»Und jetzt?«, fragte er dann mit hilfloser Ironie. »Geht es dir gut damit?«

Arnd gab eine Art kieksendes Auflachen von sich. »Du hast ja keine Ahnung! Ich stehe voll unter Adrenalin.« Seine Nerven schienen tatsächlich blank zu liegen.

»Wie kommst du nur auf so was?«, sagte Michael kopfschüttelnd.

Erstaunlicherweise antwortete Arnd. Seine Stimme klang merkwürdig salbungsvoll. »Was angefangen wurde zu denken, muss vollendet werden. Wir von oben sitzen zusammen, weil wir von einem gemeinsamen Geist erfasst sind. Und unsere Absichten will ich auch umsetzen. Und nicht aufhören, wenn es unbequem wird. Endlich mal konsequent sein!«

»Wohl konsequent den Menschen nicht an den Anfang

stellen!« Ohnmächtig realisierte Michael, wie grenzenlos Arnd dem bösen Spiel verfallen war. »Wo soll denn das hinführen?«

»Was ist denn das für eine saublöde Frage! Zu meinem Erfolg wird es führen. Ich weiß, wie man sich Respekt verschafft, sich unverletzbar macht, durchgreift. So wie es der Intendant weiß. Und von ihm Theo. Und ich von ihm.«

Michael ertrug das nicht mehr. Ihm wurde auch bewusst, dass er schon eine ganze Weile nur an der Brüstung stand und redete. Ihm musste aber doch endlich etwas einfallen, um diese absurde Situation zu beenden. Gleichzeitig fragte er sich, ob Arnd auf der anderen Seite nicht ähnliche Gedanken haben musste. Plötzlich wurde ihm auch erst bewusst, dass er keine Ahnung hatte, was er machen sollte, wenn er an Arnd herangekommen war.

Beide schwiegen einige Zeit.

Ohne wirkliche Idee setzte sich Michael tastend wieder in Bewegung, rechtsherum die Galerie entlang. Keiner sprach. Die Stille war massiv und beunruhigend. Michael musste sie durchbrechen.

»Was ist mit Peter? Hat der auch den Betrieb behindert?«

Stille.

Michael bog gerade um eine der Galerieecken, da glaubte er plötzlich eine Bewegung in der Dunkelheit wahrzunehmen und erstarrte. Täuschte er sich oder war Arnd in dem geraden Stück direkt vor ihm? Langsam bewegt er sich vorwärts. Links lag die Brüstung, jenseits davon zwölf Meter Tiefe.

»Was ist?«, rief Michael herausfordernd. »Hast du darauf keine Antwort?«

»Peter war doch unfähig. Hat er nur nicht begriffen.«

Michael war sich nun sicher: Arnd befand sich tatsächlich irgendwo geradeaus, wenige Meter vor ihm. Zwischen zwei Scheinwerfer gezwängt stand er, um in der Dunkelheit zu verschwinden. Michael hatte keine Ahnung, wie es ihm hatte gelingen können, ihm auf einmal so nahe zu kommen. Dann erreichte ihn aber überhaupt erst, was Arnd da gerade gesagt hatte.

»Was war Peter?«

»Unfähig.«

»Wie ›unfähig‹? Als Schauspieler? Das stimmt doch gar nicht! Und Überhaupt: Soll das alles sein?«

Arnd begehrte empört auf. »Sein Verhalten ließ doch keine Spur von Professionalität erkennen. Nie hat er sich was getraut! Nie mal etwas nach vorn gebracht! Ständig nur das gesamte Projekt behindert.«

»Peter hat sich unglaublich viel getraut. Schon allein, dass er trotz Höhenangst auf diese Leiter geklettert ist, zeigt das doch. Und selbst wenn: Was sind das denn für Gründe, dass sie das Leben eines Menschen wert wären?«

Die Antwort kam eher zurückgenommen. »Das war ja nicht geplant – es ist irgendwie gekommen.«

»Was heißt ›nicht geplant‹? Ihr wart doch verabredet.« Michael starrte angespannt in die Dunkelheit. Er hatte immer noch keinen Plan, was passieren sollte.

Keiner der beiden regte sich.

Michael setzte nach. »Wie hast du ihn überhaupt hier raufbekommen? Ihn an den Haaren hergezerrt?«

»Er ist selbst gegangen. Wir haben uns gleich hier oben verabredet. – Aber du hättest ihn sehen sollen. Als ich dazukam, lag er flach auf dem Boden! Hat es nicht fertiggebracht, sich der Brüstung nur zu nähern.«

»Ach komm, du versteckst dich doch auch«, rief Michael erbost. Doch gleich fragte er sich, ob das klug gewesen war. Um mehr Fassung bemüht, sprach er weiter. »Peter war also zuerst hier?«

Von Arnd war ein abfälliges Schnaufen zu hören, bevor er antwortete. »Er hatte den ganzen Abend auf der Galerie gesessen und sich die Probe von oben aus angehört. Wie masochistisch muss man denn sein, um sich so was anzutun?«

»Was meinst du damit, er hat den ganzen Abend hier oben gesessen?«

»Genau das. Als er von der Probe abbestellt wurde, war er offenbar schon im Haus. Da hat er sich auf die Galerie gesetzt, an seinem Flachmann gesüffelt und uns unten zugehört.«

Michael erschauderte. Die Vorstellung, dass Peter diese Probe, von der er ausgeschlossen worden war, miterlebt hatte, erschreckte ihn. So vieles war an jenem Abend über ihn gesagt worden. Es musste eine hässliche Wirkung auf Peter gehabt haben.

»Was wolltet ihr zwei überhaupt hier oben?«

Arnd überlegte kurz. »Nennen wir es Angsttherapie.«

»Und was genau hattest du vor?«

»Ich war mit Peter schon seit Langem verabredet. Vor Wochen hat er mir mal nebenbei was von seiner Höhenangst erzählt. Irgendwann hab ich ihm dann vorgeschlagen, dass ich mit ihm daran arbeiten könnte. Das hier oben zu machen, haben wir dann gemeinsam beschlossen.«

»Verstehe ich nicht. Vor Wochen kann Peters Höhenangst doch noch gar kein Problem für die Produktion gewesen sein. Ich meine, da hatte Fleischer ihn doch noch gar nicht auf die Leiter gejagt.«

Arnd schwieg, und diesmal wieder eher getroffen. Michael fragte sich, ob er gerade auf irgendetwas Bedeutsames zusteuerte.

Dann antwortete Arnd schließlich. »Theo hatte die Idee mit der Leiter sehr viel früher, als du denkst. Nicht erst auf der Probe.«

»Ja, ich weiß, dass Fleischer das dem Peter schon vorher angekündigt hatte.« Langsam bekam Michael eine Ahnung. »Aber, warte mal. Hat sich Fleischer das ausgedacht, *obwohl* er von Peters Höhenangst wusste?« Arnd schwieg. »Von dir etwa?« Arnd schwieg. Michael wurde zornig. »Du hast also zufällig von Peters Höhenangst erfahren, das dann dem Fleischer erzählt, der daraufhin diese beschissene Idee mit der Leiter bekommen hat? Etwas, von dem von vorneherein klar war, dass Peter dran scheitern würde? – Was ist das für eine Perversität!«

»Peter sollte mal an seine Grenzen kommen. Theo hat damit versucht, ihm noch eine Chance zu geben!«

Michael blieb fast die Spucke weg. »Das sehe ich anders.«

»Peter hat jedenfalls nur bewiesen, dass er nicht in der Lage ist, sich dem Theater hinzugeben. Da hat Theo ihm die Rolle abgenommen.«

»So etwas nennt man Mobbing und Machtmissbrauch!« Michael bebte vor Empörung.

»Ach! Peter war doch wirklich ein unerträglicher Jammerlappen ohne Eier. Ständig musste Theo zusehen, wie die schöne Rolle ruiniert wird. Aber Peter hat das gar nicht gemerkt. Deshalb musste ihm gezeigt werden, wo er hier ist. Aber als er die Rolle los war, hat er immer noch nicht genug gehabt. Wollte es einfach nicht begreifen. Hat mich angerufen und gebettelt, dass wir uns nach der Probe treffen, so wie es ursprünglich geplant war. Wollte unbedingt auf die Galerie rauf.«

»Ja, er hat gekämpft! Er hat das getan, was du ihm gerade eben noch abgesprochen hast!«

»Ach ja? Du hättest ihn sehen sollen. Geschlottert hat er, als wir zusammen an die Brüstung gegangen sind. Dabei hatte er sich schon Mut angetrunken.«

»Höhenangst beendet die Funktionskontrolle! Aber da

du so etwas nicht selbst hast, willst du das wohl einfach nicht akzeptieren!«

»Jedenfalls nicht bei der Arbeit! Ich kann es nicht ausstehen, wenn jemand für das Theater nicht das Letzte aus sich rausholt. Und Theo auch nicht.«

»Ja, ich weiß«, schloss Michael mit aggressiver Ironie. »Es ist alles eine Frage des Willens und der professionellen Einstellung …«

»Genau«, antwortete Arnd irritiert.

Michael konnte für eine Weile nicht weiterreden. Starrte nur in die Richtung, in der sich Arnd vor ihm befinden musste.

»Und was wolltest du dann hier oben, wenn das doch alles so hoffnungslos war?«

»Peter endgültig klarmachen, dass er am Theater nichts verloren hat.«

»Was?«, prallte Michael zurück.

»Darum ging es doch. Theo hat schon ganz früh erkannt, dass Peter nichts kann. Aber er wollte ihn bloß aus dem Stück entfernen. Alles andere war ihm egal. Aber so geht das nicht. Das ist doch nur die halbe Wahrheit. Und weil mir von Anfang an klar war, dass mehr da nicht passieren wird, hab ich mich schon sehr früh der Sache angenommen. Auf meine Weise. Für das Theater!«

»Es ging dir von Anfang an darum, Peter aus dem Haus zu vergraulen?«

»Nein, aus der Theaterwelt ganz im Allgemeinen.«

»Und der Fleischer wusste davon?«

»Nein.« Michael glaubte einen Klang von klammheimlicher Freude in Arnds Stimme zu hören. »Das war meine eigene Entscheidung. Damit habe ich zum ersten Mal etwas gründlicher gemacht als Theo.« Dann wurde sein Tonfall beinahe getragen. »Ich folge meinem Meister und bin der perfekte Schüler. Ich bringe die Meister-Schüler-Beziehung zur Vollkommenheit, denn ich führe nicht nur zu Ende, was mein Meister denkt. Ich überflügele ihn sogar.«

Entgeistert hörte Michael schon wieder diese verdrehte Lebensphilosophie des Intendanten. Er musste das hier beenden. Diese Selbstgefälligkeiten von Arnd endlich stoppen. Der glaubte wirklich, eine Mission erfüllt zu haben.

»Und dieses Höhentraining«, rief Michael schließlich aus, »da wolltest du, dass Peter noch einmal scheitert und ihm dann seinen Beruf ausreden?«

»Ja, so ungefähr.«

»Peter schaut über die Brüstung und du siehst zu, wie ihm schlecht wird?«

»Viel besser: Er ist sogar auf die Brüstung gestiegen!«

Michael glaubte sich verhört zu haben. »Das hat er nie und nimmer freiwillig gemacht.«

Eine Art Lachen kam von Arnd. »Oh, doch. Das hat er. Man muss nur deutlich genug werden, was eine Verweigerung bedeutet.«

Für einen Augenblick musste Michael zur Brüstung schauen und sah vor seinem geistigen Auge, wie Peter dort stand, bleich und zitternd, mit keuchendem Atem, sich an irgendwas festhaltend.

Dann schrie er unbeherrscht auf Arnd ein.

»Aber er *ist* raufgeklettert! Er *ist* deinem Willen gefolgt und *hat* sich überwunden! Hast du da nicht endlich eingesehen, dass er stark ist und du nur zerstören kannst?« Unbeherrscht machte er ein paar Schritte auf die Stelle zu, an der Arnd sein musste.

Der antwortete plötzlich merkwürdig verspannt. »Seine Bereitschaft kam nicht wirklich von innen.«

»Unsinn!«, empörte sich Michael und rückte noch einmal weiter auf Arnd zu. Undeutlich sah er einen Schatten zucken. »Du willst einfach dein Weltbild durchsetzen. Und alles, was nicht hineinpasst, ausradieren. Das ist es. Du wolltest Peter aus deinem Leben haben.«

»Peter«, widersprach Arnd wild, »hatte zu akzeptieren, dass er für Theaterarbeit nur eine Behinderung darstellte! Aber diese Einsicht war ihm nicht beizubringen.«

»Statt zu scheitern«, explodierte Michael, »ist er über sich hinausgewachsen. Hat was anderes gemacht, als du für ihn bestimmt hattest. Und damit hat deine ganze schöne ›Therapie‹ nicht funktioniert. Und deshalb hast du ihn dann gestoßen, nicht wahr? Er stand ja wehrlos auf der Brüstung und es war ganz leicht. Wie vorhin bei Pappi. Du hast ihn einfach gestoßen! War es nicht so? Als du nicht länger leugnen konntest, dass Peter sich bemüht und kämpft, da hast du ihn gestoßen! Als klar wurde, dass nicht *er* am Ende ist, sondern *du*, da hast du ihn gestoßen. War es nicht so? Du hast ihn gestoßen! Du hast ihn gestoßen!«

Der Angriff kam völlig unerwartet.

»Ja!«, schrie Arnd und kam aus der Dunkelheit in schier unmöglichem Tempo auf Michael zugestürzt. Der konnte sich nicht wehren. Unter der Wucht von Arnds Aufprall knallte er mit dem Rücken gegen die Brüstung der Galerie. Wieder spürte Michael die großen Kräfte, die sein Kollege besaß. Sein eigener malträtierter Körper gab nichts mehr her, um dem etwas entgegenzusetzen. Arnd schrie mit aufgerissenen Augen immer weiter wie ein Besessener und drückte mit beiden Händen gegen Michaels Schultern. Ehe sich Michael versah, bog er sich schon weit nach hinten über die Brüstung. Er hing über dem Abgrund. Arnd schrie und schrie. Michael merkte, dass er auch schrie. Unter buchstäblicher Todesangst schlug er mit den flachen Händen nach dem Gesicht von Arnd.

Doch gemeinsam ruckten sie nur weiter auf die Tiefe zu. Panisch versuchte sich Michael an irgendetwas festzuhalten. Das einzige, was er greifen konnte, war Arnds Haar und eins seiner Ohren.

»Zerstörer«, schrie er unkoordiniert.

Er war sich sicher, dass sich Arnd nun mit ihm hinunterstürzen würde. Doch mit einem Mal schrie der unter Schmerzen auf und riss sich los. Der Ruck brachte Michael wieder hoch. Und ehe er sich versah, war Arnds verzerrtes Gesicht nach hinten in die Dunkelheit verschwunden. Michael stand allein.

Das Ganze hatte nur ein paar Sekunden gedauert.

Wesentlich länger brauchte Michael, um zu Atem zu kommen. Genau wie Arnd, der unweit neben ihm am Boden zu hocken schien, ihm den Rücken zukehrte und nach Luft rang. Michael merkte, dass er immer noch an der Galeriebrüstung stand. Schnell machte er einen Schritt zur Wand. An sie gelehnt blieb er stehen und starrte zu Arnd hinüber. Doch der regte sich nicht.

Um sie herum war es unruhig geworden. Die Techniker an den Türen hielten besorgt Ausschau. Zischelndes Verständigen drang herüber, Funkgerätgequäke. Michael beachtete das alles nicht. Drängend wollte eine Feststellung aus ihm heraus.

»Du hast Peter getötet.« Es war die Antwort auf die Frage, die ihn fast zwei Wochen lang gequält hatte. Er versuchte zu begreifen und schaffte es kaum. »Aus dem wohl widerlichsten Grund, der überhaupt möglich ist: Weil du dich für etwas Besseres hältst.«

Fassungslos schwieg Michael eine Weile.

Der Rücken von Arnd zeigte keine Reaktion.

Das Zischeln um sie herum wurde lauter.

»Ich weiß, dass Menschen das bisschen Macht, das sie haben, immer leicht missbrauchen. Aber du hast die verächtliche Weltsicht der beiden Oberchefs ja bis zur Perversion getrieben! Und vor lauter Herrschsucht die Wirklichkeit verloren.«

Fassungslos fragte sich Michael, was da in Arnd nur für Abgründe am Werk waren. Was für Gewalten diesen Wahn ausgelöst haben mochten.

Lichtfinger von starken Taschenlampen glitten von den Türen her die Galerie entlang. Sie gaben Michael etwas Stabilität zurück.

»Was ist danach passiert?«, fragte er plötzlich mit fester Stimme. »Nachdem Peter hinuntergestürzt war?«

Er hatte eigentlich erwartet, dass der Rücken in der Dunkelheit vor ihm schweigen würde. Doch erstaunlicherweise antwortete Arnd. »Ich bin gegangen.«

Erschöpfung lag in seiner Stimme. Er blieb leise.

»Sonst nichts?«

»Was hätte ich tun sollen?«

Michael wusste nicht, ob ihn die Techniker mit ihren Lampen inzwischen angeleuchtet hatten. Er wusste nicht, ob sie sich jetzt lauter verständigten oder ob sich unten von der Bühne andere einmischten. Er hatte plötzlich nur viele Fragen, die er noch beantwortet haben wollte.

»Wieso hattest du Peters Handy?«

»Es lag da rum.«

»Und da hast du es eingesteckt?«

»Ja.«

»Warum?«

»Weiß nicht. Dachte, dann kommt niemand auf mich.«

»Kommt niemand auf dich?«

»Peter hatte mich damit am Abend doch x-mal angerufen.«

Arnds Antworten kamen tonlos, aber prompt. Er leistete praktisch keinen Widerstand mehr.

»Und? Kam keiner auf dich?«

»Die Polizei. Müssen die Verbindungen geprüft haben. Haben mich auch vorgeladen. Ich hab ihnen erzählt, Peter hätte nur rumgejammert. Aber ich hatte nie das Gefühl, dass sie mir glauben.«

Michael staunte kurz. Die Kripo war offenbar doch nicht so inaktiv gewesen, wie er die ganze Zeit gedacht hatte.

»Mit dem Handy hast du vorgestern dann die SMS an mich geschickt?«

»Du warst so neugierig.«

»Dass dir gar nicht der Gedanke gekommen ist, dass du mich damit erst recht aufmerksam machen könntest.«

»Weiß nicht. Ich hatte Angst.«

Der Stapel Podesterieplatten fiel Michael ein. Das Handy hatte jedenfalls keine kleine Bedeutung gehabt.

»Und was ist mit diesem merkwürdigen Abschiedsbrief, der hier oben gefunden wurde?«

»Hab ich geschrieben.«

»Nachdem dir klar wurde, dass so etwas fehlt, um Peters Tod für alle endgültig wie Selbstmord aussehen zu lassen?«

»Ja.«

»Ich hab es trotzdem nicht geglaubt.«

»Du warst schlimm. So hartnäckig.«

Michael hatte das Gefühl, vorsichtige Schritte auf der Galerie zu hören. Menschen schienen auf dem Weg zu ihnen zu sein. Er achtete nicht darauf.

»Ich konnte nichts von dem glauben, was alle anderen für die Wahrheit hielten. Und dann fand ich auch noch etwas, was mir Gewissheit gab.«

»Peters Textbuch.«

»Du wusstest, dass ich es habe.«

»Ich habe es in den Händen von deiner Sonja gesehen. Eigentlich ein kluges Mädchen, aber da hat sie wirklich Mist gebaut. Kannst du ihr sagen.«

Das sollte wohl eine Art Witz sein, Arnd schien keuchend ein Lachen zu versuchen. Michael konnte nicht mitlachen.

»Du wusstest, dass in dem Textbuch irgendein Hinweis auf dich steht.«

»Ich habe es befürchtet.«

»Und deshalb bist du gestern extra ins Haus gekommen und hast versucht, es zu klauen.«

»Ich habe es einfach nicht mehr ausgehalten.«

Wieder hatte Michael ein Bild vor seinem geistigen Auge: Er sah Arnd heimlich in den Zuschauerraum huschen und geduckt durch die Sitzreihen schleichen.

»Dann warst du gestern also gar nicht krank«, stellte Michael fest, »du hast nur so getan.«

»Nein«, wehrte sich Arnd plötzlich beinahe flehend, »nein, ich war wirklich krank! Das musst du glauben! Vorgestern und die ganze Nacht gestern. Mein Magen und meine Gedärme waren völlig hin. Ich hab gedacht, das wird alles wieder, ich kriege das alles hin. Aber es wurde von Tag zu Tag schlimmer. Ich hab mir gesagt, dass ich doch nichts Böses gemacht habe. Aber irgendwie wurde alles immer größer. Es ist nicht weggegangen.«

Michael wusste nicht, was genau Arnd eigentlich meinte. Verzweifelt klang er. Trotzdem fasste Michael noch einmal zusammen.

»Du hast einen Menschen getötet.«

»Du ahnst gar nicht, wie schlimm es ist, damit klarzukommen. Nicht entdeckt zu werden. Das verfolgt einen überallhin.« Arnds Stimme wurde brüchig. »Und dann kamst du und warst so beharrlich in deinem Misstrauen.

Warum hast du denn nicht geglaubt, was alle glaubten? Warum konnten wir denn nicht alles einfach vergessen und den Amphitryon fertigmachen? Warum muss das denn alles immer so genau sein? Das ist einfach zu viel. Ich halte das nicht mehr aus. Mein Kopf geht kaputt – und mein Körper auch. Ich kann nicht mehr. Ich kann nicht mehr.« Dann kamen nur noch unartikulierte Laute.

Michael hatte keine Angst mehr und näherte sich dem Rücken. Zuckend kauerte sein Gegner am Boden, die Arme um die Beine geschlungen, den Kopf auf die Knie gelegt. Verloren im Unheil, das er sich selbst erschaffen hatte, saß Arnd da und weinte.

*

Später kamen Michael die ganzen Ereignisse auf den Beleuchtungsgalerien wie ein Spuk vor.

Ein unwirklicher, bitterböser Spuk.

Mit Arnd hatte er keine weitere Mühe mehr gehabt. Der hatte sich beinahe willenlos von den Bühnentechnikern nach unten bringen lassen. Dort war er der mittlerweile eingetroffenen Polizei übergeben worden.

Sonja – die überglücklich war, Michael weitgehend unversehrt wiederzusehen – erzählte ihm, dass man unten beinahe jedes Wort der Unterredung hatte verstehen können. Es waren immer mehr Leute aus dem Haus gekommen. Der Intendant, sagte sie, sei darüber sichtlich unerfreut gewesen, hatte aber letztendlich nichts dagegen ausrichten können. Außerdem hatte auch er gebannt zugehört.

Michael hatte noch viel Zeit in verschiedenen Büros zubringen müssen, Polizisten und anderen Leuten mehrfach berichtet, wie sich die Dinge abgespielt hatten. Mit finsterem Amüsement hatte er zugeschaut, wie sich der

Intendant im Namen der gesamten Hausleitung auf das Schärfste von Arnd distanzierte. Irgendwann waren alle organisatorischen Pflichten erfüllt gewesen. Von einigen neugierigen Mitarbeitern hatte er noch erfahren, dass Pappis Zustand im Krankenhaus kritisch war, aber nicht komplett hoffnungslos. Das Rückgrat war wenigstens nicht gebrochen.

Inzwischen war es früher Abend geworden. Stumm gingen Michael und Sonja durch die Gänge zum Ausgang, um sich endlich auf den Heimweg zu machen. Draußen regnete es in Strömen, schon seit Stunden. Erst als sie sich dem Glaskasten der Pförtnerloge näherten, begann Michael zu sprechen.

»Du weißt noch gar nicht, dass ich dem Intendanten im Grunde gekündigt habe.«

Sonja sah aufmerksam, aber ohne größeres Erstaunen zu ihm hinüber.

»Im Grunde?«, wiederholte sie.

»Nun ja.« Sie waren am Ausgang angekommen. Michael blieb neben der Treppe, die in die höheren Etagen hinaufführte, stehen, und schaute ihr in die Augen. Ein zweifarbiger Blick. »Es wäre noch möglich, hier zu bleiben und weiterzumachen. Dürfte zwar nicht gerade einfach werden …«

Vor den Fenstern fiel das Wasser in dichten Schwaden. Es war wie ein Vorhang.

»Es ist die Arbeitsatmosphäre hier«, schob Michael zögernd nach. »Wenn sie sich nach all den Ereignissen irgendwie ändern würde …«

Sonja sah ihn konzentriert an. »Und, ist das möglich?«

Plötzlich glaubte Michael einen Blick im Nacken zu spüren. Er drehte sich um und sah die Treppe hinauf.

Am oberen Absatz stand Theo Fleischer. Er sagte nichts, hatte die Hände in den Hosentaschen, stand breitbeinig und unnahbar da. Mit einem leisen Grinsen voll herablassender Selbstüberzeugung schaute er auf Michael hinab. Herr einer uneingenommenen Festung. Michael schaute zurück. Eine ganze Weile maßen sie sich so auf Entfernung. Zwei gegensätzliche Welten in Belauerung.

Schließlich schnaufte Theo Fleischer aus, drehte sich ab und verschwand im Inneren seines Theaters. Michael sah noch einen Moment in die Richtung.

»Also«, fragte Sonja. »Was wirst du jetzt tun?«

Michael gab ihr einen Kuss.

»Da gibt es keine Frage.«

Dann gingen sie Arm in Arm hinaus in den Regen.

Die Hierarchieebenen einer Theaterleitung, wie sie in diesem Buch beschrieben werden, existieren so an den meisten städtischen Bühnen in Deutschland. In Köln hat es sie in dieser Reinform lange nicht gegeben. Sie wurden trotzdem für diese Geschichte gewählt, um den typischen Zustand zu beschreiben.

Das marode Kölner Schauspielhaus sollte tatsächlich abgerissen werden. Die Bevölkerung hat jedoch ihre Meinung bei der Politik durchsetzen können, sodass stattdessen im Sommer 2012 begonnen wurde, den gesamten Gebäudekomplex der städtischen Bühnen zu sanieren. Das Innere wird neu angelegt, die Fassaden bleiben im Wesentlichen erhalten. Trotzdem wird es auch außen unübersehbare Veränderungen geben. Den Hof neben der Pforte etwa wird man in Zukunft vergeblich suchen, er wird bebaut werden.

Während verschiedener Entstehungsphasen dieses Erstlings haben einige freundliche Menschen meine Versuche gelesen und mir mit Kritik und Vorschlägen weitergeholfen.

Mein Dank gilt also (in der Reihenfolge des Auftretens) Carlos, Heike, Steve, Gabriele, Axel, dem anderen Axel, Alice und Norbert.

Außerdem Sabine Döring und Joachim Idel, die mir meine Vorstellungen von den Gegebenheiten am Kölner Schauspielhaus auffrischen halfen.

Und Markus Weber, der mir eine Idee von der Arbeit der Kriminalpolizei gab.

Weitere Krimis finden Sie auf den folgenden Seiten und im Internet: www.gmeiner-verlag.de

Herbert Beckmann
Hühnerhölle
978-3-8392-1415-2

»Eine Kriminalgeschichte, frisch vom Lande. Hintergründig. Abgründig. Hochaktuell!«

Wilhelm Kock, Besitzer einer Hühnerfarm mit zigtausenden Tieren, liegt erschlagen auf dem Grab seiner ersten Frau. Kommissar Hufeland und Kripo-Azubi Kuczmanik ermitteln in der kleinen westfälischen Gemeinde Vennebeck. Im Grunde hatten alle Dörfler ein Motiv für den Mord, denn ganz Vennebeck stöhnt seit Jahren wegen des Gestanks und der Umweltbelastungen durch die Farm. Jetzt, da Kock tot ist, hoffen alle auf ein Ende der »Hühnerhölle«. Doch die Apokalypse steht Vennebeck erst noch bevor …

GMEINER

Wir machen's spannend